浙江省五年文学作品选（2013—2017）

温州卷

温州市作家协会　编

浙江人民出版社

图书在版编目（CIP）数据

浙江省五年文学作品选. 2013—2017. 温州卷 / 温州市作家协会编. —杭州 ：浙江人民出版社，2018.9

ISBN 978-7-213-08787-5

Ⅰ. ①浙… Ⅱ. ①温… Ⅲ. ①中国文学-当代文学-作品综合集-温州 Ⅳ. ①I218.55

中国版本图书馆 CIP 数据核字(2018)第 108672 号

浙江省五年文学作品选(2013—2017)·温州卷

温州市作家协会 编

出版发行 浙江人民出版社(杭州市体育场路 347 号 邮编 310006)

市场部电话:(0571)85061682 85176516

责任编辑 洪 晓

责任校对 杨 帆 俞建英

封面设计 观止堂_未氓

电脑制版 杭州大漠照排印刷有限公司

印 刷 浙江印刷集团有限公司

开 本 710 毫米×1000 毫米 1/16

印 张 23.5

字 数 319 千字

插 页 2

版 次 2018 年 9 月第 1 版

印 次 2018 年 9 月第 1 次印刷

书 号 ISBN 978-7-213-08787-5

定 价 58.00 元

前　言

“文变染乎世情，兴废系乎时序。”文学最能反映一个时代、一个地区的变迁。浙江的发展、民众的心声，都能在文学中得到最形象、最生动、最活泼的体现。文学也是一座桥梁，因为它的存在，再遥远的距离也是咫尺，再曲折的道路也是通途，再陌生的人群也是朋友。

在当代中国文学版图中，浙江始终占有非常重要的位置。近五年来，浙江文学有了全方位的发展。首先，资深作家仍旧保持着旺盛的创作力，同时，一批青年作家，如“70后”和“80后”作家群体迅速崛起，已经成长为全国同类作家中的佼佼者。浙江文坛形成了一支年龄结构合理、地域分布均衡的创作队伍。其次，新兴文学类型逐渐形成规模和特色，文学作品与影视改编之间形成良性互动，有效扩大了浙江文学与浙江作家的影响力。最后，在网络文学的创作、发展、引导和培育上，浙江异军突起，特色鲜明，积累了大量有效经验。浙江逐渐成为中国网络文学的重镇，涌现出一大批网络文学名家和网络文学优秀作品。

2013年7月2日，浙江省作家协会第八次代表大会选举产生了新一届主席团，浙江文学工作翻开了新的一页。为总结省八届作代会以来的浙江文学成就，省作协牵头汇编近五年来浙江作家的优秀文学作品丛书。本丛书按地市划分，共12卷。每卷又分小说、诗歌、散文、报告文学、儿童文学等门类，总计400多万字规模。本丛书从作品征集、评审和遴选到编辑出版，历经近一年时间，是省作协和各地方作协通力合作、辛勤工作的结晶。

2013—2017年注定是不平凡的五年。在这五年中,习近平总书记在文艺工作座谈会和中国文联十大、中国作协九大开幕式上发表了重要讲话,为中国文艺的发展指明了方向和道路。这五年来,浙江文学随着中国文学一起茁壮成长,已充分彰显出鲜明的"浙味"风格并取得骄人的成绩。这五年来,文学"浙军"队伍不断壮大,已成为当代中国文坛的一支重要生力军。浙江文学的良性发展,离不开全国文学健康发展的大气候,同样,浙江文学的发展也在为中国文学的繁荣昌盛添砖加瓦。

这五年来,浙江文学所取得的成就在本丛书中得到了一次集中的反映、展现和检阅,但也只是初步的。还有很多优秀的作品,因篇幅所限无法收入。本丛书只是一个了解浙江近五年来文学发展的窗口。

回望过去的五年,全省作家们努力前行,自觉把艺术追求融入时代潮流,创作了大量优秀的文学作品,但离创作出"无愧于我们这个伟大民族、伟大时代的优秀作品"还有一段距离。习近平总书记在文艺工作座谈会上的讲话中指出:"没有中华文化繁荣兴盛,就没有中华民族伟大复兴。"这是摆在每一个文艺工作者面前的光荣使命和任务。"雄关漫道真如铁,而今迈步从头越。"文学既关乎个人的内心,也是集体的事业,更是民族的事业。伟大的时代呼唤伟大的作品,希望全省作家们为着这个目标继续奋斗,创作更多、更好的精彩华章。

浙江省作协党组书记、副主席　臧　军

2018年7月2日于杭州

目　录

I 小说篇

画　痴

◎ 刘文起

林中道，字艺夫，号画痴，乐邑梅龙镇人，出身农家。少时上山放牛，经过寺庙，见庙中和尚弄笔作画，一会儿草木葱茏，一会儿山花艳丽，遂惊奇，入迷，流连忘返。和尚法号智善，年近花甲，年轻时在温州江心寺出家，跟随在江心寺修行的弘一法师学过画，遂得法师一二画技。描一个头陀，画一茎荷花，都有点弘一禅意。多年后，智善至梅龙镇乡下寺庙当住持，舞文弄墨，乡里略有名声。智善和尚见林中道生性聪颖，遂教授习画，常让其临摹弘一法师书画。久之，林中道亦有所得，画草像草，画花像花。后入学，爱好文艺，属意习画。中学美术教师是位画家，教其握笔，教其着色，教其临摩《芥子园画谱》，故林中道的画法渐入正道。20世纪50年代末，林中道考入温州师范学校专攻美术。学黄宾虹、潘天寿、林风眠、徐悲鸿。所临摹黄、潘、林、徐作品，形神俱备，几可乱真。60年代初，从师范学校毕业，校方意欲留他任教。林中道坚辞不就，遂回家乡乐邑雁荡中学教书。

雁荡山寰中绝胜，风景著称于世。林中道在此地教书，简直如“放虎归山”，乐不思蜀。他每日早晨五点即醒，醒来后也不马上起床，先闭目凝思，用手指在胸前默默作画,思考今天授课和作画内容,再起来穿衣洗漱,然后背起画夹上山。写生作画至九时许,下山吃饭。美术课一般都排在下午,若是上午,也是第三、四节,林中道应付自如,十分从容。没有课的时候,林中道便在山上专心作画一整天。林中道习画原本是少年功夫,加上在师范学校打的基础,毕业后又得了中国美院函授本科学历,且多年坚持在雁荡山写生,画功自然了得。他以弘一为基础,集黄宾虹、潘天寿、林风眠、徐悲鸿等众家之长,画山水、花鸟及马、虎、豹、虫、鱼、蛇,都有大家风范。除继承大师技艺外,林中道也有自己的绝招,那就是让花草的原色入画。雁荡山花草繁多,各种花草都有自己的颜色。比如苦茱的紫黑,指甲花的金红,黄芪的棕黄,还有玫瑰、海棠、桃花各自的颜色,更加草汁的嫩绿,这些颜色夹杂使用,皆能出奇制胜。因此,林中道的画,既有国画的底色,又有粉彩的艳丽,更具油画的厚实,开创了林氏风格。几年下来,林中道画名远扬,尤其是临摹孤本的绝技,不仅乐邑闻名,在全省也小有名气了。

林中道每天早上从山上下来时,宋书才刚刚起床。

宋书是雁荡中学的语文教师,比林中道小一岁,乐邑城关人。从杭州大学中文系毕业时,本想分配到县里的中学,可住在家中,生活由父母照顾。可当教育局副局长的父亲,认为他从小娇生惯养,必须到乡下锻炼,就将他分配到雁荡中学。宋书确实是温室里长大的嫩苗,生活不会自理,衣服从来不洗,穿脏一件换一件,脱下一丢,在房间角落里堆成一堆。周末一到,将大包脏衣、脏裤、脏袜子、脏鞋子肩头一背,带回县城让母亲洗。这倒是小事,不影响他人。但问题是他的生活习惯。他是晚上不讲睡、早上不讲起的人。晚上他看书到凌晨,早上学校的起床铃响了他仍蒙头睡觉。这与早睡早起的林中道正好相反。林中道和宋书住两隔壁,林中道山上回来若没见着宋书,就会用拳头擂宋书的门。这时候,宋书就会披着衣裳,趿拉着鞋子,端着粉笔盒往教室里冲。宋书往教室里冲的时候,嘴里一定叼着一根烟。他宁可不吃饭,也不能不吃烟。宋书上课也要吃烟。他吃烟有能耐,能将一根烟叼在嘴上吃到底,把烟灰连成一根灰柱子不掉。宋书还能叼着烟讲课。他的嘴巴快速地启合着,那根烟却始终黏在嘴唇上不掉。在整个雁荡中学里,上课允许吃烟的只有宋书。校领导能容忍宋书上课吃烟的原因,是他的父亲是教育局领导。学生能容忍宋书吃烟的原因,是他的课上得太好听了。宋书是杭州大学中文系的高材生,不但文才好,口才也好,在大学里经常得演讲比赛一等奖。而且,在大学里就时有文章在报刊上发表。他还有一个强项是字写得好。宋书上课的板书学生总舍不得擦。下课后学生们也不走,大家都把他的板书当字帖练字。与这么多的好处比,上课吃烟算个什么问题呢?

不过林中道能容忍宋书的吃烟,不光是因为他书法好,更因为他脑子好。

林中道和宋书住两隔壁,一个爱画画,一个爱写字,照理说来往应该很密切的。但林中道从不去宋书房间。林中道不去宋书房间是嫌他房间里一股子烟臭、衣服臭。因此,都是宋书到林中道房间。宋书到林中道房间里的时候,林中道都在画画。林中道画画的时候,宋书绝不说话。宋书虽不说话,可那神情比林中道还专注。一幅画画毕,林中道就把画笔一丢,然后远看近看,寻思着给刚画好的画拟题目。有时画好了却出不了好题目,林中道就将画先放着,以后再想。林中道在寻思题目时,宋书的眼珠子也在转。当看到林中道的题目出得好时,宋书会说一声"哦",表示赞赏。若林中道的题目出得不好,宋书会叹一口气,表示遗憾。宋书叹气时,林中道有时会白他一眼,有时会顶他一句,说:"宋书,那你给我出个好点的题目吧。"例如画的只是两株荷花红蕊,林中道拟题《红蕊图》。宋书说:"林中道,这题目太一般了。"就提笔在画的上角写道:常怀莲塘色与香。林中道一看宋书那字,清健雅逸,眼睛亮了亮,就从已画好的纸堆里掏出一张画。林中道的画有许多没题目的。第一张抽出的画,画的是一枝开了的莲花。林中道对宋书说:"这张呢?"宋书看了一眼,提笔在画上写道:天下谁人不识君!这回的字却是瘦硬古拙,力透纸背。林中道眼睛又是一亮,再抽出一张画,上画两条鱼,叫宋书题。宋书题道:悠悠江海阔。林中道又抽出一张山水画,上画淡淡的山,寥寥几笔水纹,一处高高的悬岩上有一个行人。宋书看了看画面,见画面留白很多,便在上方空白处题了一首诗。诗曰:“奇山世间何处有?崖桥穿空不可求。日日红花真仙界,万千岁月永无忧。”林中道不禁拍案叫绝,说:“宋书,知音也!我画你书,恐怕成乐邑两绝!”

此后,林中道凡作好画,必敲墙壁叫宋书来题名。宋书也不推辞,来了提笔就写。或行或楷,或魏碑或瘦金,格调皆优雅不俗。每出题或题句,无不别出心裁,又贴中画意,为画增色。林中道将这些画寄出投稿或参加比赛,皆发表或得奖。于是,林中道在心中感慨:“宋书这笔好字能给我一半就好了!”

虽这么想,其实也知道是办不到的。人无全才,上天给你这个长处,一定会给你留下一个短处。林中道这么想着,就专心画自己的画,也不奢想在书法上有成就了。画好画,还是叫宋书来题字。两人合作的作品不断地发表、得奖。得了稿费或奖金,宋书从来不要,林中道知道宋书脾气,不给钱,只送香烟。对于香烟,宋书来者不拒,多多益善。

日子本就这么有滋有味地过下去,不想“文化大革命”爆发了。

两人都被打成“反动学术权威”,都被学校红卫兵拉台上批斗。林中道出身贫下中农,好一些,只是靠边站,不让上课,每天打扫厕所。宋书就惨了。其父是教育局的“走资派”,他是“狗崽子”。再加上他纨绔子弟的脾气,不洗衣服,早上睡懒觉,上课抽烟,这些“资产阶级的坏习惯”都被挖出来批斗,自然被打倒在地再踏上一只脚。不能教书不用说,连厕所也不让扫。管制劳动,整天到生产队干活。宋书情绪自然低落,见着林中道也只唉声叹气。林中道叫他有空写写字,排解排解烦恼。宋书说:“还写字?命都败在写字上呐!”

不想事情有了转机。

当时宣传祖国山河一片红,到处是红太阳、红语录。画金光闪闪的毛主席像,写一句顶一万句的毛主席语录,需要人才啊。造反派就想起了林中道和宋书。

造反派找林中道谈话,说要把他从厕所里解放出来,让他到大街上画红太阳、画毛主席像。造反派以为林中道很乐意,谁想他却推辞,说自己不会画人物。造反派说:“你的作品都发表、得奖的,怎么说不会画?”林中道就找来自己发表、获奖的作品让造反派看。造反派一看,都是疏朗的几笔。或一朵荷花,或两条鱼、三只鸟,既不鲜活,又不相像。偶尔画个头陀、老者,也只是一个轮廓,鼻子不是鼻子,脸不是脸。造反派急了,骂道:“这种东西居然还能发表、还得奖?真正是走‘资产阶级反动路线’!”就不要林中道画了,让他回去扫厕所。后来农村学校要教师,林中道就被下放到一个山区小学教书了。

林中道教书的小学在他老家,教室就设在他小时候拜师的寺庙里。寺庙已经破落,佛像也早在“破四旧”时被红卫兵捣毁了,老和尚更是过世了多年。林中道在充当学校的寺庙里行走,心里也像寺庙一样空落落的。想起小时候跟老和尚习画的事,不禁感慨万分。他东张西望,发现当年的旧物大多没有了,唯有教室及礼堂的屋顶还留有旧时的绘画。画的是头陀佛像,还有飞天。虽然颜色有点模糊,但笔墨线条依然清楚。不知出于哪位高人之手,其画风酷似弘一法师。林中道大喜,想起当年张大千敦煌描壁画的事,便决心效仿。于是一有空,林中道就拿笔临摹,一临就是数日。林中道把兴趣放在寺庙里,日子就过得飞快。山里学生少也不觉寂寞,山里人家的粗茶淡饭也不觉清苦。真可谓:山中方一日,世上已三年。

某一日,林中道偶尔进县城开会,见大字报铺天盖地。林中道原本是不看大字报的。当时,这派上那派下,城头变幻霸王旗,把他都看晕了,看晕了就干脆不看。林中道上街,总是目不斜视。可这次的大字报,林中道却看了。非但要看,还看得津津有味。那是为什么呢?原来是那大字报的字写得好。看那字,说碑非碑,说楷非楷;说清健却又瘦硬,说俊逸却又古拙,真是大师功底!这哪是大字报?明明是书法作品呐。林中道看着看着,不禁用手指在虚空里画着笔画。画着画着,林中道总觉得这字熟悉。这是谁的字呢?林中道拼命地想啊想,这不是宋书的笔迹吗?宋书的笔迹怎么让他觉得陌生呢?怎么陌生?是这笔画里多了烟火味。宋书什么时候变得有躁气了呢?可惜啊可惜。

开会期间,林中道打听宋书的情况,才知道一年前宋书已从雁荡中学调到乐邑县城了。现在在县革委会工作,专管抄抄写写。林中道决定去会一会宋书。

林中道是在县招待所里见到宋书的。

宋书的父母亲这时都被打倒,关在牛棚里,房子也给别人占了。宋书在县城没有家,造反派就在县政府招待所给宋书开了个房间。这房间太小了,摆上一床一桌一凳后就没多少空间。再加上都是纸、笔、墨,房间就更显杂乱了。林中道从包里拿出特意买的两条飞马牌香烟给宋书,说:“宋书,你那杆老枪想必还日夜烧着吧?”宋书说:“烧,一天要烧两包烟呢。”林中道说:“烟要少抽,伤肺。”宋书说:“老赶着加班熬夜,不烧不行啊。”林中道说:“想不到老兄高升,调到县革委会的造反派司令部了。”宋书苦笑了一下,说:“哪里是高升?是控制使用,为他人卖命罢了。”又看看表,他说:“十一点了,吃饭,吃饭!”两人就去招待所食堂打饭打菜,还打了一斤烧酒。

两人推杯换盏,几杯烧酒下肚,都有了几分醉意。

林中道说:“宋书,你是大名人啦,街上都是你写的大字报哪。听教办的人说,你现在是乐邑第一笔呢。”

宋书点起一根烟,叼在嘴上,说:“什么第一笔?狗屁!御用工具而已。那字还是书法吗?”

林中道说:“书法不书法的再说,看的人很多。”

宋书拿下香烟,将长长的烟灰柱子磕掉,说:“他们看内容不看字,那字没人看的。”

林中道见宋书这么说,也就认了真,说:“宋书,你这样说,我也就不客气了。老实说,我倒喜欢你过去写的字。虽嫩拙点,但清淡,不像现在有烟火气。”

宋书嘴角黏着烟,吸着,不响。

林中道说:“我看你要学学弘一法师。你看他的书法,初期从碑学脱胎,体势矮,肉多;中期肉渐减,气渐收,融入楷意;后期的字变修长,瘦硬清挺。你的书法现在是中期,我看还要减肉收气哪。”

宋书吸几口烟,然后“呸”地一口把烟蒂吐到地板上,用脚踏灭了,说:

“老兄如今还画画否？”

林中道说：“画啊，怎么不画？老一套不让画了，就私下里描佛像。我那小学校原来是寺庙，顶棚上画的头陀和飞天，够我临摹一辈子的。”

宋书叹口气说：“桃花源啊！”

过几天，林中道在家里翻出一本老书，书里刊有一张弘一法师书法的照片，就想给宋书送去。一打听，宋书出事了。

原来，宋书在县里专管写字，写揭发“走资派”罪行的资料，写打倒“反对派、保皇派”的材料，还写开大会布置在会场里的标语等。这天，上头叫县里对立两派的造反派来开会大联合，让宋书写标语。这标语中有关于社会主义阶段基本路线的语录。语录里面有三个“社会主义”和三个“资本主义”。宋书的用笔习惯，写“义”字是先写撇捺，最后再点上上面的那一点。那天也该当有事。宋书写完撇捺(乂)，把前面三个“资本主义”的“义”上一点上点，正要在三个“社会主义”的“义”上点点时，外面有人叫，宋书就出去了。回来时，那些标语横幅都被人拿出去贴到会场上了，宋书也忘了加点的事了。结果大会一开，不愿意大联合的那一派头头有意找茬。他东找西找，终于找到标语上三个“社会主义”还没点的“乂”，不禁大喜。他指着标语说：“请大家看一下这标语，这是个很恶毒的‘现行反革命’事件。你看这‘乂’字，‘社会主义’的‘乂’字都没有点，说明社会主义是空的、没内容的。而‘资本主义’的‘义’字都有点，说明资本主义是实的、有内容的。你们看，写标语的人屁股坐在哪里？他是替谁说话？”

台上头头这么一发话，下面他那一派的造反派就喊起口号来。在一片“打倒现行反革命”的口号声中，早有人把宋书押上台来批斗了。原来大联合的大会，一下子转向变成批斗“现行反革命”分子宋书的大会。在一片混乱中，有人动了拳脚，宋书被打得吐血，身上遍布乌青。

得知宋书吐血伤重，林中道心里急得不行。想送药进去，造反派又不允许。说要探望只能站门口隔窗看看，吃的东西都不能送。怎么救他呢？林中道很伤脑筋，苦思冥想了好几天，终于想出一个办法：画张画送他。

林中道去药店买了三七,又到山上拔来祛伤止血的中草药。与三七一起捣烂成汁,配上山花水做的颜料,画了一幅画,还把剩余的药汁倒到一个大的墨水瓶里。这画像国画,像油画,又像喷塑画,满纸只是一片杂乱的绿草。林中道带着这画和墨水瓶,再加一支毛笔、一捆旧报纸,去看望宋书。说让他看看这张画,然后琢磨琢磨给出个题目、题个字,有空在旧报纸上好好练练字。正好看守宋书的是林中道教过的学生,见老师拿着一张画和笔墨、报纸来看宋书,知道他们过去就有书画合作的习惯,就放行了。

林中道把画和报纸、笔墨从窗口递进去,对宋书说:“我说过你的字有烟火味,现在有教训了吧?好好地看看图上这些草,再琢磨着给我想个什么名,有空再用旧报纸来写写字,旧行当不能丢啊。”说着朝墨水瓶嘴努努。

林中道走后,宋书就看这张画。一片杂乱又有立体感的青草,没什么特别。再看,就觉得这画的草怎么有点青气了。闻了闻,这草还有药气。急忙开了墨水瓶闻里面的“墨汁”,那药味更重。想起林中道努过嘴,于是恍然大悟,心里喊道:“林中道,知音也!”赶紧端起墨水瓶,喝了几口“墨汁”。缓了缓,又喝了几口“墨汁”。这样喝了几天,“墨汁”没了,宋书就把画撕碎,一片一片地吞下肚去。渐渐地,身上的伤慢慢地好了。

几年以后,“文化大革命”结束。拨乱反正,到处一片新气象,县里机构改革,提拔有专业水平的人当干部,宋书当了县文化馆馆长。宋书当馆长后,把林中道从山村小学里调到文化馆当美术干部。林中道便继续画那像国画、像油画、又像喷塑的画。因画画的功夫好,他不时被抽调文物馆修补古画。此外,林中道还经常回家乡的山村小学,到寺庙里临摹顶棚的老画,一画就是好几天。宋书虽也在工作之余偶尔写写字,但毕竟有一摊子行政事务,文化馆还要搞创收以文养文,忙得无法分身了。林中道很为宋书可惜,一直劝他多写字。林中道画了自己满意的画还是逮住宋书叫他题字。渐渐地,他们合作的画又在省里得奖,还参加全国美展。

本来林中道和宋书还能这样有一搭没一搭地合作下去,却因宋书职务升迁而中断了。

宋书的父亲是老干部，“文化大革命”后被提拔到市里任组织部部长，后又到市人大常委会当副主任，宋书的仕途也跟着变化，先是从文化馆馆长提拔为县文化局局长，几年后又升任分管文化的副县长。宋书一当副县长，林中道就再也逮不住他题字了。

终于有一天，林中道接到宋书的电话。

林中道接起电话问：“啊，啊——宋县长，难得听到你的声音啊！打电话有何指示？”

宋书说：“没指示，晚上请老朋友喝酒！”

林中道问：“嗬，有什么喜事啊？”

宋书说：“别问，晚六点你到喜来登酒店就行。”

当晚六点，林中道到达喜来登。一打听，原来是宋书夫妇庆贺结婚二十五周年银婚喜宴。应邀赴宴的宾客不少，宋书的妻子喜吟吟地站在门口迎客，凡送红包的一律不收。有一两个带名人字画的，宋书妻子也推托长久，最后拗不过送者的诚心，只得勉强笑纳。

林中道见这架势，先是一愣，继而一笑，碰到宋书，说：“老兄大喜，我没备贺礼。这样吧，秀才人情纸半张，给你画张画吧。”

宋书说：“好啊！酒后尽兴吧。”

酒宴结束，宋书领林中道进入另一房间。房间里早备有纸、笔和颜料，几位从省里、市里请来的书画名家也已在挥笔作画了。他们画的是牡丹、寒梅、石榴、蟠桃，一片喜气。轮到林中道。他想了想，挥笔画了一片大海，一艘疾驰的帆船，帆船前布有几块乱石、暗礁。

林中道画好，像过去那样递笔给宋书，请他点题。

宋书当晚喝了不少酒，兴致很好，接过笔，想也不想就写下四个字：直挂云帆。

林中道愣了愣，四下里却迸出一片叫好声。

此后，林中道见宋书少了，而回家乡的山村小学却多了。一回山村，林中道就到老寺庙里临摹画画。一画，又是好几天。

可林中道不找宋书,宋书却要找林中道。

宋书每次找林中道,都带名画让林中道临摹。

第一次,宋书拿来任伯年的一张《山居图》,说是朋友拿来请他鉴赏的,实在爱不释手,叫林中道临摹一张留着慢慢看,那张真迹得送还给朋友。林中道看了看画,说:“十天后来拿吧。”然后照着画,再设法做成古画的样子。十天后,宋书来拿时,看那画上的笔墨,那色彩,与任伯年的原作毫无二致,真假莫辨。

有一次,宋书拿来一张徐渭的《秋声图》,叫林中道临摹。林中道一看,说:“这张就不要临了,假的。”

宋书问:“怎么会是假的呢?”

林中道说:“这张是‘套棺材’的。你看这十年、二十年,乃至上百年的书画裱件,基木上都有明显的斑斑驳驳的水渍、霉点及裱材褪色的现象,这是原装老裱。造假者就冲着这一点下手。只要弄到真正的原装老裱,先对原件作品进行复制和加工,在不破坏原件的前提下从裱件中起出一些旧迹,在复制品中嵌入,加工出一些折痕、水渍、霉点,遍布于画面和裱件上,这画就天衣无缝了。这叫‘套棺材’。你这画看起来很像真的,其实是‘套棺材’套出来的。”

宋书听得目瞪口呆,说:“原来画里还有这么大的学问啊!”对林中道更加佩服了。于是,凡有人送来名画,都拿来叫林中道临摹。起初,宋书也曾想给林中道付稿费,可林中道说什么都不收,说多年的交情岂止值这么几块钱?再说,拿名画让他欣赏,让他临摹学习,他连感谢都来不及了,还谈钱?宋书知道自己拗不过林中道,就不提钱的事。看到上好的宣纸和笔墨颜料,就买一些送他。林中道对此从不拒绝。林中道把临摹名画作为创作和检验自己仿真水平的好机会,每次都临得认真,仿得仔细。慢工出细活,林中道每临一件画品都像原装老裱,不要说宋书看不出来,就是让专家鉴定,十有八九都能瞒过关。

就这样,宋书每年都找林中道画几次画。可拿走画后,两人就远了。你当你的官,我画我的画,互不相干,只在过年时打个电话互相问候,聊几句。几年下来,林中道也不知道替宋书画过几张画了。他做事情做过就忘,只知有这事,不知这事有多少。

忽听到风声,说宋书有问题,受贿,上头要查他。林中道一听很担心,怕宋书出事。后来一想,宋书平时廉洁,从不收人的钱财,日子过得也简朴,衣服不穿名牌,香烟也从不抽中华烟,只抽利群、大前门,平时也不贪酒,文化馆有请客约他出面,总是能推就推。这样一想,林中道的心也安了些。过了一段时间,风声越来越响。说宋书收的不是钱,而是字画。有人告诉林中道时。林中道哈哈一笑,说:"这事别人不知道,我却很清楚。人家把字画送给宋书,不是贿赂,是让他鉴赏的。他每次都把这些名画拿来给我临摹一份留着看,真品都送还人家。这事我都经手,外面是乱讲的,宋书不会有事。"

林中道这样说了,就把宋书受贿的事甩在脑后。

一日,宋书跑来找林中道,让林中道看一张弘一法师的画。

林中道看那画,是一张《莲虎图》。画的是一朵荷花,一张荷叶,旁边一只老虎。这画虽是国画,却有油画味,清新劲练,天趣盎然,正是弘一法师独特的画风。而弘一法师的画风,又正是林中道一生所推崇所追求的。于是见了此画,林中道就爱不释手。

宋书见林中道这么喜欢弘一的画,就说:"这是我收藏多年的画,送给你吧。你我至交,多年来又为我临了那么多的名画,无以为报啊!"

林中道听宋书这么说,就把头摇得如拨浪鼓,连声说:"这不行,这不行,我不能夺人所爱!"

宋书见林中道又认真了,就说:"宝剑赠英雄啊!弘一的画送给弘一的崇拜者,适得其所!这样吧,你若过意不去,就临摹复制一张给我,这张真品你就留着吧。"

见林中道还要争辩,宋书说:"我十天后来取赝品吧!"说完起身就走。

可不到十天,林中道就叫儿子把宋书要的《莲虎图》送回了,并捎上一句话:他进山画画去了。

宋书看那仿制的《莲虎图》，莲叶舒展硕大，莲花含苞淡红，老虎拙朴可爱，画面清新活泼，裱面水渍斑斑，与弘一的画毫无二致，不由得感叹：“林中道，天人也！”

又过了半个月，林中道从山里画画回来，有人告诉他，宋书被刑拘了，原因还是受贿：有人送他弘一法师的一幅价值几十万元的名画。

林中道叫了一声：“啊呀！”连忙跑去看守所看宋书。

一见面，宋书就问林中道：“我叫你临摹弘一法师的《莲虎图》，你临了没有？”

林中道说：“临了，都复制成真的一样了。”

宋书说：“临了又复制成了，专家鉴定怎么会是弘一法师的真迹呢？”

林中道说：“那是我最后想着，还是不能夺人之爱。这画太值钱了，再好也不能私吞啊。就把临摹的画留给自己看，叫我儿子把真迹送还给了你。”

宋书一听，连连叫苦，说：“林中道，你害苦我了！”

原来，宋书当官以后，曾立誓廉洁奉公，安贫乐道。于是，他穿着朴素，行为低调，从不收人家钱财物品。可是，那年摆酒宴庆祝银婚二十五周年时，实在挡不住诱惑收了人家的字画，那以后送字画的人就多了。宋书挡也挡不住，只得又收了。宋书收了人家字画，想想又后怕，怎么才能做到不留痕迹呢？就将送来的名画、古画拿去叫林中道复制，然后把复制的赝品还给人家，有还不了的就留在家里，原画再转移别处。一个月前，有人举报宋书收人字画，县里也有动向要查宋书。宋书就慌了，一检查，自己手头还有一些没退还的赝品，这些不要紧，只是这张弘一法师的真迹《莲虎图》，还没复制，一时又退不了，于是想再叫林中道复制，将真品暂留林中道处，把赝品连同以前的字画上交县里。县里一看人家送的都是假货，自然定不了罪。谁想林中道却把真迹还给了宋书！这弘一法师的画，现在市价几十万元，于是宋书的问题就严重了。

林中道心里五味杂陈。他在心中问：“是我林中道错了？还是你宋书错了？叫我怎么说呢？宋书！”又想起那年宋书庆祝银婚二十五周年的事，就说：

“宋书，还记得你庆祝银婚喜宴那天我给你画的画吗？”

宋书说：“不记得了。”

林中道说：“你还记得你在我的画上题的字吗？”

宋书说：“不记得了，只记得那晚我喝醉了。”

林中道说：“我画你的帆船就要触石碰礁了，你还题‘直挂云帆’呢！”

宋书呆呆地瞪着眼睛，说：“有这样的事吗？”

在离开看守所回文化馆的路上，林中道一直琢磨着一个问题，不断地问自己：“当年‘文化大革命’中，我用三七和草药汁画了一幅画，治好了宋书的伤。如今宋书又伤了，我能再给他画幅什么画呢？”

这一年林中道五十五岁，称病提前退休，从此关门作画，外界事一概不管。不久，他的画技更为精进，扬名国内，邑人皆称其“画痴”。

（原载《广州文艺》2013年第8期）

永恒的位置

◎韦 陇

杨向东已经有一个多月没碰过丁小玉了。

有好几个晚上，丁小玉的身体挪过来靠近了他，他也伸出一只手搭在丁小玉的腿上表示回应，但是接下来该怎么办，两个人都没有进一步表示，还是楚河汉界地僵持着。僵持累了，各自翻身，背靠背睡。

杨向东睡不着，回头看看，丁小玉好像远在银河的彼岸，中间地带越来越宽阔了。杨向东想，以前普通百姓也没有这么大的床啊，后来是谁非得设计得这么大呢？有两米宽呢。这么宽阔的中间地带，就不怕有人乘虚而入？特别是像他和丁小玉这样，都曾经和别人拥有过一张床……事实上，此时，一直蛰伏在他心里的两个女人，已经悄无声息地站在了他的眼前。

正洁是杨向东的一个心病。这个前妻，任期只有一年零三个月，他们的缘分短浅、匆促得有如一场春梦。但这个结局，杨向东认为自己要负主要责任，不管是错误的结婚还是无奈的离婚，他都难辞其咎。

和正洁认识后不久，有一次他无意中发现正洁的闺房里挂着一幅仙鹤，没有落款。杨向东当时以为，在这个偏远的小镇，自己竟然遇到了一个才女。

“这是你画的吗？画得真好。”

正洁什么也不说，只是看着他，点了一下头。

后来他才知道，那是正洁从大街上买来装点她的陋室的。杨向东想自己一定是想才女想疯了，明明一个村姑，一走眼怎么就看成一个仙姑了呢？而他竟然因为这一“惊人”发现，当时就草率地求婚了。

婚后才几个月，他发现正洁不但不是才女、不是仙姑，还是个撒谎成瘾的人。成瘾到什么程度呢？譬如，她明明自己花钱买了件衣服，偏要说是她姐送的；明明回娘家吃了顿饭，她要说某个姐妹请她吃饭了；明明一个人出去逛了趟街回来，却说和谁谁在哪个茶馆喝茶了。有一次她中午回家迟了，杨向东问吃过了吗？她说，吃过了，刚刚和丽仙一块吃了西餐。话音刚落就有人敲门，一开门正是丽仙。

丽仙说：“你这‘妖怪’，找你半天也没找着，吃了没？一起逛商店去。”

连吃没吃饭都不说实话，这也太离谱了。

谎言最大的缺陷就是没有根基，说过之后，别人当时相信了，可过去几天，重新说起这件事时，说谎的人自己也忘记当初是怎么编的了，于是顺口说出了实情。如此循环往复，正洁把她所有的谎言件件桩桩暴露在光天化日之下。

每次正洁在杨向东的视线里消失，他都无法知道她的真实行踪，后来，他甚至猜疑她是否对他有不忠的行为。如其不然，为什么她的话里就没有实情呢？杨向东决定找机会对正洁实施一次跟踪，他想知道在他的视线之外，正洁究竟在做些什么。

机会很快就来了。

一次晚餐时，杨向东劝导正洁：“正洁啊，如果是我呢，即便我什么时候对你撒了一次谎，心里肯定自责，因为那是不应该的。可你呢？没一句真话。你说有这个必要吗？你为什么非得这样呢？”

正洁看了他一眼，心虚地低下头，轻轻放了筷子，剩下的半碗饭也不吃了。她站起来照了照镜子，补了补妆，换了件衣服，神色黯然地出了家门。

于是,杨向东远远尾随着。

正洁低着头,走得很慢,漫游似的,绕过几条街巷,穿过马路,又过了一个桥,再从桥下往北,就到了河边的一片沙滩上。正洁站在沙滩上,看着河水。杨向东远远地看着她,心里想象着会有什么样的人来和她接头。看了许久,目标还是没有出现。本来杨向东下定决心,要一直等下去的,可是河边有几个路过或游荡的男人,都注意到了沙滩上这个另类的女人。有个男的看样子还正在慢慢试图接近她,在她身边来来回回游走着。这个男的肯定不是正洁的接头人,否则他没必要采取这种迂回的方式。这太不像话了,杨向东不能容忍这种状况继续下去。况且,此时正洁已经蹲了下来,低着头,用一根树枝在沙滩上写写画画,已经写了一大片了,这也让杨向东十分好奇。

他径直朝正洁走去。那个男装作若无其事的样子向远处走去。正洁也发现了他,惶恐地站起来,拚命用脚抹去沙滩上的划痕。一平如镜的沙滩顿时一片狼藉,像一张麻子的脸。有一个没来得及销毁的证据呈现在他的眼前——“东”。杨向东的第一个想法是:她心怀不满,写上我的名字发泄对我的诅咒呢。

“还有其他字呢?”杨向东问。

正洁说:“没有。没有别的字了。”

杨向东失望地说:“你……又撒谎了!”

后来,正洁开始编更多的故事。

有一次,正洁说:“我以前算过命,命里的男人要大我七岁,属兔的。”

杨向东说:“这还用得着算?不就是我吗?”

有一次,正洁说:“我还做了个梦,梦里有个长得很帅的男人追我,我不同意,男人就一直缠着我。我往山里逃,男人追到了山里。我终于无处可逃,站到一个悬崖边上,准备如果那个男人再上前一步,我就跳下去。”

“那你跳了吗?”

“可就在这个时候,外面的鞭炮声把我惊醒了。”正洁说,“要不是那一串鞭炮声,我恐怕再也见不到你了。”

杨向东笑笑,说:“行,改天我给你立一座贞节牌坊。”

有一次,正洁说:“我后来又算了一次命,说我是保夫的命,如果哪个男人不要我了,那个男人必遭横死。”

杨向东终于无法忍受,在多次提出离婚遭到拒绝后,他决定用逃避的方式来结束这场婚姻。

杨向东原本在一家国有企业工作,这一年,他办了停薪留职,逃到温州,找到了一份灯泡厂仓库保管员的工作。

在这里,他认识了外来的打工妹飘云。

一个多月前,杨向东就是因为又一次提到了“飘云”这个名字,从而引发了他和丁小玉之间的矛盾。丁小玉认为他是故意制造矛盾。要说故意,也不是完全没有,因为在这之前,丁小玉竟然说自己梦见了那个武术教练,还说,梦境很清晰,就像是魂魄入梦似的。杨向东听了心里很不爽,叹了口气。

他说:“你这么一说,我就想起了飘云,想起来我就心疼。”

丁小玉说:“这怎么会是一回事呢?”

杨向东说:“有那么大的差别吗?你的人是人,别人就不是人了?”

为此两人吵了起来。丁小玉摔了一个饭碗,杨向东独自灌了半斤烧酒。从那以后,两人背对背睡到现在。

其实杨向东并非全是故意,他是真的想念飘云了。

灯泡厂有两条生产线,生产各种各样的灯泡。有青光泡、彩泡、磨砂泡,形状有圆的、长的、扁的,有蘑菇形的,还有一种是有很多小珠子串在一起,亮起来五光十色的,叫“满天星”。飘云的工作就是验“满天星”。杨向东来灯泡厂没多久就注意到飘云了。这个女孩一脸清纯,说话时轻轻柔柔。她的形貌和声音,都似整个人要融化似的,十分软糯。杨向东就想,凡是这样的女孩,肯定是个好女孩,而且,凡是这样的女孩,肯定是不会撒谎的。心里有了两个“凡是”之后,杨向东又意外地发现,飘云在跟他说话或打招呼时的情态,似乎传递着一种让他的心为之悸动的信息,有那么点红杏枝头春意闹的意思。

有一天，飘云上夜班，看见了杨向东，招招手叫他过来帮忙。飘云让他把验过的灯泡装到纸箱里，又把未验的灯泡从另一个纸箱里搬出来验，再装到纸箱里。搬和装都是再方便不过的事，要在平时，飘云一手验灯泡，另一只手就能完成这项工作。而现在呢？她一下子轻松了许多，就一边验灯泡，一边聊天。本来，杨向东是怎么也没勇气表白的，因为飘云还是个姑娘，而且飘云的两个“凡是”，把她烘托得跟天上的仙女似的圣洁和高贵。他觉得飘云是颗星星，而他只能仰望。但在聊天中，他却一点一点地受到了鼓舞。譬如，飘云告诉他，她以前也曾经对一个男的有过好感，他的气质跟杨向东差不多，挺文气的。后来，她又指了指厂房外的一条河。厂房内有杨向东的临时宿舍，河的彼岸是飘云租住的家。

飘云说：“我与你隔水相望呢。”

杨向东心里“咯噔”了一下。“满天星”明灭闪烁之间，他觉得眼前的这个女孩和她的声音，都是五光十色的了。

心里有了感动，事物在杨向东的眼里就变得美妙起来。时值花季，厂房里的几棵桃树举着满树的花蕾含苞待放。在微雨初晴的日子里，杨向东像个诗人一样徘徊于树下，细细观察着花苞的颜容。他第一次发现，这花蕾初绽的每一个变化，竟和他曾经看过的大海日出一样，奇妙万端。而且他还发现，这树上的每一个花苞，都是飘云的化身。待到桃花乍开，花骨朵儿鲜嫩得让人不忍触摸，哪怕是多看几眼，都担心眼光会灼伤花蒂，让花儿提前凋谢。这时，杨向东是那么真切地体会到了一个男人在热恋中的心境。

又过了一天，杨向东正在埋头工作，飘云走了进来，手里拿着一只装钨丝(灯丝)的瓶子——这是个能装下5000条钨丝的粉红色塑料瓶子，却只有拇指大小。现在，一朵娇艳欲滴的桃花装点着这样一个精致的瓶子，构成了让人赞叹的愿景。

飘云把手中的愿景轻巧地安置在杨向东的办公桌上，悄声说：“送给你的。”

飘云送花的几天后,正当杨向东认为时机成熟,可以向她表白的时候,他的大舅子通过各种途径找到了他,并告诉他,妹妹正洁同意离婚了。于是,杨向东请了一星期的假,回家办离婚手续。飘云并不知道杨向东是结过婚的,杨向东想索性等办了离婚手续,再告诉她一切。

离婚手续办得很顺利。办完手续后,杨向东再回过头来想想正洁,也觉得她没有什么不可原谅的过错。杨向东知道,正洁从小死了父亲,没受过良好的教育,家里又穷,样样不如人。于是,在别人面前,她从来都是一方面用谎言来掩盖真相,另一方面又用谎言来构建一个个虚拟的故事,以至于撒谎成为习惯。就在离婚的那几天,杨向东又细细分析了正洁为什么是这样的正洁。分手时,他也觉得不忍。不管怎么说,正洁并无什么罪过,她只是不适合做他杨向东的妻子而已,相反,他却因此伤害了她,在她的心上划了一道深深的伤痕。但也只能说缘分天定,遗憾归遗憾,他并不后悔。

有些事只有老天知晓。杨向东回到灯泡厂时,飘云已经不在了。凭什么她就不在了呢?杨向东问了一万遍,也不知道是在问谁。他只知道,心痛如绞,在床上躺了好几天,一时间形如槁木,心同死灰。

飘云死于车祸。厂里没人知道他和飘云的关系,在他伤心难过的那几天里,也没有哪个工友来安慰他。在接下来的一段时间里,厂里许多人都在议论飘云。据说,有个姓林的出纳还哭了。按照林出纳的说法,他和飘云曾经相爱,后来两人分手,因为飘云总说和他在一起没激情,无法忍受没有激情的爱情生活。可是,林出纳不明白飘云需要的是一种什么样的激情。飘云提出分手时,林出纳十分不舍。

他说:“飘云你要我做什么都行,只要你不离开我。”

飘云去采了朵花,放在一个装钨丝的塑料瓶子里。飘云把这瓶花送给林出纳。“好聚好散吧。”飘云说,“我会记住你的。”

林出纳说,直到现在,那朵早已干枯的花,还夹在他一本书的书页里。

原来,林出纳就是飘云跟杨向东说过的那个“挺文气”的男人。但是,现在这个挺文气的男人编出了这么一段不利于飘云的一面之词,杨向东表示坚决不信。

这天大雾,杨向东走在田野里,抬头看看天,浓浓的雾铺天盖地,仿佛天就要塌下来似的,头顶上的电杆架看上去朦朦胧胧、纵横交错,像一个巨大的恶魔。路只有几米,可走出几米还有几米……雾把这个世界挤得很小又仿佛深不见底。在大雾的包裹里,杨向东大哭了一场。

离婚三年后,杨向东有了现在的妻子丁小玉。

丁小玉也是二婚。

丁小玉的前夫是个武术学校的教练。有一次,丁小玉走在街上,肩上的女包被抢,自己也因歹徒抢包时使劲一扯,跌倒在地,摔破了膝盖,鲜血淋漓。当时武术教练恰好路过,追上去,三下五除二便制伏了歹徒,夺回了丁小玉装有手机和1000多元现金的女包,又叫了辆车把她送到医院包扎。之后,他顺理成章地和丁小玉恋爱、结婚。

婚后不到一年,历史重演,教练又摊上了当街抢劫的事。不过,正如一句俗话说的那样:历史往往有惊人的相似,却不会是简单的重复。这一次,当教练眼见就要追上歹徒的时候,不料歹徒突然转身,一刀刺中了教练的要害。

教练死后,被市里授予"见义勇为英雄"称号。

杨向东和丁小玉是经人介绍认识的。当时杨向东只是觉得自己应该结婚,一个男人,身边没女人毕竟不是个事。和丁小玉走到一起之后,很快他就发现,丁小玉是个特别会疼人的女人。生活上无微不至,一旦他有个感冒咳嗽什么的,丁小玉总紧张得像是马上就要死人似的,非得立即带着他寻医问药。这让杨向东很感动。作为一个男人,杨向东回报的一个主要方式,就是在床上尽量满足她。而丁小玉呢?也尽情奉承。那阵子,两口子干柴烈火,甚是融洽。而且,每天晚饭后,他们都要手拉手散步。散着步,讲讲彼此的过去,讲教练,讲飘云。讲过一次之后,什么时候想讲,再讲一次。

丁小玉认为,人大致上是有宿命的,这个命,是性格决定的。为什么这么说呢?譬如教练,经常在外面打架,路见不平他要打架,遇见自己的不平事,他更像个拼命三郎般干架。每个月下来，他都有好几场架可打。有一次，她和教练正散步呢，看见路边围着一堆人，教练说过去瞧瞧，丁小玉怕他又惹事，不愿过去。

教练说："反正闲着也是闲着，就当瞧热闹呗。"

过去一瞧，是个大汉跟一个三轮人力车夫起了争执，缘由是坐车时没讲好价钱，现在，车夫说路程不短，要4元，大汉说只能给2元。

"可是，本地的起步价是3元，最少也得给个起步价吧。"

大汉说："就2元，要不要？不要拉倒。"

双方相持不下时，教练站出来帮车夫说话："3元是起码的，你不能欺负人。"

大汉横了他一眼："关你什么事啊？"

教练说："今天让我见着，就关我事了，你不服气是不是？"

这事的结果是，那个大汉推了教练一把，而教练一个扫堂腿，就把那大汉扫翻在地。大汉自知不敌，待要找车夫出气，转眼一瞅，车夫因怕事情闹大殃及池鱼，车钱也不要了，早就趁乱溜了，哪里还有他的踪影。

"唉！"丁小玉说，"现在想想，他是迟早要出事的。"

杨向东心里根本不认为教练是什么英雄，更不能算是个好男人。"幸好我当初没遇见他，要不然说不定一不小心也得被他一顿好揍呢。"杨向东这么说时，忽然觉得自己什么时候真被教练揍过一次似的，心里特别扭。

听着对方的讲述，有时也会产生一些疑问。譬如杨向东就曾问过丁小玉："像教练这样的人，平时脾气会不会暴躁了点？"

丁小玉想了想说："嗯，确实有一点。有一次他几个朋友来家里喝酒，叫我给他们炒个什么菜。我当时没听清楚，把那个菜做了汤。他当时就责怪我，很凶的样子，我委屈得哭了。"

杨向东说："生活中磕磕绊绊的事总是有的。"

丁小玉说："是啊，不过这些小事现在觉得挺值得回味的呢。"

丁小玉也问过杨向东："飘云那么年轻，你们其实也不了解，而她又那么渴望激情。你说,要是你们真在一起了,能合得来吗？再说了,人家飘云也不一定就有那层意思吧,你们不是还没进一步确定关系吗？”

这样的话题慢慢变得没什么意思。散步没了话题，散步的次数也就少了。再后来,散步以及类似的话题,也在不知不觉中淡出了他们的生活。

实质性的矛盾出现在杨向东和丁小玉有了一个孩子之后。首先是对孩子的态度。自己的孩子放个屁,丁小玉闻着都是香的。这其实也没什么,天下的母亲都差不多。很多的母亲,为了自己的孩子什么事都干得出来。在这一点上，人类和动物的母爱其实如出一辙。问题出在对待别人和别人的孩子上。每当遇见朋友、同事或是熟人的孩子,丁小玉都要逗一逗,有时也抱一下。丁小玉是名人民教师,这能体现一个教师的修养,本来也是件好事。可杨向东发现,对丁小玉来说,这纯属场面上礼节性的行为。过后,她就会说这个孩子哪里哪里不好,顽皮,没礼貌,或者身体的某个部位长得丑了。语气明显是不喜欢,甚至是有点讨厌。顺着这根线,杨向东很快就发现,丁小玉其实是不喜欢世界上除了自己一家以外的任何一个人的。儿子、本人、丈夫、父母、兄弟,丁小玉依次爱下来。这些人个个都是丁小玉的命根子,而对于其他人,她几乎漠不关心。其实这也不是什么大问题,在这纷繁复杂的大千世界,与人无涉,独善其身,也是一种活法。可杨向东头疼的是,丁小玉漠不关心的人群里,也包括他的家人。

杨向东的母亲74岁那年得了老年痴呆症,79岁离开了这个世界。在这5年里,杨向东兄弟几个没少为母亲操劳,当然,杨向东条件比较便利,平时联络工作都由他做,看望母亲的次数也相对多些。丁小玉就表示异议:“你家兄弟好几个,你又不是老大,怎么什么事情都落在你身上了呢？”

母亲过世后不久,杨向东的大哥做生意破产了,穷得家徒四壁。杨向东就不时给大哥一点资助。丁小玉又表示不满:“向东,你别弄错了,那是你兄弟,不是父母,对兄弟和对父母能一样的吗？”

结婚数年后,家里渐渐有了点积蓄,杨向东建议,把这十几万元钱存到他二姐的公司里,算搭个股,二姐这几年做得不错,兴许年终能分点红利呢。

丁小玉一听这话,马上警惕得像只灵猫,说:“自家的钱,怎么能放在别人手里呢?”

转手,丁小玉就把这笔钱存投到自己一个表弟的超市里,每月拿1000多元的利息。

诸如此类的事还有许多,杨向东记住了这些事以及丁小玉的言论。这些经典言论,杨向东将之命名为“丁小玉语录”。有时,杨向东也拿这些“语录”跟丁小玉开开玩笑,譬如杨向东40岁过生日,两家的兄弟姐妹都来了。他对丁小玉说:“现在‘别人’和你自家兄弟都来了,应该怎么招待你来办,我学习学习。”但在心情不好的时候,杨向东就对“丁小玉语录”想不开了。他心想:救济大哥怎么了?没听说过长兄如父吗?别说是我大哥,就算是别人遇难,帮助也是应该的呀,要换了你兄弟有难,你帮不帮啊?想完了这茬,再接着想:你丁小玉父母好好的,你也三天两头往娘家跑。当年我母亲成了痴呆老人,我做点力所能及的事,怎么你就那么看不顺眼了呢?

虽说丁小玉对杨向东是很爱护的,但杨向东觉得他只是属于丁小玉的一件私人财物,就像自家的马桶。丁小玉有点洁癖,工作再忙,她也总是把家里弄得一尘不染,尤其是浴室里的那个马桶。每次清洗它时,丁小玉都要花费大量的时间,直到把马桶洗刷得莹白透亮,比碗柜里的任何一个瓷碗都要更光鲜亮丽。杨向东常常想,像丁小玉这么爱护自家马桶的人,还真是不多见。不过话又说回来了,马桶虽然是生活中不可或缺的设施,终究也是身外之物,怎么也没有血缘关系重要。再者说了,丁小玉从前拥有过一个她自认为最好的“马桶”,在同类产品中,他杨向东算什么呢?

后来,和丁小玉的争吵时有发生,或为一件鸡毛蒜皮的事,或完全没有来由。争吵过后,丁小玉沉默的表情仿佛是在告诉他,她在缅怀她的英雄。而这时,对着窗外的那条护城河,杨向东耳边也会响起一个轻柔的声音:“我与你隔水相望呢。”

杨向东披衣起床,想到阳台上透透气。走出卧室前,他又看了一眼这张宽大的床。丁小玉仍然保持着侧卧的姿势,静静的,无声无息。丁小玉睡着时会有轻微的鼾声,由此,他断定丁小玉此时也在忍受着大床的煎熬。

杨向东心里再一次风起云涌。

和正洁分手后,杨向东还不时会有她的消息,有时一则短信,有时一个电话。正洁和他离婚后不久就结了婚,嫁给了当地仪表厂的一个会计,也是大她七岁,也是属兔。这个人杨向东认识,农民出身,看上去很质朴,是个可以让女人放心的男人。正洁嫁给这样的人,杨向东多少觉得宽慰。有时在路上遇到这个男人,杨向东心里居然对他无端生出了几许好感。有一次杨向东在茶馆喝茶,碰巧那个会计也在隔壁的包厢。杨向东经过那个包厢门口时,刚好听到那个人说到了正洁。

"我老婆最大的优点就是诚实。"他说,"从结婚到现在,没听她说过一句不诚实的话,她天生就是个不会撒谎的女人。"

杨向东从茶馆出来就发了个短信问正洁:你现在真的不撒谎了?

正洁回复:从不。

他又发了个评语:奇迹!

杨向东跟正洁分手时,有过一次最后的晚餐,在镇上最好的酒家,两个人一个包厢。

正洁说:"我的谎言毁了我们的婚姻,这是报应,从今往后,我再也不说一句谎话。"

杨向东心里一点也不相信。他说:"我相信。"

正洁说:"我一辈子都不会忘记你的。真的。"

杨向东还是一点也不相信。他说:"我相信。"

最后,正洁泪流满面地看着杨向东,问:"我可以经常给你发信息、打电话吗?"

杨向东赶紧说:"可以可以,当然可以。"

没想到,正洁真的不撒谎了,而且还真的常常发信息、打电话。但是正洁打电话从来不提旧事,只是聊聊家常,或者有什么疑难,来讨个主意。杨向东说什么,正洁都当作是神对她的启示,都说:“好,好,我明白了。”

有一次杨向东想起她在沙滩上写字的事,问:“现在没关系了,你可以告诉我沙滩上还有哪些字了。”

正洁说:“真的没有,所有的字都一样,就是一个‘东’字。”

这次,杨向东一听就信了。他感觉心里剧烈地疼了一下。

杨向东也曾经问过她:“你男人知道你常给我打电话吗?”

正洁说:“知道的,我早先就跟他说好了,他还答应,我可以一直保持对你的这份念想呢。”

正洁的男人真好!杨向东发现,他现在有点羡慕正洁了。

杨向东正在羡慕着正洁,他的手机铃声奇迹般响起。正是正洁。正洁从不会在深夜给他打电话,这让杨向东颇感意外。这次,正洁有些伤感,起因是她的男人在外面喝了酒,回家耍酒疯,说正洁并不爱他,因为正洁心里有杨向东这个魔障。

正洁在电话里说:“一个男人怎么能说话不算话呢?如果不是他答应让我心里保存着这份念想,我当初也不会嫁给他啊!”

杨向东说:“正洁啊,这是你的不是了,你站在他的角度想一想,他当初答应你那是因为他喜欢你,换作你是他,你会真的对这种事毫不在乎吗?”

正洁沉默片刻,说:“哦,我明白了。”

杨向东说:“所以啊,你往后就一心一意过好自己的日子吧,他才是你的男人,别想太多了,知道吗?”

正洁说:“可我做不到啊,我……我想……我对你是永恒的……”

正洁文化程度不高,话说得有点词不达意,不过杨向东明白那意思。杨向东拿着手机想了好一会儿,喂了一声。

正洁马上说:“嗯,我听着呢。”

“我想说,‘永恒’只会在你心里,而不会在你身边。”杨向东对正洁说的话,更像是自言自语,“永恒是一种光,是一个声音,是一份意念,是一缕轻烟,我们怎么可能真实地拥有它呢?”

正洁说:“我——不懂。”

杨向东说:“他是个不错的男人,你好好对他吧。以后别老往我这打电话了。”

挂断电话后,杨向东心里的疼痛还是经久不散。慢慢地,心痛演变成一种莫名的惆怅。他想,这样做,会不会让正洁失望呢?又一想,别说正洁了,丁小玉对我难道就不失望?别说丁小玉了,就算飘云活着,就算飘云和我结婚了,又怎知飘云对我就不失望呢?又怎知我对飘云就不失望呢?杨向东现在有点怀疑,是不是男人和女人之间的关系,只能是彼此失望。

失望的杨向东还是要回到床上,因为,他仿佛隐隐约约听到了丁小玉在抽泣。杨向东在阳台上,怎么可能听到卧室里的抽泣声呢?但他觉得自己确实听到了。只是,这个声音好像不是从卧室传来的,像是一个时有时无的信号。他猜想,抵达心里的抽泣,难道是来自丁小玉的心里、梦里?

上床后,杨向东慢慢地把手伸给了丁小玉。丁小玉接收到这一信号,马上作出反应,把身体挪了过来。这次,杨向东果断地抱住了她。

“过去了。没事了。”

丁小玉说:“嗯!”

不过,杨向东记得,他和丁小玉已经一个多月“没事”了,再没事下去,那只能表明事态的严重性。

两人就做了该做的事。

杨向东感觉到疲累,入睡前,朦朦胧胧中,头脑里忽然又浮出了“隔水相望”字样。每次“隔水相望”的时候,飘云都会像一朵彩云一样,影影绰绰倒映在水波里。可奇怪的是,这一次杨向东分明看到,水波里除了飘云,还有一个村姑模样的正洁。两个虚幻的影像摇摇荡荡,如行云流水,相映成趣。

(原载《青年文学》2014年第9期)

快乐秘书

◎ 李世斌

蒯一乐于大学毕业的当年,便逮住了一次机遇,通过笔试、面试,过关斩将,甩掉了一百多号竞争者,于某年某月某日拿到了某乡工作人员录用通知书。上班第二天,机遇又一次向蒯一乐招手,乡党委书记需要物色一名能喝酒、会要笔杆子的秘书。蒯一乐一次能喝两斤"农家烧",此前还在校刊发表过几篇新闻报道、散文、诗歌。他把作品都剪下来贴在杂志上。书记翻了翻蒯一乐黏贴成册的文章,一巴掌拍到桌面上,说:"你有才,就到党办当秘书吧。"

上头千条线,到了乡里一枚针。县里开什么会,乡里就得接着开什么会,叫作传达贯彻落实;县里各部门布置些什么,乡里就得对应着布置些什么,台账、考核,外加横幅、标语、宣传栏等一样都不能少。一日,书记从县里参加计生会议回来,便张罗着第二天立马召开全乡计生大会。书记交代蒯一乐:"计生工作是'一把手'工程,属一票否决,晚上熬个夜,把我的讲话稿搞出来。"

蒯一乐心想:不熬夜我也得失眠了。晚十点,蒯一乐仍然无从下笔,额头直冒汗。党办主任喝酒回来,见蒯一乐的傻样,便哈哈大笑。蒯一乐赶紧给主任点烟讨教。主任吐着烟圈,指点迷津:“哪有你这般写材料的,越是重要的,越是要年年定时开会。去,把去年书记讲话稿找出来,再把县长报告对照一下,改一改时间和数据,加上点今年新名词,就行了呗。哈哈,哈哈……”蒯一乐恍然大悟。

过了几日,乡长从县里参加森林防火会议回来,叮嘱蒯一乐:“森林防火是‘一把手’工程,乡长是第一责任人,明天就召开全乡森林防火大会,我的讲话稿一定要写到位呀。”

蒯一乐心想:越是“一把手”的材料越容易写呢。当晚,蒯一乐便将前些天给书记写的计生讲话稿找出来,将其中几段小标题“移花接木”:第一,要统一思想;第二,要措施到位;第三,要落实责任……第二天开会,乡长铿锵有力地念完了讲话稿。

又过了几天,乡党委副书记从县里参加“打击违法犯罪,维护社会稳定”大会回来。未等副书记交代,蒯一乐已将讲话稿呈上。副书记拿来一看,乐了,对蒯一乐说:“小蒯啊,工作主动,出手快,小标题也列得好,都点到位了。这‘第一,思想要统一;第二,措施要到位;第三,责任要落实’,正是我想讲的。材料中的数字你再到乡综治办那儿核实一下。”

蒯一乐心里乐开了花。大家见蒯一乐整天乐呵呵的,便给他起了个很动听的绰号——快乐秘书。

过了些年,书记荣调。书记调走之前,将蒯一乐提拔为党办主任。新书记到任,叫蒯一乐将全乡大体情况写个材料给他。蒯一乐便“唰唰唰”几下,挥笔写就,呈于书记。书记一看,眉头紧皱,说:“我说蒯主任啊,你写的材料有些出入呢,你说全乡实现了‘一村一品’,实现了村村通公路,我最近走遍了全乡十几个村,还有三个村的机耕路连牛车都过不去,怎能说村村都通公路了呢?那‘一村一品’是个啥?我就亲眼看见好几个村连地都荒在那儿,哪来什么特色?写材料可得要实事求是呀。”

蒯一乐可不是当年的“快乐秘书”啦,他面对新书记“据理力辩”道:“乡里年初有计划,反正要实现的,先这样说有什么错吗?现实中这样的事多着呢,譬如电影还没开拍先宣传,书还没写完先研讨,公路还没验收先剪彩,码头还没建成先通船,婚还没结先生子……”

新书记脸一沉,厉声道:“什么乱七八糟的逻辑,未等拉屎先呼狗,事未做成先吹牛……”

蒯一乐心里一惊,心想这个新书记和老书记有些不一样……

转眼到了九九重阳节,新书记叫党办牵个头,组织机关工作人员搞一次登山活动。蒯一乐领了任务后不敢怠慢,亲自动笔起草文件通知。

通知开篇写道:为了坚持、贯彻、落实和实践云云,提高广大群众身体、文化和综合素质,营造文化氛围,增强团队精神、协作意识、大局意识和凝聚力,全面促进文化建设、精神文明建设,密切联系群众,促进全乡经济发展和农民脱贫致富等……经乡党委研究决定,开展一次登山活动……

新书记拿到文件通知,哑然失笑,提笔批示:

嗟夫,登一次山能解决如此多的问题,实在难能可贵也。建议文件标题可拟为“万能登山”活动。

(原载《光明日报》2014年11月21日)

如果下雨天你骑马去拜客

◎东　君

有海归学子仨，远离尘表，把工作室搬进了一座深山。这在本县已属奇谈。他们是谁？人们带着好奇心开始四处打听。三位海归学子都只有二十岁出头，其中一位是本地人，另外两位是外省人。县里面的电视新闻称他们为“海归三剑客”，但也有人给他们起了个绰号叫“三海龟”。“海龟甲”来自美国硅谷。“海龟乙”来自英国伦敦。“海龟丙”来自日本名古屋。“三海龟”蛰居山中，潜心研发软件，过的是一种很世俗的朝九晚五的生活。不过，偶尔从工作室里探出头来，呷着咖啡，望一眼窗外的白云绿树，大概也会有一种出世之感吧。

“海龟甲”曾在上海一家外企打工，但他觉得自己的位置不在上海金融大厦某间封闭的工作室，而是在这座海拔高于金融大厦，登顶可以远眺大海的高山。他选择这个地方，也不是一时心血来潮。前些年，父亲，也就是渡口村村长（现称村委会主任），跟房地产商联手，把一大片盐碱地和甘蔗地填埋了，变成连片开发的工业园区。儿子毕业后，村长就打算把他从海外招来办厂，以此拴住他的脚，不至于东飘西荡。但“海龟”毕竟是“海龟”，志不在此。

他对父亲说，他已经找到两位志同道合的朋友，决心干一番大事业。村长虽然不懂儿子描述的那些专业领域的东西，但他听了也觉得这事可成，就此拍板。“海龟甲”一个电话，“海龟乙”和“海龟丙”就跨洋越海跑过来了。然而，这一年春天，阴霾也随之而来了。

布满工业厂房的渡口村到处飘荡着浊气。谁都知道，浊气是会下沉的。沉到哪里去？一部分沉到水土里去，一部分沉到人的血液里去。这渡口村他们是无论如何都待不下去了。

怎么办？机器设备都买齐了，总不能半途而废。“海龟甲”跟父亲思谋再三，找到了一个法子，决定把工作室搬到老家的山上去。这山，是渡口村村长早年住过的地方，在本县东南一隅。村长觉得迁移一事虽然颇费周章，但只要儿子拿定主意，也未尝不可。老家的三间旧房子还在，经过重新清扫、粉刷、归置，还是可以住人的。

对“三海龟”来说，这座已经荒废的山村与渡口村相比，简直就是一个桃源世界。有山，有水，有草木，有温润的环境，还有什么让人不满足呢？“海龟甲”站在阳台上，仰面感叹说，上海的风吹在脸上总是那么粗硬，但这里的风是柔和的。

开发软件便如同闭关修炼。当然，即便过着神仙日子，饭还是要吃的。“三海龟”吃惯了西餐，很多食材非得雇人从山下挑上来。“海龟甲”买了一台蛋糕烘焙机，自己亲手做法式蛋糕；“海龟乙”买了一台意式咖啡机，能玩转各种花式咖啡，还能打出细腻或醇厚的奶沫；“海龟丙”会做日本料理，秋刀鱼烤得尤其地道，倘若佐以清酒，风味更佳。除此之外，他们还养了一条伯恩山犬，一日三餐也配备了专门的狗食。

在这里，山龄比树龄大，树龄比屋龄大，屋龄比人龄大，人龄又比狗龄大。万物有序地生长，相育而不相害。他们跟山民一样，热爱清洁的空气，过着简单而安静的日子。

春末的午后，他们在屋顶的平台上支起一把白色太阳伞，坐在那里，一边喝下午茶,一边观赏着山景。山上原本住着几十户人家,三十多年前,村民集体搬迁,有的住到城里去了,有的分流到乡村。因为没有人看管,这里就日甚一日地荒芜下去了。那些木石结构的老房子空荡荡的,仿佛有什么东西在里面静静地腐烂,散发出一股古怪的气息。低矮的屋顶上到处长满了杂草,远远看去如同一片草坡,偶或有几只野雉从短篱矮墙间忽地一下飞掠到屋顶的草丛间,惊起几只不知名的鸟。

傍晚时分,"海龟甲"从山背后回来,告诉另两人,他在那里看到一户人家的屋顶上升起了一缕炊烟。

"海龟乙"说:"我们在这个寂寞的星球上终于找到了同类。"

"海龟丙"说:"真奇怪,我们在这边的动静弄得那么大,他们居然会不知道。"

"海龟甲"说:"也许是因为那里的人把我们看作是外星人入侵,不愿意跟我们打交道。"

"海龟乙"说:"无论怎么说,我们都应该主动拜访这位离我们最近的邻居。"

"海龟甲"说:"是的,我们还应该请他们过来喝喝下午茶。"

于是,在"海龟甲"的带领下,他们绕过一条山中小道,循着炊烟升起的方向,去拜访那户人家。为了表示诚意,他们手里还带上了一小袋面粉和水果罐头。"海龟乙"用揶揄的口吻说:"我们这样子是不是有点像《圣经》里面那三位提着黄金、乳香、没药前往伯利恒朝圣的三博士?""海龟丙"说:"我们要么是见到了世外高人,要么是见到了一个被遗弃的可怜兮兮的山民。""海龟甲"说:"三十多年前,我父亲和全村的人都搬迁到山下去住,如果还有人在这儿留守,准是一副野人模样。"喜欢读点克里斯蒂作品的"海龟乙"开始发挥想象,说:"也许住在这里的人是一个流窜到山头避难的杀人犯呢。"他们就这样胡乱猜想着到了那户人家的大门口。"海龟甲"敲了几下门,没人应声,又隔着低矮的土墙喊了几声。不一会儿,就有人趿着拖鞋踢踢踏踏跑出来。门"吱呀"一声拉开,露出一个小男孩的半边脸。他用异样的目光看了看三人说:“太公说了,他不想见外边来的人。”“海龟甲”说:“我们不是外人,我父亲早年也是这个村的,告诉你家太公,我们只是来看望一下,没有别的意思。”但话没说完,小男孩已经把门关上了。“三海龟”只好把礼物放在门口,悄悄离开了。

第二天,“海龟甲”开门时,发现门口堆放着昨天送出去的礼物。他下意识地扫视了一眼树林,“哧溜”一下,树篱后钻出一条细瘦的人影,斜斜地向竹林跑去。一条黄狗跟着一颠一颠地跑着,身后是轻浅的日光和淡薄的树影。转眼间,黄狗已跑到前头,没入草丛;而人影也渐渐融入竹林,好像光线再暗淡点儿,他的身影就会消失。随后出来的“海龟丙”像是在外星球发现人形动物那样,兴奋地挥动着手臂,向小男孩远去的身影打了一声呼哨。小男孩也不知怎么回事,回头望了一眼,又继续往前跑,没跑几步,再回头望了一眼,然后就跟那条黄狗一道钻进竹林深处,不见了。

“为什么他总是不跟我们说话?”“海龟丙”望着远去的背影叹息了一声。

“鸡犬相闻,老死不相往来,这有什么不好?”“海龟甲”说,“至少我们知道,这座山上还有邻居。”

“海龟丙”说:“至少我们知道他们是无害的,他们也知道我们是无害的。”

“海龟甲”望着远山说:“在山里面住着,有时候你会觉得自己回到了古代,如果下雨天你骑马拜访一位老朋友,会是怎样一件美好的事。”

“顶好是主人不在家,你又带着一丝遗憾回来。”“海龟乙”倚在门口微笑着说。

小男孩和老人在山的另一头,他们在山的这一头,日子就这么过着。有一天,“三海龟”惊讶地发现,他们的伯恩山犬跟那条黄狗走到了一起。再过些日子,他们发现那个小男孩带着两条狗在溪边嬉戏。大约过了半个多月,他们又发现小男孩常常带着黄狗来找伯恩山犬玩。男孩没有跟“三海龟”说话,但跟伯恩山犬似乎很玩得来。直到有一天,“海龟甲”兴奋地宣布:“小男孩终于开口跟我说话了。”那天,“海龟甲”把狗粮分给那条黄狗的同时,也把一片牛肉干递给小男孩。小男孩问:“这是什么?”“海龟甲”说:“是牛肉干。”小男孩说:“我不吃这个。”过了一会儿,小男孩注视着他脚上的皮鞋说:“你们的鞋子跟我们的不一样。”“海龟甲”说:“你们穿的是布鞋,而我们穿的是牛皮鞋,当然不一样。”小男孩瞪大了眼睛问:“什么是牛皮鞋?”“海龟甲”说:“就是用牛皮做的鞋。”小男孩又问:“牛可以吃?”“海龟甲”答:“当然可以。”再问:“牛身上的皮也可以吃?”再答:“可以,如果有人愿意吃的话。”小男孩点了点头,还是不依不饶地问:“既然牛皮可以吃,那么,你们脚下的牛皮鞋也可以煮了吃?”“海龟甲”一愣,说:“牛皮是牛皮,鞋子是鞋子,不一样的。”

“海龟甲”说:“这小男孩的脑子里装着许多跟我们不一样的想法。”

“海龟乙”说:“应该反过来说,是我们的脑子里装着许多跟他不一样的想法。我们的脑子是那么复杂,而他是那么单纯,小小年纪,在山里面仵着,还不知道这世界上有那么多新奇的玩意儿。”

“海龟甲”说:“照这么看,我们把电脑带到山里来,对他们也是一种冒犯。”

“是的,”“海龟乙”说,“跟他们保持一点距离是必要的。”

一个雨夜。有人来敲门,笃笃笃,很急。“三海龟”同时起床,一个手执电筒,一个手执猎枪,还有一个空着手去开门。门一开,雨水就随风潲进来,一个老人趺趺撞撞地跑进来,头发和胡子被风吹作一团,只能看见半边脸。老人把黏搭在嘴角的一绺须发撩了一下,劈头就问:“你们这儿可有救急的药物?我那曾孙发高烧了,额头跟火炉一样烫,身上直发汗。”

“三海龟”怔怔地看着他,老人立马作了自我介绍:“我叫阿义,住北山的。”三人听了也就明白,眼前这位老人就是那个小男孩所说的“太公”了。“海龟甲”简单地问了一下病况,立马去楼上找来退烧的西药。老人接过药说:“之前给孩子喝了一服中草药,顶不住,越发厉害了。听说西药见效快,就指望这个了。”

外面风雨大作，“三海龟”就撑着伞、打着手电筒把老人护送到家。这里的山村是通电的，但老人家中实在没什么可用得上电的家用电器。夜晚照明的还是油灯。屋子里的陈设很简陋、古旧，只有一张桌子、两条凳子、几件农具，照例是一些手作物什。进了卧室，扑面就是一股浓烈的草药气息，跟屋子里的黑暗混成一团，懒洋洋地涌动着。小男孩蜷缩在一张老式的圆额床里，喊着冷啊冷啊。“海龟甲”伸手一摸他的额头，手指颤抖了一下，立马收回。

阿义太公说：“这孩子从来没有这样子发过高烧，怕是昨晚被几只慌蚊虫叮咬的缘故。”

“海龟丙”问“海龟甲”，慌蚊虫是什么虫。“海龟甲”说：“这里的方言，指那些饥不择食的蚊子。”

阿义太公说，看样子孩子得的是“六月客”。这一回，连“海龟甲”都不明白是什么意思了，就问，什么叫“六月客”。阿义太公说，是一种六月间生的病。这山里以前有人发过这病的，很厉害，如果没有及时救治，会死人的。

“海龟甲”觉得，山里人到底是淳朴的，居然把病也当作了客人。他早年就听说父辈们是把麻疹称作“小客”，把天花称作“大客”的。不过，这“六月客”他还是头一回听说，也是头一回见。看样子，这孩子即便服了药，一时半刻也难退烧，因此就对阿义太公说：“既然病是客人，来了要善待，去了要慢慢送。我这药就是送客用的，你放心。”

吃了退烧药，小男孩的高烧就跟潮水似的慢慢退了下去。然而，到了凌晨时分，高烧又来了。就这样，退了又升高，升高了又退，反反复复，但每回都能降下一点点温度。

“三海龟”吃过早餐后就放下手头工作，过来看望。他们都注意到，阿义太公手里有一本厚厚的旧书，上面写着：*Holy Bible*。“海龟甲”问：“你是信基督教的？”阿义太公瞪大了眼睛问：“你说的是番人教？呃，我不信这个。”“海龟甲”又接着问：“你可晓得自己手里拿的是什么？”阿义太公说：“不晓得，我只记得小时候生了病，阿爹就把这本书拿在手上，后来我的病好了，阿爹就把这本书锁进柜子里。”“海龟甲”把书拿过来，翻了翻，说：“这是一本英文版的《圣经》,你爹看得懂?"阿义太公摇摇头,说:"也不晓得他看懂看不懂。"翻到《新约》时,"海龟甲"看到了一张外币,说:"这里面居然还有钱呢。"阿义太公说:"这是鹰洋。""海龟甲"仔细辨认了一番,说:"这是墨西哥币,你们家怎么会有这种钱币?"阿义太公说:"我们家有很多事连我也说不清了。""三海龟"听了这话,也没有追问下去。

阿义太公坐在那里,一直没合过眼。"海龟甲"安慰他说:"没事的,烧要慢慢退。这'六月客'也不是好侍候的。"阿义太公说:"这孩子身上的病真是难缠的客,想赶也赶不掉呢。如果药物不行,我就去请山那边的师公来一趟。""海龟甲"见他忧心忡忡,又用温度计测量了一遍小男孩的体温,指着水银柱说:"高烧还在,但比昨晚低了一度。师公嘛,不必请了。"阿义太公听了,用手摸摸胸口,好像有什么东西刚刚落下了。他问"海龟甲":"你会说本地话,祖上叫什么来着?""海龟甲"报上了祖父的名字。阿义太公点点头说:"是我族弟。自从族人搬到十几里外的山下居住之后,我就跟他们极少来往了。"阿义太公又问另外两位:"你们是上海人吗?""海龟丙"耸了耸肩反问:"为什么说我们是上海人?"阿义太公说:"瞧你们那派头,就像是上海人。三十多年前,我们这儿倒是来过一位上海老板,穿一双牛皮鞋,鞋跟那儿有一块小铁片,走起路'滴扣滴扣'的。全村的人一听到这声音,就晓得上海老板来了。"

阿义太公说,这位上海老板在渡口村那一带办了一个矿灯厂,把村上的男女老少都带下山去了,这里面也包括阿义太公家的七口人。之后,他们到底去了哪里,为什么一去不回,他都无从知晓。有传言说,他的儿子得病(什么病不详)死了,两个孙子也在意外事故(什么事故不详)中丧生,但没有人证实这些事是否属实。忽然有一天,有人把一个陌生的小男孩带上山来,交给他,说是他的曾孙。阿义太公说,他都是个土埋半截的人了,往后怎么把这孩子拉扯大。但那人二话不说,就走掉了。从此,这孩子就跟阿义太公相依为命。那一年,阿义太公已年逾八十。

三人听了阿义太公的一番话后,都有点儿替他担心:如果有一天,他突然撒手走了,扔下这孩子孤单一人怎么办?但阿义太公好像没想过"死"这个字。阿义太公说，有位“先生”曾给他算过命，说他如果能跨过八十八岁这个坎儿，还能再活十二年。他接着伸出十根手指，一字一顿地说：“我今年已经八十九岁啦。”

三人从阿义太公家出来，又开始同往常一样辩论起来，他们关注的是，阿义太公是否能活到一百岁，到那一天，他的曾孙是否还留在山里面。

也许有一天，阿义太公会把整座山当作王位那样传给他的曾孙……

也许有一天，他的曾孙会放弃这里的一切跑到城里去谋生……

也许有一天，他的曾孙在城里赚了足够的钱又想回到山里面居住……

那一刻，他们的猜想似乎延伸到了弯曲的山路的尽头，变成白云、飞鸟在阳光点染的天空任意飘荡……

隔日傍午，阿义太公给“三海龟”送来了一篮土豆。他说，这孩子的命也真是懒贱，吃了两天药高烧就不再复发了，这世上还果真有救命的灵丹妙药呢。

自此，阿义太公跟“三海龟”之间有了来往。不过，“三海龟”整天都忙于工作，阿义太公也不好意思多叨扰。即便来了，也很少说话，只是像影子一样，在阳光里悄无声息地坐着。狗也是，懒懒的，不出声。阿义太公也不许小男孩打扰他们，但小男孩总是以带狗粮给伯恩山犬的名义偷偷过来。他只是跟狗玩。用“三海龟”的话来说，小的跟小的最能玩得来。

山南山北，两户人家，各有各的过法。

阿义太公一早起来，照例要巡山。这么多年来他把整座山当成了自己的家，无论山底下的地有多深，山顶上的天空有多高，仿佛也都有赖他的看顾。每天有事没事四下里游走一圈已成习惯，跟他同行的，有时是那个小男孩，有时是那条黄狗，无一例外。

至于“三海龟”，几乎足不出户。他们为了掘到眼前的第一桶金，可以忍受孤独，以及孤独带来的种种煎熬。几个月后，他们的软件产品得以成功开发，原本可以开香槟庆贺一番的，但跟他们合作的公司竟在金融海啸的冲击之下宣布破产了。由于这些软件是为那家公司量身定做的,因此也就无法再转卖给别的公司。“三海龟”自然没想到金融海啸会从美国的华尔街一直波及中国的山旮旯里。“海龟甲”给父亲发短信说明自己目下的窘迫境况时,少不了诅咒、抱怨,并且很专业地用“非理性癫狂”这个词来描述这场危机的根源。

除了无聊,他们不知道怎样应对以后的日子。于是,他们想到了阿义太公。因为天气不错,他们决定去看看阿义太公和他的曾孙。

半道上,“海龟丙” 突然提出了这样一个似乎经过深思熟虑的问题:“世界金融危机会影响阿义太公的生活吗?”

“我想会的,”“海龟乙”说,“在全球化的时代,我们把手放在这里的任何一块岩石上都能感受到金融海啸的冲击。”

“我想不会,”“海龟甲” 说,“无论世界怎么变化, 阿义太公还是阿义太公,仍然可以吃他自己种的菜,过着神仙一般的日子。”

进了阿义太公的院子,他们才停止辩论。

阿义太公撂下手头的竹编, 迎上来问:“今天怎么得闲来我们这儿坐坐?”

“海龟甲”说:“那阵子,我们每天早晚工作,忙得不可开交,连礼拜天都变成了礼拜八。”

阿义太公说:“在我们这儿,每天都是礼拜天。”

“海龟甲”说:“对我们来说,礼拜天是不存在的。”

阿义太公呵呵笑道:“你们是忙人,我是闲人,你想想,礼拜一跟礼拜天,虽然相隔只一天,但说到底还是不一样的啊。”

“海龟甲”苦笑了一声说:“看样子我们以后也要天天过礼拜天了。”

阿义太公不知道这话里面的意思,转身掇来了两条长凳,让他们坐了下来,接着又端上了一坛酒,摆上了四副碗筷。桌子上只有两盘菜,一盘田鱼干,一盘咸菜根。阿义太公说:“今天难得请你们吃顿便饭,你们就不必推辞了。”“海龟甲”抽了抽鼻子说:“小时候吃过这咸菜,气味不好闻,味道却好得很。”说着，夹了一片，放嘴里，细嚼一番，随即用本地话赞道：“咸兼淡，正好呢。”阿义太公很高兴，说：“我家还有一缸咸菜根，你们到时候可以带点儿回去。”其他两人也不客气，也都吃起了咸菜。天在片刻间黑了下来，外面的风也大了起来，院子里的木门忽地一下被风吹开，发出吱嘎吱嘎声。小男孩正要跑出去关门时，阿义太公说：“别关门，把风放进来。”

一阵山风卷走了屋子里的热气，呜咽数声，就蹿进山谷里去了。这时候，山背后升起了一枚硕大的月亮，仿如一朵白梅在墙角绽放。在这样一个平静的夜晚，他们听着山谷里搅动的风声，咬起菜根来似乎也格外带劲了。

渡口村村长得知儿子第一回开张便在生意场上遭遇了挫败，次日就上山来看望。与他同行的，是一位“先生”。这位先生会起课，会拔牌，还会看风水，手指掐掐，点点，就能说出一大套叫人不得不信服的话来。这位先生还会一种早已失传了的“调人”的法术。什么叫调人？就是放蛊，但跟外间的放蛊在心眼手法上又不一样。

先生身量瘦长，背微驼，不戴墨镜，没留胡子，面目也算白净，有一个发亮的前额和一双仿佛能洞穿一切的眼睛。他从房屋的青龙头（东南角）绕到白虎尾（西北角），站定，指着远处说，对面山上有一座信号发射塔，跟这边的屋子正好是对冲的，于他们不利。“海龟甲”说：“发射塔离我们那么远，从科学角度来看，应该不会有电磁辐射吧。”

先生说，发射塔是电磁煞，在五行中属火，火与心血管恰好是对应的。长此下去，迟早会对身体不利。先生走到屋前一块道坦里，画了个圈说：“这儿，对，以后就在这儿挖口池塘，水可以克火。”

走到山的另一面，“海龟甲”指着一座老房子对父亲和先生说：“这就是阿义太公的家。”阿义太公不在家，院门敞开，几只家禽踩着满地翻晒的干草进进出出，一副怡然自得的模样。

“海龟乙”举头望着屋顶说：“我怎么感觉东山上那座发射塔对冲的是阿义太公家的烟囱？”

“是的”,“海龟丙”点点头说,“不然他家的屋顶为什么会寸草不生?”

他们模仿着先生的口吻说话。

“但阿义太公的屋前有一堵墙,”先生说,“这堵墙挡住了煞气。”

这堵墙是家庙的墙。庙毁了,只剩这一堵墙,斑驳的墙面至今还残留着老宋体的“主义”两个字。那是半个世纪以前有人用毛刷子写的。据村长回忆说,那个年代,人们天天读报,大谈“主义”。唯有阿义太公一心种地,不谈“主义”。阿义太公有句名言:胡萝卜没有胡萝卜主义,西红柿没有西红柿主义,茄子没有,空心菜也没有。因此,村上的人就称他是“没有主义的阿义”。谈“主义”的人后来都跑到山下去了,阿义太公抱持“没有主义”,留在山里面,独来独往,无牵无挂,跟山上的古树一并活着。

先生看完了阿义太公那座屋子的朝向后,又带着“三海龟”走到东山山麓,回头观望山形。正说话间,他们远远就看见阿义太公跟小男孩从另一边过来。阿义太公走得很慢,那样子,不像是走,而是移动,一寸寸地移动。先生唤了一声“阿义公”,阿义太公就停住了脚步,仔细辨认。

“是李山人?”阿义太公问。

先生说:“我是李山人的儿子,家父五年前就归道山了。”

阿义太公“哦”了一声,就跟他攀谈起来。曾孙怕见生人,就在前面不远的地方催喊:“走归,走归,快点呶……”阿义太公苦笑着说:“这话好像是在诅咒我早死呢。”先生说:“这叫童言无忌,你不必放在心上的。”阿义太公叹息一声说:“到底是老了,老年人最怕有人催他‘走归’了。我这老寒腿,现在是一年不如一年了。”先生也顺着阿义太公的话说:“老年人,走路慢一点总是好的,跌倒了,很难将息,不像年轻人,在床上躺几天就能活络过来了。”阿义太公说:“你说得对,走得慢一点,是为了走得更长久一点。”阿义太公回过头来看看那个曾孙,料想他已等得不耐烦了,便模仿他的口吻吆喝了一句:“走归,走归,快点呶。”

“走慢点才好啊,”先生望着阿义太公的背影,对“三海龟”说,“你们瞧瞧阿义太公走路的姿势,这是一种庄重的缓慢。我从这慢里面看到了现代人一直向往的慢生活。”

风当然是从南边吹过来的。村长说:“山里的风好得很,可小时候待在这里居然不曾觉着它的好。”吃罢早餐,村长和先生拟定了一份以十二年为期的房屋租赁合同,交“海龟甲”打印成几十份,准备带到山下,找那些迁至山外的村民一一签订。下山之前,村长把儿子叫到跟前说:“从今天开始,先生就是你们仨的导师。他会传授你们生财之道,你们一定要言听计从。别以为自己念了几年洋文,就有多了不得。人家先生的道行远远在你我之上,我这些年之所以能把盘子做大,全仗先生的点拨。现在他愿意帮你忙,是你修来的福气。”

儿子做软件开发虽然没亏多少钱,但把一段大好时光都搭了进去,心中正暗自懊悔,这时节父亲不仅愿意出手相帮,还给他指明一条生财之道,还有什么不愿意接受?对眼前这位先生原本也不怎么恭敬,但这两天相处下来,感觉他有点像电影里的魔法师,掌握了一门神秘学问,能在某个不易察觉的时刻释放出某种超自然力量。

一天清早,小男孩急匆匆跑过来说:“太公生病了。”

“三海龟”过去看望时,阿义太公正坐在墙根下,神情古怪,眼珠子只是瞪着前方,一动不动。“三海龟”试着在他眼前挥了挥手,他的眼珠子却依旧跟木刻似的。阿义太公说:“今早起来,他就感觉眼睛里像是揉进了蛛丝,把两颗眼珠子都缚住了。”问:能看见东西?答:能。但眼珠子就是动不了,既不能向左转,也不能向右转,只是在中间定着。左边的人跟他说话,他就只能把头转向左边;右边的人跟他说话,他就只能把头转向右边。

“海龟甲”问:“为什么会这样?”

阿义太公干笑一声,说:“你们去问问那天过来看风水的李先生就晓得了。”

“你的眼珠子动不了,跟先生有关?”

“三十年前,我们这村上有个寡妇也是跟我一样,平白无故地眼睛就定住不动了。她看了不少郎中,就是治不好。后来有一天,李山人,也就是先生的父亲经过我们这个村,说自己能治好妇人的眼病。妇人信了,就跟随他来到山下,坐船去了他那座冷清殿。李山人倒也没骗人,从药箱里取出一颗纽扣般大小的物什,交给了妇人。说也神奇,那物什平日里就放在茶米里养着,拿出来看也很平常,但一放进眼皮底下,它就跟活物似的骨碌碌滚动,把眼睛里的蛛丝一下子就舔干净了,然后再从眼皮底下自行滚了出来。三天后,妇人回到山上,跟我们说起了这件神奇的事,独独不提李山人在这三天里都干了些什么。当然,这种事,我们村的人差不多都猜想得到的。"

"你的意思是说,你的眼睛出现这毛病,先生也能治?"

"我老了,不中用了,神衰鬼弄人的事也不是没有可能。你们回头转告李先生,什么时候带着那件家传宝物专程来一趟,我一定感激不尽。"

"海龟甲"回来后就把阿义太公的原话转告先生(转述中,他有意略去了寡妇随同李山人下山那一段隐私)。先生先是一怔,继而一笑,说:"他晓得感激就好,三天后,我自然会过去一趟。"

为什么非要等到三天之后?"三海龟"还是不明白。

三天后,先生果然带着"三海龟"去见阿义太公。阿义太公的眼皮耷拉下来,眼圈发红。先生来了,他好像视而不见,依旧坐在墙根下,不发一言。"先生"把阿义太公拉到一角,不知道嘀咕些什么。他们过来的时候,阿义太公就对小男孩说:"过了夏天,先生把你送到城里的学堂念书,你去不去?"小男孩把头摇得跟拨浪鼓似的。阿义太公面露难色说:"孩子这些年跟我在一起生活,舍不得离开呢。再说,小庙神没见过大香火,突然跑出去见世面有些怕怕的。"先生说:"孩子的事我会安排,你就照我的意思去办。"先生接着从口袋里取出一颗纽扣状的物什,说:"之前听说你的眼乌珠子无缘无故地定住了,我也没少费心。这两天我下了一趟山,借了这颗珠子,你只需要把它放在眼皮底下滚几下,眼珠子自然就能动了。"阿义太公照着这么做,不过须臾,眼珠子果真就能滚动了。

"我不明白的是,""海龟乙" 自言自语地说,"上帝造人为什么非要让眼珠子滚动？”

“也许这跟地球自转偏向力有关吧。”“海龟甲”作了貌似科学的回答。

他们闲聊的时候，先生又把阿义太公拉到一边嘀咕了些什么。阿义太公先是摇头，然后点头，之后就独自一人进了屋子。没过多久，他就拄着一根手杖从屋子里出来。一屋子的人都瞪大了眼。阿义太公穿的竟是一件旧兮兮的西装，里面的衬衫上还系了一条绳子般的领带。阿义太公说：“我从箱子里面翻找了好久，才找出这身旧衣裳来。”先生说：“你没有下过山，怎么会有这一身洋装？”阿义太公说：“是我爹留下的，他早年在城里的一家布店当过阿大先生。”“海龟甲”问：“什么是阿大先生？”先生翘起一根拇指，笑着说：“这你就不懂了吧，阿大先生就是商铺里的总管。”“海龟甲”轻轻地哦了一声，说：“老人家原来也是‘富二代’呢。”阿义太公说：“你还别说，我爹当年从上海出差回来，还带回了几句洋文。满口“培林”“司底克”。小后生，你是留过洋的，应该知道的。”“海龟甲”做了一个擦额头的动作说：“似乎听懂一点。”先生解释说：“我们这里的人以前买了洋货，常常是跟着洋文来念，轴承念作‘培林’，手杖念作‘司底克’，是这意思吧，阿义太公？”阿义太公说：“留洋学生学问大着呢，我怎么敢在人家面前显摆。”先生扯了扯阿义太公的衣角，说：“再去翻翻箱底，还有没有更旧的出客衣裳。”阿义太公应了几声“好，好，好”就转头进了里屋。过了许久，他就穿着一身冻绿布做的长衫慢腾腾地出来了。银白色的胡须垂及前胸，随风飘动，仙气一下子就出来了。先生见了，立马上前一步，恭恭敬敬地喊了一声：“师父。”阿义太公吓了一跳，说：“你怎么称我师父？”先生说：“从今天开始，你就是我师父了。”阿义太公说：“‘师父’这称号怎么可以随便叫的？”先生说：“这不，就差这一拜了。”说着就跪了下来。阿义太公一时愕然，不知道该说什么好。先生说：“我叫你师父，你就是师父，从今天开始，你就是我师父，我就是你徒弟了。”“海龟甲”垂着双手，站在一边看，仍然是一头雾水。

先生出了门，看见院子里一只长脚鸡走着鹤步，便说：“鸡有鹤相，就是鸡里面的鹤了。”

这鸡像是听懂人话,迈着阔步走出院门外,一副很有风度的样子。

过了半晌,先生转头跟阿义太公说:“我之前在山上转过一圈,发现这里有不少古树。”阿义太公说:“千年以上的古树有一棵,五百年以上的古树有四棵,两三百年以上的古树就说不清了。”先生说:“好,你就带我去看那棵千年古树。”

树是古的,路是新的。这条路是阿义太公一个人修的。阿义太公七十岁以后就开始做这样一件在他看来意义非凡的事。一个人,花了十几年时间,修一条山路,也不知道为了什么。路的尽头是几座古墓,像是祖坟。边上有一棵古树,古贤般静穆。

“阿义太公穿了长衫为什么会有古人之风?现在我终于弄明白了。”站在一边的“海龟甲”说,“因为阿义太公时常跟这些古树待在一起,自然而然地就有了古树的气息。”

“没错,”“海龟乙”说,“这棵古树居然长得跟阿义太公很像。”

先生让阿义太公盘坐树下,然后从各个角度打量了一遍说:“你以后什么都不必做,凡是有客人来了,你就在这棵古树下盘坐就行了。”阿义太公问:“就这样简单?”先生说:“难道还要请您老人家给客人掇凳递茶不成?”阿义太公有点不敢相信自己的耳朵,愣了半晌,想说点什么,却又忍住了。

先生说:“别人问你一些事,你大可不必回答,但你可以这样。”说着就做了一个“掀髯一笑”的动作。阿义太公也跟着做了一个“掀髯一笑”的动作。“三海龟”见了都竖起拇指,称赞这动作真够帅气。之后,先生还教会阿义太公打坐的姿势。阿义太公就那么一坐,神态举止活脱脱一个现世神仙。“三海龟”又做了一个“拇指点赞”的动作。

过了一阵子,村长就带了一位设计师和一支施工队进驻山中,把那些老房子里里外外修葺了一番。先生说:“这些烂木头、破砖头,以前没用,现在有用了,以后都是可以生金生银的。”先生接着就跟“三海龟”谈起了“生财之道”,很具体,很鲜活,都是“三海龟”在大学课堂上没听过的。在厨房里,先生突然举起一把锅铲说:“现在你们要做的,就是使劲在网络上‘炒’。能‘炒’多‘火’,就‘炒’多‘火’。如何把这座冷清山‘炒’成名山,少不了你们仨,当然,也少不了一个主角,阿义太公。有了名山和名人,这山就不是石头山,而是金山银山。”

做法也很简单:他们把阿义太公的照片传到网上去,再添了些介绍文字,事情就成了。

没过多久,网上又出现了这样一个视频:一棵古树下,一个白发长须的老人坐在草席上。那样子就仿佛坐上了魔毯,正准备迎风飘飞起来。坐着坐着,他就解下了头上的方巾,放在一边。过了一会儿,他又解开了腰带,放在一边。再过一会儿,又脱下道袍,放在一边。接着,他就做了一个要把什么东西安放树下的动作,但眼明心细的人也许会注意到,他手里什么都没有(也许他手心里有一种看不见的东西,只是无以名之而已)。然后,一阵风吹来,他的身体开始缓缓离开地面……

这位耄耋老人就是阿义太公。他在网上有个响亮的道号:古镜山人。

又过了一阵子,“三海龟”接待了几位慕名而来的修行者。其中,一个络腮胡男人自称是瑜伽行者。他穿的虽然是布衣和草鞋,但左手的老菩提,右手的老蜜蜡,以及脖子间的南松一百零八颗串珠,合起来少说也值个十几万元。一看即知,此人来头不小。来头不小的人出手也阔绰,他看了山形,二话不说,就从“三海龟”那里租了一套老房子,打算在此住上三四个月,而每个月大约有三天要在野外搭建一个简易帐篷,过一种辟谷生活。所谓辟谷,络腮胡男人说,就是让自身处于一种适度饥饿的状态,据说这样做可以重启人体的免疫系统。“三海龟”给这位神秘的修行者拍了照片与视频,配上文字,一一传到网上。此人只因偶尔比别人少吃几顿饭,就被视为世外高人了。

还有一人,是来自某座海岛的居士,平日里喜欢坐在一棵古松下发呆,偶或开口,就是满嘴佛话,有时还会双手合十,念几句禅诗。同时过来的一位,好像不是来体验修行生活的,不过,他喜欢在腰间别一把斧头,装扮成樵夫,整天在山里面转悠,也不知道为了什么。

这座山上有十几棵古树,现在,这些古树都有人供养了。这座山上有几十座老房子,现在也都变成了民宿。尤其是节假日,来山中过慢生活的城里人越来越多,这钱也就跟山泉一样源源不断地流进“三海龟”的口袋里。山里面没有银行,因此,他们就把大把大把的钱塞进一个倒扣的捣臼里。除了他们,没有人知道这个秘密。

再说阿义太公和他的曾孙。

入秋之后,先生就把阿义太公的曾孙送到城里一家寄宿小学念书。彼时,阿义太公心下虽然有些不舍,但权衡利弊,还是点头同意了。阿义太公对“三海龟”说:“这孩子出身贫寒,没指望他将来也像你们那样出国留学,不过,念点书总不是坏事。退一步说,书念不好,也不打紧,回来了,就把这座山交他看管。”“海龟甲”说:“这山我们会替你老人家好好管着,你就放心让他去念书吧。”阿义太公还有什么不放心的?先生都当着大家的面拍胸脯作了保证:只要阿义太公愿意配合他们做山里面的“现世神仙”,孩子的抚养费以后就由他们资助,直到大学毕业。这笔账,无论怎么算,都不会亏。还有一桩事,先生也替他着想了,那就是阿义太公日后要是归了道山,先生会执弟子之礼,把他安葬在古树边上的一块牛眠宝地。至于那座老房子,以后可以留给他的曾孙,也可以翻建成一座让阿义太公配享的土地爷庙。

眼下让阿义太公高兴的是,曾孙刚识了几个字,就比先前更懂事了。每隔一周,他就会把电话打到山上,问候太公。曾孙的生活有了着落,阿义太公也乐得做空手闲人了。有时阿义太公接到先生的电话,就立马换上一身新买的道袍,施施然回到树下,兀自盘坐。虽然是秋老虎的天气,但山里面还是清凉的。

阿义太公坐在一阵清风里,不禁感叹,世上光阴好。

(原载《作家》2015年第8期)

阿玛尼

◎王　手

一

我初中毕业的时候是十八岁。这个年龄，细心的人一看就明白，这厮，一定有什么可说的，要么是长不大的“螺丝钉”，书读得迟；要么是“蒸不熟的黄馒头”，在哪个年级里“回炉”了。也确实，一年级的时候，五颗纽扣分三份，我分不出来。五年级的时候，“读书是学习，使用也是学习，而且是更重要的学习”，这“而且”是个什么东西？为什么这么重要？我就搞不明白。等我读了初中，母亲就吓唬我，“叫你爸早点做辆板车起来”，言下之意是，我从学校里一出来，就可以去做苦力了。

借我母亲吉言，我确实也做过许多苦力，打桩、做泥水、拉板车，或者，被人呼来喊去地打架。这些信息也告诉别人，这厮有蛮力，或者说，头脑简单。同时，别人也由此知道，我有很长一段时间找不到事做。一个人有力，没事做，都会想着去学一门本事，什么本事？打拳！就算你自己没想到，别人也会惦记着你。我父母就说，没事去学门功夫，不打人也可以防防身嘛。那些打拳

“老司”也会找你,“到我这里来吧,到我这里来吧。”有点像现在的“星探”和“引进人才”。

我们家对面山上就有个拳坛,“老司”叫龙海生,也有人叫他南拳王。是拳王,一般都有些传说。传说一,说有一天有人找他单挑,他说可以,也不问要比试什么,不动声色地顾自扎下马步,运足气,然后脚发力一挫,脚下的地砖就像开了片的瓷板,嘎嘣嘎嘣地裂开来。还有个传说更有趣味,说他弟弟要“上山下乡”,第二天就要走了,他表示对政策的不满,前一天夜里把解放路上的垃圾屋全部踢倒。垃圾屋都是水泥做的,一路上有几百个,先不说垃圾屋牢不牢、重不重,光一路踢来不歇,这脚力也是可观的。

就这样,我拜了龙海生为师,学两样东西,一是齐眉棒,二是板凳花。齐眉棒讲究左右开弓,板凳花的特点是进退自如,两者都是攻守兼备、实战型的功夫,我喜欢。我不看好死板的、程式化的套路。我觉得,没有器械,光是拳,力是打不出来的。

二

有力,就会有人请。请我的是附近的金龙妈。金龙妈我不认识,但我母亲认识。母亲说:“金龙妈很苦的,她有什么事叫你,你只管应来。”我就应了。金龙妈找我不是一般“推拉抬担”的小事,而是委我以“重任”。什么重任?这个说来话长。现在,我撑着肩、自我感觉良好地往金龙妈家走去。我以前读小学时,每天一早从家里跑出来,像一条关了一夜放出来撒欢的狗,跑得很快,还会张开双臂作飞机飞翔状,嘴里配以“呜啦呜啦”的叫声。叫声像犬吠一样引出了其他同学,他们一个个钻出家门,一会儿就汇集起七八个,像一群互相追逐的狗,兴奋地向小学跑去。金龙妈家就在小学的附近,一个裁缝店边上,一条小弄堂进去,里面有很多人家,像某些景区,外面一点也不起眼,里面都是风光。我们这里有很多这样的弄堂,像一个篆书的“竖心”,由几条枝杈组成,金龙妈就住在最里面的那间。到了这里,我想起来了,金龙,还有银龙,我们应该还是校友呢，这也等一下再说。

这条弄堂，我以前来过，是初中时随红卫兵进来夜巡时经过的。巡什么？巡有没有“犯罪”的隐患。小路弯弯，路边有许多物件，是边上的住户随意摆出来的，水缸、鸡鸭笼子、花草罐罐、水泥洗衣台、晾衣的竹架子。我喜欢掉在队伍的最后。位于最后，等于没有了督促，我可以随机而肆意。用耳朵贴近屋门，听屋里的窃窃私语；在窗前的黑暗里，凝神屏气，想象着屋里的大致轮廓。马上，私密一点点被我嗅出来了。有一下，我还偷窥到露在床外的四只脚，我当时很费解它的样子，正试图细看，都被同伴“走啦”的叫声拉了出来……现在想来，当时那来不及稳妥放置的四只脚，可能是在偷情。

金龙妈家是两间半平房，一间金龙妈住，一间两个儿子住，还有个半间搭在弄堂尽头，做厨房和柴仓。光线很暗，从瓦缝里漏进来的光线里满是灰尘在翻滚。儿子的屋里很简单，一张床，一个五斗柜。金龙妈的屋里稍稍复杂一点，一张八仙桌，一爿三门橱，一座老式的踏床，可见金龙妈过去也是有“规格”的。还有个角落用布帘拉起来，不用说我也知道，是尿盆间。我还可以想象，尿盆是带架子盖的，不然，它弥漫出来的气味要浓郁得多。

金龙妈想叫我合伙做一件事。什么事？摆赌庄！抽头薪！为什么摆赌庄？因为没其他更好的事可做。她一个女人家，大儿子金龙，傻的；二儿子银龙，“劳”改回来的。她要养着傻儿子，又要安顿好刚回家、找不到事做的二儿子，只有摆赌庄最容易启动。那么，找我合伙就更加简单了，她需要一个愣头青、有点“杠”的人来维持秩序。前面说过，我长得五大三粗，显得比实际年龄要老；我又在拳坛混过，会打齐眉棒和板凳花，那都是适合在逼仄空间里舞弄的功夫，属特殊武艺，再小的余地也可以施展。至于抽头薪，则是对金龙妈提供场地的回报，和对我服务的认可。反正这阵子我也没什么事做。

三

赌博是一门学问，也是技术活。说学问，是这个门类里面样式多、框框多、要求多,掌握起来不容易;说技术,是要求当事人脑子快,能判断,记性好,会计算,不仅要运筹帷幄,还要战略、战术兼顾。还要求有身体天赋,比如眼明手快,不能像我的手指,石头里凿出来似的,太拙肯定不行。

赌博赌博,“赌”后面为什么要加个“博”?说明它深奥。想想也是,任何和“博”字沾边的词,都和广大、深远、丰富有关,比如博览、博物、博大、博学、博爱等。那段时间,我们听到最多的就是基辛格博士,他的称谓里就带个“博”字,就是那个中美关系的破冰者。他的职位实际上就是个安全事务助理,来中国却是由周恩来陪着,受毛泽东接见,可见,后面多了个“博”字,就不一样了。

金龙妈的赌庄就这样摆下了。

赌桌摆在金龙、银龙的屋里,桌是金龙妈那张八仙桌,凳是散凑的,有条凳、圆凳,也有花鼓桶,还有一张竹椅搁在桌子边上,是供撤下的人休息的。说是休息,其实心思仍吊在牌上,还在桌子上激战呢。

开始的时候,赌博的形式是“十三张”。这种玩法的过程比较慢,摸牌靠运气,但决胜靠智慧。我不懂拼牌,但也站在边上煞有介事地观看,边看边学,几天之后,总算把大小搞清楚了。“十三张”的编排有主有次,上面三张是次,中间五张是辅,下面五张是主,相互比每个层面的大小,大小以组牌的难度衡量。比如,最大的是“同花顺”,依次是“四条”(四搭一)、“伙儿”(三带二)、“没有顺序的同花”“不讲花色的顺子”“三条”(三不带二)、“两对”“单对”“全散”。大小主要看下面,比如下面很大,那上面哪怕很小,也可以自保。这真是一段非常自由、非常惬意的好时光,我就这样看着,也算是一份工作,说是维护秩序,其实很多时候都还是相安无事的。

后来形式又有了提升,主要是嫌“十三张”太慢,麻烦、费神,打赌人喜欢速战速决,于是就选择了“两张牌”。“两张牌”比大小,简单,不用动脑筋。但“两张牌”有难度,扑克54张,要拿掉22张,剩下的32张作为作战的武器。拿掉的是:除黑桃A外的其余三张A、除黑桃3外的其余三张3、两张花魁、四张K、两张黑的Q、两张黑的J、两张黑的9、两张黑的5、两张黑的2。红多黑少,好看。“两张牌”有口诀——“天地人和梅长板”,老听打赌人挂在嘴上,不知道什么意思。若说是什么比喻，好像解释不通；若说是大小的顺序，好像也不是那么回事。最大的是“双天”（两张红Q）、第二是“双地”（两张红2）、第三是双皇帝（黑桃A与黑桃3），下面依次是：两张红8、两张红4、两张红10、两张红6、两张黑4，对应“口诀”上的“人和梅长板”。红Q和红9叫“天九王”，红Q和红8叫“天降”，听起来就很有气魄，在单张组合中算大的。牌里也有粗话，比如摸住了“红10和黑10”，叫“通奸”，就像我们现在说的“AV”，其实，单张凑成10的都有这个意思，算倒霉的臭牌。其他各种各样的组合就更多了，这说不尽……

四

赌庄可不是一般人能够摆的，要有好的场地，还要有隐蔽的环境。金龙妈有场地。她的家原来还算殷实，只是后来败了，但空余的屋子还有，在居住条件都很逼仄的当时，她的家算很好了。那个“竖心”弄堂的环境也不错，像《地道战》里的地形，适合躲藏和疏散。当然还有服务。金龙妈自己就会服务。她无业，又能干。打赌是个拉锯战，像跑马拉松。赢的人觉得手气好，不肯歇下；输的人着急想翻本，不肯退出，牛皮糖一样，这就要求金龙妈管饭。饭还不能是粗茶淡饭，要吃得可口爽心，肉类不买骨头，水产不买鱼蟹，必须是不脏手、不烦嘴的东西。在赌博的间隙，金龙妈还会端上一盆爽口美味的榨菜条，那时候吃水果奢侈，吃榨菜条差不多，切得大小适中，适合直接下手，正所谓：睡不如瞌，吃不如撮。所以说，金龙妈的服务是恰到好处。还有技术保障。坐地参与者，是要有名气指数的，聚人气也好，招赌手也好，蛇洞蟹洞，路路相通，银龙是最好的人选。他的脚有点瘸，据说是抓赌时跳楼摔的。他被“劳教”过，据说是因为“出老千”，窝里反，才被一锅端了，所以，由他来坐镇赌庄，正好是学以致用。还有就是我。赌庄是个易发争端的地方，有为脾气争的，有为言语争的，有为一个交流的眼神争的，也有为一个不必要的手势争的，需要有个人调停处理，这个人就是我。我不光是有力气、有功夫，主要还是有背景。我师傅是龙海生，拳坛摆在后面山上，那里人多势众，个个身怀绝技。说句难听的话,就算我在这里镇不住,到后面山上去打一个呼哨,我的师兄弟们就会立刻拍马杀到。从这一点上看,金龙妈还算是个明白人,知道“寸有所长,尺有所短”的道理,知道这件事独食吃不了,知道只有我们联手了,才能够真正地相得益彰。

金龙妈那天叫我来熟悉屋子,有意强调一些细节。比如,厨房的柴仓很大,柴火很蓬松,她是不是在暗示,这里可以藏身?比如,两间屋子都有独门出入,但床后面还有互通的便道,她是不是在说,需要的话,这里也可以回避?比如屎盆间,和我之前的想象一样,撩开厚厚的布帘,里面就是那个屎盆盖子,堂而皇之地摆着。屎盆盖子的功能很科学,一是遮丑,二是捂气味。背后是一张老年画,画的是“桃园三结义”,这个作用也很妙,美观,掩饰,其实后面是一扇气窗。气窗外是一条野路,往左往右最终都通往山上。这一带的民居都有点依山而建的味道,民居之间有蜿蜒的小路,感觉上狭小拥挤,实际上四通八达。事后想想,金龙妈说这些的意思,是要告诉我,在关键时刻,这里还可以“曲径通幽”,不至于走投无路。

她倒没有说政府不允许民众打赌,或说这事有危险,她是怕我打退堂鼓吗?这个我才不以为然呢,没什么大不了的,我既然同意了加盟赌庄,心里早就准备好了。我倒是考虑了自己的能力,比如能不能胜任这些场面,人家会不会买账什么的……

五

金龙妈摆赌庄完全是出于无奈。听我母亲说,金龙爸原来是菜场打肉的。当年张秉贵在北京称糖“一把抓”的时候,他在我们这里打肉也是“一刀准”,相比之下,我觉得,打肉比抓糖的技术含量更高,因为那时候打肉都是几角几两的。金龙爸后来是吐血死的。我母亲说,他得的是肺痨,每天大口大口吐血。人身上的血是人体重量的十分之一,他最后吐了一脸盆,生生地把命给吐没了。金龙妈很早就一个人带着金龙和银龙,辛苦从她的腰上就可以看出来。她的身体看起来很结实，是那种长年累月干活的结实，但她的腰已经完全地坠了。一般人的腰都是在肚子上面的，但她的腰已经坠到骨盆，再也上不去了，看起来好像也孔武有力，但已经不是那种挺拔的有力。金龙妈的辛苦还体现在精神上。我现在想起来了，金龙在我们学校也算是半个“名人”。他说起来比我大那么几岁，但大家都知道，他在我们这个年级也停留了好多年。他不是不聪明，不是读不了书，就是傻。读书是学校照顾让他勉强跟跟的，给一个去处，不然他只能待在家里了。他不是那种一眼就能看出来、全世界几乎都长得一模一样的“唐氏儿”，他的样子看不出来。该像爸像爸，该像妈还是像妈，他只有笑起来的时候，才看出了他的傻。他为什么傻，我们不知道，他这个叫什么傻，我们也不会说。但医生知道，所以让他吃一种特制的米、特制的面、特制的奶，吃得很单调。他不能吃其他食品，吃了会越来越傻，甚至有生命危险。因此，我们常常拿好吃的去诱惑他，一块饼干、一块糖，都可以让他去扫一个教室。

他弟弟银龙倒是聪明，尤其手巧。银龙说起来也比我大一两岁，但和我同届，在隔壁一个班，也多少有点面熟。说他聪明是有例子的。当年下乡拉练时，同学们都被铺、干粮的大包小包，但银龙从来不带，没心没肺地跟着，肚饿了蹭饭，想睡了蹭铺。说他手巧，开始是传他会装电灯，会搭半导体收音机，后来长时间没看见他了，问起，才知道他参与赌博，手又快又巧，会“出老千”，被派出所抓进去了。这又记起了银龙被判的那天，在人民广场开公判大会。他犯的事虽然还够不上量刑，但公告上有他的名字，排在最后。公告贴在学校门口的那条路上，引得放学的我们挤在一起围看。开始的时候，不知道有银龙，我们感兴趣的是一桩流氓案，据说是“鸡奸”！“鸡奸”是什么？我们不懂，还以为是有人着急了拿鸡做事，新鲜，好奇，所以我们要看看。但另一桩聚众赌博案中有银龙，我们看时，金龙就过来推搡，说：“不看了，不看了，有什么好看的。”情急之下，他还追打我们。金龙傻就傻在这里，他这样莫名其妙地推搡追打，说明“此地有银”，等于泄露了他的秘密，我们就更要看了，结果就看到了公告上的银龙。

多年后我才了解到,金龙的病叫“苯丙酮尿症”(PKU),是一种常见的氨基酸代谢病。现在我们知道了,金龙妈是多么的辛苦。她不仅要积攒金龙的药费,每时每刻留心着他的嘴巴,不让他乱吃东西,还要千方百计地替银龙操心。

银龙教育改造回来了。他这样的人,出去没人要,做别的也很难,帮妈妈摆赌庄倒是轻车熟路,是最便捷的选择。

而我,除“自己动手丰衣足食”外,也算是助金龙妈一把“绵薄之力”吧。

六

抽头薪是打赌人都知道并乐意接受的事情。这个头薪可以有多种解释,也可以有多种理解。可以当享受这个环境,可以当租张凳子坐坐,可以当吃饭或点心,也可以当洗脸喝茶及享受金龙妈的服务,也可以当维护秩序的保障,也可以当调解争端的辛苦费。总之,这个设置是合理的、必要的。至于每次抽多少头薪,这要看我们“心凶”还是“心平”。金龙妈说,意思意思,细水长流。头薪的抽取具体由我来执行。我知道,这事不能用强,强行了打赌人就不舒服。最好是挑在数额较大的时候、气氛较好的时候、端上美味榨菜条的时候,这样的时刻,打赌人心思都不在钱上,我就瞅准了时机恰到好处地抽。我抽头薪也是很有讲究的,要抽得少、抽得勤,专抽零星碎钱,不做“一锤子”买卖。至于和金龙妈的分成,我是这么想的,首先我体谅她的难处,其次她是看得起我,她虽然必定用得上我,但也是照顾了我一条赚钱的生路嘛,所以,留出金龙妈买菜烧饭的费用之后,我们对半分。

当然,抽头薪的可行性,主要是建立在解决纠纷的基础上。平安无事,和谐健康,我的存在就毫无意义,所以,我也是很巴望他们出事的,有事了我的价值也凸显了。

打赌的人都是五花八门的,有的是慕名来的,有的是朋友带来的。若都是附近面熟的人,一般也就没什么大事了。如果这天的赌庄夹杂了生人,如果这天的赌牌摸得别扭,这就要格外留神了。任何引爆,都要有一个导火的过程。如果这一天生人多了、手气又背了、无端地挑剔关系了、开骂爆粗口了，或摸了牌故意唱牌了，那这条导火索就要燃着了。比如，一般人摸了牌都是很隐晦的，不管好坏都装得讳莫如深，但这天他们不矜持了，有意唱牌了，装着大大咧咧要放弃的样子，其实是在故意怄气。摸到了4和6，就说“通奸”；摸到了6和9，就说“婊子”；摸到了10和A，就说“嫖客”，这就有点想闹场了……

争端的发生往往是在庄家改旗易帜的时候，打扫战场和清点战果时，各人把记账的火柴梗数出来，居然有人甩出了几根半折的火柴梗！疑问立即像砖头一样抛了出来，怎么有半根的？有声音讪讪地说：“就是有半根的嘛！”“那半根算什么呢？”“算‘半脚’嘛！”“我们什么时候玩过‘半脚’的？”“前面就玩过嘛！”“小儿科啊？过家家是吧？”“风背手烂的时候有啊！”“废话，想搅屎就明说，别瞎来这一套……”这就点着了火药桶。话题开始还围绕着输赢，渐渐地就游离了赌博，跑到“手脚”和“做人”上面，这又牵扯到了“诬蔑”。就像消防队碰到了火灾，值班员赶上了小偷。我既然来了，也需要这样的契机，我得对得起金龙妈的邀请，别让人觉得我徒有虚名！

我介入了现场。我双手摁住了桌上的火柴梗，说：“都看在我的面子上，听我一句话，算了。”众人仰起头盯着我，一个说：“凭什么呀？”一个说：“你谁呀？算老几呀？”我也耐下性子，说：“这是我的场子，我的场子我做主，你们真的要听我的……”我其实平时是比较口讷的，更没有什么理论素养，这时候要说服赢家或输家都是相当困难的。当然，我也知道，这样的场合不能摆道理，跟打赌人摆道理没用，我得来狠的，以我的方式，来他们没见过的。我回头招呼金龙妈：“你家里有尖刀吗？尖刀没有的话螺丝刀也行！”金龙妈一头雾水，但还是很快地找来了螺丝刀。现在，雾水来到了众人的脸上，他们疑惑了。我说：“大家都还想玩的话，那就请继续；如果谁一定说是少了钱的，那算我欠你的怎样？”有人冷冷地说：“不欠。”我说：“那好。”我把左手臂搁在桌子上，右手拿螺丝刀戳住了左臂的皮肤，有戳下去的意思，但众人似乎不信，觉得不会，这样干吗，吓唬人的。我就“砰”的一声戳了下去。螺丝刀立刻嵌入了我的手臂，皮肤变了色深深地往下陷。人的皮肤其实是很厚的，不说比猪皮厚,但起码也会比羊皮厚。我们平时稍稍割破就渗血的那是表皮,表皮下面才是真正的人皮,有一定的硬度和厚度,所以它才会发出"砰"的一声。现在,螺丝刀戳在我的手臂上,因为压迫得紧,皮肤上并没有出血,看起来并不可怕,倒像是变魔术。这不行,这不是我要的效果。这样想着我就顺势拔出了螺丝刀,血像一颗红豆一样涌了上来,晶莹闪亮,接着马上又从手臂挂到了桌上,这才使众人"啊"了一声,身体也不约而同地后仰了一下,并且杂乱地说:"这样干吗?这样干吗?"我说:"还要玩别的吗?有面子的话,这庄就这样吧!"我又对那个赢钱的家伙说:"对你来说,110和100有区别吗?没有。都是信手拈来、不费吹灰之力的事,何乐而不为呢?"说着,我一边用嘴舔去手臂上的鲜血,一边没忘了抽取这一庄的头薪。总之一句话,我喜欢蛮干,蛮干有蛮干的效果,有人好言好语不听,但这一手一般人都会吃的。

七

金龙也被安排起来帮忙,他的任务是"望风"。他傻,行为怪诞点没人在意,金龙妈就让他在这个"竖心"的岔路口待着。至于做什么都可以。玩玩水可以,逗逗鸡也可以,就是别忘了正事,有"敌情"时发个信号。

"平安无事"的信号,用金龙的话回馈给里面就是:"妈,肚饿了!"这句话体现在金龙身上显得尤为经典。一般来说,傻人爱吃,傻人贪吃,傻人是吃不饱的。而金龙喊肚子饿恰巧又是"名正言顺"的。他那个什么苯丙酮尿症,一辈子就这么吃了,吃的都是些什么呀,乱七八糟,一塌糊涂,那些特制的东西,说是食品,实际上就是药,就像掺了水的果汁,分了油的奶,索然无味,越吃肚越荒。所以,金龙时不时的这声"肚饿了",没有人会觉得突兀,而赌庄里的人听起来,就像夜里的梆声,觉得踏实又可靠。

可是有一天,金龙被人家"摸了哨",赌庄被联防队端了窝。

那天晚上,联防队悄无声息地摸进了"竖心"弄堂。他们也许是接到了举报,也许是早有耳闻。一个联防队探子首先发现了煞有介事的金龙,他也装作神神道道地问："金龙，你在这里做什么呀？"金龙愉快地回答："我妈叫我在这里放哨。"探子说："放的什么哨呀？你又不是儿童团。"金龙兴奋地说："里面地下党有活动，我在给他们望风。"探子说："现在天都黑了，还望什么风呀，你肚子不饿吗？"金龙说："我刚吃过，肚子还不饿。"探子说："你那叫什么吃的呀，你吃吃我的。"说着探子拿出了两个饼，三分钱一个的葱酥饼和五分钱一个的芝麻饼。黑暗里，金龙的眼睛倏地一亮，嘴里发出明显的"咝"的一声。探子把两个饼塞给金龙，顺便也搭着他的肩走出了弄堂。等在外面的联防队蜂拥而入，像游击队员一样潜进了里面。金龙妈本想用金龙的傻做个障眼法，但她忽略了金龙的软肋是贪吃，两个饼就把他收拾了。我觉得联防队有点不厚道，和金龙的较量也不公平，更不能拿拙劣的手段欺负人，就像和结巴的人吵架，吵赢了又有什么意思呢！当然，这是我后来听说的。

我当时正在赌庄上，正沉浸在"八鸡三扣天二"的氛围中，突然断喝声响起，神兵犹如天降——"都把钱放在桌上，把手倒背到脑后，乖乖地一个个走出来！"就像战争片里解放军攻占了敌人老巢。大概也就是停顿了几秒钟，三秒或者四秒，突然间，电灯暗了，一暗就是我们的机会。银龙还坐在赌桌前，举着双手，像个束手就擒的俘虏。他是主人家，反正逃不掉。其他人，那就听天由命了。外面有多少联防队我们不知道，但听声音，弄堂里已经堵死了。堵死不可怕，只要地里黑就有希望。我的脑子里飞快地闪烁着逃跑的念头，现在躲柴仓已经不可能了，眠床下也来不及藏了。我悄悄地矮下身，往床后的便道挪去。那里通向金龙妈的屋子，也许还能在什么地里藏一藏。就在这时，黑暗里有一只手捉住我，推了一把，把我推进了屎盆间。这肯定是一只熟悉的手，但在那一刻我已经无暇顾及了。眼前是金龙妈说的那个屎盆盖，它犹如一张凳子，接着我就"嗖"地跃了上去，那张《桃园三结义》的年画，此刻正像是一盏闪闪的明灯，照亮了我的前程。我撩开年画，实际上是一把扯下，后面是一扇气窗。气窗不算大也不算小，但已经足够了，我抓住窗架拼命地把头伸了出去，脚下一蹬，身体就像蛇一样游出了外面。不是我有多厉害的功夫，这是训练板凳花的结果。板凳花有一个最典型的动作，双腿一撇，身体从板凳下矮了过去,形成变防守为进攻的正面握凳姿势,这需要柔软的腿功和坚韧的腰功。有这两手,我从屎盆间的气窗上逃脱,一点问题也没有了。

气窗外是卵石铺成的绵延小路,有一点点坡度,这告诉我正是往山上的方向。我还记得前方有一个叫作碗瓦槽的地方,那是个长年不竭的暗井,从井的右边拐出去,就像遁了地一样,就进入后山了。我飞身疾步,一下子消失在黑暗中。

八

第二天,我伏在家里不敢轻举妄动。第三天,母亲问我:“你今天怎么没打拳啊?”她不知道我在金龙妈那里摆赌庄、抽头薪。她要是知道了这件事,也不会让我做的。她以为我只是帮金龙妈干点重活,平时就待在龙海生的拳坛上。她还知道,前日子里,有上海的跤手过来切磋过。我就说:“这几天龙‘老司’到上海回访去了。”母亲说:“那你怎么不跟去学呀?”我说:“去上海坐轮船要八块钱,你舍得给我八块钱吗?”母亲不响了。

这天晚上,我还是去看金龙妈了。前两天风声鹤唳,我蛰伏不动,相信金龙妈也会谅解我的。

我走进那条“竖心”弄堂,不知怎么的,突然有一种方勇见阿玛尼的感觉。对,我仔细想了想,是这个感觉。这是电影《奇袭》里的一个片段:方勇带领小分队要去炸掉康平桥。曾经救过他的阿玛尼住在那一段,他要去看看她。镜头是这样回放的:阿玛尼在为受伤的方勇喂食,外面传来了李匪军搜查的声音,阿玛尼赶紧藏起了方勇,阿玛尼嘱咐儿子引开李匪军,儿子往后山跑去,李匪军向后山追去,阿玛尼表情焦急。后山响起了清脆的枪声,意味着儿子被打死了,阿玛尼痛苦地揪着心,身体摇晃了一下……阿玛尼是由著名演员曲云扮演的。她不愧为中国第一苦难大妈,她演出了那种隐忍的苦、坚韧的苦、百折不挠的苦,让人刻骨铭心。现在,回想起前天晚上的赌庄被端,我觉得金龙妈也是这样的。弄堂里布满了联防队员,门也被堵得严严实实，屋子里一片混乱，打赌人慌乱无序。就在这时，金龙妈不动声色地拉黑了电灯，打赌人训练有素的特质瞬间显现了出来。就几秒钟，毁证的毁证，藏钱的藏钱。我虽然不经手钱物，但也在那一刻蹿到了床后，想借助便道溜到隔壁，后被一只手推进了屎盆间。这只手肯定是金龙妈的。也只有她，会在这时及时、熟练地出手相助。就是在几秒钟后，在一片嘈杂响亮的叫唤声中，手电照过来了，火把烧起来了，那些打赌人也乖乖地举起手，像老鼠一样被串在一起，银龙也被捉走了……我想，那一刻，金龙妈一定也像《奇袭》里的阿玛尼一样，揪着心里的痛，身体摇晃了一下。

现在，我敲开金龙妈的门。金龙非常老实地坐靠在自己的床上。前天晚上的"端窝"和他的"失职"有关，所以他也非常沮丧，看上去像一个真正的病人。金龙妈倒是已经在桌上糊纸盒了。我知道，是光明火柴厂的火柴盒，一百个一块钱，那时候很多人都在家里做这个。我们坐着，相对无言。金龙妈只管自己做手中的活，我也机械地看着她在劳作。想起其他打赌人的"凛然"，我越发觉得自己窝囊和猥琐。我对金龙妈说："那天真不好意思……"金龙妈打断我的话，说："你就是要跑的，你不能让他们抓住。"我说："幸亏你推了一把，我才……"金龙妈说："不说这个，应该的，我把你叫进来，是让你来帮我，帮我还让你受罪，这怎么行。"她这样说了，我就更加惭愧，赶紧转移了话题。我问起银龙，金龙妈说："他没事的，反正他也就这样了，就是在外面，又有什么事好做呢？进去了我还省点心。你不一样，你是一张白纸，进去了，白纸就留下污点了。"我说："那……还有那些人呢？他们怎么样？"金龙妈说："他们没什么，他们油得很，才不怕这些呢。"我停顿了很久，心里五味杂陈，甚至有些疼痛。看着金龙妈利索地糊火柴盒，脑子里不断闪现出"阿玛尼""阿玛尼"……从《奇袭》里的阿玛尼，闪回到《苦菜花》里的母亲，又闪回到《药》里的母亲，都是些苦难的母亲。我说："你接下去有什么事，只管说，只管叫我。"金龙妈说："嗯，现在没事，我糊火柴盒也挺好，就是慢一些，图个轻松，下礼拜我又接了些尼龙袋……"我深深地叹了一口大气，烫尼龙袋，我知道的，那也是个细碎的活，一分钱烫十个，烫一百个一角二。我母亲在家里也烫过。

九

我这人长相老,尽管只有十八岁,但做的都是与年龄不大相仿的事,我母亲也觉得我应该就是这样的。其实,过去的人都这样,出场早,做事大。样板戏《红灯记》里有一句话,叫"穷人的孩子早当家",说的就是这个意思。

我一生做事无数,这和我母亲有关。应该说,我母亲还是很英明的,知道我读不了书,就早早地叫我爸准备了板车;知道我力气大,就叫我学了点武功。现在看来,这些多少还算得上是些财富。比如,我步入社会后,这些财富就发挥了很大的作用。那段时间,我时常被人家请来请去,请去做什么?调解各种纠纷。为什么请我?就因为我力气大。那时候在社会上立足不靠文凭,不靠素养,靠的就是力气。什么在路上被人无端地看了一眼,什么隔壁的屋檐水滴进了我家的院子,什么上坟的时间被人家抢了点,坏了彩头,这些事,都是为了一口气,都是要斤斤计较的,都是不能妥协的,于是就争吵,就打斗。但打斗又是多么麻烦和会产生多大的消耗啊,这就有了请人调解摆平这一说。这是何等风光和惬意的一档事。我们被人请来,尊为上宾,说吃就得吃,说赔就得赔。如果赔的金额可以摆一桌酒或听一场戏,那我们肯定就是坐酒席上方和前排中央的贵人。

可是,好景不长。1980年前后,地方上刮起了"严厉打击"的"台风","飞马"牌供销员被毙了,"专刺女人大腿"的被毙了,"盗撬保险箱"的也被毙了。有一个还是和我做一样的营生,也是调解摆平的,不过是名声大一点,事件响一点,给他挂的牌子是"地下公安局",意思是说,公安都解决不了的事情,他能。这还得了,一粒"花生米"就把他给打发了。我母亲说:"你看你看,还好你接的都是小事,你要是和他一样,肯定也要吃'花生米'了!"俗话说:吃坏了只用一口。而枪毙一事,一下子把我吓伤了。

尽管这样,我还是会碰到一些朋友找我做事。有人找我做托运,我犹豫,那可是要和人拼线路的;有人找我做歌厅,我担心,公安局要是查来了怎么办；有人找我做拆迁，我不敢，弄不好会拆出人命的；后来，有人要找我做混凝土，这事利益更大，房产、道路、水库、机场都用得着，虽然都是些好赚钱的生活，但都得有通天的本事与人纠缠，与人争斗，一想起来我就心慌、就气短。我母亲说："你还是少吃轻走吧。"其实不用她说，我也会马上就想起金龙妈来，想起她当年在混乱中的暗助，想起黑暗中，及时一推的那只手。我会想，我是被金龙妈救下来的，等于赢来了一条生路，我可不能乱来，不能随随便便地把生路挥霍掉。设想，那天晚上，在那个赌博的现场，我做保镖抽头薪，这样的角色，要是被联防队抓进去，不知道会是什么样的后果，我的人生也许就被颠覆了。我也许是在"劳改农场"里烧砖，也许在做鞋；也许和狱友打架了，也许还把狱友打死了；就算我有幸从里面出来，也无脸见人，人们也看不起我；我既找不到要做的事情，在社会上也没有立足之地；我在人们眼里就是个"人渣"，母亲也早被我气死了……不管怎样，我现在还是好好的，毫发无损。本分的人，都是一生平安的，但也一定是没有出息的。说句不厚道的话，金龙妈保住了我的"名声"，但也抽走了我的骨头，我再也不会好高骛远了。我母亲说，已经很好啦，很好啦。

倒是银龙，我一直看不明白。那次"进去"之后，他被判了五年。判词是"聚众赌博""屡教不改"，其实，我们附近的邻居都知道，他家有特殊情况。后来银龙出来了，我们都为他担心，他还会有人要吗？往后还有饭吃吗？但银龙似乎一点也不害怕，整天把自己打理得光可鉴人，游来荡去，一副不缺钱花的样子。后来我们知道，他机灵、聪明，在"里面"把老大伺候得舒服，老大就放出话来，要外面的朋友罩着银龙。

这时的社会，形态发生了很大的变化，是热闹的，也是混乱的，是前进的，也是跌跌撞撞的，风雨交加，泥沙俱下，价值观也在剧烈地摇晃。就像那句话说的：世界之大，无奇不有。偏偏就有那么些事，是留起来给银龙这号人做的。一般人还都做不了。像前面提到的那些事，银龙都做得游刃有余，如鱼得水。从"里面"出来的人都这样，虽说有这样那样的"缺陷"，贴了标签，有了符号，但似乎也有明显优势，天不怕地不怕，胆大做将军。

现在,顺应时势,银龙又做起了“担保”,就是过去的“高利贷”。这些以前被人诟病和嗤鼻的行当,现在都有了新的政策和堂而皇之的途径。但这些生意又不是政策和途径能够保障的——押在他那里的资产“满当”了怎么办?联保的关系户破产了怎么办?到期了不还钱,“死猪不怕开水烫”怎么办?还得靠胆量、手段、势力!前段时间,就有人借了钱玩失踪的。这种事,办法当然是很多的:软禁那人的家属、占领那人的房子、冻结那人的户头,再把他打入“黑名单”。银龙说,大家是做生意的,哪还有时间陪他玩这个啊。

他先是放出线人找那人的“玛莎拉蒂”,人逃,车是没法逃的,尤其是豪车,开到哪里都是个惹眼的东西。当初那人就是拿了这车的八百万元发票来抵押的。三天后,线人在军分区车库里找到了那辆车。银龙就约了交警过去,带着八百万元的发票把车拖了。银龙说:“有办法把他的车挖出来,也就有能力把他的人找到。我之所以没有急吼吼地找人,还让他留在外面,就是想他还能够活络起来。活络了,他才能把钱转起来。我要是把他逼急了,逼进了死胡同,那他还不是去跳楼啊。我希望他能够领会我的良苦用心,相信他缓过劲来会来找我的。”语气和意思都是斩钉截铁的。真是经历锻炼人、造就人啊。

噢,顺便说一下。前段时间,地方上号召治水,银龙甩手就捐了五百万元。再顺便说一下,银龙有时候也给我照顾点生意,诸如拖车、搬运类似的业务。我们算有来往的。

金龙今年有六十岁了,还活着,也还傻,这都是金龙妈照顾得好,现在更有了银龙在经济上做后盾。医生说,这种病,没别的办法,但按时“吃药”,器质上、生理上是不会有什么影响的。

金龙妈应该也有八十六七岁了吧,脑子身手都好,平日里喜欢窝着搓麻将,伙计是年龄相仿的隔壁邻居。她一般搓一二三,也就是说,如果设定每张是一块钱的话,第一庄一张,第二庄两张,第三庄就是三张。她一世辛苦操劳,还有这样的岁数,我只能说,仁者寿。

(原载《收获》杂志2016年第1期)

寒冬停电夜

◎陈　河

那天夜里我从梦中醒来觉得房间里的温度降了很多，暖气机好像不在工作。我伸手去开灯，灯没有亮，我明白是停电了。在这样一个零下二十多度的严寒夜发生停电，真是一件要命的事情。

好不容易挨到了天亮，拉开窗帘一看，外面一片奇特景色，所有的树木都变得像水晶珊瑚一样好看。昨夜里一直在下一场雾状的冰雨，冰雾一遇到树枝，就凝结成了冰，之后下的冰雾落在先前的冰枝上，滑坠途中又成了冰，结果所有的树枝上都挂着沉甸甸的冰坠子，看起来漂亮极了。沉重的冰挂使得许多树枝折断，有的树整棵被压倒。而可怕的是那些电线，每条电线下面都黏附着比电线重十几倍的冰坠，结果很多电线都被压断了。屋里没有了电，就看不了电视新闻。好在手机还通。我看到了多伦多市政府发布的冰雪灾难消息，说整个安大略省南部都停电了，有几十万户家庭失去了电力供应，短时间内无法恢复供电。

妻子于上个礼拜回国看望老母亲，家里只有我一个人。没有了电，炉子升不了火，早餐做不成了。我无事可做，穿着防高寒的“加拿大鹅”牌羽绒衣，坐在屋里发呆。没有热早餐和暖气还可以忍受，但没有了电就没有了互联网，这让我坐卧不安。于是我决定到对面的MALL(大型室内商场)看看，顺便把手机和电脑带去充电，也许还可以到苹果专卖店蹭点免费Wi-Fi。

我走到了室外，外面空气冷冽新鲜。出门后我看到了邻居泰勒夫人，她住我家左边。她穿着一件大衣，头发凌乱，脸色苍白，缩着脖子在快速抽一根烟。她是法国人，丈夫是德国人。她的年纪并不很大，六十来岁，可很奇怪地保持了一个古老的习惯，下午五点就关门不见人，六点就上床睡觉，早上四点起床，在屋里打扫卫生，擦地板。她大部分时间都待在屋内，但是抽烟的时候会到室外，就像海底的鲸鱼定时要浮出海面换几口气。这个早上她看起来被冻坏了。

“早上好！又回到冰河时代了。”我向她打招呼。

“大灾难，地球末日。”泰勒夫人恶狠狠地说。

“不知道什么时候才会有电？”我说。

“天知道，但愿会在我被冻死之前。”她说。

我转身向右边走去。经过隔壁台湾人戴姐家门口时，看到屋外车道上泊着戴姐儿子阿强的白色本田车。阿强的车子改装过，加了个炮筒一样的排气管，开起来动静如放炮一样响。戴姐家门口那棵曾经非常漂亮的北美海棠树上挂满了冰坠，不过现在一点都不好看。这棵树被砍掉了许多枝丫，缺胳膊断腿似的。这屋子前年才卖给了戴姐。要是斯沃尼一家今天还住这里的话，眼前这座花园一定如童话中的冰雪世界般美丽，而不是像现在一片狼藉。

我很快就走到了MALL里面。这里有地铁通到市中心，有电影院，有数不尽的快餐铺和餐馆。平时，当我写作写得心情烦躁，或者觉得无聊寂寞时，就来这里喝杯咖啡，坐在高凳子上看各式各样的人：黑人、白人、黄种人；额中点红砂的印度人、穿着长袍包着头巾的穆斯林……今天由于大面积停电，人比平时要多。这个MALL配有大型发电机，停电后能发电供应内部所有商店和设施。我看到每个墙角和柱子底下都围着人，那些地方有电源插座，所以很多人来这里给手机、电脑充电。我的手机和IPAD暂时还有点电，需要的是网络信号,所以就先到了苹果专卖店门口。一试果然有免费的Wi-Fi可用,我就在这里连上了网络。过了一会儿也加入了围着柱子充电的人群中。每个柱子底下只有两个插座,所以等充电的人一个个都耐心排队等着前面的人。也有人带了接线板,上面有很多个插座,大家就分着用。后来人越来越多,接线板再接上接线板,散开来大家可以共用。这里的地面很干净,大家都席地而坐,看起来很友好快乐。

我把早上拍的冰凌树和结冰电线照片发在微博上,坐在地上和远在国内的妻子通了话,还和几个朋友聊了会天。之后,还在一家希腊快餐铺吃了羊肉饭。下午时分,才回家。

当我快到家时,看到了泰勒夫妇站在门口。我还看到阿强的车不在了。泰勒夫妇远远看到我就喊了起来。

"斯蒂芬,你去哪里了?"

"我在MALL里,你们干吗站在外边,莫非屋里已经比外面还要冷了吗?"我回答道。斯蒂芬是我难听的英文名字。

"你要是早十分钟回来就好了,就能看见刚才的一幕了。"

"究竟发生了什么事情?"

"刚才有一大队特别警察包围了你邻居的房子,把那个家伙抓走了。"

"哪个邻居?哪个家伙?"

"就是你右边那家,那个整天在闹腾的坏小子。"

泰勒夫妇还在激动中,绘声绘色地向我复原了刚才特种警察包围戴姐房子的情形。他们说当时自己在屋内,听到屋外传来轰轰隆隆的车辆马达声。起初他们以为是电力公司的工程队来修理电线,但拉开窗帘往外一看,看到马路上排满了闪着警灯的警车。他们赶紧打开了门,看到在一辆辆普通警察巡逻车之外,还有好几辆巨大的特别车辆,从里面下来十几个穿着重型防爆防弹衣具的警察,举着狙击枪把戴姐家包围了。尔后,有一个行动小组举着盾牌,逼近了屋门。装甲车里有警察对着屋子喊话,让里面的人马上开门,并举手接受逮捕。屋里面的人一开始没有反应,警察便派出了一个持有巨大撞门装置的组合准备强行破门。这个时候门开了,屋里的年轻人阿强走了出来,双手抱在脑后,没有反抗。警察给他锁上了手铐,然后进屋搜查。足足搜查了两个小时,搬走了很多东西。

听泰勒夫人这么一说,我觉得问题严重。警察出动了这么大的力量,说明这屋子里面一定会有什么重大威胁。泰勒夫妇很肯定地说,自从这家人搬进来之后一直在折腾,挖来挖去,把外面搞得一片狼藉,原来是在掩护屋里的犯罪活动。泰勒夫妇早就对阿强很不满,所以现在他们处于出了恶气的快意之中。

我回到了房间,外面又下起了冰雨,天阴沉沉的,早早就黑了下去。屋内的气温继续下降,温度计显示已经接近零度。我把一支蜡烛点亮。平时我不点蜡烛,是个没有情调的人。现在停电了只得点上,才发现蜡烛的光很柔和、很温馨。我可以打开电脑写点东西了,但我的思绪老是跑到阿强被警察逮捕的事情上。也许他们家里面真是一个犯罪的窝点?思来想去觉得他们家确实有些奇怪的事情。戴姐一家是两年前搬进这个屋子的。之前,这里住着白人斯沃尼夫人一家。斯沃尼夫人在我搬进这屋子不久后因患西尼罗症去世了,她的家人继续在这里住了很多年。十几年前,我搬到这条小街的时候,斯沃尼夫人第一个送饼干到我家祝贺。斯沃尼夫人死后,我们家和她的家人仍旧友好相处。这些年来,从亚洲来的移民纷纷买下这条街上的房子,把这条街的房价抬得很高。原来住在这里的白人隐隐感到了不安,陆陆续续卖掉了房子搬到北边更安静的地方。当我看到斯沃尼的家人挂出了卖房子的牌子,我并不吃惊,只是心里有点伤感。

卖屋牌子挂出后的周末,就开始了“OPEN HOUSE”。所谓“OPEN HOUSE”就是“开门售屋”,任何路过的人都可以进屋参观,而在平时,想来看这屋子的人则要经纪人陪同和提前预约。“OPEN HOUSE”那天,看屋的人络绎不绝,路边都停满了车子。各种各样的人进进出出,大部分是华人,也有些棕色皮肤的印巴人,偶尔也有个别伊朗人。我看见了泰勒夫人站在自己家门口观察看房的人。泰勒夫人正在抽烟,平时她吸过烟之后,就会心满意足地回屋子里，但这回看到她有点心神不宁，连续抽了好几根烟。我正好去整理草地，和她打了招呼，开始说起隔壁卖房的事。

“干吗要卖掉房子呢？要是我就不会卖掉这房子。”泰勒夫人说。

“是啊，这么漂亮的房子卖掉真可惜。不过听说他们家在北边买了座很大的新房子。”我说。

我想起当初买下这房子的一个重要原因，就是因为喜欢隔壁斯沃尼夫人家门口那一棵开满紫色花朵的北美海棠树和树下的花园。

“我不去北边住，我不会卖掉房子。这里是我的家，我不会被赶走的。”泰勒夫人说。看得出来她情绪有点激动。

“不知道谁会买这间房子。希望有个好邻居。”我说，我想尽量安慰她，实在有点吃惊她说出“我不会被赶走”这样的话。

“买这屋子的人不会吉利，我觉得斯沃尼的鬼魂还在里面。这屋子是她母亲留给她的，她会不愿意离开这里的。”泰勒太太说。

“你怎么知道？”我问，心里有点毛毛的。

“前几天，我的垃圾桶里突然出现了一条很大的三文鱼。”

我不明白泰勒夫人为什么会认为垃圾桶里的三文鱼和斯沃尼夫人的鬼魂有关系。不过，我知道斯沃尼一家在北部的大湖边有座别墅，他们一家都喜欢钓鱼。的确有一回，斯沃尼的大儿子让我看了一条他钓来的大西洋三文鱼，有三十磅重。毫无疑问，斯沃尼一家是好邻居。每个节日里，他们都会打扮屋子，尤其是万圣节，她家的花园会变成“鬼怪世界”，在屋里还会举办“鬼怪派对”，邀请邻里前来参加。她家门前的花园是我们这条街的一处风景，那棵姿态优美、亭亭如盖的北美海棠树开花的时候，很多人都会来这里拍照片留念。如今这些都要结束了，我心里隐隐有一种抱歉的感觉，总觉得他们的离开是因我们这些新来的人造成的。说得更严重一点，就是刚才泰勒夫人所说的是我们“赶走”了他们。

在某个早上，我看到售屋的牌子上面又加上了一块写着“SOLD”的小牌子，意思是卖掉了。我关心的是什么人买了这房子。我看到了斯沃尼的儿子，问他。他说买家是一个华人。他对华人的概念很模糊,就像我们分不出喀麦隆人和几内亚人。但不管怎么样,我知道是个华人。

从这天开始我就对新任屋主充满期待。屋子卖成之后到交接入住还有一段时间,斯沃尼一家还继续住在这里,仍旧照料草地和花木。终于到了他们搬家的那天,他们很安静地走了。屋子空在那里,过了好几天,新的屋主终于出现了。

那是在一个暮色已经降临的黄昏,我和妻子透过窗看到了一个亚洲女人走进了隔壁的屋子。黄昏时的光线似乎含有一种溶剂,把人的轮廓都溶化掉了,人会显得像是纸板做的虚幻。但我还是看到她神色坚毅,脸上皮肤发黄带着油性,头发短平,颧骨高,眼睛微陷,一看就知道是个中国台湾人。任何事情的第一感觉都十分神奇,不知怎么的,我竟然把这个买了斯沃尼家房子的女人和一个先前住在这里的斯沃尼大人亲戚联想起来,觉得她们很像。而且这个念头马上又转到了泰勒夫人提到的斯沃尼夫人鬼魂一说上,好像是斯沃尼夫人的鬼魂借着这个台湾女人的躯壳回到了自己的家。

在我还没缓过神来的时候,看到隔壁的女人从屋里出来,径直朝我家走来。妻子去开了门。一开门,就听到女人带笑的声音。她是那种自说自熟的人,妻子很快就和她聊了起来,并邀她进屋坐。她说刚搬来,先和新邻居打个招呼。她说自己姓戴,是台湾花莲人。她送了一包从台湾带来的凤梨酥,是花莲的名产,手工做的。妻子推辞了一下,她坚持要留下,说完就走了。妻子把这包凤梨酥放在桌上,这让我想起当年我们搬进这屋子的时候,在信箱里看到斯沃尼夫人放的一包饼干和一张祝贺我们搬入新居的贺卡。这里的习俗是新邻居搬进了,隔壁的人要送点礼物以示欢迎。但这回反了,新邻居一来就给我们送礼物了,这让我们有点不好意思。我还记得斯沃尼夫人那份乳酪饼干的味道,就像《追忆逝水年华》里玛德丽娜小点心的味道会一直留在记忆里一样。我把凤梨酥打开,正宗的东西和超市买的就是不一样,入口即化,圆润甜美。这味道盖过了记忆里的斯沃尼夫人饼干的味道,但又把那个记忆改头换面延续了下去。

接下来的一天，我看到了戴姐的儿子阿强。这个年轻人显得结实有力，脸部的皮肤像柑橘的皮，眼睛不大。我现在记忆里的他是和一辆宝马车联系在一起的。那辆黑色的宝马跑车不知是开进来的还是被拖进来的，反正我看它一直停在车道边，从来没有挪动过。然后那车轮圈里面的刹车盘一天天变锈，还长出草来。阿强没有车开，又租了一辆车。妻子听戴姐抱怨过这件事。戴姐说这车是儿子不久前买的二手车，买来不久就有毛病。戴姐劝儿子把这车赶快卖掉，但是儿子根本不听。儿子的意思是让她闭嘴，不要烦他，他就喜欢这辆宝马车，不管它能不能开。

一开始，我还觉得戴姐的儿子阿强是个勤快的年轻人，因为他马上开始动手对房子进行修葺。我记得他做的第一件事情是把车道的沥青挖掉，铺上砖块。在这片小区，铺砖块的车道比铺沥青的档次要高一些。妻子一直有个想法，想把我们家的沥青车道改成砖块。因此当阿强开工时，妻子是他的"粉丝"，有空就站一边看，好像想从他那里把技术学过来，当然，她得把学到的技术再传授给我才有作用。阿强开工的第二天，就买来了一台切割机切割砖块。切割机的声音非常凄厉，会产生超高频的次声波，让人非常难受。那些日子我整天忍受着切割机的声音，盼望隔壁的小子早点完工。几天后那声音变了调子，还是切割的声音，但是不那么难受了。我出去一看，原来阿强把干了一半的活儿搁置了，开始用汽油锯锯树。他举着汽油锯，像孩子拿着玩具，对着树木随心所欲地锯。他家的花园和我家花园之间有一排小松树，直径只有茶杯粗细，阿强几乎没花什么气力就把这排小松树放倒了。他锯了两天的树，把花园里的大部分灌木都锯掉了。这以后他完全忘了车道铺砖头的活儿，想起了地下室漏水的事情。他不知从哪里拖来了一条小型挖掘机，开始沿着地下室的窗户往下挖。这里正是前些日子铺砖块的施工位置，才在窗边浇注了钢筋水泥保护圈，现在用挖掘机把这个窗户的保护圈整个挖了出来。有一天，我看到了那台挖掘机正在突突响着，却没看见阿强。走近一看，那窗边的土坑挖得很深，阿强钻到了一人多深的坑底下，独自干活。要是边上的土塌下来，他非被活埋了不可。几天后，阿强完工了，把土重新填了回去。我不知道地下室的漏水有没有被堵住，只是看到那些土填回去之后还多出来很多,像座小山一样堆在车道上。一下雨,土全变成了泥浆,流淌在车道上,殃及我们家。这以后,阿强似乎失去了控制,变成一个随心所欲的破坏狂。之前斯沃尼夫人家风景树下面是个树荫花园,种植了好些时令花卉,陪衬着一种不开花的草。每年春天来到时,都会看到斯沃尼夫人戴着遮阳帽子,在傍晚时修剪着这些非常好看的花草。但是戴姐家接手花园之后,不懂得怎么去打理这花园,那些陪衬的草就开始失控蔓延开来。戴姐有很多次想把这些草控制住,手工拔除,但阿强让戴姐走开,开始用挖掘机在花园里清除陪衬草。他用挖掘机的巨爪把花园的表土彻底翻了一次,陪衬草被刨掉了,可斯沃尼家里原来埋在地下的电线和公用的电视电缆和电话线全给翻到了地面,看起来非常吓人。我经过时都提心吊胆的，生怕不小心踩到有电的电线被电死。好在他还没挖到地下煤气管,要不然会引起大爆炸。

阿强的这些破坏性行为让我隔壁的泰勒夫人非常愤怒。之前说过,泰勒老两口每晚六点钟就要上床睡觉,而阿强经常在下班之后开始切割砖头,那凄厉的切割声打乱了他们的生活习惯。我不止一次地听到泰勒夫人愤怒的抱怨,说自己的血压都升高了。我们家和泰勒一家相处得很好,圣诞节都会互送礼物。但是我发现洋人的脾气是摸不透的,他们要是较起真来,会翻脸不认人的。前年我们家买了台新冰箱,把旧冰箱放到了后院,用来放园艺小工具。泰勒夫人在自家窗口能看到这台旧冰箱。大概过了一个礼拜,她就告诉我妻子她每天站在窗口看到我家花园里放着台旧冰箱心情就会变得很坏,花园又不是厨房,怎么可以放冰箱?她要求我们把旧冰箱搬走。我当时心想冰箱是放在我家后园,你怎么管得着？我磨蹭了几天,但最后自己觉得不自在,还是把旧冰箱搬到路边让专门的收集车回收了。

我搞不清为什么泰勒夫人老爱管我家后院的闲事。我十几年前刚搬入这间房子的时候,后园里长着一棵巨大的枫树。当时是秋天,枫树红得像一把火。几年后的一天,泰勒夫人对我说:“看,你家的树生病了。”我顺着她所指的方向一看，果然看到枫树的北侧有好些树枝干枯了。她说:“你应该叫

‘树医生’过来看看,电话号码可以在电话黄页上找。”我还真的找到“树医生”给他打了电话。他很客气地说可以出诊,出诊费为五百加元,治疗费得等诊断后才知道。我挂了电话没有理睬他。谁会出这么多钱给一棵树看病?难道它是一棵摇钱树吗?

又过了好多年,有一天妻子告诉我后园的大枫树开裂了。一看,两个大枝丫间真的裂开一条大缝,里面蠕动着好些黑乎乎的虫子。那几天风大,风一刮,树一晃动,裂缝就会变大。我知道这树有可能会被风刮倒,要是倒了就会压坏我家屋顶,需要马上砍掉。我查了市政府砍树的规定,凡砍掉直径二十厘米以上的树木必须向市政府申请许可证,审批需要三到五个工作日,还要交两百加元的手续费。但是,如果在紧急情况下,可以先砍树后申请。我请一个华人开的砍树公司过来,忍痛支付了两千加元的砍树费用(比起白人的砍树公司他们的报价便宜了一半)。在砍树之前,我请泰勒夫妇一起过来察看我家的枫树随时会被风吹倒的状况,希望他们能为我作证是在紧急情况下才未经审批就砍掉树的。泰勒夫人对我早前没有请“树医生”给树做治疗感到不满,此时看到树的内部的确已经朽烂,也只好同意立刻把树砍掉,但是她要我砍树后补办手续。我偏巧在砍树之后那几天特别忙,有意无意地把去市政厅补办手续的事给忘了。可后来每次遇见泰勒夫人,她都投来质疑的眼神。这让我知道无法蒙混过关,只得又掏了两百加元补办了许可证,并向泰勒夫人出示。这样我看见她时,才不会觉得欠了她什么。

话说远了,现在再说戴姐家的事。戴姐肯定知道儿子的行为冒犯了邻居,她也尽力想补救儿子对花园的破坏。她经常在黄昏时分戴着帽子在花园里劳动,坐在小凳子上用一把锥子挖杂草。但是相对于儿子的破坏力,她所做的事完全是徒劳的。她经常会送一些东西给我们,除了每次返乡回来必送凤梨酥,还会送来一些当地农场种植的有机玉米、蔬菜。这些农场产品是她在上班的时候顺便买来的。她搬来不久之后就开始上班了,干最基本的活,听说是在一个西洋参包装厂里上班。这让我有点困惑,总觉得戴姐家里挺有钱,她年纪也比我们大一些,怎么会去做这种基本人力工?她去上班是和别人拼车的,我经常看到早上有车接她走,晚上送她回来。戴姐和我妻子相处得不错,她比较主动些,有时会主动邀请我妻子一起去购物。她会说我妻子买衣服的眼光如何如何好,说得我妻子很高兴,因此对她儿子的行为表示宽容。

有一天,我发现隔壁有个矮个子男人出没。妻子告诉我,这就是戴姐的老公,以前是做挖地基工程的。现在台湾经济不好,做地基没钱赚,他改为在花莲乡下种芭拉和芒果了。我和他只在车道上遇见过一次。他是个典型的热带海岛男人,矮个子,高颧骨,和儿子阿强一样长着一双小眼。当时他在前面的花园里和儿子一起锯树。我不明白这家的男人为什么这样喜欢锯树。他们合力把那棵很值钱的日本细叶红枫树拦腰锯了一半。我们并没有看到邻居一家人欢喜的团聚,那几天戴姐都没有出现。阿强父亲只待了个把礼拜就走了,他走了之后戴姐才再次出现。不知为什么,第二天戴姐和阿强吵了一架。戴姐似乎很伤心,到我妻子这边哭诉。这天她透露了一个秘密,原来她早就和老公离婚了。她说老公很早就有了“小三”,和她分居了,此后她带女儿生活,儿子跟着老公。老公一直带阿强上挖地基的工地,没有让他好好读书,各种机器成了他的玩具。他成了一个没有头脑的人,三十多岁了还像个孩子,十分冲动。她说现在儿子平时都不和她说话,她要是说他几句,他马上和她吵架。她在家里非常烦闷,所以才会去外面打工。

戴姐的故事曾让我对她很同情。但是没有几天,我就发现了戴姐说的是个谎言。阿强现在对我妻子很信任,有什么事都愿意对她说。我妻子听阿强说,母亲在他还上小学时就和一个同事偷情私奔了,很长一段时间不顾家。后来父亲和她分居,父亲带他长大。小时候,他得不到母爱,又不爱读书,跟着父亲在挖土机中成长。现在他长大成人,母亲才良心发现,想救赎内心的不安。所以他很反感母亲,叫她回去,不要待在这里影响他的生活。我妻子劝阿强不要这样想,他母亲对他很好,总是考虑给他做好吃的,回台湾之前都会给他做好很多食物放冰箱里。阿强说不喜欢吃她做的东西,那些东西大部分他都会扔掉。

在这个停电的寒夜里，我想着这些事情，越想越觉得这户人家的家庭情况复杂。我总觉得阿强那些刺耳的切割声来自于他内心对于母亲的愤怒和嘶喊，但转念又想莫非这些凄厉的声音下面真的掩盖着什么犯罪活动？最可怕的联想是用电锯切人体。我从来没进过他们家的房子，不知他们在这屋里会不会种大麻，或者屋子是个毒品仓库？居然和这样一个危险的家庭做了近两年的邻居，而且我太太还几次进入过他们的屋子，真让我有点后怕。我这样想着，朝窗户看了看，看到了一个人影从戴姐的屋里闪出来。这人手里拿着个包，看样子好像是租住戴姐家的那个房客。他一定是受了惊，拿着包到别的地方去住了。我不知道这屋里是不是还有人，也不知道戴姐是不是还在里面。这么冷的天气，她要是还在里面真会冻坏的，而且她一定是受到了严重惊吓。

窗门外面冰雨还在继续下，天气越来越冷。这个时候，我想起该开一开水龙头，看水管有没有结冰。可打开水龙头，却意外发现居然水龙头里还有热水，而且温度和停电前一样。我想了想，明白过来家里的热水炉是使用煤气的，停电了还能继续烧水。这一发现改变了我愁苦的境遇。我在浴缸里放满了热腾腾的水，把自己泡在里面，像是《野生动物》节目里日本雪猴在雪天泡森林温泉一样。温热的水使我紧张的情绪慢慢舒缓开来。我先是打着盹，后来在温泉般的热水里睡着。这时有一个美丽的女孩子形象出现在我松弛的意识里，我又醒了过来。

这女孩子是真实存在的，几个月之前就住在隔壁。那是在一个早晨，我看到了戴姐和这个女孩从外面回来。她们穿着宽松休闲服，戴着遮阳帽，像是散步回来。下午，我又看见了这个女孩一次。当时我正从外面回来，在车道上和她相遇。女孩显得很有礼貌，主动微笑打招呼。第二天我看到了戴姐和女孩一起外出购物，回来的时候看到了她们带来好多的蔬菜。傍晚，还看到女孩和戴姐在花园里一起拔杂草。当时，妻子一直猜测着女孩的身份，显然，她是住在戴姐家里面的，很有可能是阿强的女朋友。可是我们没有看到阿强和她单独外出，所以又觉得有点不像。可是有一天，妻子发现女孩的肚子一天天变大,她怀孕了。所以妻子就肯定这是阿强的女友。

这一回妻子猜错了。过了几个月,有一个相貌十分英俊的大男孩出现,谜团就全部解开了。他才是女孩子的男友,是肚子里面胎儿的父亲。大男孩来了之后,带着女孩进进出出,显得很放松,很快和我妻子也相熟了。原来他是阿强的小学、中学时期最好的同学,他的女友是到加拿大生孩子来了。因为在加拿大生了孩子就能获得当地出生证,自动成为加拿大公民。但是这个大男孩却不是从台湾来的,而是来自巴拿马。他对妻子说自己在那边做生意很多年了。

妻子夸奖这个大男孩很勤快,一到这边就和阿强一起整理花园。但是我很快发现这家伙和阿强是一个类型的人,都喜欢拿电锯当玩具锯树,前后花园的树木再次遭了殃。但和以前不同的是,男孩锯掉树木之后会把现场清理得干干净净。小一点的树已经没有可以锯的了,有一天我看见了阿强和他的帅哥朋友爬到后院那棵斜着长的大橡树上,想把一个巨大的枝杈锯掉。但那个枝杈非常大,斜着长,遮盖着他们家大半个后院,一直到我家屋顶上方。他们整整锯了两天还没把树锯断。就在这时,女孩的分娩期到了,开始宫缩阵痛。大男孩从树上爬下来,送女孩到医院,生下了一个体重达五公斤的巨婴。一个礼拜之后,我从妻子口里听说这一对俊男靓女已经走了。他们是突然走的,那女孩产后虚弱,所以买了可以躺下来休息的商务舱机票回台湾了。

按我现在的想法,这一对俊美的年轻人的短期居住是这座房子被戴姐买下后所发生的最有意思的事情。他们住的时间很短,女孩大概住了三个多月,男孩则大概只有十几天。我现在都无法回忆起他们的面容,只是能感觉到这个大男孩长得就像古希腊大理石雕塑一般俊美。他的身材健壮高大,脸上的笑容动人,非常有礼貌,甚至声音也特别好听,如银铃一样,清脆响亮。我还能感觉到,当女孩出现的时候,隔壁屋子里开始出现了一种美好而动人的童话气氛,开始像个家了。我虽然没有看到阿强和这个女孩有什么互动,但是看到那段时间里这个家伙不那么狂躁了,没有开动那台喧闹的切割机,没有乱挖地,没有把车轮碾过我家的草地,还把那辆轮子长满了草的宝马车卖给了车行。我发现女孩出现在花园前时,那棵残缺的北美海棠树也变得好看了。那些停在树枝上的鸟,啃着松果的松鼠,还有路人牵着的小狗都朝她看。而最奇怪的是戴姐,那段时间她的脸上露出了真正的幸福表情。她和个子宫里正在孕育一个胎儿的女孩子在一起,像是一个保护者,一个熟悉生育之道的母亲。她大概是想着儿子很快也会有一个怀孕的女友,或者她有种错觉这个女孩肚子里的婴儿就是儿子的。她可能因为小时候抛弃过儿子,因而对儿子怀有歉意,现在很想抚养儿子的子女以弥补以往的错失,所以移情到了这个怀孕的女孩身上。她带着女孩在花园里拔草,那真是一幅其乐融融的画面。戴姐在这一段时光里才享受到了买下这间房子的价值和欢乐。而那个大男孩的突然而至到突然消失只有短暂的时光。由于他太像一个古希腊雕塑,所以我总觉得他是不真实的,是一个幻影。还有他所来自的国家——巴拿马的背景,让我总感到有一丝不祥。

在男孩女孩带着婴儿匆匆离开之后,发生了这么一件事。男孩和阿强在女孩分娩那天锯了一半的树在大风到来时,摇晃得很厉害。要是那个大枝杈倒下来,会压到他们家屋顶,甚至也会连累我家的屋顶。阿强决定独自把这棵锯了一半的树杈锯下来。他的策略是这样的,先从高处把大部分的小枝丫锯掉,然后再一段段锯掉树干部分。他从一家叫HOME DEPOT的大型建材连锁店租到一个升降平台。这样他就可以坐在平台上,控制着操纵杆上升到可以锯切树杈的高度。那天他把机器拖了回来,上面有几套曲臂,顶上有一个可站人的平台。他灵巧地站在平台上升了上去,像是电影变形金刚里那个机器巨灵一样神气。他升到空中后发动了汽油锯,开始锯树。我把所有窗户都关起来,不让那噪音干扰我的工作。大概是中午时分,我听到妻子喊我,说阿强在空中下不来了,让我去看看。我到隔壁一看。烈日之下,阿强在高空平台上,脸孔晒得像煮熟的龙虾。他说上午升到空中不久之后就控制不了机器,摆弄了好几个小时都无法动弹。我说我能帮上什么忙吗?他让我在底下的机器操纵面板上帮他按几个按钮,这样曲臂平台就会降下来。我非常小心地检查了一次,确信按下按钮不会把他突然摔下来。可是按下按钮之后,平台却依然不动。我按照他的指示把所有的按钮都按遍了,还是无法移动平台。折腾了一个小时,都不管用。这时他就动了自己从平台上爬下来的想法。但是我告诉他这样做有生命危险,还是打电话请消防队把他从高空弄下来为好。阿强不会英语,只得我来打电话。一会儿消防队的大车就到了,用升降梯子把他弄了下来,还让他签了字。事后,消防队会给他寄一张五百加元的账单的。

这天阿强下了地之后,发现机器没有毛病,只是他把一个开关关死了。他把那开关打开后,马上就很轻松地操纵机器了。租一天机器的费用要六百加元,所以他下午又开始把自己举到高空,拿着电锯准备锯树。但是这回他遇到了一个对手。隔壁的泰勒夫人一直在盯着他,从上午起就盯着,只是上午他被困在上面,汽油锯没有发动,泰勒夫人才没出手。据我后来所知,泰勒夫人早在阿强锯第一棵树的时候就已经开始监视他们。最初看到他们锯的都是直径二十厘米以下的树,虽然她很生气,可市政法律规定房主不经审批就可以锯除直径二十厘米以下的树，所以她只能看着干着急，无法出手干涉。在她发现阿强和台湾大男孩一起开始锯那歪脖子橡树的大树杈时,她目测那树杈直径有五六十厘米,肯定是超过了要审批的尺寸。但是她遇到一个难题,因为他们要锯的是一个枝杈,不是整棵树。泰勒夫人为此拿不定主意,还特地出门坐出租车到市政厅咨询,得到一个官员的回复说,这么大的尺寸即使是锯掉一个树杈也是要审批的。当她搞清楚了这件事,那个台湾大男孩因为妻子分娩,已经和阿强停止了锯树行为。泰勒夫人也就失去了敌手。

这天早上泰勒夫人在自家的院子里看到阿强升到了空中，马上像一台雷达发现了目标一样警觉起来。但阿强升到空中之后,像是中了邪一样在树顶上手足无措,被毒日烤得大汗淋漓。她看着独自偷着乐,可惜后来消防队把这小子救下来，她心里觉得没过瘾呢。下午她听到电锯刺耳的声音又响了,看到阿强再次像变形金刚一样升空。此时她觉得到了该出手的时候了。为了让自己有足够的胆量和力量,她一口气喝了一大杯威士忌。这就应了一句中国谚语:酒壮熊人胆。然后她红着脸膛,迈着大步冲到阿强的机器平台下，用一根木棍敲打着机器，大声命令他下来。她说根据多伦多市政府的法令，私自锯掉大树是非法的。要锯树必须获得市政府的许可证。如果阿强不马上停止锯树，她就要打电话报警。泰勒夫人的气势压倒了阿强。虽然他不懂英语，但能明白大概的意思。他觉得好男不应该和老太婆斗，尤其是不能和一个喝过酒的白人老太婆斗，于是他认输，按下开关下到了地面。用自己的车拖着升降机器送回建材店了。

我泡在热水里想着这些事情，开始的时候还蛮舒适，可水渐渐地冷了，于是就赶紧起来穿上了衣服。停电夜时间过得好慢，我都以为是深夜了。看看还不到十点钟，我找到了一个烧火锅的小煤气炉，烧了点热水泡茶，又点上一根蜡烛，准备继续写点字。桌上的小温度计已经指向零下二度，窗玻璃上结了厚厚一层冰花，我冷得无法集中思想写作，所以准备铺床睡觉。我把家里最厚的几床被子拿出来。这些被子还是刚移民加拿大的时候从国内带来的。到了这边之后，因为屋里暖气充足，一直没用，想不到今天倒是用上了。就这个时候，我突然听到楼下门铃“叮咚”响了一声。在这个深夜，门铃的声音在屋里回荡着，特别响亮。不知怎么的，我对于这一声深夜门铃并不是特别惊讶，好像我早预料到它会响起，或者我正在等待着它响起。我想起了大学时那个教写作的老师示范过的一个微型小说，全文只有十几个字：世界末日之后，地球上的最后一个人听到了敲门声。

我拿着手电筒从楼上的房间来到了楼下，透过门窗的玻璃看到戴姐站在外面。我把门打开，此时戴姐脸色苍白，像个女鬼，带着一种不自然的笑。她问我一定知道白天发生在她家的事情了吧。她说自己今天上班，家里发生事情的时候不在场，但她对发生这样的事情惊动了邻居感到很抱歉，所以特地来向我道歉。我以为她不知道警察带走她儿子的经过，就把我从泰勒夫妇嘴里听来的警察如何包围了屋子并准备强行破门的过程都复述了一遍。戴姐很认真地听着。但是我最后发现她对警察带走儿子的细节十分清楚，比我从泰勒夫妇那里听来的要清晰很多。戴姐向我说明了警察抓走她儿子的原因，因为海关查到有一批从台湾运给她儿子的货物中夹带着一批手枪和子弹。警察根据记录查到之前也有一批同样的货物已经送达,所以才会派出重装备的队伍来搜查武器。戴姐说这件事情的起因在于前些日子带女伴暂住生孩子的那个男孩。他在巴拿马做过武器生意,所以想让阿强快速发财。他对阿强说加拿大的台湾黑帮需要武器，可以用阿强这样没有案底的清白户头运点枪支过来。阿强并不知道这有多危险,还觉得很酷。那个男孩在得知第一批货物运出之后，立即就带着女伴和婴儿走了，生怕有了风声就走不了。现在他已远走高飞,而阿强将担起所有后果,事情显然非常麻烦。

戴姐说完这些事情,又说今晚屋子里冷得无法忍受,她要先去朋友家暂住,让我在恢复供电的时候打电话告诉她一声。从现在起,她要和律师一起开始工作。第一步是先把儿子保释出来。我发觉戴姐现在已经冷静镇定了不少,笑容也自然了起来。我目送她走出我家车道,看到了路边有一辆车正等着她,是一辆豪车。我知道台湾人在这里有强大的社会网络,而戴姐也是个能干的女人,经历丰富,朋友众多,任何事情都能对付。在这个极其寒冷的停电夜,她显得毫无冷意。我看着她上了那辆停在路边的车。车子开走了。在一片黑暗中,我的视线出现了错觉,好像看到戴姐不是坐车走的,而是飘了起来,在夜空中飞行而去。

夜还在继续,屋内气温继续下降。我裹在厚羽绒被里,只听得外面有冰崩裂的细微声音。我终于入睡了,进入了深度睡眠。不知是过了多久,我在梦里被一个声音惊醒。我张开眼,发现窗外有云影,冰雨大概已经停了。但是我觉得有什么显得不正常。突然我看到窗户外面好像有个巨大的怪物的影子在朝窗内张望,这让我有点毛骨悚然。我盯着它看了几分钟,那影子是静止的。我起床慢慢走过去察看,原来是阿强家那棵锯了一半的大树杈被冰挂压断了,树干倒在他们家的屋顶,一个枝杈正压到我家窗口。

（原载2016年《收获》第2期）

猛虎图(节选)

◎哲　贵

一

那年春天,陈震东决定翻开人生新篇章。

陈震东首先找他爸陈文化。陈文化这天在厂里值夜班,工厂离他们家有十多分钟路程。吃了晚饭,陈震东手里提着两个刚刚上市的本地甜瓜“荡”过去。

陈震东还没到车间门口,陈文化的两个徒弟先看见他。这两人年纪跟陈震东差不多,一胖一瘦,胖的叫陈铜,瘦的叫李铁。李铁远远看见陈震东手里的甜瓜,用舌头舔了舔嘴唇说:“甜瓜。”

陈震东没理他们,脸上堆着笑容,站在车间门口,对陈文化招招手,喊道:“爸,你出来一下。”

陈文化没有出来,陈震东只能走进去,对着陈文化的耳朵大声喊:“爸,我给你送甜瓜来了。”

陈文化看了他一眼,身体往后仰了仰。

陈震东把甜瓜往他眼前送，说："你看，我花钱买的，特意孝敬你。"

陈文化又看他一眼，不知他打什么主意。

陈震东掰开一瓣已切好的甜瓜，送进嘴里，一边嚼一边说："刚上市，蛮甜。"

陈文化皱了一下眉头，说："有屁就放，放完就滚，没见我正忙吗？"

李铁嘎嘎地笑，走过来，伸手对陈震东说："我尝尝。"

陈震东避开他的手，掰出一瓣递到陈文化嘴边，谄笑着说："爸，我想开一家店。"

陈文化脑袋一歪，避过甜瓜。

陈震东接着说："你得支持我。"

陈文化把嘴巴移到陈震东耳朵边，大声喊："你说什么？"

"他叫你吃甜瓜。"李铁笑着说。

陈震东知道他听得见，也大声说："你得借我钱。"

"我的手越来越没力气了。"陈文化悲伤地摇摇头，伸手摸了一下机器上的机油，毫不犹豫地把那只乌黑的手搭在陈震东肩膀上，对着他的耳朵说，"再过几个月，连你的肩膀也搭不上了。"

陈震东听见李铁嗤嗤的笑声，他想叫陈文化把手挪开，甚至连剁掉那只黑手的心都有了。但他知道自己今天到这里的目的，他拉着陈文化油腻腻的手，看着他说："我会还你的。"

陈文化把手抽出去，用力拍拍陈震东的脸蛋，说："你没觉得我的手一点力气也没有吗？"

陈震东觉得脸上有虫子在爬，但他忍住了，严肃地看着陈文化说："这对我很重要，希望你支持我。"

"我老了，"陈文化又拍拍陈震东的脸蛋说，"手上没劲了。"

陈震东说："我会加倍还钱的，我说到做到。"

"耳朵也聋了，什么也听不见。"陈文化又摇摇头。

陈铜和李铁跑到陈震东身边，一左一右架起他的手臂往外走。

“身体轻得像棉花。”陈铜看看陈震东，对李铁说。

“他就是个绣花枕头嘛。”李铁看看陈震东，又看看陈铜，笑着说。

“我觉得他更像花花公子。”陈铜说。

“我觉得他更像绣花的公子。”李铁哈哈大笑。

他们把陈震东丢在门口，李铁顺手把甜瓜拿走了。陈震东说：“别动我的甜瓜。”

“我不动，只是尝一尝。”李铁说着，掰开两瓣，分一瓣给陈铜，把另一瓣放在嘴里嚼动。

“蛮甜。”陈铜点头说。

“是蛮甜。”李铁点头表示赞同。

“甜瓜是给我爸吃的。”陈震东说。

“我们代表你爸吃了。”李铁说着笑起来，陈铜也跟着笑起来。

二

两个甜瓜被李铁和陈铜吃了，陈震东这一趟血本无归。

回到家后，他妈胡虹见他两手空空，问他：“你爸吃甜瓜了？”

“我爸不吃。”陈震东摇摇头说，“让李铁和陈铜吃了。”

“那两块废铜烂铁早晚是个祸害。”胡虹深表担忧地说。

陈震东晚上出门前，胡虹见他手上拎着两个甜瓜，就觉得不对劲，问他：“你拿甜瓜干什么？”

陈震东晃了晃手上的甜瓜说：“给我爸送去。”

胡虹说：“给你爸送甜瓜做什么？”

陈震东说：“我跟他商量个事。”

胡虹没有再问下去，她知道儿子有很多事，有些事不用问他会说，有些事就是用上老虎凳也不会说。胡虹觉得儿子性格像她，这点很可喜可贺，如果像陈文化就完蛋了，他基本上是一台生锈的老机器。

陈震东早料到陈文化会用耳背来打发自己,但他觉得这是一个程序,必须先跟陈文化有一次交集,同意不同意是另一回事。接下来就是跟胡虹谈判了,他认为这才是真正的战争。

果然,胡虹像青蛙一样跳起来:"你疯了?"

"我没疯。"

"没疯你为什么要辞职?"

"没疯我才要辞职。"陈震东看着胡虹说。

"我不会让你辞职的。"胡虹说。

"我已经辞了。"

"皇天,你这个'棺材',你怎么能这样对待我。"胡虹拍了一下大腿哇哇哭起来。她哭声不响亮,眼泪和鼻涕却澎湃汹涌,相当壮观。

陈震东看了她一下,说:"你借我三千元启动资金。"

"我一分钱也没有,拿什么借你?"胡虹依然拍着大腿说。

"我知道你有钱。"陈震东说,"我这两年跑供销,每个月的工资都是被你拿走,至少有两千六百元。"

"皇天,你这个'棺材'还敢跟我算账?"胡虹一拳擂在大腿上,接着抹了一下眼泪和鼻涕,一边哭一边说,"你这个没良心的棺材,你知不知道,这十几年来,我在你身上花了多少钱?你知不知道,我每天炒粉干给你吃需要多少钱?你知不知道,我每天给你买江蟹和对虾需要多少钱?你知不知道,你穿的衣服,你住的房子,哪一项不需要钱?你竟敢跟我算账?你良心叫狗咬了?"

"我不是要跟你算账,那些钱都归你。"陈震东从懂事起就知道胡虹能哭,哭是她的武器,她对一件事没把握时,先用哭声来稳定自己,同时也用来打击对方。陈震东靠近她,轻声说:"我这次是跟你借,算利息。"

陈震东故意停顿了一下,他发现,胡虹的哭声也停顿了一下。他接着说:"我给你的利息比别人高。"

胡虹的哭声完全停顿了,抹了一下眼泪和鼻涕问陈震东:"你给多少?"

"别人三厘,我给五厘。"

“这事我说了不算，”胡虹摇摇头说，“得你爸点头才行。”

三

第二天，胡虹跟陈文化商量后，决定连夜召开家庭会议。

胡虹和陈文化坐在饭桌一边，陈震东坐另一边，像等边三角形的三个点。

胡虹很严肃，陈文化比她更严肃。

陈震东看着他们，想调和一下气氛，说：“大家都笑一笑，这不是批斗会。”

“正经点，”胡虹呵斥完，转头问坐在身边的陈文化，“你说还是我说？”

陈文化没有反应，大概又耳背了。

“好，我说。”在家里，胡虹习惯自己找台阶下，她清了清嗓子，看着陈震东说，“我和你爸商量了，决定借钱给你。”

陈震东还没有开口，胡虹又接着说：“五厘利息。”

陈震东说：“没问题。”

胡虹说：“一年内本利全部还清。”

陈震东说：“好。”

“痛快。”胡虹变魔术似的拿出一张纸和笔，递给陈震东说，“你看清楚了再签字。”

是一张协议书。陈震东看着看着就叫起来：“怎么只有两千元？不是说好三千元吗？”

胡虹叹了一口气说：“我和你爸是真没钱，两千元也要东挪西借，也要付别人利息。”

“你们不讲信用。”陈震东说。

“我们尽力了。”胡虹看着他，摊着双手，一副爱莫能助的样子。

“如果为难，我们也不逼你签。”见陈震东在犹豫，胡虹不失时机地说，

“我跟厂长说好了,你还可以回厂里上班。”

陈震东咬了咬牙,拿起笔说:“我签。”

“慢!”胡虹说。

陈震东抬起头看着她,问:“你还有什么花样?”

“还有这个你也看一下。”胡虹又变魔术似的拿出一张协议,“一定要看详细再签。”

陈震东接过协议,看着看着又叫起来:“你们这不是逼我回工厂上班吗?”

胡虹露出胜利的笑容,宽容地说:“没人逼你,我们是说,如果你的店半个月内没开张,必须回工厂上班。”

“你们这是不平等条约。”陈震东说。

“你可以不签。”胡虹说。

一直没吭声的陈文化这时哼了一声。

“我们是自由平等的家庭,”胡虹说,“签不签随你。”

“我签。”陈震东想了一下,又掐着指头算了一会儿,抬头看着胡虹说,“但你们要给我一个月时间。”

“不行,只有半个月。”胡虹说。

“半个月要借钱、要租店面、要装修,还要进货,时间不够。”陈震东说。

“够不够我们不管。”胡虹说。

“那就二十天。”陈震东说。

“半个月,”胡虹说,“没有讨价还价的余地。”

“你们这是蛮不讲理,是存心为难我,两个大人联合起来欺负自己的孩子。这算什么本事?”陈震东说。

“狗屁,谁蛮不讲理了?谁存心为难你了?谁联合起来欺负你了?”陈文化突然开口了。他用手指指着胡虹,下了一道命令:“给他二十天,让他心服口服才会彻底死心。”

胡虹看看陈文化,又看看陈震东说:“好,你爸说二十天就二十天,签字。”

陈文化的耳朵这回灵了。

四

陈震东开始筹款行动。

他骑上加重的永久牌脚踏车，身体和脑袋在车上一左一右快速摆动，穿过一条大马路、两个菜场、三座桥。桥下蓝色的塘河水缓慢流过，像梳子一样梳过墨绿色水草。陈震东无心欣赏塘河里的风景，他要赶到一个叫天地文书馆的地方，找一个叫刘发展的人。

陈震东说：“刘发展，我遇到难关了。”

“老子今天一早左眼皮就跳，原来是你这个财神到。”刘发展手里捧着一本法律书，看了他一下，停下来，慢悠悠地说，“什么事把你难住了啊？”

“我急需钱。”陈震东说。

“要多少？”

“一千元。”

“我没那么多钱。”刘发展说。

“我知道你没那么多钱，也不需要你那么多钱。”陈震东停了停，咽了下口水，接着说，“我昨天想了一个晚上，决定做一个互助会，我做会东，找四个朋友，每个人出两百五十元，三个月一次，谁急需钱用谁先拿走。”

“这倒是一个不错的主意，两百五十元做不成什么事，一千元就能派上大用场。”刘发展把法律书放下，身体往陈震东这边倾斜。

“我第一个就找了你。”陈震东说。

“我知道，我们是结拜兄弟嘛。”刘发展说，但他又摇了摇头，“可是，两百五十元我也拿不出来，天地文书馆馆主是我爸，我是个打工仔。”

“你能不能跟你爸商量商量？”陈震东说。

刘发展摇摇头，忧伤地用手抚摩了一下法律书说：“我爸那个人你是知道的,钱就是他的命。”

“整天‘我爸我爸’,我看你以后的命运跟你爸差不多,在这个矮小的文书馆里给人写一辈子的书信和合同。”陈震东撇了撇嘴,加了一句,“还结拜兄弟呢!”

“你说谁呢?”刘发展声音突然高起来,语速明显加快。

“这里除了你和我还有谁?”陈震东看着他说。

“陈震东,老子知道你用激将法,”刘发展看着陈震东说,“可是,老子就喜欢你的激将法,不就是两百五十元吗?老子这次两肋插刀了。”

说完之后,刘发展拿出钥匙,打开抽屉,点了两百五十元给陈震东。陈震东问他:“如果你爸不同意怎么办?”

刘发展挥挥手,说:“他如果问我,我就告诉他,三个月后还他五百元。他脑袋瓜再坚硬,这笔账还是会算的。”

“行,我记住你这份情了。”

陈震东又骑上加重的永久牌脚踏车,身体和脑袋在车上一左一右快速摆动,穿过两条小马路、两个菜场、三座桥。桥下流着蓝色塘河水,水里游着青色鲫鱼。陈震东无心跟鲫鱼打招呼,他要赶去一个叫姐妹裁缝店的地方,找一个叫许琼的人。姐妹裁缝店面对塘河,每天对着塘河水、水草和塘河里的鲫鱼。

许琼带着双胞胎妹妹许瑶开了一家姐妹裁缝店。

姐妹裁缝店是间长方形的木头老屋,前面是店,后面住人。陈震东来到许琼的裁缝店,妹妹许瑶低着头,哒哒哒哒踩着裁缝车,姐姐许琼站在工作台前裁一块白布。她们俩剪同样发型,穿同款衣服,很多人分辨不清,说她们是镜子里和镜子外的两个人。

陈震东跨进裁缝店,把目的说了。许琼沉默了一下,抬头对陈震东说:“我这里刚好有一千元,你先拿去用。”

“我不要一千元,只要两百五十元。”陈震东说。

“你有毛病呀?”许琼惊讶地看着他说,“有现成的一千元,干什么要组织互助会。”

“不一样的。”

“有什么不一样？”

“当然不一样。”陈震东说，“一千元是借，双方是施与受的关系，两百五十元是互助，是朋友间的信任和游戏。”

“最终的结果不就是钱吗？”

陈震东愣了一下，她这句话确实说出了本质，但他又摇摇头说：“虽然都是为了钱，形式不一样，最后的结果肯定也不一样。”

“你是老大，你说了算。”许琼笑着说，“我先给你两百五十元，如果急需用钱，随时来找我。”

“谢谢你许琼，我会记住今天这份情的。”

许琼说：“我们是结拜兄妹，你的事就是我的事。”

陈震东要找的第三个人叫王万迁，他不确定自己能不能碰到王万迁。他骑上加重的永久牌脚踏车，身体和脑袋在车上一左一右快速摆动，穿过两条小马路、一条大马路、两座农贸市场、一个菜场、六座桥，到信河街邮电局往王万迁办公室打电话。电话接到王万迁办公室，接听的人正是他。陈震东说：“王万迁，我是陈震东。”

王万迁在电话那头说：“我听出你是陈震东了，我很高兴你给我打电话。”

“你在办公室太好了，我担心你出差了。”

“我明天出差。”王万迁在电话那头说，“我刚想给你打电话，你的电话就来了。你说我有多高兴。”

陈震东说：“天下竟有这样巧的事？”

“天下就有这样巧的事。”王万迁说。

陈震东说：“我想跟你见个面，有事商量。”

“我也正想跟你见个面，商量个事。”王万迁说。

他们在电话里约好在王万迁工厂门口见面。

陈震东和王万迁是在跑供销时认识的,陈震东推销的是电话交换机,王万迁推销的是帆布。他们一起住在银川一个小旅馆里,同乡又同龄,陈震东比王万迁大十天,两人便成为无话不谈的朋友。

陈震东又骑上加重的永久牌脚踏车，身体和脑袋在车上一左一右快速摆动。他一路往北。这一路没有桥,河被填成马路了,马路两边是一排排商铺。往北尽头是一条江,名叫瓯江,滔滔江水穿过信河街,涌进东海。陈震东拐进瓯江路。瓯江路是大榕树的天下,树冠遮天蔽日,将马路包裹起来。有一棵大榕树长在路中央,像壮汉拦住去路。陈震东一时不察,差点撞上去。

待陈震东气喘吁吁骑到西角红旗帆布厂时，王万迁已在大门口等候多时。见了面,两个人重重抱在一起。

“王万迁,我们又见面了。”

“我们又见面了,陈震东。”

两个人又重重抱了一次。

陈震东对王万迁说:“你说有事跟我商量,你先说吧。”

“你先给我打的电话,按理应该你先说。”王万迁说。

陈震东说:“好的,我先说。”

陈震东就跟他说了自己组织互助会的事。王万迁听完一声没吭,盯着陈震东看了五秒钟，握着拳头在空中砸了一下说:“陈震东，我们又想到一起了。”

“你也想组织互助会？”

“是的,”王万迁转头看了看背后的工厂，又转回来说,“我出完这一趟差,回来就辞职。”

“那你就不能参加我这个互助会了,”陈震东叹了口气说,“遗憾的是我也不能参加你的互助会。”

“我可以参加你的互助会,”王万迁说,“但你最好能让我第二个收会钱。”

“第二个已经答应给刘发展了。”陈震东说。

“我第三个。”王万迁说。

陈震东说:“我记住你这个情了。”

王万迁抱住陈震东,笑着说:“咱们是患难之交,不说情。”

陈震东最后去找带他跑供销的师傅胡长清。胡长清拍了一下秃得寸草不生的圆脑袋,说:“这是好事,我一定支持。”

陈震东说:“对不起师傅,我当了逃兵,你不会怪我吧?”

“年轻人就是要出去闯荡,窝在一个地方算什么屁本事?”胡长清又拍了一下自己的圆球说,“想当年我一个人单枪匹马闯西北……”

陈震东知道胡长清又要怀旧了,其实他真正跑供销也没几年,却是东风电器厂公认的供销大王。他的故事陈震东最少听了有一百遍,可谁叫他是师傅呢。

讲完故事,胡长清从随身携带的公文包里点出两百五十元。陈震东对他说:“师傅,你最后一个收会钱不会介意吧?”

胡长清又拍一下自己的脑袋,说:“介意个屁,我现在不缺这点钱。”

陈震东没有再说什么,深深给他鞠了个躬。

胡长清拍了一下陈震东的肩膀,说:“既然你认我这个师傅,临别之前,我还是有两句话要说。”

“师傅请讲。”

胡长清举起手又要拍自己的脑袋,这次举了一半就放下了,搓了搓手说:“第一句,古话说:商场如战场。你以后每走一步都要小心谨慎,一步踏错可能导致全盘皆输。人生百年,没必要太贪心,该做的做,不该做的绝对不做。”

“我记下了,师傅。”

“第二句,要懂得人心险恶,要有防人之心,更要有善待他人之心,能够对别人笑的时候尽量笑,能够帮别人的时候尽量帮。平时所做一切是因,什么时候结出果只有老天知道,要相信头顶三尺有神灵。”胡长清看着他说。

陈震东点点头,说:“我都记下了,师傅。”

胡长清对他挥挥手,说:“去吧,祝你鹏程万里。”

五

十六天后是星期日,按照信河街风俗,上午八点零八分,瓯江潮水上涨时,陈震东的多美丽服装店在信河街十八号开门营业了。陈震东不太相信“八”与“发”的谐音,也不太相信涨潮与赚钱的必然联系,但他相信,生意能不能成功,有必然因素,也有偶然因素,并且偶然因素有时会影响必然因素。什么叫偶然因素呢?陈震东的理解是一切不吉利的东西,做生意讲究和和气气,和能生财嘛。所以,开门营业时,陈震东也按照风俗,放了一串五百响的鞭炮,比较隆重地宣告人生踏上了新征途。

放开门炮前,刘发展和许琼来了,王万迁出差在外,特地从兰州拍来一份贺喜电报。师傅胡长清坐着三轮车,送来一盆万年青。胡长清下午就要出差,放下万年青,又坐着三轮车赶到车站买汽车票。

开业这天陈文化没来,胡虹也没来。

胡虹衣服都换好了。陈文化问她:“你干什么去?”

“我上街看看。”

“我知道你要干什么去,”陈文化又下了一道命令,“不准去。”

“我去侦察一下情况,马上回来。”

“侦察个屁,出了个逆子,这个家从此不得安宁了。”陈文化叹了口气,又给胡虹下了一道命令,“从今往后,你不能跨进那地方半步。”

“怎么说他也是咱们的儿子呢。”

“放屁,”陈文化突然骂道,“从今天起,咱们就没有儿子啦。”

陈震东并不知道自己被陈文化开除出儿子队伍了,即使知道,现在也无暇顾及,他的多美丽服装店被客人挤得像筷子笼。一天时间,他进的八十双皮鞋、一百条裤子、一百件衬衫、五十条裙子被全部扫光。

晚上十一点钟打烊后,陈震东结完账,吓了一跳,一共收入三千六百六十元。也就是说，这一天的营业额，除了把所有的本钱赚回来，还多了六百六十元。

陈震东觉得心里有一头老虎在奔跑，把他的身体不断撑开，撑得喘不过气来。他锁了店门，骑着加重的永久牌脚踏车赶到姐妹裁缝店。可惜店门已关，里面一点声音也没有，估计许琼和许瑶已经睡下。陈震东又骑到天地文书馆，里面一片乌漆抹黑，刘发展跟家人住在一起，如果这时喊他，必定惊动他爸妈。陈震东骑着脚踏车在街上转，有一肚子的话，想找个人说说，却又不知道找谁好。

不知道在街上骑了多久，陈震东发现自己骑到东风电器厂，传达室霍师傅是他师傅胡长清的战友。陈震东决定找他聊聊。他进了传达室，霍师傅已经喝多了，叫了几声没反应。陈震东正要转身离开，看见办公桌上的电话机，突然决定给远在兰州的王万迁打一个电话。

陈震东并不知道王万迁住在兰州哪个旅馆，也不知道住在哪个房间，更不知道电话号码。他拿起话筒，随便拨了一通号码，喂了一声后，对着话筒说："你好，麻烦你帮我转到甘肃省兰州市。"

他等了一会儿，接着说："你好，麻烦你帮我转到胜利旅馆的总机，号码是5678。"

他又等了一会儿，说："你好，麻烦你叫一声123号房间的王万迁先生，谢谢。"

陈震东又等了一会儿，站直身子，伸了伸脖子，咳嗽一声，对着话筒说："是王万迁吗，我是陈震东。我知道这么迟不应该给你打电话，我知道你今天跑了很多企业，嘴皮磨破了，嗓子说哑了，腿跑酸了，身上的骨头快散架了，更知道现在你的眼睛都睁不开。可我今天有一卡车话要跟你说，这些话像一千只老鼠在我身体里跑来跑去，又啃又咬，不说不行啊。不说的话，我会被这一千只老鼠咬死的。我如果死了，你回来就见不到我了，我晚上一定要让身体里的一千只老鼠跑出来。我现在要正式对你宣布一件事情，你站稳了，不要听了之后摔跟头，隔这么远，我可没办法扶你起来。我宣布，今天多美丽服装店的营业额做了——”

陈震东故意停下来,把听筒拿到眼前看了看,吹一口气,又放回耳边说:“王万迁,你听好了,我今天营业额做了三千六百六十元。你没想到吧?老实说我也没想到,还有你更想不到的事,你知道成本是多少吗?我知道,你一定猜不出来。我们是好朋友,我才告诉你,成本只有一千两百元,这下你知道我赚多少钱了吧?这是我这辈子赚得最多的一次,是为自己赚的,我一天之内成富翁了。但我知道,这只是开头,赚大钱的日子还在后头呢。我有一个预感,我的机会来了,更准确地说,是我们的机会来了。我说王万迁你还在听吗?哦,是的,我知道现在就是把你摁在床上,你也睡不着了,用榔头砸你,你也睡不着。你现在肯定腿也不酸了,身上的骨头发出咯咯的响声。你是不是觉得身上充满了力量,像一只出山觅食的老虎,张开血盆大嘴,一口就能把全世界吞进肚子。是的,我现在觉得自己就是一只老虎,是一只比地球还要大的老虎。我开始奔跑了,停不下来了。我张大了嘴巴,食物哗啦啦流进我无边无际的身体。”

陈震东又停了一下,伸手摸摸口袋,又拍拍胸口,接着说:“是的是的,现在我口袋里装满了钱,这些钱是酵母,它们接下来会发酵出更多钱。是的,我明天一大早就要去石狮进货了。听说石狮那边的货更好、更便宜,样式更时髦,是模仿台湾的。是的,我上次是去广州进的货,上次我还有点保守,本钱也不够。这次就不一样了,我更有信心了。我要带着身上所有的酵母杀过去,你想一想,这些酵母再翻两番是多少?对,一万元!天呐,王万迁,一万元呐!我成万元户了,万元户就可以称富豪了吧?再去一趟,就能翻到三万元。然后是十万元,三十万元,一百万元,三百万元,一千万元……”

陈震东用手按住胸口,大口大口地喘气,说:“不能再说下去了王万迁,我亲爱的朋友,再说下去我的心脏就要跳出来了。我多么希望现在就能见到你啊,让你来多美丽服装店看看。我更希望你也像我一样,一起做生意,一起打拼,一起成为亿万富翁,一起为我们的人生目标奋斗吧!亲爱的王万迁,我在信河街等你,等你早日归来。”

挂断电话后，霍师傅还没有醒，陈震东拍拍肚子说："好了陈震东，你一卡车的话说完，身体里的一千只老鼠跑光了，现在爽到了。"

（原载《江南》2016年第4期）

求囡记（节选）

◎ 林晓哲

一

李律想要一个女儿。这个念头在他心里萦绕了很久，后来变成一块长在心上的石头。李律可以用手指测量出石头的位置，在右心房和肺静脉之间。他感觉得到它僵硬的质地。以前，李律和邵芳没有离婚的时候，会一本正经地把位置指给她看。邵芳爱理不理的样子，他通常理解为，此人对心脏的结构不太了解。因此有一天晚上，李律特意下载了一张彩色的心脏平面图。“你看，就在这个位置。”李律右手的拇指和食指从胸骨柄的末端开始，以一厘米左右的宽度丈量着向心脏的方向前进。接着，他的中指终于按住了一个位置。李律用相对笨拙的左手试图告诉邵芳，自己所指的部位对应在彩图上的确切位置。但是邵芳掀开彩图，从床上坐了起来。邵芳就是这样一个没有生活情趣的女人。李律感到自己心上的石头“咯噔”了一下。他说：“石头正在下坠，如果真的掉进右心室的话，那我一定会心肌梗死的。”邵芳蜷着身子，从他身上翻了过去。进入李律视线的有一条平坦的乳沟，两个摇晃的乳房，最后是一个不怎么饱满的屁股。邵芳一只手支在床上,另一只手伸向旁边的小床。那里睡着他们四岁的儿子。邵芳拉了拉床上的被褥,手指在儿子的鼻尖上划了一划。李律看到她的侧脸上浮现出一丝调皮的笑容。

"你知道心肌梗死意味着什么吗?"

邵芳用紧皱的眉头回答了李律的问题。邵芳回过身子,推了推李律,示意他睡到里边去。邵芳细长的指尖不小心从李律的臂膀滑向他的胸部,不,是心脏。李律"嘶"了一声,右手赶紧护住心脏的位置。在邵芳钻进被窝后,他又"嘶"了一声。可是邵芳已经闭上眼睛了。李律巴望着邵芳的长发,耳垂,鼻子,嘴唇,以及两颊若隐若现的乌星,接着伸手熄灯。李律并无睡意,有一根乖戾的神经正在驱使他把萦绕心头的计划和盘托出。是的,就在今晚,没有商量的余地。李律采取迂回之术,反复在右侧卧、左侧卧、仰卧和俯卧等姿势中选择睡姿。他想,只要邵芳有兴致和自己搭讪,问题就有可能延展到需要的方向。有一缕缕凉飕飕的风钻入两具身体的空隙。邵芳卷起被褥,尽量让背贴上去。邵芳是不是忘了她是长了嘴巴的,还是又在对自己噤声?李律开灯,起身从电视柜里掏出照相机。

"邵芳,你说要是现在我右侧卧睡着了,明天醒来会是什么姿势?"

李律发现邵芳闭着的眼睑动了一下,接着说:

"你现在给我拍张照,等明天醒来的时候,你再给我拍一张……"

邵芳动了一下的眼睑又不动了。李律俯下身子,整个人沉到邵芳的身上,凑近她的脸说:

"那样我就知道自己的睡相了。"

邵芳把整个头埋到被褥下。因此李律够到的,其实是被褥隆起的褶皱。邵芳既没有反抗,也没有配合。李律的身体一下子干瘪下来,如同一张薄薄的纸片贴着邵芳。是否要自动飘走颇为犯难,维持局面成了无可奈何的选择。但是如果邵芳一直不做反应,无疑会加重颜面扫地的后果。李律撑起身子,临时迸发出做俯卧撑的念头。在邵芳的身上一连做了好几个不太标准的俯卧撑,才回到被窝。李律原本想为邵芳拍几张入睡睡姿照,作为今后的交换条件,但又把照相机搁到梳妆台上。自从有了儿子以来,李律就对自己睡在哪边失去了主导权,一切遵照邵芳的意愿。也就是,在某一特定时刻,邵芳根据是觉得护肤重要,还是疼爱儿子重要,选择位置。但更多的时候邵芳想两者兼得,李律就要在中途更换位置。就像今晚一样。李律看着熟睡中的儿子。孩子的嘴角又流出了哈喇子。到目前为止,这个孩子还看不出有多少李律的遗传基因,从额头一直向下,除了那根东西之外。当然,那根东西也代表不了什么。李律想要一个女儿。李律对自己强调说:是的,这一点,毫无疑问。

李律旋又熄灯,旋又起床,接着摸索着漆黑的空气走到阳台。外面灯火通明。李律靠在阳台上,燃起一根烟,颇为受用这种怡然自得的状态。对于如何向邵芳坦白的问题,李律思忖良久。他推测出邵芳可能出现的几种反应。第一,欣然接受,共同努力。这仅仅是美好的向往,可能性归于零。第二,心怀忐忑,措手不及,可能性也归于零。种种迹象表明,邵芳正在朝“女强人”大步前进,尽管她自己可能没有意识到这一点。李律想:或许应该提醒提醒她,尤其是凡事多听听我的意见。李律弹了弹烟灰,准备顺便测试一下烟灰在下坠过程中,会于何时离开自己的视线。测试失败是因为他的思维在瞬间发生了转移。他想到邵芳可能产生的第三种反应:大发雷霆,断然拒绝。这一令人绝望的结果倒是更符合逻辑发展的方向。无论李律以何种方式切入正题,看到的都是邵芳怒火中烧的样子,而且她的脸越拉越近,几乎可以闻到一股腥沫的味道。李律认为,自己之所以担心有余,并不关乎男人尊严的问题。而是,无论如何,这件事情都需要用到邵芳的肚子。可不可以借用别人的肚子?李律立即予以否定,自己非但无力承担其中的道德风险,而且单就个人魅力而言,势必带来的巨额费用也没法解决。除此之外,也可能产生第四种反应:一笑置之,不置可否。这种反应虽然较之第三种为好,说明邵芳对生二胎并不反感,但一旦涉及实质层面的运作,排斥情绪更有可能逐渐增加,因此毫无意义。那么,是不是有另外一种途径,让邵芳在不知情的情况下怀孕呢?余下的事情则走一步算一步。李律吐了一口烟,让烟灰在半空中形成一个浓重的圆圈,接着他对着浩浩明月,自信地点了点头。

李律蹑手蹑脚回到卧房。邵芳大概已经睡着了。她的面容模糊。即使模糊，邵芳的面容仍是如此清纯，散发出一股书卷气。李律想，假如这样端视邵芳的是除自己之外的其他男人，产生浮想几乎是肯定的，尽管她身体内部的构造与生产前已不能同日而语。李律在邵芳露出的额前轻吻了一下。仿佛有一缕淡淡的青果味进入他的鼻息。这颇有意味的一吻让邵芳在朦胧中睁开了眼睛。邵芳没能制止住微笑，温婉的微笑倏忽消失。邵芳的声音随后响了起来，语气是软是硬无从判断。

"刚才出去抽了几根？"

"三根。"

"那先去刷牙，最好冲一下。"

二

李律的单位在一个偏远的乡镇，离城区大约三十公里。李律需要每天往返于这段路程。他曾经下定决心绘制一张过境路线图。这张路线图将由公路、马路和山路三个部分组成。绘制失败是因为思绪经常被漫无边际的臆想打断，因此即使往返多年，李律仍然对沿途的风景所知甚少，就像对工作一样。李律通常在上午九点抵达所在的乡政府。乡政府的门口有两棵大樟树，两座20世纪70年代的建筑一前一后分立，墙壁青砖裸露，地面的抛光砖则油光滑亮。李律现在有了一辆小车。小车通常停靠在门口的溪流边。溪流里的垃圾真是越积越多了。李律需要面对溪流做最后一番沉思，才会慢悠悠地朝办公室走去。

李律很少待在自己的办公室里，每天合计不会超过半小时。计生办是更习惯的去处，那里有本乡唯一的少妇唐雪秋。大部分男同胞都认为和唐雪秋说话是一份难得的感官乐趣。不仅是视觉上的，还有听觉上的，有时也有触觉上的，那就需要制造一个和唐雪秋有关的精辟玩笑。唐雪秋会捏着拳头冲上来，连续捶打玩笑的制造者，范围一般控制在三角肌、肱肌一带，以保证捶打点牢靠受力。李律就是频繁遭受唐雪秋捶打的那个人。李律觉得像唐雪秋这样俗得可人的女人,似乎只有他的生活态度才能与之般配,无奈的是,他已经结婚了。李律曾经设想和唐雪秋制造一个女儿,这个女儿一定比和邵芳的更有意思。为此他特意下载了一张哈佛大学的智商测试表,毕竟后代的智商百分之七十由女方决定,绝不可鲁莽行事。结果唐雪秋即使超时,也只能拿到八十三分,而邵芳在拒绝无效、勉为其难的情况下,也轻松拿到了一百二十九分。李律遗憾地发现,智商和趣味在女人的身上是互相排斥的。于是唐雪秋的价值只好更多地体现在计生顾问的身份上。李律很想从唐雪秋那里探知生育第二胎的各种可行渠道。他需要在各种可行性中,寻找到一条最为保险的渠道。

除了计生办之外,李律还要经常下村。他是一个驻村干部。从计生办到村,从村到计生办,基本构成了李律两点一线的乡镇生活。在他和邵芳没有结婚的时候,生活则是三点式的,还需要加入宿舍这个点。李律正是在那时和住在隔壁的唐雪秋渐渐熟络起来。是的,就是从那时开始。有许多个夜晚,李律还是有赖于对唐雪秋的臆想才能安然入睡。他想象着如何剥落她的衣服,如何抚摸和亲吻她的胴体,以及倾听她局促的喘息声。当然这份臆想仅仅是为了平衡内分泌失调的身体,而且对象也不仅限于唐雪秋一人。唐雪秋是那样一个天生的农村工作者。她能够轻而易举地获取许多机密的消息,比如谁家没有放环,谁家没有结扎,谁家孕检造假等。这样的人应该是许多农村妇女的天敌,问题是所有的农村妇女都对唐雪秋礼貌有加。就像唐雪秋对待她们一样。她好像是本乡所有村干部的亲戚,关系如表妹、侄女、孙侄女等不一而足。这么多年过去了,李律还谈不上认识哪个农村妇女。他倒是认识一些老人。在大部分下村的时间里, 李律都是躲在村老人亭里和他们下象棋。

这个早晨李律又朝计生办走去。阴沉的天色使走廊变得更为狭窄,身后的廊灯折射出李律的影子。李律试图踩住影子的头,无奈每踏出一步,影子也会前倾一步。保持影子不动需要维持身体的直立状态,而这时双腿则无法着地。李律发现,只有上身后仰(使影子退到脚跟)的方式才能勉强够得到头。他觉得有必要以此测试一下唐雪秋,也许未经指点,她永远踩不到头也说不定。唐雪秋没有给自己踩头的机会。她看到李律,就把他强行拽了进来,指使他看桌上摊开的一叠报表。长期以来,唐雪秋好像都在为李律的斗志和自己赌气,她总是千方百计地努力感化李律,以使之成为一名专业的计生工作者。她一直处在挫败的状态,因此拽人的力度越来越大,脸色也越来越差。李律一脸无辜地看着唐雪秋。报表的数字他从未逃出过倒数第三名,招惹唐雪秋的当然不仅仅是报表的问题。

唐雪秋说:“那个谈话对象又跑了,你还不知道吧?”

李律愣了一下,又一脸无辜地看着唐雪秋。

唐雪秋说:“不是叫你死盯着吗?”

李律低下头,回想唐雪秋什么时候说过死盯,死盯谁。他借助象棋的圆想到一张胖墩墩的圆脸。

唐雪秋说:“你就不能上进一点吗?”

唐雪秋意犹未尽地揪住了李律的耳朵。这一动作如此出其不意,以至于唐雪秋自己都吓了一跳。她的食指和拇指瞬间僵化,即使松开后还停滞在李律的耳际。直到潘副乡长进来他们才清醒过来。唐雪秋迅速缩回手。

潘副乡长说:“晚上集中行动的事,通知好了吧?”

唐雪秋说:“都通知了。”

潘副乡长瞟了一眼李律,示意他出去。李律出去之后,却绕到机关院子前,透过窗户窥视计生办的情况。潘副乡长正弓着身子站在唐雪秋身后,一只手流于形式地在一张报表上指指画画。他的胸腹完整地贴在唐雪秋的背上。李律义无反顾地走到窗口前,敲了两下玻璃。潘副乡长立即挪开身体。

“唐雪秋,我没带笔,你拿支笔给我。”

“唐雪秋,这支笔太细,你给我换根粗的。”

这次集中行动就和那张胖墩墩的圆脸有关。据消息,圆脸暂时躲在市区的姑妈家里,但地点随时可能转移。在每次集中行动中,李律唯一的任务就是守后门,不管是不是他的计生对象。李律通常是怀揣一瓶矿泉水,坐在房子后门的台阶上抽烟。周围一片静寂,只有昏黄的路灯陪伴着他。偶尔,李律也会和地上的影子聊上几句,更多的时候则是静候盘碗、电器、玻璃破裂的声响,接着他会听到女人嘤嘤呜呜或者骂骂咧咧的声音。李律时常悬着一颗心等待女人声音的到来。一旦女人的声音传进耳际,他就会如释重负地拍拍屁股,扬长而去。当然,这已是好几年前的事情了,摔盘、碗的事情也被上级三令五申禁止。现在李律也无心关注里边的动态了。因此女人的哭声经常是突然闯进他的耳朵。伴随着一阵嘈杂的脚步声,李律站了起来。他又看见了圆脸。圆脸从人缝中透出来,腆着肚子张望着。同事们的庆功声淹没了圆脸的呜咽声。李律看见潘副乡长走在队伍的最前面,径直钻入那辆森林防火车(乡镇有限的公车通常是书记、镇长专用)的副驾驶座。与往常不同的是,李律也跟着钻入了森林防火车。他在上车之后才意识到自己的反常。

李律的前前后后簇拥着七八个同事,他们的声音由小及大,愈发激动,原因是对昨夜一局麻将的出牌分歧颇多。圆脸坐在李律的右边。李律剥离各种声音的侵扰,使自己沉浸在圆脸的呜咽声中。整个车上只有圆脸和李律一语不发。因此有那么一阵子,李律错误地以为他和圆脸是一伙的。错觉的清醒伴随着心跳的加速。他用眼睛的余光打量着圆脸。不,是邵芳。如果不幸和执着并存的话,也许有一天,邵芳也会像现在一样坐在自己的身边,目的地是市医院,或者是乡指导站,一切依照邵芳肚子的大小而定。李律观察了一下半开的车窗,窗外霓虹闪烁,有几辆小车疾驰而过。带着邵芳跳跃式的逃离显然是不可能的。李律又把注意力集中在同事的身上。他在心里叹了口气,失望地闭上眼睛。他的眼前浮现出唐雪秋的面容。他确定,只有这个最危险的人物才有可能真正帮助自己。

三

李律辗转反侧,一连几日都未能安然入睡。生活里加入一点点焦躁,产生一种紧绷感，倒也不失为一桩好事。李律认为，当务之急，还是要找到生二胎的可靠方法。他想到了唐雪秋。

李律坐在唐雪秋的对面。唐雪秋正忙着校对计生报表。李律的注意力集中在唐雪秋的双唇上。双唇饱满红润，富有光泽，透明感强。她下唇的右角、鼻尖的左上角、双眉之间偏右侧，居然有三颗浅浅的小黑痣，李律先前倒未曾发觉。一想到唐雪秋长着一颗小黑痣的嘴唇迟早会说出生育第二胎的方法，他就觉得十分好笑。唐雪秋斜睨了李律一眼，明显带着责备的意味。李律不知道自己又犯了什么错误。他正在盘算如何切入正题。第一，从全市百分之三十的正局级领导干部均生有第二胎谈起；第二，借用一个莫须有的亲戚谈起；第三，直接从自己谈起，这显然更为刺激，但是喜忧参半，唐雪秋是选择恪尽职守还是友谊第一，不得而知。李律想到有必要先制造一下氛围。他随手翻着一本计生杂志，又把头转向乡政府的大门。

“你猜，下一个经过乡政府的是男人还是女人？我猜是女人。”

李律时常和唐雪秋这样漫无目的地打赌，也不约定赌注。只要一时兴起逮着什么，那么赌注就是什么。如果不出意外，都是唐雪秋胜出。有时候唐雪秋想不出新招式，就会直接在李律身体的某个部位做做文章，比如拍拍头，捶一下三角肌，甚或揪几下头发回味童年时光。唐雪秋先是径自整理着报表，接着貌似无心地抬眼朝窗外瞥了一眼，又过早地流露出一丝胜利的微笑。李律曾经做过一项数据统计，就是每日平均经过乡政府大门的男女比例，一般都维持在八比二左右，男性八成，女性二成。

“那我就只好选男的咯？”唐雪秋屏住呼吸，目不转睛地盯着乡政府大门。无奈全乡人丁稀落，很久都冒不出一个人影。唐雪秋有些扫兴，干瞪了李律一眼，又埋头整理报表。最终进入视线的是一群孩子，活蹦乱跳，但是衣履不整，有几个还全身沾着泥巴。在李律看来，这一群孩子无异于是从天而降的福音。

“真想为提高国民素质做点贡献。”

唐雪秋“啊”了一声。

“要是能让我再生几个孩子,就是对祖国最大的贡献。”李律补充说,“你是不是也常常为我这样的高智商只生一个孩子感到惋惜啊?”

唐雪秋咯咯地笑起来,带着嘲谑的味道。李律知道,唐雪秋这样的女人接下去就会牵扯上性功能的问题了。

“就算你是高智商吧,但是,你说你还能行吗?你要是想让我给你做检查,就直说。”

交谈的内容正在朝一个正确的方向阔步前进。李律不急不慢地站起来,摊开双手,走到唐雪秋跟前。唐雪秋流转的眼眸望了一下门口,真的在他裤裆的附近做出了一个抓东西的动作。李律佯装“哇”地惨叫了一声,唐雪秋的笑声就更加前赴后继了。

潘副乡长这时居然又出现了。潘副乡长真的是一个像鬼一样的人。李律不排除,这个当了十几年乡镇副职的人,心理存在着那么一点问题。他很想提醒潘副乡长,唐雪秋不喜欢闻他身上的狐臭味。

潘副乡长说:“你这几天上班不太正常吧?”

李律说:“我老婆的外公去世了。”

潘副乡长说:“那也要请假,现在抓紧下去——他们都已经下去了。”

唐雪秋说:“那我们要送人情的。”

李律说:“已经出丧了,本来不打算说的。”

李律在潘副乡长的逼视中离开了计生办。呼之欲出的正题只好暂时搁置,实在是心有不甘。李律不知道这次集中下村又有什么事,应该和每季度的计生检查有关,但无从考证。他只好又去村老人亭下象棋。一个悔棋成性的老头一连赢了他好几把,腐烂的门牙几乎快啃到了他的脸颊。李律的思维一直停留在方才错失的大好时机上。后来他觉得,办公室毕竟是是非之地,还是请唐雪秋去喝一次茶为好。种种迹象表明,唐雪秋和自己确实有一些说不清道不明的地方,不管终点是不是男女关系,一番情谊是不容置疑的。问题是李律从未请唐雪秋喝过茶。不仅寻找喝茶的理由困难,而且如何向岳母和邵芳交代也是个棘手的问题。如若唐雪秋一口拒绝,更将两人的关系置于暧昧不清的窘境。李律思忖再三,仍觉得难以妥善安排。不过,后来的事实证明,李律的担心纯属多余。李律化整为零随口一提,唐雪秋就答应了。她还指定了一家咖啡馆。她说,她对这家咖啡馆的血腥玛丽情有独钟。

“血腥玛丽是咖啡的名字吗?”

“真笨,是鸡尾酒哦,很贵的。”

出乎预料,唐雪秋对生二胎的兴趣远超李律想象力所及。这个社会大概包藏着一股潜在的破坏力,只不过更多的人是选择别人出场而已。李律倒是更愿意相信,这正表明了唐雪秋对自己的一番情谊。李律是在唐雪秋开展计生辅导的途中,单刀直入奔向主题的。最初的不安迅速被唐雪秋的滔滔不绝瓦解。唐雪秋很快罗列出几种生二胎的可行途径。比如,证明第一胎患有某种严重疾病, 这就是大多数正局级领导干部采用的方法。李律立即予以否定。诅咒自己的后代身患重症,绝非君子所为,并且顺利从医院拿到子女“脑残”或者“肾亏”的证明,也不是一般人能办到的。唐雪秋接着又罗列了一批其他的途径,比如摔伤、病重、借用非公职亲戚姓名、假离婚等。各种途径都需要事先与邵芳商议妥当,并且至少需要四个月的假期。当然,也可以找人代孕,但是李律觉得一旦运用了高科技,势必使自己的性功能遭受屈辱,这显然是不能接受的。唐雪秋兀自沉下脸。李律不确定是什么原因。或许同样是性功能,在办公室或咖啡馆这样不同的场合,效果就大相径庭。唐雪秋的眼睛从此躲躲闪闪,好像李律随时会发动攻击一样,这使他本来前倾的身子(以示认真倾听)不得不后仰靠向沙发背。沙发柔软的弹性提示了李律,他瞄了一眼唐雪秋的胸部。唐雪秋了穿一件束身格子衬衣,胸口未扣的扣子露出一道诱人的乳沟,极易联想到唐雪秋丰润的乳房。唐雪秋今晚是经过一番精心打扮的,总之和平时肯定不太一样。

李律说:“这里的沙发稀松了点,质量不太好。”

唐雪秋说:“咖啡馆的东西都不好的,光样子好看。”

李律说:“不过音乐还可以。”

唐雪秋说:“我都没听过呢。”

李律说:“莫扎特的音乐,比较沉稳——来一杯血腥玛丽吗?”

唐雪秋说:“呵,跟你开玩笑呢!”

李律知道,很多时候,唐雪秋都是这样憧憬地看着自己。他也很享受这样一种感觉。当然,如果对象换成是邵芳,此刻可以手脚并用,感觉一定会更加舒服。很久没有和邵芳一起在咖啡馆里坐坐了。不知道邵芳现在在干什么?李律走在通往厕所的走廊上胡思乱想着。这座咖啡馆里大部分的包间里都在喝酒。走廊里散发着腥臭的烟酒的气息。李律感到自己听到了邵芳的声音。是的,是邵芳的声音。邵芳正在喝酒。邵芳是喝得越来越疯了。邵芳都站到沙发上,张大嘴巴“吹”起瓶来了。有许多双贪婪的目光正直勾勾地盯着邵芳,盯着她一马平川的胸部,嘴角流出了像儿子一样的哈喇子。李律很想任意推开某个包间的门,揪出邵芳,训斥一通。邵芳最近确实是太不像话了。李律站在小便槽前,排泄一股难以名状的情绪。

现在,他觉得有必要梳理一下,如果真的训斥邵芳,自己该如何组织语言。

四

李律在一家医药店门口徘徊良久,最终决定跨步而入,以迅雷不及掩耳之势,分别买了一瓶避孕药和维生素含片,并指定美国原装进口。李律坐回到车里。作为两种毫不相干的药品,两者在质地、色泽、形状等各个方面均有不同。他义无反顾地将它们置换过来,接着把换上避孕药的维生素含片的瓶子随手扔到路边的垃圾桶里。留在手中的是,换上了维生素含片的避孕药瓶子。仔细端详一番之后,李律重新套上包装盒。是的,这是一位从美国回来的朋友送的,作为国际领先的美国尖端科技产品,经过多次临床试验,证实副作用为零。尽管据李律所知,邵芳之前从未有过吞服避孕药的经历。当然,只需要做一番简单介绍即可。邵芳向来不是一个铺张浪费的女人。他同时做好了另一手准备,就是一旦邵芳发现所吞服的是维生素含片而不是避孕药该当如何。姑且不论这一发现的前提只能依靠专业医师或化学解析，李律预备的回答是：

“靠，不会吧，美国也会有假到这个地步的冒牌产品？”

相比之下，李律担心的倒不是如何阻止邵芳避孕，而是如何确保她怀上的是一个女儿。他又想到了唐雪秋。一想到唐雪秋会如此热情地给予自己隐秘的帮助，而且这一帮助还是和她所从事的工作直接对抗的，李律就激动不已。有时候，李律甚至以为，假如唐雪秋撒手不管了，自己能不能坚持下去都值得怀疑。每个季度的明察暗访已经结束，出色的数据颇令各方满意。唐雪秋终于闲了下来。只是潘副乡长还时不时到计生办抒发振奋的心情，好像全乡的育龄妇女都和他有关一样。只要潘副乡长一到，必定会寻找借口支开李律。潘副乡长不知道，他已经严重干扰了李律重大计划的顺利实施。李律站在走廊上，寻思该如何支走潘副乡长。李律转身到另一幢办公楼，踅进二楼陈书记的办公室。陈书记恰好不在。李律赶紧给潘副乡长拨了一个电话，等到他接听电话时，又重重地甩上电话。接着，李律朝计生办优哉游哉地走去，果然在途中遇到了匆匆赶来的潘副乡长。

“潘乡长。”李律打了个招呼。

潘副乡长没有应声，而是耷拉着脸，疾步上楼。

关于生二胎的事情，唐雪秋这个局外人确实保持着足够的热情。唐雪秋的热情很难说是唯恐天下无事的心态作祟。明察暗访后的懒散还在扩散，几个同事索性躲到宿舍里搓麻将了。乡里安静极了，只有窗外小鸟的啁啾声才能打破这份安静。此刻，李律和唐雪秋正在讨论如何确保生下的是个女儿的问题。唐雪秋说到了个人生育史，从不得不两次堕胎开始，附带诅咒了一下她的婆婆，却绝口不提她的丈夫。李律竭力回想那个曾在婚礼上有过一面之缘的男人，但最终一无所获。就这一点而言，可以确定唐雪秋的丈夫绝非帅哥之流。唐雪秋侃侃而谈，李律很久之后才明白这一漫长的引子仅仅是为一位老中医的出场做铺垫。唐雪秋神神道道地说，这位大山深处的老中医几近神奇，闭目凝神之间，便可对来访者的脉象和病症了然于胸。从六年前顺利生下儿子算起,至今她已为十七个亲朋好友推荐这位老人,成功率几乎达到百分之百,只有一个没有生下儿子,但被证实为无法生育。唐雪秋简单的大脑向来喜欢对事物做出夸张的描述,这一点李律早就领教数次。李律先前也曾在网上留意过所谓的中医秘方,然则网络的虚虚实实,无从考察其可靠性。他还曾查看到一种“变性针”的说法,就是即使怀上的是女儿,也可以打上一针变成儿子。这一做法李律是断断不敢尝试的,假如生下了一个不男不女或又男又女的孩子,后果不堪设想。因此,如果没有更为妥当的方式,尝试一下流传已久的民间偏方也未尝不可,何况那瓶自制的“避孕药”也急于登场亮相了。李律实在颇为憧憬邵芳安心服用“避孕药”的情形。当然,当岳母大人亲手熬制生女儿的民间偏方时,邵芳所能知道的,也仅仅是几贴降火中药而已。就像对吃素一样,岳母大人对中药向来也是情有独钟。

“慢点喝,慢点喝,别呛着啦,现在知道老喝酒不好了吧?”

李律露出狡黠的笑容。他仿佛可以看到邵芳皱着眉头,大口灌进生女偏方的样子,不禁升腾起一股难以名状的快感。坐在对面的唐雪秋的理解是,李律正沉浸于饱含感激的兴奋之中。这一兴奋的情绪立即传染给她,进而延伸至寻访老中医的路上。两人说走就走。唐雪秋坐在李律的车里,已经开始为他该如何报答自己犯愁了。从语气判断,好像任何物质的回馈都是微不足道的。不管李律提出何种饰品或衣物,都没能满足她的胃口,不过招惹了这个女人的一小顿捶打而已。唐雪秋说:“李律,你把我当成什么人了?我有这么俗吗?”实在很难揣测唐雪秋如此兴奋的来由。假如不是出于获取生女偏方的急切心情,李律倒是很想就此和唐雪秋深究一番。他不由得回想起当初以枕头来替代唐雪秋的单身日子。平心而论,尽管李律现在并不存在内分泌失调的问题,但是对唐雪秋身体的渴望,几乎没有中断过太长的时间,毕竟思想犯罪并不算是犯罪。

车子在山路上几经辗转之后,在一棵大榕树下停了下来。李律拎着唐雪秋购买的两袋水果,走进了一座石头垒砌的小村庄。远处稻田里一缕青烟袅袅升起。一个背着柴火的佝偻老人从身边走过。道路的两旁散发着牛粪和鸡屎的气息。李律跟在唐雪秋的身后，走向一面覆满青苔和杂草的断壁残垣。低矮的瓦房阴暗而潮湿。当李律跨入那扇老宅门的时候，兀地感到背脊上一阵冰凉。邵芳好像正在背后看着自己。邵芳的目光带着彻骨的寒意。因此，李律感到自己跨出的每一步都充满了勇气。事情终于到了无可挽回的地步。是的，从现在开始，重大计划的成败将无须过多考量邵芳单方的意愿。行，就行；不行，也得行。作为一个男人，在第三人面前维护好自己的尊严，那是相当重要的。

此后的事实表明，与其说李律见到了一位传说中的老神医，倒不如说是见到了一个告老还乡的算命先生。老人正躺在屋檐下的一张藤木躺椅上闭目养神，和煦的阳光照射在他的银灰色胡子上。他被皱纹掩盖的细小眼睛似乎仍然有着敏锐的洞察力，立即看出李律是一个有事相求的男人。最初时刻李律有些拘束，他弯腰立在老人身边，一味地依照老人的指示，报上八字，摊开左掌。唐雪秋不知道从哪里搬来了一把矮椅，仰起脸，专注地看着老人不怎么睁开的眼睛。老人捋着胡子，不时点头浅笑，愈发显示出他对李律命运的了然于胸。重大计划此刻居然和命运引发关联，李律不得不表现出几分敬畏，尽管并不十分清楚老人口中五行堪舆的奥妙，即使是对个人命运的走向，他也谈不上有多大的兴趣。但李律还是被老人所称生命中几个柳暗花明的时刻牵引住了。老人郑重地告诉他，当下他恰逢其中的一个。这一结论使李律更加坚定了必胜的信心。唐雪秋始终像一个认真听故事的小女孩一样安静地坐着。李律意外地发现，唐雪秋注视老人的眼神，居然和注视自己时有几分相似。

很长时间，李律都无法切入正题。

他向唐雪秋传递了一个眼色，但唐雪秋却示意他认真听讲。对李律冥冥注定的命运，唐雪秋似乎比李律本人还要关切。李律开起了小差，他发现屋子的中堂整洁严正，两把太师椅分立茶桌两侧，其上悬挂着两幅颇具民国风范的先人遗像照片。看来，这个孤寡老人真的不是一个普通的孤寡老人。

唐雪秋说：“周老先生，我们还有一事相求。”

老人说:“我看这位先生所求的是一包草药吧?”

唐雪秋连连说:“正是,正是。”

老人笑着说:“你们自己去取便是。”

他张开手臂,指向东厢房,接着又自顾闭目养神了。

东厢房里立着一排很长的中药柜。李律看到门口的柜台上有一把镇纸,镇纸压着一张纸条。李律取出纸条,见到从右到左竖写着三行庄重的魏碑体楷书:

熟地,十五克;当归,十克;川芎,六克;炒白芍,十五克;女贞子,十五克;覆盆子,十五克;金樱子,十五克;枸杞子,十五克;车前子,十五克;砂仁,六克;炙甘草,六克。

唐雪秋凑近李律说:“我说老先生神吧?”

李律说:“你注意到屋子的中堂挂着的遗像了吗?”

唐雪秋问:“怎么了?”

李律说:“我好像见过那个人。”

唐雪秋说:“你可别吓我。”

李律说:“在市志上有这张照片,哦,对,是周味温先生。”

唐雪秋问:“他很有名吗?”

李律说:“是民国时期一个潜心修佛的学者,就像李叔同一样。”

唐雪秋问:“李叔同是谁?”

李律一时语塞,调侃地说:“是民国时期一个潜心修佛的学者,就像周味温一样。”

李律忐忑而兴奋地抓着一把把草药,放到秤盘上称重。忐忑而兴奋,这种感觉和他当年初为人父的感觉如出一辙,以至于使他感到女儿的气息也已经存在于药房中。有那么几个瞬间,李律甚至感到自己正怀抱着一个啼哭的婴儿。

从老宅里出来，李律还是充满依恋之情。夕阳西下，使一切都带着暖意。走在山间的小路上，李律很希望能和唐雪秋安静地牵手荡上一会儿，聊聊生活，以及对未来的憧憬。无奈即使走到小车跟前，李律的手连一点尝试的意味都没有表现出来。李律所能做到的，仅仅是放慢行车的速度。他遗憾地发现，道德之所以还在一个人身上发生效力，只不过是为了证明一个人的怯懦和可怜。

五

看起来，一切正朝着一个美好的方向发展。邵芳升职了。升职带来的愉悦在很长一段时间里都伴随着她，以至于对待李律的态度也有所好转，一家三口还逛了好几趟中心公园。李律原本担心邵芳频繁的应酬会对生孩子造成不良影响，但自从升迁之后，邵芳无论是在喝酒的次数还是饮量上都明显减少。毕竟领导干部享有更多的行动自由权，绝非一个普通科员或中层干部可比。或许邵芳对自己的严格要求仅止于此，那是再好不过了。李律现在需要集中更多的精力，观察“维生素”和“降火药”是否在邵芳身上发生了功效。事情的发展毫无纰漏可言，以邵芳的智商也没有察觉，她貌似无聊的丈夫正过着一种十分紧凑的生活，其状态堪比私家侦探。李律经常深情款款地注视着邵芳，以检查邵芳的精神面貌，比如有无出现萎靡不振、昏昏欲睡等现象。虽然有时邵芳也会觉得有些别扭，但还是错误地认为是最近加强护肤和减少熬夜收到了效果。除此之外，李律还增加了上厕所的频率，有事没事就去翻一下卫生桶，目的是看一看邵芳有没有来红。有一次，李律的手刚伸向卫生桶，邵芳突然推门而入。他赶紧缩回手，邵芳诧异地打量着他，脱口而出说：“神经病。”

“我有张会议通知单丢了。”

这一画蛇添足的反应与李律平常的形象相差甚远，他从未参加过除乡镇之外的什么会议，而且所谓的会议通知单在实际运行中也根本不存在。所幸邵芳并未引起注意。或许有“神经病”才是她心目中的李律形象。日子一天天过去了,李律已经非常明确,邵芳以往正常的生理周期延迟了,延迟多久尚不可知。生女计划到了最关键的时刻,真正的挑战即将来临,李律又陷入惶恐。他还产生了中途放弃的念头,并打算主动告诫邵芳以事业为重,选择堕胎。当然,更多的时候,是在脑海中浮现那位深山中的老神医的神采。假如老人中堂悬挂的照片确系周味温本人,那还真算得上是名门之后。既然是名门之后,其所言的可信度便可大为提升。李律也十分期待,与邵芳一同前往小村庄,让她相信是天意的安排,以及天意是何等的不可违背。看得出来,邵芳是喜欢女孩的。李律曾经多次看到邵芳对着女孩的照片会心一笑或黯然神伤,尽管这些都市女孩的生活背景与她的童年相去甚远。

女孩的照片仍然可以成为突破口。因此有一天,在邵芳看照片的时候,李律走到了她的身后。

他说:“要是我们也有个女儿,该多好。”

邵芳没有作声。

李律接着说:“要不我们再生个女儿吧?”

邵芳微微一笑说:“你有这个胆吗?”

李律从背后搂住邵芳说:“我们互相勉励嘛。”

邵芳拽开李律,从嘴角挤出三个字:

“神经病。”

这一简短的对话无法显示邵芳的明确态度。也可以这么说,截至目前,邵芳并未认真思考过生女儿的问题。使她考虑问题的唯一办法,就是让她知道自己怀孕的事实。邵芳的周期至今没有到来。从精神面貌来看,这几天她好像真的有点萎靡不振、昏昏欲睡的样子,还赖床了好几次。李律曾乘机主动请缨代送儿子,但全部归于失败,因为儿子极不乐意,吵闹不止。诸种变化均未引起邵芳的注意。现在,李律和邵芳躺在床上。他又想起了心上的那块石头。他这次对邵芳严正声明,石头正在下坠,如果一不小心掉到右心室的话,那是一定会心肌梗死的。邵芳没好气地说:“你胡说八道的时候是不是先掌握点医学知识？”李律对此置若罔闻，他向邵芳提议，是不是一起去做个体检，尤其是B超。从生理学上讲，成年人从二十七岁开始身体机能就会逐年下降，而生活环境又是如此糟糕，一年一度的公费体检绝不能满足现实的需求，机关里多次传出某人身患绝症的消息便是明证。邵芳安静地听着。最后，她白了李律一眼，钻到被窝里去了。

“我是认真的。”李律觉得自己是在对空气说话。

李律意识到，等到邵芳自己发现怀孕的事实，可能是更为合适的办法。到那时，邵芳势必需要找人商量，自己身为丈夫，当然是不二人选。因此，当下的紧迫任务，是如何让邵芳下定决心生下第二胎。为此李律专门记了许多笔记，长达十余页，内容涉及天意的安排、违法生育的领导干部个案、各种可行的渠道，以及对生活带来的诸种好处等。为周密起见，还就和邵芳的对话细节也做了可行性设计。甚至对女儿的户籍问题，李律也有了万全之策，即挂在哥哥李纪的名下。李纪是一个农民。至今还没有法律规定，农民在违反计划生育后不能种地。在这样一个可谓天衣无缝的计划面前，李律实在很难想出邵芳拒绝的理由。客观来讲，他现在只对时间流动得如此缓慢感到无能为力，私家侦探的状态仍要延续下去。他渐渐发现，邵芳好像也感觉到了身体出现的某些变化。有一次，她对着瓶瓶罐罐发了一会儿呆。有一次，她在熄灯之后，偷偷地把手伸向乳房，不是自慰，而是在测量着什么。还有一次，她独自站在梳妆台前，拉紧睡衣，上下打量了很长时间，不像是在欣赏体形，更像是在观察腹部。

李律走了进来，故作无心地问道：

“看你怎么像是有啤酒肚了？”

邵芳没有理会李律，而是坦然地松开了睡衣。

“不是啤酒肚，该不会是怀孕了吧？”

邵芳怔了一下，说：“怎么可能呢，你不上网了？”

李律说：“儿子要打游戏。”

邵芳愠怒地说：“你怎么可以让儿子玩游戏？”接着走出了房间。

李律无法证实,是不是这次对话提醒了邵芳。她出差了。出差回来开始推辞应酬,若无法推辞也滴酒不沾。邵芳对此在电话里的解释五花八门,明显均为托词。但她也没有向李律说明什么。另一个更为难以启齿的变化是,邵芳拒绝李律近身。无论李律如何央求,邵芳一概采取闭关政策。邵芳还在服用乌鸡白凤丸，这是李律叫儿子翻邵芳的皮包时见到的。李律隐隐感觉到,事态的发展已经调转了方向。日子依然在一天天过去。他绝望地发现,即使邵芳身上曾经有过某些征兆,那么也已经夭折了。一阵时日之后,邵芳还精神抖擞地邀请几个曾经的闺蜜到家里搓麻将。现在看来,邵芳为期一周的行程十分诡秘。如果旅游是公差的题中应有之意,邵芳不至于对旅游的景点语焉不详,也没有留下一张照片。当然,李律无论如何都不愿相信,邵芳会背着自己堕胎。这也绝不是一个正常的妻子所为之事。他决定,去找一下一个在公安局上班的同学。他想,只要邵芳口中的出差地和身份证登记地一致,此事就不再予以追究。他认为自己留给了邵芳最后的机会。

公安局的同学对查询身份证登记记录驾轻就熟。邵芳口中的出差地和身份证登记地并无出入。只是李律顺带发现了邵芳另外几次开房的记录。李律的脸色登时煞白,拖动鼠标的手也颤动不已。那个夜晚邵芳的抽泣和肘击非常清晰地闪现在眼前。但是在公安局同学眼里，这样的结局是理所当然的,因此他接下去冒出的几个字就像是早就准备好了的:

"兄弟,节哀顺变。"

"别误会,我和邵芳是有去开钟点房的,那样更刺激点。"

李律对自己迅速恢复理智还是满意的。

六

很久没有在乡里过夜了。自从结婚之后,李律即使值班也会伺机溜走。值班电话已经转接至当班领导潘副乡长的手机，一群同事正关在某个房间搓麻将。李律靠在宿舍的阳台上,突然萌发越过右边隔离护栏的念头。那样,就会抵达唐雪秋宿舍的阳台，然而开窗而入，进入她的房间。李律希望可以躺在唐雪秋的席梦思上度过这个夜晚。这一念头勾起了他尘封已久的记忆。这消逝的青春岁月啊。他这么叹息着，燃起一根烟，又烦躁地掐灭了。他呆呆地注视着大半根香烟下坠的过程，感到自己已经失去了完成任何肢体动作的耐性。身体的内部正在发酵和溃烂，极有可能变成一团腐肉。李律打算就这么一直瘫在阳台上，直到天亮。截至目前，他和邵芳的正面冲突尚未发生。他曾经设想各种质问的方式，无奈看到的都是邵芳一脸漠然的表情，或者伴随着冷笑。以邵芳的智商，李律或许永远不可能听到理屈的解释。因此李律决定，与其主动进攻，不如被动等待。邵芳是迟早要向自己询问长久不回家的原因的。到那时，他将不折不扣地说：

"你真的不知道原因吗？你就从来没有愧疚过吗？"

但实际发生的情况是，李律在第二天傍晚就主动向岳母大人坦白，这几天将连续加班。尽管"加班"这两个字眼和他谈不上有什么关系。倒不是说李律从不加班，每年的抗台、抗旱、打火以及前几年的"非典"、禽流感，他也是混迹在同事之中的，只不过仅仅是凑凑热闹而已。唐雪秋是全乡加班最多的人，这个乡的大部分精力都放在计生工作上。现在，又要迎接下一季度的明察暗访了。唐雪秋在百忙之余，仍然不时关心李律的重大计划的进展情况。她似乎已经觉察出李律情绪的微妙变化。当然，她不会知道个中的原因所在，她所关心的，主要还是围绕李律"行不行"的问题展开。唐雪秋问："知道自己不行了吧？"又问："要不要去看下医生啊？"再问："真的有这么严重吗？"等等问话不一而足，李律一概以讪笑回答。他十分清楚，未来的女儿不幸夭折，已成不争的事实。但是以何种方式告知唐雪秋这一事实，他还一时拿不定主意。

第三天傍晚，邵芳终于来电。

当时，李律正躺在宿舍里，虽未入睡，但仍有一种被惊醒的感觉。他当即决定，除非邵芳连续来电三次，否则绝不接听电话。但是铃声在第一次消失后就没有再响起，他又不禁有几分失落。李律看着未接来电中显示的邵芳的名字,发觉自己早就有了原谅她的准备。他感到自己仿佛伫立在一个十分遥远的地方，温和地或者只是冷漠地注视着正在发生的一切。他想到了李叔同、周味温、那个神奇的老中医,以及一把把抓出来的中草药。但李律很快强行把自己从那个遥远的地方拉了回来。他闭上眼睛,使劲摇晃了两下脑袋。今晚,正是唐雪秋值班。他此刻急切地想和唐雪秋谈谈。他将不再忌讳发生任何事情,这是原谅邵芳不容置疑的交换条件。

唐雪秋正独自坐在办公室里,埋头整理着计生报表。这个与提拔无关的女人总是这么兢兢业业且毫无快感地工作着。李律走进来的时候干咳了两声。唐雪秋抬起头。他接着瘫坐在她的对面。他的眼睛因为哈欠还残留着几滴泪水,渲染了一种颓靡沮丧的状态。他已经两天没有刮胡子,头发和眉毛也异常蓬乱,外套的衣领一侧内翻、一侧外翻。

唐雪秋问:“你这是怎么了呀？”

李律说:“陪我出去走走吧？”

唐雪秋问:“到底怎么了？”

李律说:“出事了……邵芳出事了。”

这一重大机密的泄漏,立即引起唐雪秋的兴趣。李律打算把唐雪秋带到一个鲜有人迹的地方,她果然跟了出来。他观察着乡政府大院的灯光,潘副乡长办公室的灯居然也亮着,赶紧加快了步伐。李律和唐雪秋一起游荡在沿着溪流的小路上。这个小乡镇的晚上通常没有什么行人,灯光也是稀稀落落的。

李律并没有和盘托出的打算。甚至他所想象中的谈心内容,和邵芳也没有什么关系。是的,邵芳确实是出事了,但具体到是哪一类妇科疾病无须明了，只要不被误解成是性病就行了。问题在于即使在如此宁静和谐的背景里,李律很难寻找到谈心的自然状态。两人在很长一段时间,都是默默地行走着。唐雪秋等待着李律说什么,尽管李律的犹豫不决,更加撩拨了她内心的好奇。

沿着溪边小路一直走下去,在行将转弯的时候,有一片小树林。走到小树林的深处，就可以再看见溪流。溪流里碎石成堆，也有几块平坦的大石头，正适合行人驻足休息。

李律和唐雪秋一起坐在大石头上。两人身体之间大约尚有五十公分的距离。李律在心里盘算着，只要稍稍挪动一下身体，搂住唐雪秋的腰或搭在她的肩上不成问题。唐雪秋按捺不住地问："到底出什么事了？"李律说："看来女儿是生不出来了。"唐雪秋笑着说："邵芳不同意吧？"李律说："不，她倒也很想，就是……她不能生。"唐雪秋惊讶地问："怎么了？"李律张望了一下，凑近她的耳朵说出了邵芳患有妇科疾病的"事实"。李律未曾料到，唐雪秋如此轻松就化解了他的尴尬。她责备李律说，邵芳之所以患上妇科疾病，责任不在邵芳，而是在他李律自身。她很早就发现李律不讲卫生的毛病了，随便挖鼻屎，衣服都是皱皱巴巴，有时小便还不洗手……

"你是怎么发现我小便不洗手的？"

两人都咯咯地笑起来，但这个夜晚轻松的氛围很快被忧伤所取代。唐雪秋扯到了婚姻问题。和李律之前的推断大致不二，唐雪秋的婚姻果然不幸福。她之所以绝口不提自己的丈夫，不是刻意回避，而是根本不屑于一提。这个让她失望透顶的男人是死是活均不重要。李律其实不想深究唐雪秋丈夫的所作所为，这不是他所关心和在乎的。皓月当空，流水潺潺，晚风萧飒。李律稍稍挪动了身体，此刻他和唐雪秋的距离，不足三十公分。李律的手指触碰着岩石，一点点探向唐雪秋。

"你说我是不是该离婚呢？"

唐雪秋的这个问题让李律陡然一惊。他的手指也不得不原路返回。他看了看唐雪秋。唐雪秋白净的脸在月光的映衬下，变成一道惨白。

身后的草丛发出唰唰的声响。李律不知道，邵芳正从一辆森林防火车里走出来，走进那片小树林。邵芳走得异常平静，直到走到李律身后，站了好一会儿，才唤了一声："李律。"李律没有听见。邵芳又叫了一声："李律！"这时他才回头看见了邵芳。他好像首先看到的是邵芳嘴角的一丝冷笑。接着邵芳背过身子，回到马路。邵芳没有选择坐回森林防火车。邵芳是一路朝乡政府走去的。邵芳不愧是一个冷静的女人,在如此重大的变故面前,她也十分清楚,李律的小车停在乡政府大门的溪流边。

森林防火车没有离开。李律随手抓起一块石头,大踏步走上马路,猛地砸向森林防火车的挡风玻璃。里边的男人显然毫无防备,因此几乎是摸爬带滚地从防火车里出来的。李律抬起腿,一脚踩在男人的脸上。接着他听到男人的哀号声:

"兄弟,别踢,别踢,我是潘乡长,潘乡长。"

七

李律待岗了。

待岗的理由,主要是基于平时表现,与所谓的八卦传闻无关。李律将有三个月时间不用上班。他每天的安排,就是睡觉,荡街,睡觉,荡街。就连李律本人也不清楚他在街上荡什么,甚至于荡哪条街上都不很清楚。邵芳没有再回家。李律在拨出数十个电话后放弃了解释的打算。他也没有再去岳母家,最后连他自己都觉得无颜再见岳母。直到有一天,李律觉得有必要增添一点什么,他才显出一点荡街的目的性来。经过一段时间的搜寻,李律在一家家具店门口停了下来。他看到了里面一面长方形的全身装饰镜。接着他把它搬回了家。

现在,这面镜子安插在两张沙发的中间。李律靠在沙发上,看着镜中的自己,他仿佛是分离出的另一个李律。

李律说:"你好。"

李律说:"你好。"

李律说:"有一个问题,你可不可以告诉我?"

李律说:"你说吧。"

李律说:"你觉得邵芳有没有怀孕?"

李律说:"现在说这些没意义了。"

李律说:“你觉得邵芳怀上的是不是女儿?”

李律说:“兄弟,这些真的没什么意义了。”

李律说:“邵芳真的会和我离婚吗?”

李律说:“兄弟,没有必要再纠结这些了。”

李律说:“你说到底是她对不起我,还是我对不起她?”

李律说:“人与人之间没什么对不起、对得起的。”

李律说:“要不我去找找唐雪秋吧?”

李律说:“兄弟,你觉得这样做合适吗?”

李律说:“那么,兄弟,你说现在我该怎么办呢?”

李律对着镜子陷入沉默。心脏的内部似乎真的有一种疼痛感。但是李律没有稍稍调整姿态。他正在等待时间抵达某种静止的状态。最后,他睡着了。

(原载《青年文学》2016年第4期)

睡觉，锁门吧

◎徐　诺

“喂，是我，在干吗呢？”

“在赏月啊！嘿嘿，和我女朋友在赏月……”

“房子找好了没？过几天我就回去了。你那个朋友还没消息吗？”

“他说没问题的，最近我还没问过他，你先不要急嘛！”

“都要回去了还不急？不然没地方住了。”

“放心吧！不说了，就这样，我先陪我女朋友。”

放下手中仍旧在嘟嘟作响的手机，许树用手撩起衣服，顺势在满是汗渍的屏幕上擦了擦。

酒店的大堂似乎被刚才的通话搅得有点热。许树很不情愿地按下锁屏按钮，找到一张靠角落的椅子坐下来，直勾勾地望着天花板。他在想如果天花板能掉下来就好了，这种诡异的念头从他第一次抬头望月以后就没有停止过。半热半凉之间，许树的嗓子眼里突然有一股冲动，他决定再也不去相信这个约定好帮他找房子然后合住的家伙了。过去的两三个月里，只要是许树打出去的电话，就一定是打给这个家伙的，然而这个家伙一拖再拖，拖到最后终于忍不住打起了哈哈。当初的信誓旦旦和拍得啪啪响的胸脯，在如今的温柔乡里早就化作了不要钱的口水和廉价的肥肉，许树感到“血槽已空”。许树愤愤地掏出卡在口袋与大腿间的手机想要找人倾诉时，才发现通讯录里的外人只有这个家伙。

之后的几天，许树按照自己的计划预购了回莱斯特市的汽车票，并预定好了回英国后要住宿的酒店。对许树来说，这些都称得上是一种挑战。过去这一年，许树认识了许多在英国的朋友，大都是学生党，小部分是毕业后留下来的。这位被列入失信名单的家伙比许树大两岁，却是同届。按照他自己的说法，他是得过奥数竞赛奖的人，别提有多高端了。“后来也不认真读书，成天玩，不想读了，就休学了两年。”敢情还是个纨绔子弟啊。如果不是念在同乡的分上，许树也许不会和他玩到一块儿去。

“我叫赵维文，1990年的。”

“我叫许树，1993年的。”

“老家在哪里？”

“温州。”

“哦，老乡啊，呵呵……”

赵维文和许树的对话，如同两台机器在干嚼面粉，然而许树早已习惯了这种查户口式的自我介绍。眼前的这个陌生人，许树并没有感到他身份上的特殊，反倒是被他的笑容恶心到了。许树平生第一次看到一个男人对自己笑得那么开心，甚至令人反胃。从那之后，赵维文几乎一有好事就会想到许树。赵维文找许树出去吃饭，五五分账；找许树唱歌，五五分账；一起出门旅游，还是五五分账。亲兄弟，明算账嘛。这是赵维文对许树说得最多也最有效的一句话。所以不管在什么时候，赵维文和许树都不曾存在过债务关系，这也成了为什么许树会选择和赵维文一起租房的关键。其实，许树心里比谁都清楚，赵维文这种人算不上善茬，别的不说，单说那笑脸里就藏了好几把刀。说得好听一点，许树和赵维文是想合租；说得直白一点，就是想找个人分摊一下房租，过一种类似“形婚”的生活——虽住在一起，却并不想和对方有任何瓜葛。许树称这种状态为"形租",后来的事实也证明了他的确是个聪明人。

许树从伦敦吭哧吭哧地辗转来到莱斯特已经是凌晨一两点了。这几天,赵维文没有找过许树,许树也不当一回事儿,心想这狗东西真是心大,反正现在屁股要他来擦,当然是事不关己高高挂起。英国的天气从来就不怎么友好,许树到的第二天就下起了雨,不过这对他来说已经司空见惯了。出门不能打伞,因为不管你的伞有多牢固,英国的风都会向你展示它最残忍的一面——毫无顾忌地将你的伞在众目睽睽之下如同撸包皮一样翻过去。为了不给它矫情的机会,许树几乎没有买过英国的伞。冒雨跑到赵维文曾经带他去过的一家名叫布朗先生的早餐店后,许树松了口气。

对门就是一栋出租房,应该去碰碰运气,许树想。让许树没想到的是,天上还真有这种拎包入住的馅饼。许树的脑子随即"嗡"的一声,他觉得幸福是不是来得太快了。这时许树的手机震了一下,有一条赵维文发来的微信。

"你到了吗?"

"我都找好房子了,地址发你。"许树不想多废话。

"好啊,我过几天就回来,到时候告诉你。接我哦!"

对这种事许树早有心理准备,他撇撇嘴,苦笑了一下。回到酒店后,许树稍稍掸了掸身上的雨水,开始收拾行李。虽说房子问题解决了,许树的内心却始终无法平静下来,他有些后悔了,后悔当初答应和这个不靠谱的家伙住在一起。

"奶奶的,"许树想,"我是不是碰上一朵'奇葩'了,或者是一坨狗屎。"

到了要去接赵维文的日子。这一天是赵维文找许树找得最勤的一天,每隔一段时间他都要报告一下自己当前所处的位置。许树的手机也就是在这一天中叛变的,它准确无误地传达着赵维文发出的每一条指令,弄得许树一整天都感觉闹哄哄的。

"北京时间早上9:00,我出发去上海了,晚上7:00左右到伦敦。"

"北京时间中午12:00,我下午3:00的飞机,到莱斯特应该要半夜了。"

"北京时间下午2:15,我要进海关了,等下起飞。"

“北京时间下午3:00,我要起飞了。”

看着这几条微信,许树每次回给赵维文的除了“好的”,就再也找不出更能体现他心情的词了。“奇葩,”许树在心里说,“果真奇葩。”

“伦敦时间晚上7:00,我到伦敦了,现在去坐车。接我哦!”

无论是面对面地说话还是发微信,赵维文总给人不自在的感觉,或者说他这个人就是个扑克脸。整整一天,许树都处在纠结又纠结中,一种莫名的情绪在他的骨子里敲敲打打,搅得他坐也不是站也不是。晚上11点多,失联了4个小时的赵维文打来了电话。

“喂,你还醒着吗?来接我吧,顺便带点钱,先借我。”

“你要多少?”

“先借我200镑,回去还你。我还有20分钟就到了,你快点啊,接我哦!”

许树第一次借人家钱就被命令了,心里有点窝火。英国的夜里,从来就没有不上霜的草皮。套上鞋急急忙忙跑出来,许树兜里揣着刚从取款机里吐出来的200镑,朝赵维文给的地址跟着手机导航一路摸过去。今天不是周末,这个点还会上路的,除了狐狸就只剩许树一个人了。许树嘴上没说,心里却骂了赵维文几十遍,像是在单曲循环。“狗东西,这么晚了搞什么鬼!”“准是又搞了什么飞机,现在要我去擦屁股,每次都这样!”再看一眼时间,许树更气急败坏了。走了大概十几分钟,许树来到了赵维文给的地址。只见眼前停着一辆车,车里坐着的,正是混蛋赵维文。

“在这里,这里。”赵维文透过车里的小灯看见了许树,第一次叫得这么热情。

许树没有回应,只是默默地走上前,双手依旧插在口袋里。

“钱带来了吗?”

“带了。上帝,你怎么坐出租车来的?”

“先把钱给了。我这里有200镑,总共要360镑。快点,快点。”

突然间许树心里不再抱怨什么了,他只觉得好笑,这真是个天大的笑话!怎么会有人想到乘出租车从伦敦坐到莱斯特?坐车的是个“奇葩”,开车的更是个“奇葩”。许树一天的紧张和焦虑,此时统统都变成了暗爽。这个穿着衬衫和牛仔裤的呆头青年伙同他的印度司机,偷走了这个冬天最冷的笑料并装饰在自己身上。许树激动地掏出了200镑,又激动地偷偷瞄了司机一眼,因为他打心底相信,这样的神奇组合在这个世界上再也找不出第二对了。

司机很卖力气地帮赵维文拿下行李。也许在这个印度佬看来,他是个善良的男人——毕竟是半张机票钱的车程,换作谁都会喜欢上这个冤大头的。换种说法可能更明白一些,坐大巴到莱斯特最便宜的是三四十镑,坐火车最便宜的时候只要15镑。而赵维文用实际行动告诉了许树,他不单单只会给人带来不爽,还会给人带来快乐。

许树决定不再追问赵维文坐车的事了。司机开走后,两人一声不吭地走在路上。天气愈发寒冷,赵维文只穿了一件单薄的衬衫,连外套都没有。许树走得很急,身后除了赵维文传来的呼气声和行李箱底轮滚动所发出的隆隆声,似乎再也没有别的动静。这种沉默一直保持到了家中,一路上谁也不说话。许树的面部肌肉已经失去了知觉,赵维文则是整个人缩在墙根瑟瑟发抖。

“你……站在那里做什么?”许树颤颤巍巍地抖出一句话来。

“这里暖和啊,墙角有(华氏)九十度。”

这个梗和今晚的情景剧比起来一点也不好笑。许树领着赵维文去了房间后,就自顾自地回屋去了。第二天早上起来时许树才发现,昨天晚上他忘记锁门了。

刚到的那几天,赵维文像打了鸡血似的整天吆喝着要请人来家里吃饭,美其名曰和老朋友聚聚。赵维文想请人吃饭的时候,总来找许树商量。许树当然明白赵维文的意图,想想这也不是件坏事,就去了他的房间。赵维文的房间布置极其简单,甚至于简陋。一床没有被套的被子和一个没有枕套的枕头,再加上几件乱丢的衣服和一双臭鞋,值钱的就是桌上的电脑了。唯一有点颜色的，是贴在墙上的两张肌肉男，油光发亮，像注射过汽油一样。许树曾假装走到窗户旁去拉窗帘，眼睛却偷偷瞄向了赵维文的枕头，结果他发现，这样一个奇葩睡觉的时候是会流油的，因为枕头上早已刷上了一层厚厚的发油。

“我想把丹妮和艾丽叫上，还有子淇和子曼两姐妹，再加一个艾文。”

“我都没问题，你联系他们吧。”这句话要赶紧说，不然又要许树挨个去打电话了。

许树开始摸清了这个家伙的一些套路，当然学会了反套路。赵维文的心口被堵住了，似乎有点小情绪，不过许树不吃这一套。

“你请就你叫吧，我都可以。”

“到时候钱分摊一下。我们去买个火锅，再去买点菜，算一下人头。”

这才是赵维文的最终目的。许树当然不傻。

整个中午赵维文都在忙着联系他想象中的几个朋友。首先是丹妮和艾丽联系不上，子淇和子曼两姐妹之前和赵维文有点小摩擦，不过总算同意来了。艾文是最爽快的那个，反正他是一个人，自然做出了最佳选择。客人问题搞定后，赵维文开始督促许树和他一起出门去买菜。转了一大圈，最后连火锅加菜，一共45镑。

“45镑的话，一共5个人，每个人给我9镑就好了。”

什么鬼？菜还没下锅呢，账已经算得清清楚楚。许树心里又是一阵暗爽，他差点儿想上前抱一下赵维文，这朵“奇葩”制造的快乐他真的无法拒绝。赵维文似乎对新买的火锅特别感兴趣，嘴里不停地念叨着，说以后吃饭不用那么麻烦了，只要把食材往锅里一扔，咕噜咕噜就能煮好。许树没有搭话，他知道赵维文接下去要说什么。

“以后我做饭，你来洗碗，怎么样？”

“可以啊，分工明确。”

赵维文端着火锅，从前往后仔细研究了一遍，又说：

“就这么定了！你去加点水先煮一遍，消消毒。我去问问他们什么时候来。”

事情似乎很糟糕,只是刚加了第一回水,赵维文就开始发牢骚了。

“哎呀,这可怎么办呢?那两姐妹又说不来了。说好了的事又变卦,这两个人还真是善变。本来准备了一个惊喜要大家一起分享的,现在好了!还是艾文好。问问艾文看,什么时候来。”

许树对赵维文从来不抱什么意外想法,他口中所说的惊喜,对他自己可能是个“喜”,对别人来说就只剩下“惊”了。

“还好,艾文能来!”赵维文心里舒服了些,“我们先准备准备,他一来就能吃了。你能不能快点啊,快点!”

晚上6点左右,艾文来了。这是个香港仔,本姓唐,艾文是他的英文名。香港人喜欢别人用英文名称呼自己。每次自我介绍都只说英文名,他的真实姓名许树也是在看过他的身份证后才知道的。艾文个子很高,有一米八五,特别爱往健身房里跑,还吃蛋白粉,兴趣爱好就是看各类肌肉猛男的身体线条和吃,以至于许树曾一度怀疑他是个同性恋。过去的一年艾文和许树住在一栋楼里,由于整栋楼就只有他们两个中国人,艾文会时不时地光临许树的房间。许树不太爱锁门,也知道艾文老往自己这里跑,就没当一回事。更多的时候,艾文喜欢破门而入,每次进来的第一句话不是“你有没有在‘打飞机’”,就是“哈哈,‘打飞机’被我逮着了”,然后一脸邪恶地挑起眉毛,是个爱开黄腔的恶趣味分子。刚认识那会儿,艾文一上来就很好奇地问许树有没有梦遗经历。许树不懂什么是梦遗,一脸懵。“梦遗是香港的说法啦,你们叫遗精啦。”艾文说话有个毛病,常常伴有口癖,每说一句话都要在尾音上加个拟声词。

“这个你不懂咩,你是不是‘牙签仔’啊!”

许树实在不好理解这些港式土话,有时候和他交流起来气氛会很尴尬。倒是赵维文在艾文面前很吃得开,两人一拍即合。赵维文年纪稍大一点,一度向往古惑仔式的生活,半吊子的粤语让他觉得和艾文交谈时甚是开心。当然还有一点,两人都喜欢肌肉男。赵维文的话题永远都围绕着吃喝玩乐还有他的情感生活。这下艾文一来，他就隆重地开始表演了。

“我给你们看一样东西！”

“什么时候开始吃啦？”艾文似乎对赵维文保持了一个下午的神秘惊喜没有兴趣。

赵维文边说边把艾文拉到餐桌一边，自己转身进了房间，之后他手里拿着什么东西晃晃悠悠地走出来，凑近了给艾文和许树观摩。

一枚小戒指。

“你们看这个，漂亮吧？好贵的呢，真钻哦！上面还有名字缩写，看这里，看这里，看这里，Z.W.W，我女朋友给我的订婚戒指！我也给她买了一枚。”

许树还是没有搭话，他知道只要自己一说话，就中了赵维文的诡计。许树既没有惊也没有喜，他微微笑了笑，附和着点点头。赵维文当然不死心，他把许树和艾文拉到了有光亮的地方。

“那里太暗了，这里看得清。超好看有没有！我这次回去已经订婚了，名草有主了！呵呵……”

赵维文那张油光满面的脸在灯光下仿佛打上了一层蜡，扑克牌一样的笑容再次恶心到了许树。为了避免尴尬，许树打了个OK的手势，转过头去看艾文。这个港仔就是个典型的二愣子。他暂时忘掉了吃，嘴里不停地称赞，说不错不错，是挺闪的，比他的意大利炮还要闪。

“哎呀，之前天天吵架，现在好了，订婚了，到时候你们要来喝我的结婚酒哦！我给你们发喜帖，怎么样啊，许树？”

“再看吧。”

这显然不是赵维文要的答案。

“为什么要再看吧？”

“我待在英国也不知道什么时候回去，再看吧。”

“什么时候开始吃啦？真的好饿啦！”

整个过程完全出乎赵维文的意料，预想的鲜花和掌声都没有得到，他安排这场“宴会”的实质并不是吃。而这两个“鸟人”，一个只知道吃，一个要么不说话,要么一开口就拆台。

终于等来了许树和艾文要的主题,赵维文却又开始扯起女朋友的事。

“现在不能再叫女朋友了,已经订婚了,要叫未婚妻了。”

“没什么感觉,也不是很懂,毕竟没有女朋友。”许树冷冷地冒出一句。

“你们是不知道,有多难搞啊!跟你一样,许树,1993年的,跟我有代沟啊。之前我在英国的时候,家里人给我介绍的。我家跟她家相识,家里都做生意,以前也经常在一起。她还有个姐姐,跟我差不多。以前呢我是喜欢姐姐,可是人家不喜欢我。哎,没办法,那时候妹妹还小。”

听赵维文的口气像是在编故事,许树就当他是在说单口相声。

“你们那个了没有啦?”艾文听故事的重点全在这里,无论什么内容他都可以当黄色小说看。

“哪个啊?”

“就是做——爱——啦,听清楚了吗,这次?”这个港仔喜欢放大招。他“脑洞”大开,居然扯开嗓子对着楼下大喊了一句。

赵维文心花怒放,终于等到了这个下午的高潮。

“呵呵,艾文,老外听不懂的,你喊了也没用。没有语言哪来的共鸣!”

“要共鸣是吧?哦……哦……好舒服……”艾文继续放大招,他的肢体动作实在是辣眼睛,呻吟声更是像极了一只惨叫的老斑鸠。

“刺激吧?要不要再来一次啦?”

“艾文,以后记住,别乱开腔,文明靠大家。”许树说。

“是要多开腔,文明去他妈,哈哈哈——”艾文大笑。

许树和艾文成功地将话题从赵维文缠缠绵绵的叙述中转移到了别处。赵维文当然不干了,他想扯回来。

“好了,你们别这么低俗,听我的故事。”

“不不不,人呐就是低俗,我本来就是个俗人。”许树说。

“到底有没有啦?你别扯开话题哦。”

“没有没有,才拉了手,人家女孩子比较保守。”

“切,那有什么好听的啦——快吃快吃,黄花菜都凉了。”艾文没了兴趣。

“要不,我说说我跟我前女友,我们谈了七年。”

艾文的菜刚夹到一半,他对赵维文露出了一丝淫邪的笑。

“都七年,你早恋啦。”

“那时候别提有多少人喜欢我了,主要是有才华,会弹吉他,往那一摆……”

“别废话,你就说你是不是处男啦!”艾文直截了当地问。

“女生可都喜欢我,我知道的,有好几个都高颜值,吉他往那一摆……”

“哎呀,你不说应该就还是个处男啦。哈哈,你来猜我是不是?”

艾文只关心飞机和大炮问题,许树则什么也不关心。不过许树慢慢发现,赵维文说的话越多,暴露得也越彻底。就他那张大得可以拿来当秤盘使的脸和那双一百年不换以至于发酵了的袜子,再加上多日未洗能榨得出油的头发和不对称的身材,有人会喜欢上他还真的不能说她没有瞎。

“谈了七年说分就分了?”

“对啊,家里不同意,没办法,何必和财神爷过不去呢!”

许树表面上只是淡淡地问了一句,可他最看不惯的就是这种人了。谈了七年,说甩就甩,说崩就崩,还大言不惭,还炫耀订婚戒指,许树在心底狠狠地鄙视了一番。

如果许树的记忆没有出错,赵维文在英国时一次也没戴过他的戒指,也许对他来说,戒指不过是种摆设罢了,反正也没人看见,别人也不知道。有一天很晚了,赵维文砰砰砰地敲许树的房门。许树没锁门,也还没睡,赵维文就进来说自己睡不着,想要许树陪他出去喝点酒。

“我不喝酒的,过敏。”

“哎呀,我现在很郁闷嘛,你总得陪陪我,陪陪我嘛。”

“怎么了?”

“还不是因为女朋友?她说我老管着她,看我烦,这是什么道理!”

“只能说明她不喜欢你喽。”

“不可能,不可能,婚都订了!她没有理由不喜欢我的!”

“真的是这样,赵维文,你别不信。”当然,这句话许树没有说出口。

“她之前告诉过我,自己是个‘蕾丝’(女同性恋)。”

这还不够清楚吗?结婚不过是想戴一顶遮阳帽而已。

“你说我要不要出去‘搞基’?去酒吧找个黑哥哥或者中东人,试一下,就试一下……”

“你快滚,直线滚!我喜欢女人。你自己去找吧!”

赵维文出门去了,他转身的时候,目光像两把尖刀飞向许树,这让许树打了个寒战。凌晨3点,许树起夜的时候迷迷糊糊地听到门外有什么动静,他发现自己又忘记锁门了。

赵维文约上艾丽还有子淇子曼两姐妹去吃饭。这顿饭赵维文没有叫上许树,也没有联系丹妮,但他们两人却成了此次聚餐的最大的“受害者”。

赵维文找了个过节的借口,叫上了他在这里认识的几乎所有女性。对赵维文来说,这些人是朋友也不是朋友。虽然平时走得很近,但是赵维文从来没把她们真正当朋友看待。事实就是这样。一上来,桌上的谈话就充满了火药味。艾丽是重庆人,说话不拐弯。

“许树和丹妮呢?你没叫他们吗?”

“有啊,他们说不来。”

“哦?我叫他们吧。”

“哎呀,算了吧,说不定人家有事呢。”在这个世界上,说瞎话不用换气的,也就只有赵维文能做到,“我们吃我们的,别管他们。今天过节,高高兴兴嘛。”

认识艾丽的人都知道一点,她是个大嘴巴,所以凡事不能找艾丽,要不然全世界都会知道的。之前艾丽回国的时候,许树让她带过方便面,还特地嘱咐她要日清的,因为日清老总吃了一辈子自己家的方便面,活了八十多岁。后来许树特地去机场接艾丽,为的就是自己的那几包方便面。艾丽把它们都装在一个大箱子里，里面还有些七七八八的杂货。艾丽告诉许树，方便面都在下面呢，自己找。于是，许树一个劲地往外翻东西，一心想要找到自己的方便面。没想到艾丽将自己的卫生巾也装在了箱子里，结果全让许树给翻出来了。艾丽骂许树是变态，许树百口莫辩。就这件事，在座的每位都一清二楚，因为艾丽每次碰到和许树一起吃饭的机会，都要大肆宣扬一番。

今天许树没来，艾丽好事的性格又在蠢蠢欲动了。

"丹妮呢，怎么也不来？没她在，我浑身怪不自在的。"

"她跟她男朋友出去了，别打搅人家好事嘛。"

"我怎么不知道？"

"你又不是她男朋友，为什么要通知你啊！"

赵维文和艾丽围着饭桌你一句我一句，一个在"打哈哈"，一个在"猜灯谜"，旁边的子淇和子曼看得云里雾里，实在搭不上话。不过，姐妹俩现在成了赵维文的小跟班，赵维文去哪儿都有她们俩跟着。据赵维文自己说，回国的时候姐妹俩的父母请他吃过一顿饭，说是要他多多关照之类。赵维文自我感觉很"牛"，真像是人家把女儿托付给他了一样。

"我已经订婚了，你们还不知道吧？"

"是吗？什么时候的事？我们怎么不知道？"

"我还有枚小戒指，很好看哦。"

"你订婚了也没见你戴戒指啊，你是怕它断了你的桃花吗？"

"反正我女朋友也不在，不戴又不会掉毛！"

艾丽完全没有跟上几个人的节奏，这个中午她看上去一脸呆相。赵维文想要控制住今天的这顿饭，自然要先发制人。

"艾丽，你知道许树今天为什么不来吗？"

"不知道，我也觉得奇怪，你们俩不是室友吗？"

"告诉你吧，他觉得你在这里，他不想来。"

"真的假的？"

"我什么时候说过假话？你嘴巴太大，他说你是口炮党，老是叽叽喳喳，他的脸都被你丢尽了。不就是你说过他翻你的卫生巾吗?他觉得跟你在一起很无趣!”

“他真这样说?”

“还有丹妮,她说你老在背后讲她坏话,有没有这回事?”

“没有啊!上帝,我什么时候讲过?”

“我可是听丹妮在背后讲过你坏话。许树也告诉我了,你讲他坏话是不是?”

“都什么跟什么啊!你把我弄得糊里糊涂的。”

“要不你自己打电话给许树和丹妮,让他们来对质一下怎么样?”

艾丽完全懵了,她不知道赵维文到底想干什么。

“要不要我帮你打?他是我室友,你觉得他会不相信我说的话吗?他是相信你还是相信我?”赵维文边说边掏出藏在口袋里的手机。他练习这个动作已经有相当一段时间了,今天终于可以毫不做作地表现了。

“你要我打我就打!”

艾丽哭了,确切地说是被赵维文逼哭的。她不敢相信自己平日里那么要好的两个朋友会这样对她,她很崩溃,没有吃饭就直接回去了。

许树和丹妮莫名其妙地成了赵维文口中的小人。子淇和子曼这两个小跟班永远都在状况外,之后大家干脆都不联系了。对于这件事,许树和丹妮完全蒙在鼓里。让两人感到奇怪的是,为什么将近一年时间里艾丽始终没有联系过他们。

直到事情发生了一年以后,有一天艾丽突然来找许树,她想顺一顺这个在她心里缠绕了一年的结。许树打开门,艾丽的出现让他十分意外。

“这是报复,艾丽,你们都被骗了!”

“我一直都相信你,所以才来找你。”

“我原以为你是交了男朋友才和我们来往少了。”

“他为什么要这么做?”

“我……不知道,你去问问艾文吧,他更清楚……”

“你是说那个港仔？”

“对，现在他们住在一起。”许树这样说的时候，手里转动着门锁。和过去相比，他已经习惯锁门睡觉了。

“那个港仔是不是订婚了？我那天看到他的手上好像戴着一枚小戒指。”

“也许吧。我好久没看到他了。”

“你一个人住不孤单吗？”

“有时候两个人住更孤单。”

（原载《青年文学》2017年第2期）

另一面

◎ 林漱砚

一

这个名叫严紫粉的女孩，坐在我面前的转椅上，由我为她化妆。

单从脸型、五官而论的话，严紫粉长得还算不错，脸型娇小，五官端正，只是鼻梁略显扁平，光照在她脸上，一片平坦。她有一头顺直的黑色长发，丰茂光泽，简单地束了个黑色发圈。但她皮肤蜡黄，唇色黯淡，整个人看起来了无生机。我触到她脸上的肌肤时，像触到了一片薄凉的冰。

严紫粉穿了一件淡粉色长袖连衣短裙，一条黑色厚打底裤。起先，她晃动紧绷着打底裤的双腿进来时，我注意到，打底裤勾勒出一双挺好看的腿形。可惜就是这身打扮，令人一眼看穿了她的底气。严紫粉刚进店时，几位打扮入时、举止高雅的顾客，就已经纷纷对她侧目而视。

这短裙本身没有问题，但眼下已是仲夏，前几天刚过端午节。那几天，母亲起早摸黑，在家里用煤气灶烧草灰汤，包汤灰蜜枣粽。我与父母三人住一幢三百多平方米的排屋。当初房子装修完毕，我将父母从乡下“连根拔起”，

“栽进”排屋里时，他们脸上就有了无所适从的神色——住在这里，白天太阳不猛，晚上露水不大，我们能干什么呢？父母不约而同地搓着各自粗糙的手。“干什么都好，随你们，只要不回乡下种田就行，免得别人说我不孝。”我回答。儿子在城里住排屋，父母在乡下住破屋，我还不被乡里乡亲的唾沫星子给淹死？幸好父母的人生理想具备极其顽强的生命力，他们很快就在排屋里铺开了田园生活，在露台上种菜，在花园里养鸡。

当然，这是题外话，我想说的是，已经过了端午节了，严紫粉却还穿得如此厚实。记得端午节那天，我在吃蜜枣粽时，母亲说起了乡里俗语：“吃了重五粽，棉衣慢慢送，明天我可以把你的那些长袖、厚被都洗了。”我们家乡的方言称“端午”为“重五”。父亲说：“就是，我把你房里的空调洗洗，也该用起来了，你们城里比乡下热多了。”父母在睿城的心脏地带已经待了两年，还是把这里称为“你们城里”，来自睿城肢体末端的地域观念无法忘怀。

再说这黑色厚打底裤。前几年，睿城的女人的确不论老幼都穿紧腿裤，不管是闹市街头，还是阡陌田间，到处晃动着一截截或细瘦或粗壮的大腿。但是今年夏天，紧腿裤早已经被宽大到不能再宽大的阔腿裤所替代，女人们又不惧老幼胖瘦，欢快而自信地甩起一片裙裾般的裤腿。说实话，我挺喜欢女人追逐潮流，至少说明她们对生活还怀有热爱之心。

大家都体悟出来了，严紫粉缺乏一种我们常说的叫作“气质”的东西。“气质”是个很奇怪的东西，看不见、摸不着，可一旦人缺少了它，就像食物缺了盐。依我多年的工作经验，我已能将严紫粉的家境、生活状态猜个大概。“相由心生”这词真可怕。

随着化妆品的层层叠加，一张酷似王昭君的脸，渐渐浮现在严紫粉的脸上。这是她指定要变成的那个人。对于这一点，我非常能够理解。王昭君是旧时代的明星，有人想变成她的模样并不奇怪。在我的“另一面”妆容馆里，要我帮忙化妆成古今中外各路明星的都有。只是，严紫粉看着镜中的自己，突然睫毛一抖，眼角就渗出泪来，泪水让她的眼睛看起来扑朔迷离。而这个时候，我刚好在给她画眼线，突然滴出的泪珠让我措手不及。

其实来我这里化妆的女人,个个都是开开心心、满怀期待的。因为我有一手绝好的化妆技巧,能让女人的容貌连升三个等级都不止,这已经成了睿城人尽皆知的事情了。因此,渐渐地,来我的妆容馆化妆得提前预约,这令我看起来有点像医生。“预约就诊让看病更便捷”,医院的宣传口号就是这么喊的。

“另一面”开在一家商业综合体后面的街上,交通便利,闹中取静。我在妆容馆里摆了几张樟木小桌、几只圆头圆脑的樟树墩凳子,还有一台意式咖啡机。每天早上,经理蓝妙芝过来上班时,总是先打开窗户通风,给百合花浇水,然后烧开水,煮咖啡,再把自己亲手做的一些小甜点摆在碟子里,整个妆容馆很快就漾起一股清新爽洁的香味。蓝妙芝曾说过,这是妆容馆最美妙的时刻,如清晨的原野一般柔和、纯净。这一切,与我在化妆界的名声相得益彰。

我对化妆这事熟门熟路,不出十五分钟就能完成一般的生活妆,化个繁复的古典妆或极尽夸张的舞台妆,也就半小时的事。但很多顾客总是不愿意踩着自己预约的时间点过来,而是早早就到了,伸长了脖子等着。她们看着其他女人在化妆中,一步步变得跟原先判若两人,眼神是既羡慕又期待的。这又令我的妆容馆看起来像一座衣香鬓影的医院,她们看着我的眼神,就像患者望着医生。女人期盼自己变美,跟患者期盼自己的病能得到医治的心情是一样的。只不过,医生会医治人身体上的毛病,而我却能医这些女人的心病。

这些女人们打扮得漂漂亮亮,多是为了参加一个让她们感觉非常愉悦的聚会:婚礼、生日派对、同学会、公司酒会等。这个聚会能让她们脸色红润、笑靥如花,再加上我为她们私人定制的妆容,能瞬间提升她们的人气。何况,能在我这家妆容馆接受五百元起步的化妆服务的女人,生活条件想必都还不错。因此,她们看起来都是快乐无忧的样子,完全不像是有心病的人。

在等待化妆的空暇时光,顾客们喜欢三五成群地坐在一起,聊一些开心的话题,不时发出一阵刻意压低分贝的哄笑。这甚至成了她们休闲聚会的另一种方式。

她们聊天的话题往往是这样的——

“我家那老公呀,心太贪,前段时间股票明明可以赚一百万元了,就是舍不得抛,结果到现在只能赚五十万元了。我本来还想换台‘宝马’开开的,看来只能先等等了。不过也用不了几天时间,他炒股还是有点水平的。”

这个女人似乎是在嗔怪老公,语气中却溢出掩饰不了的骄傲。

“我的男朋友昨天向我求婚了。那时候,我们几个同学正在酒吧喝酒,他突然带着几个哥们出现了,拿出一大束玫瑰花和一枚卡地亚钻戒,单膝就跪下了。他的哥们齐声喊:‘嫁给他,嫁给他!’我完全没有心理准备,整个人都傻掉了。我同学劝我说:‘看在他跪了这么久的分上,你就答应了吧。’既然大家都这么说,我只得同意了。”

这个女孩子努力把那幸福到眩晕的一刻描绘得云淡风轻,但我却分明看到笑意在她的眉目间飞舞。

“这次通过公平竞争,要综合笔试、面试、就职演讲等分数,才能最终确定一名人选。我的分数排名第一,办公室主任这位子是当仁不让的,我也有信心把它做好。”

这位职场丽人语调平稳、措辞简洁,自带强大的气场,我不用看她的脸,也能感觉到上面涂满了风发意气。

在等待化妆的这一刻,这帮女人如果说有心病,那只有一个:长得还不够美。她们深切地担心着自己的眼袋、皱纹、色斑、塌鼻梁、大饼脸。但她们很快会发现自己的担心是多余的,任何脸部的缺陷到了我手里都不是问题,胭脂水粉再加上我堪称炉火纯青的技艺,总是能帮她们掩盖得恰到好处。随着眼袋变小、皱纹变浅、皮肤变细腻、五官变立体,她们的心病瞬间就被治愈了,比任何的心理疏导都来得管用。每当这个时候,我就意识到自己当初的选择完全正确,在一次次的被认可中,我几乎快忘却自己原来的职业了。

就这样,我成了名副其实的女人堆里的男人。很多朋友问我:天天跟这么多美女打交道,是不是感觉很爽?在外人看来,这的确是件很爽的事情:每天有不同的女人朝我发嗲,娇声娇气地喊我“阿朗老师”;我可以光明正大地捧着她们或光洁或粗糙的脸蛋,甚至可以居高临下地(一般化妆时,都是她们坐着,而我根据需要随时变换身体站姿)看一眼她们从领口露出来的曲线。这应该是很多男人羡慕不来的事吧。但是,每天从“另一面”出来后,我就像患上选择性认知障碍症,完全意识不到地球上还有“女人”这种生物。我一般都是迅速回家,吃一碗母亲煮的小馄饨,再翻翻书或听点音乐,独自消磨夜色。像我这样长得不算难看,经营着一家名气十足的妆容馆,每日进账可观的男人却没有女朋友,周围的人都表示十分不理解,甚至有人在背地里怀疑起我的性取向来。

“你一定是个‘娘们’,才会做这些娘们做的事。”一个朋友嘲笑我说。当初,我放弃了那份看起来非常光鲜的工作,执意要学习化妆技术的时候,我的父亲也这样说:“我辛辛苦苦培养了你,你却去干这些娘们才做的事!”他的脸色极其难看,如乌云排山倒海般压下来。我母亲气得当场站立不稳,跌坐在地上。即便如此,也没能阻止我的决定。那时候,我住的小区里刚好开着一家小小的化妆店,店里有两个染着焦黄头发、浓妆艳抹到面目难辨的外地女人,还有一个身形像柳枝般细长,穿紧身衣、瘦腿裤,一翘兰花指就露出十截弯曲长指甲的男人。在没有顾客的时候,他们就会在店里打情骂俏,完全忽略了从店门口经过的路人甲、路人乙的眼睛。母亲寻思着,不久的将来,我也会变得跟这个男人一样,她心里急得要喷出一团火来。

但母亲估计错了,除了顾客,长驻在我店里的女人只有蓝妙芝一个。当初招人时,为避瓜田李下之嫌,我本来想招个男店员,但又囿于所谓性取向的流言,便决定招一个外表实诚、做事勤快、有责任心的已婚已育大姐。三十五岁,有一儿一女,长相平凡,言语不多,语调不高但干脆利落,蓝妙芝完全符合我的要求。蓝妙芝的工作时间是上午十点至晚上十点,中、晚餐由妆容馆提供,月薪一万元。这个工资不算低,不知是否因为这个原因,蓝妙芝在我这边更像一个管家,将工作做得简直无可挑剔。我跟蓝妙芝,彼此配合默契。

在这样一群热闹的女人当中,除了我很少搭话外,蓝妙芝也少言寡语。

蓝妙芝帮我打理店里的一切大小事务，接预约电话、接待、收钱，还会快速帮顾客做个简单发型，往往跟妆容恰好匹配，而且是免费服务，顾客们都很喜欢她。顾客喜欢蓝妙芝还有另一个原因，就是她手工制作的点心非常好吃，蔓越莓饼干、绿豆饼、芝士面包，装在密封玻璃碗里，供顾客品尝。

蓝妙芝应该是个懂生活的女人，虽然衣着平常，神情却很恬淡，似笼罩着一层温煦的阳光。多数时候，她就安静地坐在前台的沙发上，以一种隔岸观火的姿态，旁观这一群热闹的女人，身子慢慢地陷入沙发圈的阴影里。但她却又能明察秋毫，知道谁的杯子见底了，谁的妆化好了可以做头发了，就会及时起身，周到地为顾客提供服务，倒水、接电话、做头发，有条不紊，身影轻巧地穿梭着。大家很难将两者等同起来，往往会看看她，又看看前台，确定只是同一个人之后，才又继续自己的聊天。

于声誉鹊起的“另一面”来说，蓝妙芝一切都拿捏得刚刚好。

二

从开店至今，在我这里化妆时哭了的人，只有严紫粉一个。

“严紫粉”这个名字是她预约登记时留的，我感觉或许不是她的真名。不过这并不见得会引起我的反感。其实我这个众多女人口中的“阿朗老师”，也并不姓朗，连名字当中也没有一个“朗”字。我本名叫小强，因为那个众所周知的原因，极不喜欢听别人叫我“小强”，尤其当面说什么“打不死的小强”之类的话。我给自己取了个跟“小强”有牵强附会关系的名字——朗逸峰。每当听别人喊我“阿朗老师”，便觉得自己瞬间“高大上”起来，这跟女人来“另一面”化妆是有着异曲同工之妙的。

严紫粉是一个人踩着预约的时间点过来的。单独来我这里化妆的顾客寥寥可数，加之她眼角突然滴出的泪，让我不由得暗自忖度了一下。周围的那些女人都太直白了，她们昨天跟谁一起吃的饭、今天化好妆之后要去做什么、明天跟谁有约等话题，以及家里七大姑八大姨的细碎琐事，只要她们认为能够搬出来作为谈资的,都统统从她们的口中跑出来,在众朋友的唇齿间流传。

“你怎么了?”我低声问严紫粉。

严紫粉脸上似覆盖着一层糨糊,将整张脸庞刷得严严实实,连脸上的毛孔都不曾颤动一下。我怀疑自己说出的话遁入了空气,加之我本身也没有过多探究别人内心的欲望,便不再开口说话。在过去的几年里,我做了太多这类事情,早已厌倦了。

严紫粉预约登记的年龄是25岁,但她浑身散发着病快快的气息,似一株停止生长的植物,让人猜不透时间究竟静止在哪一刻。这种不舒展的感觉,令我也像浑身上下箍了个木桶。蓝妙芝显然发现了我的异样,走过来附在我耳边悄声说:“阿朗老师,下一位顾客预约的时间快到了,她说自己要赶去参加同学会,希望您快点帮她化一下。”蓝妙芝说完,快速闪回了前台,摆出惯常的单手支腮的姿势,令人怀疑她刚才是否曾移动过。

说实话,我极不喜欢为严紫粉这样的顾客化妆。她身上有股沉重的力量,不知不觉地拉着身边的人往下坠。生活已经很不易,谁也不愿意再让别人的烦恼来碾压自己的灵魂。没有这个义务。大家都认为我的“另一面”妆容馆生意兴隆,我俨然已是化妆界的大师级人物,算是名利双收了。连当初极力反对我的父母,也渐渐忘记了应该作出惋惜的表情。他们每天有忙不完的活,阳台上的菜要浇水,餐桌上的烛台要换精油,地下室的台球桌要擦,在乡间养成的习惯,让他们一日不劳作便浑身不自在。虽然我日日早出晚归,极少享用这些东西,但两位老人的手总是习惯性地在它们之间穿梭,将它们伺候得滋润舒适,就像伺候我一样。但这一切,并不代表我人生的这件“睡袍”比别人的华美。在夜深人静时,我也会数算着华美“睡袍”里的“虱子”,比如,我总是无法爱上一个女孩子;比如,我会时常想起那个叫静子的女孩,她正用一双哀怨的眼睛盯着我。

为严紫粉化妆的过程显得冗长而枯燥,虽然这也只是半小时的事。在工作中,枯燥与疲惫总是如影随形,面对这位忧郁的顾客,当年曾有过的深深的疲惫感，又缓缓在我心头升起，但我还是坚持为她化好了妆。

严紫粉属于妆前妆后判若两人的女孩子，这不仅仅是因为我化妆技术好，也因为她属于那种脸部“硬件”好、“软件”却极差的人，我修改了她的“软件”，立刻就衬托出“硬件设施”来了。严紫粉在前台付了五百元现金。我听到蓝妙芝问她：“要做头发吗？免费的。”前台边漏出一小片的寂静。蓝妙芝仍和善地对她说：“下回可以刷支付宝或银行卡，更方便。”严紫粉仍然没有回话，作低眉垂目状，将玻璃门打开一条缝，像一条瑟缩的鱼一样，从缝隙间滑了出去。她的连衣短裙被玻璃门掀起一个小角，露出了绷着打底裤的臀部。

店堂里几位女人的目光跟着严紫粉飘出了门外，好半天才收回来。她们先是惊讶地互相望望，然后不约而同地冒出像模像样的嘲讽：

“这人有病吧？这都什么天气了，还穿得这么厚？”

“人家‘打摆子’，要发汗呢！”

“她长得有什么好看的，还不是全靠阿朗老师的化妆吗？”

“还化妆成王昭君呢，也不看看自己的气质配不配得上，丑人多作怪！”

“阿朗老师——”有个女人娇滴滴地拖长了声调道，“你店里怎么会有这样的客人嘛？”

“是呀，这样的人也来你店里化妆？”众人附和道，仿佛与严紫粉这样的女孩子同台化妆是件有辱身份的事。

“她也是顾客。”我望着玻璃门外那个快速飘远的身影回答道。这时候的严紫粉，像一只高频率摆动的钟摆。

“对啊，人家毕竟是付了钱的，大家都是顾客嘛。”蓝妙芝说。

三

到了夜晚七点以后，“另一面”就是另外一番景象了。这个时间点，基本没有人来化妆了，来我店里的，只有从宴乐场上退下来的女人们。

七点之前，在我这里化好妆的女人们已经带着比往常漂亮数倍的容颜，活跃在各自的战场上,吃饭、喝酒、聚会都在如火如荼地进行着,杯来箸往,歌舞升平。七点之后,她们中有一小部分人会回到我这里来卸妆。在我店里卸一次妆,统一收费五百元,跟化个妆的起步价一样。刚开始,有人表示不解:化妆是靠技术吃饭的,还要用上各样名牌产品,收费高可以理解,但卸妆怎么也定那么高的价?我不言语,一副你们爱来不来的表情。最终的结果是,但凡在我店里卸过妆的人,没有一个认为性价比不高的。

卸妆的女人都是单身前来的,偶尔碰到熟人,也只是淡淡地打个招呼,仿佛几个小时前,交头接耳、一起吃点心的不是她们。她们很守秩序地坐在店堂里等着,不再吃东西,也不喝水,一般都是低头玩着手机,刷朋友圈,看八卦。撕下这层漂亮的假面,用真实的面目面对熟人,大家都有难度。我审时度势,根据顾客需要,特意用磨砂玻璃隔出一个带后门的卸妆间,顾客卸完妆后,可以直接从后门离开。于是,几乎所有的女人卸完妆后,都低着头,从后门匆匆离去。

卸妆时,她们脸上泛着从各种场合带来的兴奋之情,坐在转椅上,任由我一点一点抹去她们姣好的妆容。这时候,我清楚地看到,她们的兴奋之情一点一点褪去,随着抬头纹、眼袋、法令纹、色斑等不美好的东西一一现身,她们的情绪陡然低落下去了。其实她们化妆前、卸妆后的容颜并未起变化,但不知道为什么,她们能开开心心来化妆,却无法接受卸妆后的自己。难道是我为她们化的妆或者那一场奢华宴会,让她们在几个小时之内苍老了十几岁?

这时候,埋在妆容下面的酸楚泛上她们心头,她们往往会开口述说一些由外貌引发的话题。

“阿朗老师,你看我眼袋大对不?眼袋大是因为我睡眠质量不好。”这位顾客告诉我,她睡眠不好的原因是:结婚八年,延医诊治数年,吃过药石无数,却始终怀不上孩子。她可以无视公婆鄙夷的目光,也可以忽略半夜嗲声嗲气打进老公手机的电话,但她无法隐瞒内心的焦虑,假如不能为夫家开枝散叶,接下来可能要面临一些非常棘手的问题。这个就是夸老公即便在全线飘绿的时候，炒股还能赚五十万元并且马上稳赚更多的女人。

“阿朗老师，我的鼻梁看起来有点怪异对不？”这位顾客说，那是因为她天生鼻梁塌平，人称“塌鼻头”，一直没有追求者，后来不得已去做了隆鼻术。岂料手术填充物出了问题，她的鼻梁红肿了几个月，又去另一家正规医院做了填充物取出术。一来二去，鼻梁看起来就非常怪异了。现在的未婚夫吧，其实就是个“二流子”，但派头倒是十足，台型扎得牢，什么卡地亚钻戒，那不过是她自己省吃俭用攒钱买的，然后让他转交一下而已。这个就是满脸幸福陶醉于男友向她求婚的女孩。

至于那个妆容高雅、谈吐举止得体的白领丽人，她的烦恼无疑比别人更多——不敢交男朋友，怕那个一直觊觎她，又能不动声色地给她带来好处的上司冷落她；职场无情，人与人之间总是赤裸裸地显出某种利益关系来；花销大，其实赚钱又不多……这个时候的她，脸上浮起一片片斑点，是我无论用何种卸妆液都无法去除的。

凡此种种，令整个妆容馆里弥漫着一层名叫“焦虑”的雾霾。大家都似其中的一个大分子，飘起，连成一片，形成更大的尘埃，如一张巨大的幕，将自己和身边的人都覆盖在幕布之下。也许很多人以为，能够不费吹灰之力窥探到别人的内心，是一件很有意思的事情。其实不然。每当我听到一个人的内心故事，下回再在众人面前见到这个人时，便觉得自己有了某种义务，要替她作好掩护工作。这个故事便成了我的一桩心事，像一枚钉子，扎进了我的心房。用不了多久，内心就千疮百孔了。我以前做的工作就是这样，做到后来，心中积累的“垃圾”简直拖累得我无法迈动脚步。我去听讲座，做心理疏导，参加情景剧，把帮助别人的途径一一用了一遍，但都无法奏效。直至后来发生了“静子事件”，我便决绝地放弃了这份工作。只是没想到，当上化妆师的我，居然也会阴差阳错地充当心理医生的角色。

起初，蓝妙芝也在我旁边帮忙，后来大概是听多了类似金玉其外、败絮其中的故事，而且她同为女人，还得绞尽脑汁找出几句话来安慰对方，弄得自己心力交瘁。后来，我在为顾客卸妆的时候，她干脆不进来了，独自坐在前台。一束昏黄的灯光打在她脸上,更显得他一副昏昏欲睡状。

现在,你们知道我为什么把卸妆的收费定这么高了吧?

这一次,门一推一合,进来的是严紫粉。我心里暗自"咯噔"了一下。我承认自己没料到严紫粉居然会舍得花五百元钱来卸妆。前面说过了,她看起来并不像家境优渥的女孩子。当然我脸上并未起任何波澜,她能够排队进入卸妆间,蓝妙芝应该已经把交纳卸妆费这类事情安排妥当了。

严紫粉还是一声不吭,这令我与她的近距离接触显得很尴尬。虽然平时顾客跟我铺陈她们的故事时,我都是似听非听的,但那至少有声音在我们之间流动。有了声音的流动,孤男寡女会少很多尴尬。眼下,我只能自己制造一点流动的声音了。

我问她:"你住在这附近吗?"

她只应了一声低低的"嗯"。

"你化妆成王昭君,是要参加一个古装聚会吗?"

还是低低的一声"嗯"。

"现在回去有点迟了,路上要注意安全。"

"嗯。"

这三声"嗯",一样的分贝,一样的腔调,仿佛第二声、第三声只是第一声的拷贝罢了。

我没有了交流的欲望,不再言语。我本就没有交流的欲望,只是想制造一点声音罢了,只是现在连这点想法也销声匿迹了。

严紫粉一直低着头,没有看镜子。卸完妆后,她从后门走了,还是低着头。严紫粉低着头孤苦无依的样子,又令我想起了静子。那天,我带着心理团队的人,头上顶着阳光,脸上堆着笑,一起去那个小山村看望静子。我以为静子会很开心,没想到,她只在我闯进她平静生活的一刹那,抬起头,幽怨地盯了我一眼。然后,她从始至终都像严紫粉一样低着头,我问她什么,她都只是低低地回答"嗯"。

事隔三年，不知是命运的安排，还是纯属巧合，我居然又遇见了一个跟静子一样阴郁寡言的女孩子。也许是因为严紫粉的出现，再加上她的出现又勾起了我对静子的回忆，我今天比往常更加缄默一些。蓝妙芝没有问我怎么了，或许她已经猜到个大概，或许她的秉性跟我一样，对别人的内心世界都没有过多好奇心。

下班时分，蓝妙芝在消毒茶具、拖地板，我在翻看第二天的预约登记簿，准备好可能用到的各样物品。蓝妙芝的预约登记工作做得非常到位，不仅登记了顾客的姓名、年龄、手机号、化妆时间，还会写上出席场合（这是在顾客愿意告知的情况下）、本次化妆要求等。我只要一看这个本子，便对第二天要做的工作了然于心。顺便说一句，我工作时有个非常好的习惯，就是每一样化妆品、化妆工具，用过后就马上回归原位。因此，一位顾客化妆结束，第二位顾客过来时，我的工作台永远是整洁清爽的。顾客们对这一点非常赞许，说这才是一家高档次的妆容馆该有的面貌。

扫尾工作完毕、准备工作就绪，我才像尘埃落定一般，“啪嗒”一声将大门锁上。“老板，明天见”，每天下班，蓝妙芝都会说这么一句。在上班时间，蓝妙芝像其他顾客一样喊我“阿朗老师”，但是下班告别时，她必叫我“老板”，我到现在都无法适应。我曾经提醒过她，下班了可以叫我“阿朗”，甚至叫“小强”也比叫“老板”强。但她说这是规矩，没有规矩不成方圆。说完这一句，她就开着那辆二手的POLO车，消失在夜幕中。

四

第二天，严紫粉当然没有过来。顾客们都在自己的小范围内交流着一些有趣的话题，不知有没有人会提起“严紫粉”这个名字，就算有人提起，她也不过是个有趣的素材之一吧。不知为什么，我的脑海里一直有两张脸蛋在飘浮，一会儿交织在一起，随即又分开。严紫粉，静子，我有时候甚至分不清到底谁是谁，她俩虽然长相迥异，但是都有一双哀怨的眼睛。晚饭时分，我甚至翻开预约登记簿,找到了严紫粉留下的号码。看着这一串数字,我反而心悸了,重重地将本子合上。

这样的状态持续到一周之后的晚上。下班后,照例,蓝妙芝在打扫卫生,我在浏览预约登记簿。我又看到了严紫粉的名字，她约的是第二天下午四点。这一次,她要化妆成聂小倩的模样。倩女幽魂？我暗自吃了一惊。

“严紫粉明天要来化妆。”我对蓝妙芝说。话说出口后,我发觉自己有点奇怪,明天有哪些顾客要来,蓝妙芝比我先知道。何况严紫粉只是个普通顾客,我为何要特地跟蓝妙芝提起她呢？

“是的,要化妆成聂小倩,这女孩看起来有点内向啊。”蓝妙芝颇为担忧地说。

我们都不再说什么,默默地完成了扫尾工作,直到我“啪嗒”一声将大门上锁。

严紫粉这次没有掐着时间点来,而是提前了半小时。她还是穿着那件淡粉色的长袖连衣短裙,黑色厚打底裤,手里拎着一只红色塑料袋。进店后,她就从袋子里掏出一些什么东西来,攥在手心里,分别在几张樟木小桌前站了片刻,用低得几乎听不到的声音说:“吃水果。”然后,手一松,几只小小的桃子放到了那几个正谈笑风生的美女面前。

店堂里的优雅女人们显然被严紫粉的举动弄懵了。她们停止了交谈,愣愣地看了她一下,像突然明白过来似的,带着礼貌点点头,互望一眼,端起各自的咖啡杯啜饮起来。严紫粉在她们桌边站了一会儿,终于走开了,找了个单独的位子坐下来,在与世隔绝的寂静里,朝墙边贴过去一点,又贴过去一点。

蓝妙芝拿了一碟点心放在严紫粉面前,问她:“喝咖啡,还是喝茶？”

严紫粉客气地说:“不用,谢谢。”声音细弱得像一根窸窣弹动的皮筋。

轮到严紫粉化妆时,她正襟危坐在我面前的转椅上,眼睛看向地面,整个身子微微颤抖。我让蓝妙芝拿了一件披肩给她披上,说:“今天这个妆有点特别,怕散粉抖下来弄脏了你的衣服。”

严紫粉这次化妆时没有流泪,只是一对卧蚕眉始终微蹙着。这是一对人工文上去的眉毛,眉色浓黑,眉形呆板,业内人士只消一眼便可看出它们出自小作坊,出自那些只会洗洗脸、敷敷面膜便敢自称美容整形师的人员之手,带着雕琢过度的浓重气息横在她脸上。当然,这一切都不妨碍我把她化装成聂小倩,没有金刚钻、不揽瓷器活,要是没有两把刷子,我的“另一面”也不会风生水起。

严紫粉化好妆后,蓝妙芝依惯例问她:“要做发型吗? 我刚学会做一款发髻,跟你的妆容很配。”严紫粉摇摇头,付过钱后,便从门缝间滑了出去。瞬间,室外的热浪从玻璃门的缝隙间扑了进来。

严紫粉走了,那几个憋闷了好久的顾客长吁一口气,立刻叽叽咕咕地交头接耳起来。蓝妙芝明白她们的意思,提了一只垃圾桶,将几张桌子上的桃子掸了进去。当然,严紫粉也没有吃蓝妙芝放在她桌子上的点心。蓝妙芝没有表示出任何不愉快,神色安然地将点心倒进了垃圾桶。

“那么小的桃子,怎么吃啊? ”一位顾客说。

“放在塑料袋里,还直接用手拿出来放在桌子上,塑化剂、细菌一大堆,谁敢吃! ”有人附和道。

“这都什么天气了,她还穿这么厚的衣服,该不是精神有毛病吧? ”

“人家阿朗老师心疼她呢,还给她披披肩,怕她在空调房里着凉? ”

女人们讨论得非常热烈,我没有搭腔。她们当中很多都是我的老顾客,我们彼此像老朋友一般插科打诨互不计较。蓝妙芝安静地穿过这一片聒噪声,脸上挂着似有似无的微笑。如果换成其他女人,很可能会在此时接上话茬,狠狠地抨击一下严紫粉——严紫粉没有吃自己好心放在她面前的点心,这摆明了是不友好的表现。有时候,我真的挺欣赏蓝妙芝,无论在怎样纷乱的环境中,她总是能够保持镇定。

蓝妙芝经过我身边时,朝外努努嘴,示意我看外面。落地玻璃窗外,一个中年妇女刚好转过身去,紧走几步想追上严紫粉,却不料严紫粉走得更快一些,她始终追不上,只得一前一后地走着。这个身形紧绷、四肢快速摆动的严紫粉,跟在我店里瑟缩沉默的严紫粉,俨然不是同一个人。

我料定严紫粉晚上会来卸妆,也料定还会有故事。果然一切都如我所料,只不过故事的主角变成了下午站在玻璃门外的中年妇女——严紫粉的母亲。当严紫粉卸完妆从后门走了的时候,她母亲从我的卸妆间里冒了出来。蓝妙芝歉疚地说:“我没能拦得住她。”我摆摆手,表示可以跟严紫粉母亲聊几句。

她母亲先是客套地感谢我把她女儿打扮得很漂亮,然后话锋陡转,正色道:“我女儿刚参加工作,还要以工作为重,我不允许女儿化浓妆,更不同意她去参加什么化装舞会,反正跟工作无关的事情都不可以。”

我愕然,还来不及发表意见,这位母亲紧接着语重心长、苦口婆心地向我举出了一大堆事例:

“她之前参加过市演唱团,我用了一年时间,终于让她放弃了唱歌这个念头。我们是正经人家的姑娘,我又只有这么一个孩子,在台上扭扭唱唱的算什么事?

“她原来有两个当模特的QQ好友,我发现后,趁她夜里睡着了,偷偷上她的QQ,把这两个好友删掉了。虽然她知道后好几天不理我,但我认为跟模特聊天就是不妥的,聊多了,就会生事端。她现在生我的气没关系,等她懂事了,她会感激我的……”

严紫粉的母亲身穿一套廉价的黑色衣服,嘴巴连续一开一合,仿佛一只老鹰正拍打着翅膀,驱赶企图靠近她女儿的外人。说到动情处,她声色哽咽,几乎要落下泪来。真是可怜天下父母心,我脑子里冒出了这句老话。我试探着跟她沟通:“你这样的管教,是不是太严苛了点呢?成年人得有自己的思想,这样才是真正健康的人,我认为她过点自己喜欢的生活并没有错。”

“她现在还不懂事,当然得由我管着她啦!我很后悔自己没把她管好。”严紫粉母亲见我不肯配合她的思想教育工作,情绪非常激动,脸涨得绯红。

我不想跟这样的母亲计较什么,便客气地指指磨砂玻璃后面那一片隐含的世界,暗示她外面还有其他顾客。“如果你不想自己的女儿成为别人的笑料,最好就此打住。”严紫粉母亲或许习惯了指挥别人,所以对我的回应表示极度不满意,又不便于进一步发作,只得使劲抿着嘴巴,上下嘴唇不住地颤动,忿愤愤然地走了。

卸妆间只是个用磨砂玻璃隔断的相对独立的空间,我相信我们的对话早已被在外面等候的顾客听得一清二楚。虽然晚上的顾客并不像白天那么多,但是只要有人听到了,那么就有散播出去的无限可能性。

当蓝妙芝跟我说“老板,明天见”的时候,我原本已经启动了汽车,却不知为何感觉心里空空的,便给家里打了个电话,又将汽车熄火,决定去附近商业综合体一楼的酒吧喝一杯。自从父母与我同住以来,我极少有夜生活。母亲听着话筒里震耳欲聋的音乐声,非常担忧地嘱咐我要少喝酒、早回家。在母亲眼里,再大的孩子也是孩子。

我一个人坐在角落里喝黑啤,灯光昏暗,映得酒色浓酽。有人在背后拍我的肩膀,我转过头,是大勇。他故意学了妆容馆女顾客的口吻喊我:“阿朗老师!”

我淡淡一笑,说:“你也在,一个人?”

“他们也在。”大勇朝后摆摆手,我之前心理治疗团队的队友们同时走了过来,学了大勇的口吻,一起揶揄地喊我:“阿朗老师!”

在想独自静静的夜晚,我居然碰到了以前的队友,便招呼大家过来一起坐,晚上就由我作东了。在开“另一面”妆容馆之前,我是这支团队的带头人,白天我们是别人的心灵垃圾桶,晚上我们经常相聚酒吧,互相倾吐心中的烦懑。但这一次相聚,我已经成了局外人,所以我们更像一群心理治疗师面对一位患者。幸而他们对我很宽容,没有追问我过得好不好,怎么还没找女朋友。在觥筹交错间,我们又谈起了以前做过的案例。他们告诉我,那个因家暴而三次离家出走逃到睿城的黑龙江女人,她老公表示不会再打她了,她要回老家跟家人团聚了;那个因幼年受过侵害而不敢独自入睡的女孩,终于能够关上灯独处了。这两位女性都是我离开心理治疗团队后特别牵挂的人,今天听到她们的好消息,我很欣慰,便重重地跟旧友们碰了一下杯,感谢他们为我卸下了一些心理包袱。几只玻璃杯同时相触,发出清脆的声响。

“但是,静子呢,你们有没有她的消息?”我的话一出口,大家都沉默了,低头看着自己的酒杯,杯沿一圈圈的啤酒泡沫正在缓缓地消逝。大勇搭着我的肩膀说:“没有消息就是好消息,静子不会有事的,你不要担心。”

五

第二天,以及以后的每一天,来到“另一面”的顾客们,都在东一撮西一撮地窃窃私语,先是低声讲话,然后放肆地爆发出一阵快乐的笑声。我无法肯定是不是严紫粉给她们带来了这么多的欢乐, 但她们的对话还是零零星星地跑进我的耳朵——

“有其母,必有其女。看这一家人,还来这里化妆,打肿脸充胖子吧!”

“瞧她娘那个管事婆的模样,干脆以后连女儿结婚、生孩子这档子事也给包了吧!”

“可不是,我看她老娘得现场指导才行,可不把她女婿吓个魂飞魄散?”

类似的荤话逗得这群女人开怀大笑,甚至连在等候卸妆时,原本极少聊天的她们,也在三三两两地嚼着严紫粉的故事。

其实今天晚上,妆容馆里还发生了另外一个故事。在卸妆时,那个曾经向众人夸耀男友当众求婚的女孩子,当着我的面哭得很厉害,换句话说,也就是当着外面那些等候卸妆的顾客的面哭了。“原来,原来,”她抽咽着说,“他曾经被两个富婆包养着,怪不得跟我约会时经常迟到,怪不得对我没有‘兴趣’。本来我们马上要订婚了,我真傻,还好我朋友提醒了我,得去查一查对方的底细,比如身份证号。没想到还真中枪了!身份证居然是假的,我就知道会有狗血剧情发生了,只不过没想到,这事情来得这么‘狗血’……”

店堂里安静了片刻, 估计大家都在屏息听卸妆间里的现场直播。但很快,她们又开始聊起来。毕竟“狗血事件”在生活中数不胜数,她们早已经审美疲劳了,但是将别人的生活撕开一个小口子,从这个口子里窥视里面的世界,是件多么富有意味的事情啊,她们乐此不疲,在窥视中获得了心理上的愉悦。

在这样一片举众皆欢的笑声里,严紫粉好久没来了。大家都认为是严紫粉母亲的严苛管教起了作用,她不会再到“另一面”来化妆了。大家又恢复了各自的生活,新鲜事件在不断争夺她们的注意力,谁也没有闲工夫对同一件事情倾注太多时间和注意力。

一日下班后，我又将登记簿翻到严紫粉登记过的那一页上，停留了许久。蓝妙芝问:“阿朗老师,要不要我打个电话给她?”我合上本子说:“下班吧。”就在这个时候,我突然感觉到了一阵疲惫,当初做心理治疗师时的倦息感很直白地杀了回来。我对蓝妙芝说:“我明天要去杭州出差,参加一个化妆技术高级研修班,一周后回来,你也休息一阵子,‘另一面’就闭门谢客吧。”蓝妙芝没有表示出任何的意外神情,只是将锁上的大门重新打开,从仓库里拿出个“外出学习,暂停营业”的告示牌挂在门把上,才放心地离去。

我并没有真的去参加什么化妆技术研修班，而是去了静子住过的那个小山村。悄悄地去,悄悄地遥望那扇简陋的小门,悄悄地向一名村民打听静子的消息。山村很小,住在这里的人彼此间应该都很熟稔,只要有一个外人进入,都会引起他们的警觉。在村民给不出任何有用的答案时,我悄悄地塞给他两百块钱说:“就当我没来过。”

看来静子是真的走了，诚如她当时发给我的短信中说的:“我要离开这里了,愿此后有永远的宁静伴随着我。”静子就这样从这座小山村里消失了,来不及听我一句解释。我仰望着静子家门对面的小土丘。那天,我们就是在那里相遇,静子的臂弯里挽着一盆洗好的衣服。土丘上有丰茂的野草、野花,一直延伸到我脚下。在这芬芳的四下里,我感念起了严紫粉。不知在上帝开启高温模式的盛夏,这个女孩是否仍旧裹得像只没有煮开的粽子?

在“另一面”暂停营业的这几天里,我的手机几乎要被顾客打爆,她们都殷殷地盼望我早日回来开门营业。我的行程已定无法更改,只得在微信上一一询问顾客,如果不是特别重要的宴会,她们是否愿意由蓝妙芝为她们化妆?蓝妙芝在我身边工作多年,耳濡目染,论技巧,她还是有两下子的,只是苦心学来的技巧,终究让她缺少了一种叫作“灵气”的抽象东西。结果,有超过一半的顾客表示愿意。我分辨不清她们到底是认可蓝妙芝,还是认可“另一面”这张招牌。不管怎样,从周四开始,蓝妙芝代替我,当起了“另一面”暂时的掌门人。我吩咐她,化妆费用打六折,只需收取三百元便可。

蓝妙芝独自撑了四天,我回来,发现银行账户上的钱和预约登记的本子都满满当当。我没有去计算蓝妙芝到底接待了几位顾客,我对她一向信任有加。我跟蓝妙芝其实很符合旧时对于夫妻的定义:男主外、女主内,夫唱妇随。我们似乎从来没有意见相左的时候,“心有灵犀”虽是熟语,但用来形容我跟蓝妙芝的关系却非常妥帖。每天该做什么事情,她都安排得井井有条;我需要的东西,不用开口,她都替我准备好了,当我用到的时候,这件物品就会恰好在我手边。有时候,我不免认为,这或许就是夫妻之道的最高境界。只是我跟蓝妙芝从来没有碰撞出过任何火花,我们之间像老板与雇员,像姐弟,像朋友,就是不像情侣。蓝妙芝从来不提自己的家事,我亦从来不问,只要她认为自己过得好,就好了。有时候,看着蓝妙芝温顺的眼神,我遐想着,或许我有意无意地碰一下她的手,她应该也不会反对。但我不愿意也没必要这样做,我更愿意享受这种光风霁月的清朗关系。

我和蓝妙芝加班加点,消化这一周来积累下来的预约客源。没有看到严紫粉,当然这也不是什么意外的事情。这一天,临近下班时,蓝妙芝正在打扫店堂卫生,我在清理化妆工具。蓝妙芝突然低声说:“这不是严紫粉吗?”严紫粉正站在店外的路灯下打电话,还是之前一成不变的粉色上衣、黑色裤子。不同的是,她的一头黑色长发不见了,戴着顶黑色鸭舌帽,帽檐压得很低,遮去了大部分脸,一圈短发茬从鸭舌帽的边缘露出来。

“越来越怪了。”蓝妙芝说,“阿朗老师,你说她是不是该去看一下心理医生？”蓝妙芝平时极少评价别人，这次可能真是有些忍无可忍了。她解释说：“我不是多嘴多舌的人，我只是实在看不下去了，这个孩子明显有心理问题，你是这方面的专家，怎么都不提醒她一下呢？一个好好的孩子，糟蹋了可惜呀。”

“你说我该怎么提醒呢？那天她母亲来‘踢馆’，我该趁势告诉她，你女儿有忧郁症，有病得赶紧治，得去看医生？那样的话，她还不真的踢掉我这个妆容馆？”

蓝妙芝无话可说了。

我不想惹是生非，不料第二天，“另一面”刚开门，严紫粉母亲就大驾光临，把蓝妙芝叫到门口谈了很久。顾客担心蓝妙芝吃亏，都焦急地要为她出头。我没有停下手头的活，阻止她们说：“没事，蓝妙芝应付得来。”直到穿长袖、戴帽子的严紫粉现身，狠狠地瞪了她母亲一眼，她母亲才打住了滔滔不绝的话头。严紫粉怒气冲冲地在前头飞快地摆着双腿，她母亲想加快速度追上她，却终究追不上，母女俩一前一后地走远了。

蓝妙芝回到店里，额头渗满汗珠，不住地摇动左手作扇子状。妆容馆又掀起一股久违的热潮，严紫粉重新回归大家的视线。

“这都什么天气了，这副打扮，简直是个经神病。”

“该不是疯人院里逃出来的？”

“蓝经理，她老娘都跟你说了些什么？”

眼下，蓝妙芝是大家眼里的宝库，埋藏了巨大的、大家感兴趣的宝藏。但是任凭大家怎么追问，蓝妙芝都只是摇摇头说：“没什么，就聊了几句而已。”大家败下兴来，又各自围绕严紫粉展开了讨论。

下班时，蓝妙芝从前台拖出一只大塑料袋说：“这是严紫粉母亲给你的。”

“什么东西？”

“一些土鸡蛋、玉米棒什么的。”

“送这些给我干吗？”

“说让你可怜一下她这个当妈的,以后严紫粉要是再来化妆,就直接拒绝。她说,严紫粉年纪小不懂事,受了坏人迷惑,迷上了化妆、走台步,连上班都没有心思了,再这样下去,她家要出大事的。”

“受了坏人迷惑?”我无语,顿了一下又问,“那你怎么能擅自收下她送来的东西呢?”

“是她扔下东西就走了。”

我长叹一口气说:“你看着办吧,有什么亲戚可以送的,就拿去送掉。”

“你说严紫粉是不是有忧郁症?看她的样子,每一条都符合忧郁症病人的特征。但我查了资料,说得忧郁症的人对任何事情都很淡漠的,那严紫粉对化妆又如此感兴趣。阿朗老师,你说她到底有没有忧郁症呢?”

我微笑着说:“别杞人忧天,早点回去休息。”

蓝妙芝看看我,对我眼睁睁看着严紫粉往火坑跳却不加以干涉的行为,表示完全无法理解。我不免又想起了静子。当时,我一直以为静子低着头,那样冷淡地回应我们,辜负了我们千里迢迢去看她的心意。直到后来事情的走向才让我明白,有时候我们自认为的善意,对别人来说却是致命的伤害。我知道已经发生的一切无法弥补,我现在能做的,不是在弥补谁,而是遵从自己内心的意愿罢了。

六

不知道怎么的,严紫粉患有忧郁症的消息像水一样,渐渐在“另一面”铺开来。我知道不是蓝妙芝传出去的消息,在这方面,我相信她是个非常牢靠的人,只要她认为不可说的事情,一滴水也不会漏出去。或许坏消息总能不胫而走。

因为有了严紫粉,“另一面”的顾客都成了心理医生,大家都在拿严紫粉做案例分析。

“听说患忧郁症的人怕冷,所以,你们看她穿那么多衣服,就知道她有问题了。”

“她这种不单单是内向那么简单，她每次都低着头独来独往，看得出来的，是心理有问题。”

“估计是在家里娇生惯养，到了社会上禁不起一点风吹雨淋，碰到个事情就忧郁了。”

“得吃药，得赶快治，否则会出大事情。”

……

大家都以一种过来人的身份，围观严紫粉的生活，明明自己的生活也是一地鸡毛。大家猜测完毕，就一齐将目光转向我，问：“阿朗老师，你认为呢？”

我无言以对，只顾忙着自己手头的活。大家都成了心理医生，我还能说什么？

下班时，我对蓝妙芝说：“每个人都有自己的内心世界，如果她不愿意向别人开放，我们为什么一定要去探究呢？”

“但是阿朗老师，你不能因为自己不做心理医生了，就闭口不谈心理问题了呀？这个孩子，如果不加以干涉，肯定要出大事的。现在的社会，那些跳楼、服安眠药的事还少吗？”

我说：“有时候可能恰恰就是因为干预太多了吧！让她按照自己的意愿发展，不是挺好的吗？”

蓝妙芝睁大了眼睛。

我没有说出口的事情是，其实我知道蓝妙芝根本没有结过婚，她住在一个环境脏乱的旧小区里，房子是父母留给她的。她收养了一群流浪猫，但只有两个名字：小喵、小咪。小区里的小孩子奇怪地问：“阿姨有十几只猫，为什么只有两个名字？那它们怎么知道，阿姨到底在叫谁？”每当她叫“小喵”或“小咪”的时候，总有不同的猫跑过来，吃她手里的猫粮。小喵、小咪就是她的一子一女。这时候，总有家长拉住自家孩子的手，紧紧攥住，用眼神暗示孩子不要到这位阿姨身边去。他们的意思很明白：这位阿姨心理有问题，不要靠近。

我还知道,我出差那周,蓝妙芝独自顶了四天班,好几位顾客的账入了她的口袋。对于我来说,为一点钱而撕破脸的时代已经过去了。所以,我很坦然看到蓝妙芝拿了我店里的钱,为她豢养的猫买玩具、买猫粮,然后很开心地跟我说:“我前天为我女儿买了一个拨浪鼓,她整天握在手里摇啊摇;我昨天给儿子买了巧克力棒,他可喜欢吃了。”

我只是静静地看着这一切,不去点破,也不言明。大家都向往静好的岁月。岁月静好的背后,总是有人在负重前行,只是有时候我们不知道,到底是谁在暗自负重,又是谁在默默地给予祝福。就像静子,她念大学时就是个非常娴静的女孩子,貌不出众,技不压人,但我却一直在暗中关注她。毕业后,在一次大学同学聚会时,我听说静子过得并不好,找不到工作,没有结婚,像个农妇一样生活在山村里时,陡然起了善念,觉得静子这时候最需要的应该是心理安慰,便带了我的团队,呼啦啦跑去看望她。正如静子自己所说,平静生活是她所能拥有的最华丽的外衣,是我带着一群嬉笑得意的人撕裂了她的尊严。

蓝妙芝见我陷入了沉思,没有打扰我,只是轻轻地说了一句:“老板,我先走了。”每当听到“老板”这个词时,我就恍悟过来,一天的工作结束了。

回到家,父母都坐在客厅里等我。偌大的客厅里,他们只开了一盏顶灯,两位老人惴惴地枯坐着,像两团干瘦的影子。平时的这个时间点,一般都是母亲在厨房里煮馄饨,父亲在阳台上纳凉。我讶异地问:“怎么了?”他们见我回来,搓着手,互相望着,意思是叫对方先开口。终于,母亲开口说话了:“强子,我跟你爸想回乡下老家去。”父亲搭腔了:“这里什么都好,就是,我们在这里没有啥事可做,又没有老朋友,不自在。”母亲说:“你放心,我们把原来在你家种的这些菜啊、养的母鸡啊都收整起来了。菜拔了吃了,母鸡带回老家去,等下了蛋攒起来给你吃。”

我摆摆手,说:“行,我明天就开车送你们回去,你们什么时候想过来玩了就打电话给我。”

之前我一直竭力反对父母回老家,他们大概没料到我此次居然答应得如此爽快，都疑惑地望着我。我说：“我是真的同意你们回去了，老家的山好、水好、空气好，老朋友也多，回去不是坏事。”父母如卸下大包袱般挺直了身子，脸上干瘪的皮肤像被春夜细雨滋润过，欣欣然舒展开来。母亲说：“你过得好，我们很放心，要是早点找个女朋友，就更好了。”我点点头说：“会的，到时候带回家来给你们看。”

第二天，天刚蒙蒙亮，我便起了床，帮父母把行李装到汽车后备厢里。两位老人家一旦决定了要回去，便觉得片刻也不能等了，连夜将在城市里铺开的生活卷起、打包。父亲把所有的行李都装好之后，讪笑着问：“我从老家带过来的那顶斗笠还在不？”两年前，我到老家接父母时，父亲就是戴着一顶斗笠，坐着我的越野车来的。后来有一次“另一面”局部装修，我把斗笠拿到妆容馆给工人用了，用过之后就被我塞在了仓库里。我早把这顶斗笠给忘了，没想到父亲居然还念着它。“在我店里，我去取。”我对父亲说。

远远地，我竟然看到严紫粉站在我的店门外等候着。她身穿一件短袖T恤，一条牛仔短裤，没有戴帽子，正站立在熹微的晨光中，披着一身清凉的霞光，很有仪式感。她的短发一根根竖着，指向太阳。我停下车，走过去跟她打招呼道：“早！”严紫粉的嘴角往两边绽开去，露出一个浅浅的笑容，回答道：“阿朗老师早！”

她仰起头，一缕阳光照在她的眼窝处，又往旁边发散开去，令她的脸庞明暗得当，凸显立体。我看了一眼她深邃的眼窝、挺拔的鼻梁，已然明白了什么。

“阿朗老师，您现在有空为我化个妆吗？我有急事。”严紫粉的声音还是那么细，但是渗出丝丝缕缕的底气来。

虽然她没有预约，现在也不是“另一面”的营业时间，更何况我还要赶时间送父母回老家，但我点点头。

“四大皆空。”严紫粉说，“您帮我化这个妆。”

作为一名资深化妆师，我是第一次听说“四大皆空妆”。但我思索了一下,便胸有成竹地行动起来。棱角分明的脸型,象征着这个尖锐刻板的世界,尤其是下巴,尖利地直指地心;五官没有描轮廓,只用桃粉色腮红在她脸上大片渲染,深邃的眼窝、高挺的鼻梁,便都隐在一层纱帐后面,宛如春天无边的风月,似有,似无。

严紫粉对着镜子中的自己点点头,起身向我深深地鞠了一躬,然后打开背包准备掏钱。我说:“现在不是工作时间,算是友情赠送,不收钱。”严紫粉依旧掏出五百元钱放在前台上,拉开玻璃门,很快就融入了四处弥漫的光明里。

我送父母回了老家。一路上,父亲戴着那顶斗笠,母亲手里捧着母鸡,他们的脸上都挂着满足且惬意的微笑。尤其是看到他们下车走进灰尘遍布的老家,深深地、深深地呼吸着房里略带霉味的空气时,我不觉眼眶濡湿,对父母说:“等天凉了,我就叫工人来看看,把房子翻修一下。”

十点钟,我准时回到“另一面”。蓝妙芝来上班时,看到桌子上的一叠钱,问:“谁的?”

我说:“早上一位顾客有急事,来不及预约,我也没有问名字,你随便记一个名字吧。”

“还有一本画册,”蓝妙芝打开画册翻了一下,说,“画得真好。”

是一本铅笔素描画。第一页画的是昭君出塞,配诗:绝艳惊人出汉宫,红颜命薄古今同。第二页画的是聂小倩,配诗:君记我一瞬,我念君半生。第三页,画的是一个发髻高耸、身穿拖地纱裙的女子,高额头,瘦两腮,尖下巴,一大片胭脂从上到下晕染开来,似一朵桃花盛开在脸上,五官就隐在这一片桃花底下,教人看不清楚。这一页没有配诗,好像是匆匆忙忙完成的。

“这是不是那位顾客落下的?”蓝妙芝问。

“也许吧,你先收起来。”

“另一面”渐渐热闹起来,顾客们陆续来了。她们跟往常一样聚在一起,像大多数心怀良善的人一样,交流她们得来的消息。她们中的一个,已经打听到严紫粉工作的单位了,据说还是个公务员呢,只是她完全无法胜任现有的岗位,一味地想辞职,甚至想离家出走。她母亲动员了家里所有的亲戚,一双双手有力地按住了她想辞职的念头。

“果然,有忧郁症。要不然的话,像她这种没有多大能耐的人,怎么可能千辛万苦考上公务员了,还要辞职呢?”这是她们得出的最符合猜测的结论。于是,大家都很得意地笑起来了,在心里为自己狠狠地干了一杯。笑过之后,她们又对生活表示出像样的怨愤:这个社会有病,杀了人、烧了车,甚至连工作做不好,都以一句“心理有问题”敷衍过去,这样下去怎么了得?

得出对严紫粉的终极结论后,她们显然对她失去了兴趣,开始翻看手机,意欲寻找新的谈话点。她们很快看到了一条新闻:在上午刚刚举行的一场模特大赛中,一位新入门的模特化着“四大皆空妆”走T台,走红网络,成“网红”了。由于“四大皆空妆”的最大特点便是五官模糊难辨,因此,顾客们又纷纷开始猜测这位模特到底是何许人物。有人说,是一位刚从模特培训学校毕业的学生。也有人说,是一位刚出道便遭封杀的演员,转战模特界了。

蓝妙芝趁着午饭前的空档,问我:“那个‘网红’是严紫粉吧?”

我也看到了这条新闻,也仔细看了图片。网上的图片虽然像素不是很高,T台离得又远,但一切都逃不过化妆师的眼睛,我假装肯定地告诉蓝妙芝:“不是严紫粉。”

“那本画册是严紫粉丢下的吧,那么凑巧?”

“我觉得这模特更像我以前认识的一个人。你叫外卖吧,中午要一个鲫鱼豆腐汤。”

“鲫鱼豆腐汤?你今天怎么吃这个?”

“是的。”

蓝妙芝不再说话,开始拨打田园餐厅的外卖电话,据说那里的鲫鱼豆腐汤做得非常地道。

蓝妙芝认识我时,我就不吃任何由鲫鱼做成的菜肴。因为那天,在去看望静子返程的路上,我们一帮人都又累又饿,便在路边找了个鱼庄,点了几个菜,其中就有份鲫鱼豆腐汤。队友们都吃得津津有味,我却觉得那鱼汤土腥味浓重,皱着眉头也无法下咽。但今天,今天的鱼汤或许会是另外一番味道吧?

"四大皆空妆",这个新名词成了扔进顾客心湖里的一块石子,一层层涟漪在"另一面"荡起。我跟蓝妙芝还在吃午饭,就不断有顾客涌进门。她们也不顾自己有没有预约,纷纷要求说:"给我们也化个'四大皆空妆'吧!这个妆好,轮廓鲜明,五官又柔和,什么雀斑、皱纹、下垂统统不是问题。"

我笑笑,放下筷子问:"你们知道'四大皆空'到底是哪'四大'吗?"

"阿朗老师,你今天故弄什么玄虚?"

我吃鱼喝汤,但笑不语。

(原载《青年文学》2017年第2期)

都市猫语

◎张 翎

茂盛一觉醒来，习惯性地伸手到枕头底下摸出手机，发现屏幕一片漆黑，才猛然想起昨晚收工回家的路上，用了三年的手机毫无预兆地死机了。

这一阵子他生活里发生的事情似乎都是毫无预兆的。比如正月里，他那个向来力壮如牛连医院的门都没进过的爹，头天晚上还在跟人大呼小叫地喝酒猜拳，第二天到了中午也不肯起床，一摸，已经浑身冰凉。再比如春天里他和哥哥包养的鱼塘，头天鱼还活蹦乱跳的，第二天早上塘面上却是白花花的一片。他还以为是日头反射在水上的光，走近了才看清楚那是死鱼翻起来的肚皮。再比如已经跟他谈了一年恋爱的桔子，“五一”还在和他谈着聘礼的事，六月里却跟邻村的祥庆订了婚。桔子跟自己什么事情都做过了，而且，他们从来没有吵过嘴。岂止没吵过嘴，连句厉害话也是没说过的。

他只是没想到。

村里年岁最长、见过世面最多的杨太公说，其实天底下哪样事情都是有兆头的，只是人的眼睛太笨，看不出来。茂盛仔细想想也是：树上的芽叶看起来是一天里爆出来的，其实力气已经攒了一整个冬天；天边的第一声雷劈下来叫人猝不及防,其实风和云已经憋了很久的气;“病虫子”说不定已经在爹的肚子里住了三五年,只不过借着那顿酒才把疯撒出来而已。他是个凡人,没长天眼,他只能看见皮肉上突然鼓出来一个脓包,却看不见脓在皮肉底下已经行了九百九十九里路。杨太公见他蔫蔫的打不起精神来,就开导他说,树挪死人挪活,换个地方说不定就换了运气。正好村里有一个后生去年到了温州打工,说那个地方天气和暖人好活。他就离了家,到温州城里当了一名的哥。

茂盛从被窝里钻出来,用脚从床底下勾出拖鞋,套进去,起了床,手里捏着一只冰冷铁硬的手机,怔怔的,一时不知该做什么好。到这时他才意识到,原来手机是他的眼睛、耳朵、嘴巴,他靠手机才看得见外边世界的动静,听得见外边世界的热闹,靠手机才能跟外边的那个天地搭得上话。手机岂止是他的眼睛、耳朵、嘴巴,手机还是他的手脚,他得靠手机才能摸得着路,走得了道。手机活着,他就活着。手机死了,他就成了个四面是水的孤岛,连岸的影子都找不到。现在连着他和世界的那根线突然断了,便惶惶不知如何是好。

他抓起枕头,想翻出藏在枕芯里的那张存折,手伸到一半又停住了。用不着看,他脑子里记得那个数字,精确到小数点后面的两位。一万六千八百九十二块七毛九,其中有一万块钱是临走时妈妈塞到他包里的。加上支付宝里的三千块钱和微信钱包里的一点零钱,那就是他在这个城市里的全副家产。他完全可以去手机市场买一部新的苹果机,可是他不能。家里虽然没人张嘴跟他要过钱,可是他知道哥哥要还买鱼苗时欠下的债,妈妈要给爷爷做八十大寿,妹妹要交高考补习班的学费……他的钱只有一个来头,却有九十九个去处。这九十九个成员的长队伍里,苹果手机只能排在末尾。

“待会儿去南站天桥下边的手机市场找个人问一问能不能修。如不能修,就去买一只华为,便宜的那款。”他对自己说。

他推开窗,天亮了,又没有亮透。风钻进他的鼻孔,带着细细一丝声响,有点痒。这可不是家乡的风。这个时节家乡的风早就长了牙齿,能把人咬得遍身都是窟窿。南方的气候就是好啊,秋天长得像没有尽头。家乡早该万木凋零了，可这里门前的那棵金橘树，枝条被果子压得低低的，绿的和黄的颜色上都还挂着油。当初他决定租下这个地方，除了住的和交接班的司机近以外，多多少少也是因为这棵树。

那天他来看房子，大老远就看见门前有棵树，在风中抖啊抖啊，抖着满枝的绿和星星点点的黄。走近了，他才看清楚是挂了果的金橘，只觉得眼睛一亮，心里便先有了几分喜欢。这地方在城郊，离市中心有些路，房子是那种在年复一年的拆迁风声中活生生等老了的旧平房，颓败得很，漏风，说不定还会漏雨，地板踩上去发出惊天动地的叫声。但他一打开窗户满眼便是那片绿和黄，又听房主开口说两室一厅统共月租六百块——那个价格在城里刚够租一间厕所。他闭着眼睛还了五十块的价，暗想着一定会招骂，没想到人家竟爽爽快快地答应了。他就猜那是天意——那棵金橘就是老天爷给他的好彩头。

当然，那时他并不知道这屋里不久前刚死过人，是一个久病的老人，实在挨不下病痛上吊的。当茂盛得知真相时，已经是几个月之后的事了，那时他已经和这屋子摩擦出了暖意，竟不知害怕了。

他不知道现在是几点钟。自从有了手机，他就不戴手表了，嫌沉。老黄依旧横卧在床尾，从被子窝出来的一条皱褶里露出半张脸，扑哧扑哧地打着呼噜。他就猜想还没到六点。每天到六点，老黄就会睁开眼睛跳下床来，跑到墙角那个大瓷碗前，等着茂盛来喂食。老黄的脑袋瓜子里好像埋了一张磁卡，比日头、比钟表、比打卡上班的工人都守时。

老黄是一只母猫，皮毛通身灿黄，只在两眼之间有一道棕色的竖纹。老黄身形硕大，四腿颀长，看起来更像是一只经过驯养的迷你虎。在成为茂盛的宠物之前，它曾经是沿街乞食的野猫。有一天，茂盛起床，开窗时发现外边的窗台上蹲着一只猫。那猫全然没有街猫惯有的惊恐之态，见人并没有逃跑，而是懒洋洋地翻了一下白眼，若无其事地接着睡觉。茂盛忍不住喂了它几口前晚吃剩的盒饭，猫吃了，第二天竟在同一时间回来找茂盛。后来干脆自说自话登堂入室，赖在屋里不走了。茂盛每日下班回来，家里冷冷清清的，有只猫走动着也算是有点生气，就留下了它，取名老黄，随手喂些剩饭剩菜。幸好老黄有一副与健硕的体格不相匹配的小胃口，费不了茂盛几个饭钱，实属皮实好养。

很快茂盛就发觉老黄是只有脾性的猫。那脾性有点像自卑，又有点像自傲，总而言之有几分“硌涩”。每日茂盛在哪里，老黄就尾随到哪里。茂盛下班回家，它远远地听见了脚步声，早早就跑到门口等候。待茂盛进了门，它却又后退几步，用那双介于猫和虎之间的灰绿色眼睛，定定地看着茂盛，看得他心里发毛。那眼神很是复杂，有傲慢、好奇、警戒、期待，也有那么一丝半点的哀怨，却绝对没有阿谀。它和茂盛之间隔着的，总是那样不远不近的三步。茂盛进了，它就退；茂盛退了，它就进。就连睡觉，他们也保持着那样的距离，一个在床头，一个在床尾。老黄从不肯轻易接受茂盛的爱抚。茂盛从老黄身上得到的唯一一次接近于亲昵的表示，是有一天夜里他踢了被子，老黄在他赤裸的冒着臭汗的脚板上轻轻地舔了一下。茂盛几乎有些受宠若惊。那湿漉漉的一舔，以前从未发生过，后来也没有被重复——老黄把亲近的主动权，毫厘不让地攥在了自己的手中，就连最美味的猫食也买不通。茂盛无可奈何。

老黄终于醒了，从被子的皱褶里探出身子，伸了一个大大的懒腰。这是一个架势十足的懒腰，腰和后臀所形成的那条弧线，几乎像一张扯得很满的弓。突然，它的耳朵兔子似的抖了一抖，嘴里发出一声低沉的嘶吼。那声音让人联想起丛林，而不是街道。紧接着，它从床上一跃而起，身子在半空划出一条灿黄的流线，然后轻轻地落到了门口——它赶在茂盛之前听到了，不，感受到了，有人来了。

敲门声是几秒之后才响起来的，很重，很急，一声压着一声，在这个时辰听起来有几分心惊。茂盛开了门，只见门前站着一个身穿桃红色腈纶棉外套的女人。女人手里拖着一只拉链已经开爆的蓝色拉杆箱，身上背着一个双肩包。双肩包是倒背着的，沉的那头坠在前胸。

“你是叶茂盛？”女人问。

女人说话的声音沙哑粗糙，像在砂纸上走过了一遭——一听就是个

"烟鬼"。

"我叫赵小芬,是大头介绍来的。"

大头是和茂盛交替着开同一辆的士的司机,茂盛开早班,大头接他的手开晚班。

女人化着很浓的妆,睫毛膏在下眼睑印下一排黑色的污渍,唇膏在牙齿上溢染出一片猩红,一动表情,脸上就扬起一丝细细的粉。

"她该叫'小粉',而不是'小芬'。"茂盛暗想。

茂盛觉得嘴角轻轻牵了一牵，就知道那是笑的前兆。他狠狠地咬住嘴唇,扯紧了已经松开的脸部肌肉。

老黄对来人显示出了异乎寻常的兴趣，它彻底打破了先前那个苛严的三步规则,围着女人转了一圈又一圈,不停地嗅着女人的腿,鼻子里发出响亮的咻咻声。这一刻老黄的表现更像是一条没见过世面的乡野土狗。茂盛只是没弄懂,老黄的兴奋到底是出于愤怒,还是欢喜。

"大头说你要找房客。他给你打了一夜的电话,你都没接,所以我直接来了。"

茂盛这才想起昨天跟大头说过的话。这阵子满街都是载客的车,滴滴、优步、神州……百样千般,的哥的生意清淡了许多。下个月老板要加份子钱,茂盛就跟大头说想找个房客来分担房租。本是一句随口的话,没想到大头上了心。他更没想到,大头介绍来的竟是个女人。

"我知道你不要女房客,可是大头说你上早班,我上的是夜班,我们可以不照面。"

女人似乎看穿了茂盛的心思。

"我不怎么做饭,耗不了多少水电。"

女人把双肩包卸下来,放到地板上。这时老黄的兴趣一下子从女人身上转移到了女人的包上。老黄的喉咙里传出一阵怪异的声响——是声带发出的低频震颤,听起来像是在寻找,又像是在召唤。那声响与其说是耳朵接收到的,倒不如说是皮肤感觉到的。

女人的包突然蠕动了起来,过了一会儿,半松的袋口钻出一个黑乎乎的东西。

女人拉开袋口,从里头抱出一只猫来。

“大头说你也养猫,我就把小黑带过来了。”

女人把猫抱在臂弯里,犹犹豫豫地看着虎视眈眈的老黄。

“没事的,它看起来凶狠,其实是个孬种。”茂盛替老黄辩解着。

女人将信将疑地将手里的那只猫放到了地上。猫很小，大概刚断奶不久,皮毛几乎是纯黑的,只是尾巴上有两块白斑。它站在老黄跟前,似乎还没有老黄的一条腿高。它想站,却没站稳,脚一软,似乎要倒。

老黄走过来,嗅了一下小黑。小黑向后趺趺撞撞地退了一步,老黄斜过半个身子,堵住了小黑的退路。两只猫睁大眼睛彼此对望着,地球“咔嚓”一声停止了转动，空气中有一些噼里啪啦的声响——那是两道目光的狭路相逢。老黄和小黑身上的毛突然“噌”的一声竖了起来,像是两朵结了绒的蒲公英,一朵大,一朵小;一朵黄,一朵黑。

小黑的毛发先矮了下去。它“喵”地叫了一声,声气孱弱,犹如一根要断没断的线。老黄身上的毛也渐渐平伏了下来。接下来发生的事情,让茂盛吃了一惊。

老黄伸出它那根粉红色的舌头,开始舔小黑。老黄舔小黑的时候,力气是用两,不,是用钱来计量的。它只用了半根舌头,神情极小心翼翼,仿佛小黑是一件稀世名瓷,多一钱力气就能将它舔成齑粉。

老黄舔了很久很久,一直到把小黑舔成一团湿淋淋的毛线。老黄把平日舍不得花在茂盛身上的口水,像海洋一样慷慨地奉献给了素昧平生的小黑。

“狗东西。”茂盛暗暗骂了一句。

茂盛就是在那一刻决定留下女人的。他一直也没改得了他的脾性,总会为一些莫名其妙的原因做出一些莫名其妙的决定。比如几个月前,他就是为门前一棵精神抖擞的金橘树,决定租下这个住处的。而今天,他又要为这只老黄见了化成一摊水的小黑猫,决定把房子分租给这个女人。

“六百块。”茂盛粗声粗气地说。

他期待着女人还价。就是杀下两百块钱,他依旧合算。

“你这鬼地方,离城里一千里地。除了我,连鬼都不稀罕住。”

女人从一个脏得几乎辨不出颜色的手提包里，扯出三张同样脏得几乎辨不出颜色的纸币,扔到窗台上。

“五百五,多一分也别想。月初给三百块,月中给两百五十块。”女人说。

茂盛的心一阵狂跳。这个女人将替他交付全部的房租,从今天起,他将在这个屋子里白住。他觉得离那只想象中的苹果手机,已经接近了一大步。

茂盛并不知道,女人被房东赶出去后,已经在客运站的候机厅过了两个夜晚。她,连同她的猫。

就像先前他不知道这个屋子里死过人一样。

赵小芬说得不错,在她住进来很长一段时间里,他们都没有打过照面。他出门上班的时候,她还在睡觉;而他回家的时候,她已经出门。他们周末都不休息,一周七天连轴转。

只是家里多出了一些东西,提示着他屋里还存在着另外一个人。

比如说浴室里摆放的那些化妆品。

小芬的化妆品不是收在一个化妆包里，而是随意散落在浴室的各个角落。洗手盆旁边立着几支唇膏,肥皂架边上放着两瓶指甲油,洗澡时放干净衣服的凳子上搁着几盒粉底霜和粉饼……每一只瓶子、每一个盒子都是脏的,内容物涂溢到容器外,混杂着女人的指痕、唾沫和皮屑。茂盛不太懂女人的行头,桔子除了脸霜和口红之外,几乎没使过什么化妆品。桔子的口红是浅红的,接近于唇色,涂和不涂并没有太大的差别。茂盛是在那些散乱的化妆品里,发现了小芬的重口味的。宝蓝色的指甲油,黑色的唇膏,艳红的带闪光颗粒的胭脂……这个浓妆艳抹的女人走在街面上会是怎么一副模样？茂盛突然对女人上班的时间和地点产生了一些奇怪的联想。

有一天他上厕所,发现马桶边上的垃圾桶里扔着几团染着血的手纸。他赶紧扯了一片干净的纸盖在了上面。那一整天,那几团纸一直在他的脑子里飞来飞去,像受了伤的蝴蝶,睁眼闭眼都是。

还有一天,他在淋浴间的挂钩上看见了一条半湿不干的黑色内裤。其实那都不能叫作内裤,至多只是一条剪裁成丁字形的窄布,布边上镶着精致的蕾丝,中间的某一个地方缝着一朵小小的红玫瑰。茂盛盯着那朵玫瑰,觉得有块烧得通红的炭火在他心里落了下来,听见了嗤嗤的声响——那是皮肉烧焦的声音。只觉得这个叫赵小芬的女人在这个屋子里埋下了无数块这样的炭火,他走到哪里都有被烧焦的危险,简直防不胜防。

于是他在冰箱上贴了一张字条:

请收好卫生间里的东西,卫生间不是你一个人的。

第二天他下班回家,发现缝着蕾丝和玫瑰花的内裤消失了,化妆品装进了一个有锁边的大塑料口袋,垃圾桶也清空了。冰箱上却出现了一张字条,就在头天他写的那张纸条之下:

穿过的袜子不要丢在沙发上,沙发是公共场所。

女人的字迹像是被一巴掌拍扁了的昆虫,模糊潦草,却还保持着一点恣意横行的意思。

当时他还不知道,这是他们漫长的隐身对话的开始。

后来冰箱上还持续不断地出现过许多张纸条。

不要喂猫吃剩饭。下班带包猫食回来,一样的牌子。上次是我买的。

别光说猫食,上次的猫砂是我付的钱。

下班回家轻点,有人要早起。

上班关门别那么大声,有人还在睡觉。

提醒:明天是十五号。

房租塞你门缝底下了,丢了别赖我。

很快那些纸条就排成了一支长长的队伍。很奇怪,谁也没想起来把过期的那些纸条揭下扔掉。

有时茂盛没事,端着一碗泡面站在冰箱跟前,一张一张地看着那些越排越长的纸条,心里竟有点想笑。这是两个人躲在错位的时间之后的喊话,不,是顶嘴。他说的每一句话,女人都会顶回来,不仅是内容,而且在句式,甚至到词语,很有点两国交兵寸土不让的意思。

而他们的猫,却每时每刻、寸步不离地腻在一起。

小黑渐渐长大了些,淘气起来,窗外每一阵风吹过,屋里每一声细微的响动,窗口射进来的每一块光斑,都是它的玩具。实在没有东西可以牵绊住它的注意力时,它就会抓着自己的尾巴,打着转,一圈又一圈。老黄蹲在小黑身边,看着它永动机似的、片刻不停地跑来跑去,满眼都是慈祥和溺爱。老黄到茂盛家不过才几个月,茂盛还没见过它发情时的模样,也不知道它从前在街上生没生过崽。看它现在的样子,老黄似乎跳过了恋爱生子的阶段,直接成了祖母。

有时小黑玩腻了,就过来招惹老黄。小黑用糍粑一样大小的爪子,拍打着老黄的脸。老黄从不气恼,通常只是轻轻地摇一摇头,像轰苍蝇似的躲着小黑的爪子。有时实在烦了,就用牙齿咬住小黑的耳朵,以示警戒。其实那不是咬,更确切地说,那是含。老黄把小黑的小耳朵轻轻地含在嘴里,怕化了似的。小黑发出如老鼠般吱呀叫声——是撒娇,老黄就松了口,伸出一条肥厚的舌头,开始舔小黑。老黄一天不知要舔小黑多少次,老黄的舌头有七七四十九种功能,是洗洁精、擦脸毛巾、镇静片、安慰剂、安眠药……小黑安然享受着老黄的爱抚,既不推让,也不俯就。

老黄对茂盛的被子已经彻底失去了兴趣。老黄现在在沙发角上睡觉。老黄睡觉时把身子摊得很开,把自己做成世上最柔软舒适的一张床。小黑则把身体蜷成一个小球，尾巴钩成一个黑白相间的圆圈——就像它还在母亲腹里的样子,枕着老黄的手臂,贴着老黄的肚皮,安然入眠。看着小黑睡觉的样子,茂盛不知怎么的就想起了桔子,却又不知道这两件事到底有没有一毛钱的关系。

有一天,茂盛正睡着懒觉,被一阵声响惊醒。开门一看,小芬穿着一身棉睡衣,大马猴似的站在电磁炉前炒鸡蛋。热油里落进了水,油花炸得噼里啪啦,音响开得惊天动地,某个黑人歌星正在声嘶力竭地吼着一首谁也听不懂的歌。茂盛咳嗽了好几声,小芬才听见,回过头来看到他,见了鬼似的跳了起来。

“你怎么,没上班,今天?”她问。

“车坏了,老板拿去修了。”他大声喊叫着。

她就把音量调低了些。

“我以为屋里没人。”她说。

茂盛说:“这响动,你耳朵受得了?”

小芬说:“不吵,一点也不。”

小芬关了电磁炉,鸡蛋已经炒老了,焦糊糊的很难看。她从锅里舀出一碗粥来,吃一勺粥,夹一筷子鸡蛋。鸡蛋吃了半口,又把剩下的那半口递给了坐在她脚下的小黑。小黑是吃猫粮长大的,不吃人食,偏过头去不予理睬。她又把那半筷子鸡蛋伸到老黄嘴边。老黄吃过人食也吃过猫粮,却对鸡蛋兴趣索然,舔了一下也把脸扭了开去。

“你不是不让喂剩饭吗?”茂盛说,说完就想起这是某张字条上的内容。

“大少爷!”小芬愤愤地骂道——她骂的是猫。

茂盛打开冰箱,拿出一瓶腐乳,递过去给她。

“在家没做过饭吧?连猫都不吃。”茂盛说。

小芬抬头斜了他一眼,说:“什么样的人就有什么样的猫,都嘴刁。”

她毫不客气地打开瓶子,夹了一块腐乳出来,放到碗里,吃一口,喊一声咸。

她刚洗过澡，头发还没干，披散在肩膀上，滴滴答答地淌着水。她还没来得及化妆，洗去了脂粉的脸干净清爽，眉眼开阔，这会儿的她看上去几乎就是个中学生。茂盛忍不住暗自感叹："他娘的这化妆品到底是什么东西做的，怎么那么脏？"

这身棉睡衣底下，她穿着的是那件黑色的缝着蕾丝的内裤吗？那朵玫瑰应该落在身体的哪个部位？茂盛揣测着。挂在衣架上时，它仅仅是件内裤。而当有一个胴体可以落实的时候，感觉突然就不同了。

茂盛的脸有点热。

"其实，你不化妆，挺好。"茂盛听见自己说。

这话没经过脑子就直接跳到了舌头上。说完，他就后悔了。轮得着他说吗，这话？他和她算个什么交情？纵使交换过了一万张纸条，他们依旧是两个不相干的陌生人。

小芬撇了撇嘴，说："不化妆能行吗？谁能找你？人人都把你当孩子。"

茂盛这才明白，对于这个叫赵小芬的女人来说，化妆的目的跟世上居多的女人不一样。别人是想靠化妆来遮掩衰老，她却是想靠化妆来遮掩年轻。

"你是想问我做什么工作的？是吧？"小芬问。

茂盛的脸又是一热。这个女人像是他肚子里的蛔虫，总能抢先一步猜出他的心思。他其实是问过大头的，大头说不清楚。大头跟小芬并不真的熟，是朋友的朋友辗转介绍的。大头只知道她是安徽人，来温州快一年了，换过很多份工作。

"想问你就问。"小芬说。

"我没想问。"茂盛瓮声瓮气地回答。

"不问你别后悔，就这一次机会。"小芬依旧嬉皮笑脸。

"我后悔个屁。"茂盛说完了，又为自己的口吻懊丧。他听上去几乎有些在意。

"哎，我说那个的哥兄弟，你怎么那么闷？懂不懂什么叫玩笑啊？"

小芬从兜里掏出烟盒，点上了一支烟。

闷?

茂盛心里一惊。从前桔子也这么说过他。他一直以为桔子变心是因为他家里穷,可是祥庆的家境也没比他宽松多少。兴许,桔子是因为祥庆爱说爱笑会哄人?

茂盛就想笑一笑。可是刚才那一下绷得太紧,脸还硬着,像没化透的冻肉。要是有镜子,他知道这时的笑容肯定夹生。

“放松点,别太把自己当回事。”小芬又抽出一支烟,朝茂盛扔过来,“别告诉我你不会抽。”

茂盛就着小芬的烟头,点着了火。从前他跟着哥哥跑码头贩鱼的时候,就学会了抽烟,只是没上瘾,说不抽就不抽了。这一口烟进了肚子,他以为久违的味道会勾出从前的那些记忆,可是时过境迁,两股烟走的是不同的道,既不相识,也没相遇,彼此只是陌生。

他抽烟的样子很古怪,一气连抽两大口,然后在肚腹里憋着,待到憋足了劲道,才慢慢地从鼻孔里逼出烟来,逼出一串圆圈。那圆圈刚开始时很紧很圆,后来就渐渐地泄了劲,变成一个个松松扁扁的椭圆,最后在天花板上撞碎了。

这是哥哥教给他的魔术。

小芬见了,忍不住咯咯地笑了起来。

“没想到你也有这一招啊,的哥。”她说。

“好吧,你告诉我,你是做什么的?”茂盛把一根烟抽到了头,终于问。

小芬站起来,把脏碗哗啦哗啦地扔进了水池子。

“晚了。我说话算数,就一次机会。你算是错过了,哥。”

那天之后,又是很长一段时间,他们彼此没有再照过面。后来茂盛发现小芬趁他上班的时候,往家里带过人。

最初的迹象是茶几上出现的一个眼生的金属烟灰缸。

小芬自己有一个烟灰缸,是玻璃的,吹成一朵敞口的花。小芬抽烟的时候，走到哪里，就把那朵花端到哪里。小芬从来不用别的烟灰缸。

又过了几天，茂盛倒垃圾的时候，发现街角收集垃圾的那个塑料桶里，有一只熟悉的垃圾袋。那个袋子上印的是一家超市的名字。这家超市是大头的一个朋友开的，不久前关门了，就把积压在库里的购物袋拿出来分送给朋友做垃圾袋使。茂盛手里的垃圾袋撞到那只垃圾袋的时候，发出一声硬硬的声响。茂盛好奇，就打开那只口袋，发现里头是五只空啤酒罐。

还有一天，小芬忘了清空沙发上的那只烟灰缸，茂盛数了数，里头躺着十八只烟蒂，不同的牌子。

从那天起，茂盛就开始留意垃圾袋里的内容。渐渐地，他可以从啤酒罐和烟蒂的牌子和数量上，大致判断出家里来过几拨人，那些人又待了多久。

他开始猜测趁他不在的时候，她在家里会和那些人做些什么事。想着想着，也不知怎么的，脑子就拐上了一条歪路。她和他们一起抽烟，喝酒，或许还有……是在她的床上？还是在沙发上？抑或是地板上，像好莱坞电影里的那些男女那样？那件缝着蕾丝和玫瑰花的丁字裤，是好戏上演之前的最后一块幕布。幕布不是戏，可是戏却总要经过幕布那道关口的。所以她在一切事情上都可以如此潦草漫不经心，却唯独肯花心思挑选了这么一块精致的幕布。

她和她带进家的那些人开始闯进他的夜梦。她的面目始终是模糊的，他到现在也没能真正记起她的相貌，因为他只见过她两面，而这两面又是彼此打着架、毫无相似之处的，但他却感觉她开始操控他的情绪。有几次他甚至萌生了趁白天没客的空档，偷偷开车回家把他们逮个正着的想法。有一次他甚至已经把车开到了家门口，最终还是冷静了下来，没有进去。她不是他的婆娘，也不是他的未婚妻。他们甚至不是朋友。他只是她的房东。不，从法律的意义来说，他甚至算不上是她的房东。他不是来提奸的，他仅仅是要提醒她一个房客应该恪守的规矩。

就在发现茶几上那只陌生烟灰缸里有十八只烟蒂的那一天，茂盛理直气壮地在冰箱上贴出了一张条子。

不要往家里带人。

其实这张条子已经在他脑子里酝酿了一阵子了。它最初的版本是:

请不要随便往家里带陌生人。

后来又改为:

请不要随便往家里带人。

再后来又改为:

请不要往家里带人。

等到最终的版本出现在冰箱上时,字数已经比初稿简化了将近一半。

茂盛删去了“请”字,因为这个字会把要求变成请求,而只要是请求,就必须接受遭到拒绝的可能性。“随意”和“陌生人”两个词,也会招致诸如“没有随意”“不是陌生人”之类的反驳。他必须在所有的漏洞还没有成为漏洞的时候预见到漏洞,并把它们一一堵死。读中学的时候,他的数学成绩不错,老师曾夸过他有逻辑思维能力。现在他才知道了逻辑思维是个什么玩意儿,可惜他对读书的兴致始终寥寥。

让茂盛踌躇许久的,还不只是这张字条的内容,而且是该如何应付这张字条可能出现的回应。

假如她的下一张字条是:

你凭什么说我带了人?

他该如何回应？他总不能告诉她:他每天在臭气熏天的垃圾口袋里翻找空啤酒罐,并且用钳子一一夹出烟蒂,以确定它们的准确数目？

而那个陌生烟灰缸里明明白白地躺着的十八只烟蒂，像一根不锈钢的脊梁骨,让他终于可以理直气壮地提出他的要求。

他期待着她的回应,可是她固执地沉默着。他最新的一张纸条之下,第一次出现了长久的空白。

他以为她理屈词穷。他以为他逻辑思维的铁手已经捏住了她的短处,他终于占了上风。他只是不知道,那个他以为理屈词穷了的女人,依旧在做着她时常做的事情,只不过找到了更巧妙的方法,销毁身后遗留下来的踪迹而已。

后来他还是从垃圾口袋里找到了几个空啤酒罐和烟蒂，但数目已经大幅度下降,和她一个人的消费量基本相吻。

终于懂规矩了。他想。

他就渐渐放松了警惕。

有一天茂盛载了一个客人,下车的地点就在离他住处很近的地方。放下客人之后,茂盛突然感觉睁不开眼睛。那天的午饭吃得太饱,他感觉异常困倦。路上没地方可以停车,他就想回家眯瞪几分钟。

他蹑手蹑脚地开门进了屋。他知道小芬平常是下午四点钟上班,这会儿说不定还在睡懒觉,他不想惊动她。其实,他是不想面对她。自从他贴出那张“不要往家里带人”的字条之后,冰箱的门上再也没有出现过新的字条。她异乎寻常的沉默不知怎的竟然使他感觉忐忑——他宁愿她辩解一句，甚至激烈地反驳。可是她没有。很奇怪,理亏的是她,不安的却是他。

家里很安静,老黄和小黑在沙发上睡午觉。小黑今天换了一个姿势,不再枕着老黄的胳膊,而是爬上了老黄的肚子。老黄的身子依旧摊得很开,小黑的身子依旧蜷得很紧。老黄轻轻地打着呼噜,身子一起一伏像微风里的一汪海水。小黑如同水上的一只小船,随着水波纹一会儿高一会儿低,海和船都很惬意。

茂盛在床上躺下，本来是想睡十五分钟就走的，可是一合眼就睡过了头。脑子一遍又一遍地催促着身子:“起来,赶紧起来吧。”身子却用三倍的力气抵挡着脑子:“两分钟,再睡两分钟。”

后来他隐隐约约听见厕所里有些响动——是有人在撒尿。声响很沉,咚咚咚咚的，不像是女人。他的神经触角只张开了几秒钟，又很快缩了回去——困意压倒了一切。

也不知过了多久,他被一阵尖锐的声响惊醒,像是什么物件摔碎了。紧接着,他听见了一个女人的叫喊:“变态啊,你这个猪！”女人的叫喊很快被一个男人的吼声盖住了:“这个价码,你还嚎什么嚎！”

屋里安静了片刻,女人的声音又响了起来,这次,像是让被子蒙住了嘴,咿咿呜呜的,听见了,却听不真。

茂盛一下子醒利索了,鞋子也没顾得上穿,光着脚踹开了小芬卧室的门。

屋里一片狼藉,劣质烧酒的味道刺鼻,地板上到处撒满了烟蒂和闪闪烁烁的玻璃碴子——是小芬的烟灰缸碎了。一块碎片扎进了墙里,扎得很深。

床上叠着两个人。不,确切地说,是一个男人骑在一个女人身上。男人很肥,肚子上的赘肉一叠一叠的,几乎覆盖住了女人的大半个身子。女人唯一露在外边的,是两条白鱼一样的细腿。

那两人看见他,同时吃了一惊,倏地坐了起来。女人扯过被子捂住了身子,男人滑到床沿上,慌慌张张地套着裤子。

“你是谁？”茂盛大声喝问。

“这个你得问她。”男人指了指床上的女人说。

男人这时已经穿完了裤子。有了遮挡之后,男人的语气里就有了几分镇定,甚至几分油滑。

“滚！”

茂盛喊出这个字,马上知道他的声带撕裂了,因为喉咙里泛上一股隐隐的血腥味。他看见男人的目光落在他的手上,突然蔫软了下去,像猪油见着了火。他这才醒悟过来原来他手里捏着一把锤子。他已经想不起来是在哪里找到这把锤子的。

男人贴着墙从他身边溜了出去。溜到门口的时候,嘟嘟囔囔地说了一句:“你情我愿的事,爹娘也管不着。”

男人“砰”的一声带上门走了,屋里安静了下来,静得几乎可以听得见灰尘被搅动起来又渐渐落地的声音。茂盛期待着女人说话。羞愧,感激,道歉,解释,或者哪怕仅仅是哭泣。可是女人没有。女人只是把下巴栽在两个膝盖中间,怔怔地盯着窗户,一动不动地沉默着。窗帘没关严实,正午的阳光从缝隙里钻进来,在地板上投掷下一把白色的长刀。女人脸上的化妆品被汗水扫出一行行的沟壑,像雨淋过的灰土地。

茂盛把锤子“咚”的一声扔在地板上,转身走了。

“你给我搬出去,马上。我不想再看见你。”茂盛说。

晚上茂盛下班回家,推门进屋,小芬没走,正坐在饭桌旁边等着他。

桌上摆着两菜一汤。菜是清水煮虾和西红柿炒鸡蛋,汤是海米冬瓜汤。鸡蛋这次没有炒煳,黄灿灿的挂着油光。

“我吃过了,这是给你的。”小芬说。

女人的脸洗过了,可是茂盛总觉得那上头依旧留着一道道污渍,白的,红的,黑的……茂盛知道,有的脏是任多少水也洗不干净的。

“大哥,我能不能,再住一宿?”女人怯怯地问。

“我不是你大哥。”茂盛说。

“茂,茂盛,大哥,晚上我没有地方去,明天我一定走。”女人说。

茂盛没有吱声。

“你吃饭。”女人把筷子塞到他手里。

“我吃过了。”茂盛瓮声瓮气地答道。

女人站起来,默默地收拾了桌子上的饭菜,进了厨房。厨房里响起了锅碗瓢盆的碰擦声,小心翼翼的。接着,茶壶发出了“嗡嗡”的震颤——女人在烧水。

茂盛倒出猫粮,给老黄和小黑喂食。平常这个时候,小芬应该已经出门上班。从一开始他们就说好了:她管中午这一顿,他管它们的晚饭。

也许她中午忘了喂它们,老黄和小黑看上去都很饿。小黑冲了上来,身子横在碗边,挡住了老黄,猫粮的硬颗粒在小黑两排牙齿的挤压下发出尖锐的碎裂声。小黑吃起食来脖子一扭一梗的,仿佛每一口食物都长着一条尾巴,或是一根骨头,它需要舌头、牙齿、嘴巴和脖子的通力合作。

其实它完全防御不了老黄——老黄的一只爪子就可以轻而易举地把它扫出几尺远。小黑这阵子虽然长了些个子,可是论体积它远不是老黄的对手。也许它一辈子也成不了老黄的对手,可是它不需要。它知道不需要用体力来征服老黄,它的一个眼神就能把老黄化成一摊黄泥浆,从第一眼起,它就已经把巨兽老黄绕在了自己的指尖上。

老黄蹲在小黑身后,静静地看着它一口一口地吃着饭,两只眼睛眯成两条满足的细缝,只有尾巴暴露了目光里所没有包含的内容。老黄的尾巴一下一下地拍打着地板——那是来自肠胃的饥饿呼喊,脑子和心都管不住。

小黑终于吃完了,开始用小爪子洗脸。老黄这才起身朝那只碗走去。走到一半的时候它又犹犹豫豫地停住了,回过头来轻轻舔了一下小黑的脊背,仿佛在问:“你真的,吃饱了?”见小黑没搭理,它才蹲下巨大的身躯,放心地吃了起来——这时的猫碗已经空了一大半。

“贱货!”茂盛用脚尖轻轻踢了一下老黄。

“明天你就自由了,想什么时候吃就什么时候吃,想吃多少就吃多少。”他对老黄说。

茂盛在沙发上坐下,拿出那只他花了三百块钱修好的手机,开始玩军棋。军长、师长、旅长、团长、营长,大官吃小官,工兵排地雷……那是他玩了一整个孩提时代的游戏。大头笑他没断奶,殊不知这却是他开了一天车之后最不耗脑子的休息方式。

女人端着一个木盆从厨房里出来，把盆放到他的脚下——是一盆热气腾腾的水。女人拖过一张板凳坐下,就来扒茂盛的袜子。茂盛吓了一跳。

女人把茂盛的脚按进水里,茂盛不情愿地挣扎了一下,可是脚很情愿。漂浮着中药末的水生出一万条温软的舌头，轻柔地舔着茂盛踩了一天油门和刹车的脚。那脚一秒钟前还是一块硬冷的石头,这会儿却跟棉花糖似的化在了水里。接着,腿也跟着化没了。

“你问过我到底是做什么的,我是个洗脚妹。”小芬说。

他早该猜到的。她这样的女人,除了去发廊和按摩院,还能干些什么?

“我给你好好洗一次脚,今天,多亏了你。”女人的话论道理应该是感激的意思,可是不知怎的听起来不像,至少不完全像。

“你带多少人来过这里?”茂盛问完了才意识到,这句话他已经憋了整整半天,从中午到现在。

女人的眉头轻轻地蹙了几下,仿佛在进行一次艰难的心算。

“没数过。”女人终于说。

“那些人,都是你店里的客人?”茂盛追着问。

“都是我洗过脚的,我觉得稳妥的,才敢带回来。”女人说这话的时候,没看他,女人只是看着他的脚。

茂盛的脚在水里颤了一颤。她已经成功地把他变成了一个她洗过脚的男人,就在这一刻。

“今天这个,也算稳妥?”茂盛冷冷一笑。

女人没吱声。女人把他的一只脚从水里捞出来,搁在她的腿上,擦干了,抹上油,开始揉搓。他没想到女人在家里也收藏着全套的洗脚工具。在他不在的时候,她还给多少男人洗过脚?

女人的腿并不丰腴,他的脚隐隐觉出了底下的骨头。他想起了她那两条露在那个猪一样肥壮的男人身下的裸腿。他没看过女人的身份证,他不知道她的确切年龄,兴许她还是个没完全长好的孩子。

可是这一切都将和他毫无关系，这个女人，连同她的年纪，她的蕾丝内裤，还有她全套的洗脚工具，再过一夜，她将彻底淡出他的生活，连个水印子都不会留下。

女人的手法一看就是没经过正规培训的。女人丝毫也不在意经络穴位，规避了一切可能产生疼痛的途径，只求用最少的力气抵达最大的舒适。

可是他感觉受用。

“他是熟客……今天，是我不让他用我的烟灰缸……惹翻了……”

茂盛发现自己的思绪开始断片，女人的五根手指已经把他轻而易举地引入了清醒和睡眠中间的那个灰色地带。

“我弟弟要换肾，医药费二十万块……”

茂盛知道，这是一个苦情戏的开场。他希望睡去，因为那是最安全的一种抗拒。可是他的耳朵不肯和他的脑子配合，耳朵高高地竖着，他发觉自己在听。

“我妈生了五个女儿，才有了这个弟弟。我爸说他要捐一个肾，剩下二十万块医药费，五个姐姐都出去挣钱，年底各带四万块回家。”

“我爸把我们送上火车的时候，交代我们，不用告诉他钱是怎么挣的。”

茂盛怔了一怔。他妈送他到火车站的时候，也留下了话。他妈的话是：“挣不来钱就赶紧回家。”

当然，他没有一个需要换肾的弟弟，也没有一个需要献出一个肾的爸爸，因为他的爸爸已经变成了一坛子灰，埋在村后的一片山坡上。

“那些人，一次给多少钱？”茂盛问。

茂盛其实是想问“给你多少钱”的，话走到舌尖的时候，舌头自作主张扣住了那个“你”字。有那个字和没那个字，意思是大不相同的。有那个字的时候，他打听的是人，而没那个字的时候，他打听的是事。

“最少五十块，偶尔一百块，就像今天这个。”女人的神情和语气里没有任何波纹和皱褶，仿佛仅仅是在比较着某种货物在不同超市里的价格。

现在他终于明白了，为什么赵小芬如此着急几乎没有认真还价就同意租下了这个房间:她图的不是便宜,而是他白天不在家。他从她那里收取的房租是五百五十块钱,也就是说,用这个价格,他其实每个月可以和她痛快十一次。隔两天一次。

原来女人的身体竟然如此便宜。

可是她却从来没跟他开过口,连个暗示也没有。她明明可以用十一个急匆匆的夜晚,抵消一整个月的房租的。哪张床上不是睡呢?皮肉大多是不认床的,尤其是她这样的皮肉。

“那酒呢?酒不算钱?”他又追着问。

小芬迟疑了一下,才说:“超市啤酒减价的时候,一块三一罐。我大姐说男人喝点酒后,能,能痛快些。”

痛快?是给钱的痛快,还是……茂盛为自己的联想感到无耻。他知道自己在占她的便宜——占着她的理亏,或许还有,占着她的感激。可是理亏和感激是橡皮筋,弹性再好也有扯断的时候。他不能毫无限制。

女人的表情只是安然。冰箱门上那些字条上表现出来的毫厘不让的斗志,此刻已经荡然无存。

“为什么还要抽烟?不能省一省吗?”茂盛说。

“抽了烟,日子好过些。”女人说到“好过”两个字的时候,咧嘴笑了,茂盛发觉她的门牙已经染上了一丝黄渍。

女人终于把他的脚洗完了,每一根脚趾、每一寸皮肤都得过了慰抚。脚失去了重量,坠不住身子,他觉得自己有些发飘。

“还短多少,离四万块?”他听见自己问女人。

这话听起来像是某种暗示,他一下子警醒了。水是迷魂汤,女人的手指也是,脚一离开水和女人的手,立刻就清醒了,他重新落到了地上。他有他的日子,她有她的。她的苦情戏或许很真,可是他不想在里头扮演角色,哪怕是最不起眼的一个。

“还短四千块,眼看就到年底了。”女人站起身,捶了捶腰。女人的这个动作叫她一下子从中学生变成了祖母。

“注意点安全。”茂盛说完这话,急急地就往自己的房间走去。女人的眼神和话语都生着千万根看不见的线,像暗夜里结的蜘蛛网,他一不小心就有可能绊在里边。他得尽快逃离。

“茂盛,大哥。”女人从身后犹犹豫豫地叫住了他。

“我明天搬走,离月底还差六天。月租五百五,算到每天就是十八块三。你能退我一百十块吗?就算顶我今天给你洗脚的费用?”女人说。

女人说这话时理直气壮,没有丝毫的扭捏和不安。

蠢猪!

茂盛暗暗地咒骂着自己。女人之所以给你捏脚,不是感激,不是愧疚,不是难堪,甚至也不是解释,而仅仅是为了那一百十块钱的房租。女人到底给多少人下过这样的套子?又有多少个像他这样的蠢猪,睁着眼睛落进了套中?

茂盛从口袋里数出几张纸币,扔在地上。

“明天,你一定走人。”

第二天茂盛下班回家,不用推那个房间的门,就知道赵小芬已经搬走了,因为他看见冰箱上贴的那些浸泡着各样情绪的字条已经全部不见了。曾经密不透风的冰箱门,一下子赤裸了,看起来有些陌生。他觉得屋子很大,大得似乎可以感受到风。

她在这里住了两个多月,在这期间他总共见过她四面。不,他总共才见过她两面,因为另外那两面她是化着浓妆的,他看见的不是她,而是一堆脂粉。其实平常他下班回家时,她也不在,可是那些字条总在隐隐约约地提示着她的存在,给了他某种错觉,总以为他并不是一个人。

他发现沙发左边的那个扶手上,新盖了一块手帕,那是她留下的,目的是遮掩底下那个被烟头引烧出来的大洞。这个沙发是屋主的旧物,茂盛搬进来时懒得动,就留下了。他,还有后来的她,都对扶手上那个昭著的疤痕熟视无睹，因为他们从来也没有真正把这里当作过家。而在她走的时候，她却突然想起来遮掩这块丑陋。

他拿起那块手帕看了一眼，是一块白色的亚麻织物，应该是新的，还带着未经洗涤的挺括。她对一切都是那样的潦草和漫不经心：遍布油垢蜷成一团的头发，被脂粉修改得面目全非的脸蛋，脏得辨不出颜色的手提包，还有包里那些同样脏得辨不出颜色的纸币……可是，这块干净的，白色的，还带着浆味的亚麻手帕，却在提醒着他：她其实也可以不潦草，或者说，她甚至还可以上心。

他不由自主地联想起那个被摔成了一万块碎片的烟灰缸。大凡是人，大概总得守着一两块干净的地盘，不许别人弄脏的。对有的人来说，那可能是母亲身上的味道；对另外一些人来说，那可能是老家门前的青石板路；对他叶茂盛来说，那可能就是桔子。而对这个叫赵小芬的女人，不，女孩，来说，兴许就是这块帕子，还有那个吹成一朵花样式的敞口玻璃烟灰缸。她可以把身体最隐秘的通道打开来，由着人进进出出，却无法容忍别人和她共用一只烟灰缸。

“多么奇怪的洁癖啊。”

老黄今天一反常态，没有到门口迎接他，而是蹲在墙角默不作声。茂盛走过去抚弄它，它无精打采地看了他一眼，却没有退后。它任由他把毛发揉乱了，再顺平；顺平了，再揉乱。茂盛突然觉得老黄的皮松了一些，他的指头竟能夹起一叠。

早上搁在碗里的猫食，几乎没动过。茂盛又换了半碗新鲜的，送到老黄跟前。老黄闻了一闻，依旧没动。茂盛突然醒悟：从前老黄总是等着小黑吃完了才过来的，老黄的每一顿饭都是由小黑开场。没有了小黑，老黄竟然不知道该如何吃饭了。其实在有小黑之前，老黄也是孤单的。只是有过了小黑的孤单，和没有过小黑的孤单，又是很不一样的。

“你总得习惯，一个人吃饭。”茂盛拍了拍老黄的头说。

这天睡到半夜，尿急，茂盛起床上厕所，突然发现老黄蹲在窗台上，仰着头,怔怔地盯着窗外。刚开始茂盛以为它在看路边的树。时已腊冬,树叶早已落尽,露出枝丫间一只乌蓬蓬的鸟巢。老黄爱鸟,从前也时常蹲在窗台上看麻雀从树枝间飞来飞去。那时的树枝叶茂密,鸟巢藏得很深。这会儿鸟巢裸露着,却不知里头是否有鸟雀栖息。没有风,光秃秃的枝丫和孤零零的鸟巢像纸剪的景致,边角犀利,纹丝不动。

过了一会儿,茂盛才明白过来,老黄不是在看树,而是在看月亮。月已经圆了一大半,澄澈透亮,照到哪里,哪里就像抹了一层清鼻涕。

老黄的眼中也有一层那样的光亮。

那是眼泪。

在接下来的三天里,老黄一直不吃不喝,一动不动地蹲在墙角。茂盛去宠物店买了一个湿肉罐头回来喂它,它只轻轻舔了一口,就作罢了。老黄平日最爱吃湿肉罐头,只是罐头太贵,茂盛没舍得常买。

"我拿什么来拯救你,你这个大傻瓜?"茂盛无可奈何地叹息着。

茂盛打开电磁炉烧水,正准备煮面,突然发现蹲在墙角的老黄耳朵抖索了一下,喉咙里发出一阵低沉的呜咽声。顺着老黄的目光望过去,茂盛发现在半明不暗的路灯光亮里,外边的窗台上出现了一团模糊的黑影。那团黑影先是圆的,后来就变长了。它把自己拉成细长的一片,紧紧地贴在窗户上。紧接着他听见了一阵"刺啦刺啦"的声响——是黑影在抓窗。

老黄的身子一下子紧了起来,纵身一跃,"嗖"地跳到了窗台上。老黄猝然醒了,仿佛刚刚经历了一场漫长的冬眠。几乎是同时,老黄和窗外的那团黑影各自伸出了舌头,疯狂地舔着对方——隔着一层窗玻璃。它们的口涎在沾满灰尘的玻璃上清理出一大一小、一里一外两个干净的蒸腾着热气的圆。茂盛终于看清楚了,窗外的黑影是三天前离开的小黑。

茂盛刚把门打开一条缝,小黑就迫不及待地把自己的身体挤了进来。茂盛下意识地看了看小黑身后——路上没有人。

小黑冲进屋时用力过猛,身体一下子失去平衡,滑倒在地上。小黑挣扎着想站立起来，却没能站稳，茂盛这才发现小黑瘸了一条腿。小黑的身上沾满了草秆和泥沙，皮毛脏得起了结子，前爪的肉垫上扎进了几根刺。茂盛拿过一块湿布来，正想擦一擦小黑的身子，老黄咆哮着冲过来，挡住了茂盛的路。老黄的毛发根根竖立如针，茂盛在它的眼神里看见了丛林和火焰。

茂盛明白了，老黄也有自己的地盘。小黑就是老黄死守着的那块干净地儿，容不得别人闯入。清洗和疗伤只能是老黄的事，他插不进去。

等他煮完一碗挂面出来，小黑已经是一个湿淋淋的线团，一路沾染的泥尘已经随着口水吞咽进了老黄的肠胃。小黑簌簌地发着抖，大概是饿，也是冷，一只前爪蜷缩在胸前，正在大口享用猫碗里的湿肉。湿肉放久了，已经结了一片泛白的硬皮。它吃饭的样子依然如故，一梗一梗地扭着脖子甩着头，仿佛湿肉里藏着尾巴，或是骨头。老黄蹲在它身后，静静地看着它，两眼眯成一条细缝，尾巴一下一下地敲着地板，仿佛在为小黑的舞蹈打着节奏。

小黑吃了一半，突然停住了，似乎想起了什么。犹豫了片刻，才一瘸一拐、恋恋不舍地离开了猫碗。老黄起身，朝猫碗走去，在它们相互交错的那一刻里，老黄习惯性地停住了，扭头看了一眼小黑，仿佛在问："你真的，吃饱了？"小黑没有回头。老黄这才蹲下来，将自己下半身的重量安然地放置在地板上，开始低头吃饭——这是三天以来老黄第一次进食。

老黄很快吃完了那半碗湿肉，茂盛又添了一碗干食。老黄再一次回头看了一眼小黑——那是呼唤。小黑站起来，慢吞吞地走了过来。小黑坐在碗的那头，老黄坐在碗的这头，老黄没退，小黑也没抢，它们各自吃着各自的饭，干硬的猫粮颗粒在它们的齿间发出尖利的碎裂声。

终于吃饱了，它们躺在猫碗旁边的地上睡着了。它们都已经筋疲力尽，甚至没有力气将身体挪移到沙发上。温暖和饱足像一层丝绵裹着它们的身体，将它们瞬间推入睡眠的深谷。小黑既没有枕在老黄的胳膊上，也没有趴在老黄的身上。小黑不再紧紧蜷成一个小球。它把自己的身体肆无忌惮地摊开了，像老黄那样，露出一片粉红色的肚皮。茂盛惊奇地发现，小黑几乎是一只大猫了。小黑和老黄脸对着脸，鼻子挨着鼻子，四肢相触，搭成一个一头小一头大的圈圈。

茂盛掏出手机,发出一条短信息:小黑在我这里。

可是他一直没有收到回复。

茂盛下班回家,看见门前坐着一个人,正靠在一只箱子上睡觉。那人的头埋在臂弯里,他看不清脸,衣服和箱子他却是认得的:衣服是一件脏得泛着油光的桃红色腈纶棉外套,箱子是一只拉链已经爆开的蓝色拉杆箱。

是赵小芬。

她睡得很沉,当他把她推醒时,她嘴角上挂着一丝口涎,一副不知身在何处的蠢相。她的脸依旧脏,倒不是化妆品,而是尘土。

他知道她会过来,只是没想到她会不打电话直接来了。

他打量了一眼她的拉杆箱,不知道该不该让她进屋——她给他下过的套子尚记忆犹新。

她看出了他的犹豫,就笑着说:"大哥我不会给你添麻烦的,我已经买好明天早上的动车票回家。"

他吃了一惊,问:"你挣够钱了?"

她离开这里才四天。假如她没有在路上踢到一个金元宝,她得洗多少双脚,经手多少个男人,才能挣够那四千块?

"我大姐来电话,把我短的那份也挣出来了。"小芬说。

茂盛犹犹豫豫地把女人让进了屋。女人走在他前面,佝偻着腰,一只手护着肚子,身形有些古怪。他的心抽了一抽,不由自主地产生了一串龌龊的联想:一间光线不足、四面透风的屋子里,一个即将失去一只肾子的父亲出来开门。在朦朦胧胧的夜色中,他看见门口站着五个浑身尘土、体态臃肿的女儿。

女人一进屋,躺在沙发上酣睡的小黑突然惊醒了,"呼"的一声跳下来,呜呜地叫着,叼住了女人的裤腿,尾巴摇得像一阵风。

女人用脚尖勾起小黑,一下一下地晃悠着,嘴里喃喃自语:"你这个,你这个,良心叫狗吃了的坏东西。我哪儿都找过了,怎么就没想到你跑这里来了。十站地,十站地啊,你怎么就认得路呢?”

老黄警惕地跟了过来,围着女人绕了一圈又一圈,鼻子里发出响亮的咻声。老黄的神情跟几个月前第一次见到女人时一模一样,可是茂盛知道,老黄的心情却大不相同:那次是狐疑和试探,这次是嫉妒和提防。

女人终于放下了小黑,解开外套,从里头掏出一个内容饱实的塑料袋,放到桌子上。

“我买了两个盒饭,油爆虾,挺香。”

茂盛这才醒悟,女人一直把盒饭焐在身上保暖。

“请你吃的,没毒。”女人见他不动,就把他推到了饭桌跟前。

茂盛想说吃过了,可是他的肚子却发出了一阵不知廉耻的呼喊。

两人便坐下来,开始吃饭,却都无话。女人的额角一会儿鼓,一会儿瘪,那是女人的话在寻找出路。

“小黑是救了我一命的,因为我不想活了,那个时候。”女人终于开口。

又是一个,苦情桥段。茂盛想关闭一切感官的闸门,可是耳朵好像不是脑子养的,耳朵总在寻找任何一个时机悖逆着脑子的教管。

“那一天,我第一回带人回家。完事了,心里闷,就到街上散心……走一步,都疼。”女人断断续续地说。

“走到街口,风一吹,我突然醒了。天,这是我的第一次,我怎么就没给李云九呢?”

“李云九住在我家那条街上,小学、中学,我们都同班。他缠了我好多回了,每一次我都说,等你找了工作,再来找我。到后来,我倒是把自己,给了一个连名字也不晓得的陌生人。”

“我怎么,这么傻呀,这么傻。”女人反反复复地说着同一句话,像是一架年久失修的唱机。

茂盛觉得一只虾卡在了他的喉咙口,无论往下咽,还是往外吐都扎着喉咙,疼。

“那天我不知怎的,就走到了江边,越想越郁闷。这才是第一回啊,还要多少回我才能挣到四万块?我怕熬不到头,我不想熬了。我正要往栏杆上爬,突然有个毛茸茸的东西,绊住了我的脚。我低头一看,是只猫。其实它哪是猫啊,看上去也就比一只老鼠大不了多少。我把它抱起来,它还盖不全我的手掌。我心想哪个心狠的娘,能扔下这么小的崽呢?我要是不救它,它活不过一个晚上。我就把它带回家来了。”

“它太小了,还不会喝奶,我就去药房买了个针筒,往它嘴里推牛奶。后来它就活下来了。我救了它,它也救了我。”

茂盛不知说什么好。他是个的哥,一天到晚在路上跑,他不知听过了多少故事。他的耳膜早已被各种各样的故事磨出了老茧,他自以为刀枪不入。他已经练就了一样本事:他总能用一两句话,或某种表情,甚至一声哼哈,来应对那些讲故事的客人,叫人觉得他在听,也听进心里了。只有这个故事,这个叫赵小芬的女人的故事,叫他第一次感觉词穷。

“你这几天,都住在哪里?”半晌,他才换了个话题。

“同事家里挤一挤。”她说。

她说的并不是实情,至少,不是全部的实情。

她在同事家里挤了两夜,后来同事的男友来了,她只好去长途客运站的候车室里过夜。

“今晚你就在这儿睡吧,明天早上,我开车送你去车站。”他说。

她没有推辞。她的嘴唇轻轻地翕动了一下,他看得出来她还有话说。

“茂盛,大哥,你能帮我收养小黑吗?它现在大了,在背包待不住。他们不让我带上车。”她迟迟疑疑地说。

茂盛踌躇了片刻,终于点了点头,说:“反正把它们分开了,两个都得死。”

两人便接着吃饭,又是一阵长久的沉默。

突然,女人扑哧一声笑了。

“大哥,我知道你看过我的内裤。”

茂盛从椅子上跳了起来。他想说的是“胡说八道”,可是话出口的时候,不知怎的,却成了:“你怎么知道的?”

“我晾内裤的时候,都是面朝外的,我妈说这样就不会沾上脏东西。可是那天我回家,发现裤子翻了个,里朝外了。”

茂盛的面皮涨得赤红,烫得像点了一盏火油灯,汗水流了下来,发出“滋啦滋啦”的响声。

他像一个窃贼,就在手里捏着赃物的时候,被人拿了个正着。他纵然有一百条簧舌,也找不到一个可以逃脱的借口。

“其实也没什么。我大姐夫在广东打工,我大姐常说男人一个人在外边,不好活。”女人说。

茂盛脸上的火油灯渐渐暗了下去,赤红终于退尽。女人就有这样本事,能把最丑的东西摊在光亮底下,不动声色地说了,叫人觉得那不过是一桩每日都有可能发生的寻常小事。和女人身上的那些幽暗的秘密相比,他的秘密算什么?大不了是一粒尘土。

“那你,为什么,没找我?”茂盛突然有了胆气。这句话其实是句老话,在他肚子里已经捂了好几天了,差点捂出了霉味。

女人低着头,一下一下地撕着手指上被中药泡出来的裂皮。撕狠了,流出血来,就把指头含在嘴里咝咝地嘬着。

“因为你是好人。我不找好人。我不想你对不住日后你要娶的那个女人。”她说。

早晨茂盛开车送小芬去动车站。

“路上多长个眼睛,放点零票在身边就行了,别在人眼前掏钱包。”他叮嘱她。

她说知道了,钱已经缝在贴身口袋里了,钱包里只有五十块钱,应急用。

过安检的时候,女人从手提包里拿出一个纸包,塞到他手里。

“一会儿再打开。难熬的时候看一眼,说不定好受些。”女人进了安检门,又回头补了一句,“我没洗。”

茂盛打开纸包,是一条内裤——那条黑色的、缝着蕾丝、钉着一朵红玫瑰的内裤。

茂盛抬起头来,大声喊着女人的名字。

“过完年,你还回来不?”

女人也许听见了,也许没听见,却没有回头。女人拖着那只拉链已经爆开的蓝色拉杆箱,融入了熙熙攘攘急于归家的人流。

(原载《花城》2017年第4期)

Ⅱ 散文篇

东海珍馐记（节选）

◎ 程绍国

远海地方的美食，除蔬菜之外，往往在猪、牛、羊身上做文章。东北加上驴，西北还有骆驼。驴肉吃过几次，都是卤制的切片，不如牛肉，不过尔尔，不知鲜炒味道如何。骆驼肉也吃过，在敦煌的夜里，却不是骆驼峰，只是浅尝，不便叙述。西南的牦牛肉，制成肉片，加糖且微辣，原味大变，嚼一两口，不想再吃。

除却西北，打猪主意的就多了。鲜炒肉、回锅肉、东坡肉、红烧蹄髈、红烧狮子头、熏肉、腊肉、金华火腿。作家阿成三次到温州，三次带来黑龙江的腊肠，让我记忆深刻。

湘菜多辣，川菜多麻。湘菜、川菜出名，并不是湘菜、川菜最好吃，或吃文化最深厚，窃以为同领袖出生地有关。为什么用辣，为什么用麻，主要是食材不够新鲜，或鲜而腥臊。各地都有河鲜，多鲢鱼、鳙鱼、青鱼、草鱼、黑鱼、鲶鱼，腥得厉害，稍好的河鲈鱼、鳜鱼、鲫鱼、鲤鱼、雅鱼也腥，制作也需下一番功夫。我在黄山脚下的屯溪吃臭鳜鱼，好吃，那是腌制过的；在都江堰吃现杀的雅鱼，红烧，微微麻辣，很是可口，清蒸恐怕就不行。

猪、牛、羊、驴、骆驼等,和河鲜孰高孰低,没有可比性。一方水土养一方人,养出的人各有喜好,各有偏爱,各有习惯。汪曾祺,人称美食家,能做家乡菜,爱吃家乡菜。林斤澜"走万里路",能海吃,风卷残云,海陆不挑,兼收并蓄。有人却相反,东北阿成三次在温州大啖海鲜,每回十天不累,离去常称"怀念"……

海鲜就是好,比河鲜好。当然喽,也不能同猪、牛、羊们比,风味不同尔。

黄　鱼

杜甫有《黄鱼》诗:"日见巴东峡,黄鱼出浪新……"巴东有黄鱼吗?他说的其实是鳣鱼。《尔雅注》:鳣鱼,体有甲无鳞,肉黄,大者长二三丈,江东人呼为黄鱼。黄鱼在大海,特别是大黄鱼,是海鲜中的贵族,"天之骄子"。黄鱼好吃与否,没听世间有人争论过。除修行的之外,每个人都吃鱼,若连黄鱼都不吃了,恐怕和世界"古德拜"也就不远了。因而温州城的婚宴,黄鱼是必上的。很快就上,在海参、龙虾之前就上,免得主菜不突出。是的,它是主菜,没有黄鱼,婚宴是不可想象的。有时是厨房的原因,上慢了,客人会疑心黄鱼可能不会很大。一般情况,大盘子端上来,盛的是一斤七八两重的一条或各一斤重的两条黄鱼。温州人有钱是一个因素,要面子是主要因素。

温州有专门经营黄鱼的大店铺——"黄鱼国"。"黄鱼国"主要是贩卖黄鱼的中介,可能不只是一个人两个人。海边捕得的黄鱼,一斤七八两重的有多少条,四斤五斤重的有多少条,立即通知"黄鱼国"。"黄鱼国"拿起手机,立即通知备案的酒店或人士。然后很快,专车给人送过去,送到了,网银立即收款。

黄鱼多少钱一斤?越大越值钱。一般两斤重的,每斤两千元;一斤重的也就一千二三百元。没反"四风"之前,有人海吃黄鱼,三斤重以上的黄鱼要每斤五千元,再开几瓶拉菲红酒,一刷卡,几万元就被拿走了。黄鱼的价格抬得太高,一般人难得吃到。现在价格有些降下来了。

“文化大革命”时候，海洋生态还是不错。有无篷小船卖黄鱼，顺潮而上，到了我的村庄。多少钱一斤？一角！金灿灿的大黄鱼就是一角一斤！但是买主还是不多。那时我六七岁，记得一天傍晚，落潮时节，岸边公路上满是赌棚，忽然赌人起哄，说是买黄鱼，五分钱一斤！瓯江里两条无篷小船，黄鱼被抢买而光。

那时黄鱼太多。海边的人，把黄鱼当饭吃。为什么会这么多呢？生态好啊。这还不是主要原因，主要原因是渔佬们用了一种伤天害理的捕鱼法：“敲箍”。暮春初夏，大黄鱼要洄游产卵，沿着东海岸咕咕而来。黄鱼的鱼鳔会响，鱼群过处，卷起漩涡，便成鱼汛。渔船出动了，两艘大船为一槽，大船上放下许多的小船，小船两边绑着竹筒，那是粗壮的一大段毛竹。船老大以为“箍”住了一群黄鱼了，于是挥旗令“敲”。水皮之上，千万竹筒响，“邦邦邦邦邦，邦邦邦邦”……黄鱼的末日到了。黄鱼的头部，有耳石一对。人类残忍地敲起“邦邦邦邦”，这耳石便振动起来。而且鱼唇、鱼鳃、鱼眼连同鱼脑都振动起来，黄鱼腾空跳跃，鱼鳔盛满空气，头晕眼花，神经错乱，狂躁不已。人类继续“邦邦邦邦”，黄鱼痛不欲生，生不如死，死不瞑目，纷纷浮将起来，眼睛真是开着的。两艘大船“箍”拢，船老大放下旗子，脚尖灭了烟蒂，大船小船立即伸出网勺，把聚着、拱着、跳着的大大小小的黄鱼兜进了船舱。

这种“敲箍”法，是1958年“大跃进”的发明，从闽南推广到浙东。官员和百姓都说这办法奇好！那么，十来年“敲箍”下来，整个东海黄鱼几近断子绝孙，也在情理之中。现在市面上的黄鱼，多数养殖，肚大而腥。人类惩罚的，经常就是自己。

但是，野生黄鱼的确好吃。它的肉不是泥泥的，柴柴的，而是松松的，脆脆的，片片的。细细地看，每一片又像是由许多银针连缀，每一片发出星星点点的光芒。入口，微甜，一种美丽的香气经过鼻腔，直冲脑门。这种好吃是无与伦比的，所向披靡的，和黄鱼的英俊和华贵相匹配。它通体妍丽，金光闪闪，连同背鳍尾鳍；它的身躯极其匀称漂亮，美轮美奂。黄鱼的身躯使人想起骑士的骏马，无可挑剔。

黄鱼必须清蒸,或者炖酒。但千万注意火候,不可蒸炖老了,老厨师最关注的就是这个。千万千万注意。或问:黄鱼红烧可以吗?告诉你,红烧可以,但这是暴殄天物!

纵观杜甫足迹,他的一生不可能吃到黄鱼。

水潺和琴虾

水潺和琴虾是海鲜中的平民。

和英俊的黄鱼相比,水潺简直没有模样。鱼篓里,水潺"软里奄拉",横七竖八,纠缠着、躲着,像是见不得人。总觉得黄鱼好像是大海的精灵,不应该捕,不应该吃,而应该和人类同在,和山海共处。水潺倒是造物主造出专供人类吃的。说模样没模样,说风度没风度。数量又那么多,繁殖得那么快,充斥着暖海的岸边,特别是温州的海里。教书时,我到海边家访,只见有人把成担的水潺倒在田里。问其故,答曰:当肥料。渔人一网打上来,很沉很沉,兴高采烈,待网被绞上船,活活气死,全是水潺。水潺太多了,就不值钱,你知道海边人叫它什么鱼吗?鼻涕鱼。渔人的邻居都不要,如果运到城里卖,恐怕连运费都不及。当然我这说的是从前,二十年前吧。现在呢?现在什么鱼都少了,水潺也少了,但从比例上说,还是多,价钱还是便宜。

但是,水潺的味道绝对鲜美,真的。同黄鱼比较怎么样?不好比,风味不同。好像黄鱼是唐诗,水潺是现代诗,怎么比?各有各的好处罢了。水潺一条主骨。一条主骨,却软软的,没吃头。其余的鱼骨细软如须,吃时可以不当一回事。黄鱼也是一条主骨,但这条主骨有嚼头,谁也舍不得扔。水潺的"龙头"(水潺的头部像"龙头",因而有的地方称水潺为"龙头鲓")是要剪掉的,可黄鱼头首先是给主宾的。水潺吃的是肉。水潺肉多水分(这就是名字的由来),所以莹白剔透。水潺鲜美,首先是肉质的娇嫩,软滑,松润,还在于这多水之上。水潺身上的水不是海水、盐水、矿泉水,而是水和肉不可分。肉有多美,水也有多美。因而制作上,红烧为上。一斤水潺去头剪鳍,切成三段,胡椒粉和细盐少量,抹匀腌渍一刻。点火,加橄榄油少许,生姜五片。待生姜煎得暗黄了,入水潺,加四两花雕。盖锅,开猛火,滚五分钟,撒葱段,好。邵燕祥原本浙籍,多次回浙江,三次到温州,喜欢此物:

……叫水潺的鱼……又是我初尝叫好的。鱼肉鲜嫩滑润,半透明如琼脂,入口即化。用筷子夹,一不小心就会弄碎的。不适于冷冻,也禁不起颠簸,无怪乎成了海边人的独得之秘。

先生说的"一不小心就会弄碎的",就是指它多水,软滑,但只要夹住水潺的主骨,就不会弄碎了。"不适于冷冻,也禁不起颠簸",那是水潺娇嫩啊。太娇嫩了,即使冬天,从上网到入锅,也不可超八九小时。如颈尾呈红色,说明是鲜的,倘若黯白了,就不能要了,让它当肥料去。

常听说有人出差或旅游将回,登机时刻,致电家人马上买水潺。十天不尝,如隔三秋。它太便宜了,太好吃了。

身份和身价如同水潺的,还有琴虾。琴虾,在温州叫虾狗弹,写成虾蛄。渤海一带叫皮皮虾,有的地方叫虾皮弹虫、虾不才、水蝎子,不一而足。台湾叫濑尿虾,或撒尿虾、拉尿虾,足见其并非高贵的角色。我曾三次同朋友雇船在乐清和苍南的海面打鱼,拖鞋有之,胸罩有之,收获最多的就是水潺和琴虾。东海的琴虾实在是太多了,物以多为贱啊。

水潺和琴虾都"贱",但都好吃。琴虾肉好吃,是无可挑剔的。它和水潺相反,有嚼劲,越嚼越香。虾黄(温州人称为膏)也不错,都是难得的美食精品。只是吃琴虾费事,它有两边带刺的甲壳和扎嘴的尾巴。头部除了两只钳之外,都要剪掉。取两钳之肉也不易。它不像水潺,全身是肉,所以先得把尾部最外面两个小脚拧断,然后捏着尾部上折,拧掉,尾巴上的肉就出来了。再用筷子从尾部贴着虾壳插到头附近,左手把壳拆开,右手按筷子,两手同时反方向用力,壳就掀开了。

琴虾太不娇嫩了,适于冷冻,也禁得起颠簸。它有甲壳。南宋时候,温州的琴虾捞起,快马运临安(杭州),还可以吃。只是宫廷有人吃法不当,扎出血来,现在杭州还有人叫琴虾“满口红”。

琴虾的做法,温州有椒盐、香辣、盐水三种。我以为盐水琴虾为上。用中火,待壳由青色变为微红,虾肉透过虾壳若隐若现了,停,原汁原味。

琴虾太多了怎么办呢?好办,用海水煮熟,晒干,放着,喝酒时候拿出来,味道好得很。为什么用海水呢?海水里有盐啊。没有海水怎么办呢?白水加点盐巴,就这么简单。

鲚 鱼

和大黄鱼、小黄鱼一样,鲚鱼也有大小之分。大的长在长江口的叫刀鱼,在瓯江口的叫麻刀,前者指形状,后者指满身是刺。小的叫子鲚,或叫指鲚,手指头那么大。雌鱼满肚子是鱼子(即鱼卵)。

鲚鱼和四季八节常有的水潺、琴虾不一样。鲚鱼新春现一次,犹如“昙花”。鲚鱼属洄游鱼类,平时栖息于浅海,每年春季,甩尾到江口半咸半淡的地方产卵。雄雌同行。刀鱼走得远,子鲚走得近,决不深入纯淡水区域。我小时候捕过鲚鱼,我的村庄离温州城三十来公里,没有子鲚,只有刀鱼。非常奇怪,整条瓯江,唯独江心屿周边有子鲚,或东或西都没有,东边灵昆岛没有,西边西洲岛也没有。温州所谓“雁荡美酒茶山梅(指杨梅),江心寺后子鲚鱼”。江心屿是“诗之岛”,谢灵运、孟浩然、李白、杜甫、韩愈、陆游、文天祥都曾吟咏过,子鲚选择这里产卵,非常奇怪。

鲚鱼难得,比水潺、琴虾难得。海品江上得,自是难得。有个蹩脚的传说,说是南宋状元王十朋曾在江心孤屿用功。因他勤奋好学,感动了东海龙王,龙王送来子鲚鱼云云。足见在温州,鲚鱼是难得的。

围捕刀鱼,多在晨间。细雨蒙蒙,瓯江饱满如同孕妇。刀鱼来了。我们渔船老大懂鱼汛,一般人看不出江面异常,只有他一眼能见到刀鱼来了,而且成师成旅地来了。他“嗨”一声,船便拢岸,跳下三人,提着网头。船又离岸放网,再次拢岸,江中网线如同半月。两端拉网,走向中间,就见收获了。我曾见到一网百来斤的刀鱼,而渔船记录是一网四百斤的刀鱼。刀鱼老实安分,软弱欠力,不怎么挣扎,而且见天即死,捕上来的,很少动弹,是最老实的俘虏。不像洄游的另外一种海鱼:马鲛(鲅鱼)。马鲛凶狠生猛,飞游如箭,经常撕开网眼溜走。

篓中的刀鱼银光闪闪,又文静,又漂亮。

鲚鱼不能大口吃,它的身上有太多的刺。这和另一种洄游的鲥鱼差不多,只是鲥鱼肉质丰厚,刺粗。鲚鱼刺细如发,比鲥鱼少肉,但鱼肉比鲥鱼细嫩鲜美。马鲛也是肉糙,是海品中的大老粗,温州人一般拿它做鱼丸。1991年、1993年到温州,汪曾祺、林斤澜、邵燕祥、唐达成两次都在,从维熙、刘心武也是先后来过两次,都没吃上鲚鱼,因为是在金秋时候。2011年,叶兆言、何立伟、陈村来时,杜鹃花已经盛开,鲚鱼也吃不上了。只有阿成口福好,第一次来,瓯江春雨潇潇,吃上鲚鱼,咂嘴,又咂嘴,问我鲚鱼的家世身份,回去都写了有关鲚鱼的文章。

鲚鱼鲜美,身上有一处为最,那就是头后的一块脊背肉,这里没有刺。小时候,我的祖母信佛吃素,但每年的刀鱼,她都要尝尝鲜,就是夹尝这一块脊背肉,就那么一小筷子。

鲚鱼的做法,我以为还是清蒸为上。特别是刀鱼。剪开颈下小肚子,取出红红如舌的小肚杂,连同腮鳍扔掉。鳞细薄,可去可不去。倒上绍酒,加盐(不放老抽,以免着色)或豆豉,肚内放姜丝。水滚了,放入蒸屉,猛火三分钟即可,撒上葱花。也有人红烧,可能是鲚鱼不怎么鲜了。子鲚个头小,温州人多油炸,一炸刺就没了,又香又脆,也是一种不是办法的办法。特别要提的是鲚鱼的鱼子,清蒸、红烧都须从肚子里掏出。鱼子味道好,营养更好。从前温州,劳力为贵,做母亲的会把鱼子让给父亲吃,骗孩子说,吃鱼子,将来读不好书,特别是算术。

忽然想起茶叶。在江南,鲚鱼和茶叶相似,都是新春的尤物。强调鲜嫩,都得明前为好。龙井茶明后摘,就倒了牌子。明后采摘的,多成了大小酒店的袋茶。清明之后的刀鱼,江浙人叫“老刀”,犹如徐娘半老,就卖不出好价了。江沪城市,刀鱼曾经卖到多少钱你知道吗?一斤要四千元!

梭子蟹、血蛤、牡蛎

麻烦费事的,吃蟹也。

蟹的种族太大了,各大海、各大洋都有各种各样的蟹。大小不一,面目不一,味道不一。

中国人吃蟹的历史,足够源远流长。东汉郑玄注《周礼·天官·庖人》曰:“荐羞之物谓四时所膳食,若荆州之鱼,青州之蟹胥。”“青州”指泰山以东至渤海,“蟹胥”就是螃蟹酱。你看,周时就出现螃蟹酱了。《世说新语·任诞》记载,晋毕卓嗜酒,间说:“右手持酒杯,左手持蟹螯,拍浮酒船中,便足了一生矣。”爱蟹至此!《明宫史》记载明代宫廷内的螃蟹宴:“(八月)始造新酒,蟹始肥。凡宫眷内臣吃蟹,活洗净,用蒲包蒸熟,五六成群,攒坐共食,嬉嬉笑笑。自揭脐盖,细细用指甲挑剔,蘸醋蒜以佐酒。或剔蟹胸骨,八路完整如蝴蝶式者,以示巧焉。食毕,饮苏叶汤,用苏叶等件洗手,为盛会也。”吃螃蟹费事,但属风雅之事。《金瓶梅》和《红楼梦》都有写螃蟹宴,把饮酒、赋菊、咏蟹联系起来。

不知道古人吃的是什么蟹?

东海有两种蟹值得赞美。一是梭子蟹(温州人叫港蟹),一是青蟹(蝤蛑,温州人就这么叫)。北京来的作家,除林斤澜外,只有唐达成一人分得清楚,哪是港蟹,哪是蝤蛑,且港蟹是可以做成“港蟹生”的。盖抗战时候,金石大家唐醉石举家逃难温州,唐达成躲在温州读书,且是林斤澜的校友。那个学校现在叫温州中学。

青蟹两螯特大,里边那坨肉,小笼包一般。满口香甜,心满意足,这就是青蟹的好处。相比之下,东海梭子蟹更多,更加鲜美,而制作也更加多样。有人盐焗,有人姜葱,有人香辣,有人咖喱。袁枚的说法值得尊重:“蟹宜独食,不宜搭配他物。最好以淡盐汤煮熟，自剥自食为妙。”（《随园食单》）但袁枚也有不知，汤煮会使黄膏流出，部分蟹味流失在汤中。最好的做法是蒸，而不是煮。冷水之上加蒸屉，螃蟹仰面躺上。冷水烧开，约10分钟，蟹色由青灰变醉红，吃吧。直接滚水蒸，会使蟹足尽失，难看不堪，也算事故。

袁枚的“自剥自食”，深得我心。一回，我的朋友接待青海客人，一人一只梭子蟹。他的手下人好心，剥壳去腮。朋友笑着吼道：“谁叫你剥壳去腮！一个美女来，自己‘哗啦’脱尽衣服，倒床上白鱼一样等你好呢，还是你一件一件脱了为好呢！”众人皆笑。

“港蟹生”是温州一绝。筷子插进梭子蟹腮部，弄死后剥盖，去脐剪腮掐螯尖。两螯扭下敲裂。螃蟹对称，中间切断，左右足间各断三刀。蟹盖仰放碗中，螯、足、肉尽入。调和半碗醋、胡椒粉（多些）、食盐（少些）、芥末、砂糖、绍酒、蒜泥、姜丝，倒入。半小时后，碗倒扣过来，可以了。这种腌制法，温州叫“醉”，生醉港蟹。这是“食美家”林斤澜的至爱，每回抵温，先要这个；而“美食家”汪曾祺对生醉梭子蟹，一无所知。

秋高稻熟螃蟹肥，不肥什么都免谈。怎么挑蟹呢？一看，蟹背壳青灰色，腹部白，色泽亮，脐部圆润往外凸，活力十足，健壮好蟹也；二掂，外观不错，还要用手掂一掂，手感重的为肥蟹，掂更加可靠。

血蚶（念“革”音），有些地方叫泥蚶、花蚶、银蚶，温州叫花蛤（念“哈”音）。它生长在东海海涂上，洗刷之前，满身是泥。洗净之后，漂亮如花似银。里边一汪红水像血，那是分泌物，跟动物血没有任何关系。许多人以为补血，是属无稽之谈。

血蚶在温州，太普遍了，四季都有。买的人多，价格不菲。一般宴席，冷盘之中，血蚶总是有，鳗鲞总是有，还有熏鸡、蚕虾、鱼饼、海蜇冻等。这血蚶，制吃当是世界上最简单的了。放在笊篱里，待锅里水开了，笊篱放在开水里一焯就行了。一焯究竟是多少时间呢？八秒到十秒。焯到十五秒以上，血不见了，倘若焯到二十秒，肉硬不鲜，扔掉吧。——两扇壳闭合着，能剥开，行了；张开了，就是老了。我到哈尔滨，带给阿成几斤血蚶，交代怎么做。后来他到温州,席间悄悄对一吃血蛤的作家说:“不吃也罢。”我疑心之前回送的血蛤,被王夫人(阿成姓王)带泥红烧了呢。

北京作家回去后,林斤澜写血蛤:

扬名海内外的美食家汪曾祺,食量随年增而日减。任凭山珍海味,也不过一二筷子。唯对此物剥一食一。连剥连食,积壳成丘,方抽空赞曰:

“天下只有这位,不加任何佐料就是美食。”

是的,造化已经配料,血蛤剥开来即食,不必再蘸什么,东海万物,还有比这更简单的吗?没有了。告诉你,想吃就多吃,血蛤绝不会让你拉肚子。

东海里,最易让人拉肚子的,是牡蛎。牡蛎在温州叫蛎勾。温州濒海,但我初吃牡蛎时已是二十来岁了。少年读莫泊桑《我的叔叔于勒》,老年水手撬开牡蛎,递给两位先生,先生再转递给两位太太。两位太太托着手帕吃。父亲被这种高贵的吃法打动,便想请家人吃牡蛎。

母亲有点迟疑不决,她怕花钱,但是两个姐姐赞成。母亲于是很不痛快地说:“我怕伤胃,你只给孩子们买几个好了,可别太多,吃多了要生病的。”然后转过身对着我,又说:“至于若瑟夫,他用不着吃这种东西,别把男孩子惯坏了。”

这里有两个信息,一是牡蛎高贵,二是容易伤胃生病。

生病主要是肠胃不适,许多人敏感,一吃就泄。但吃得太多,什么人都要拉肚子的。北京一位女士,在我家吃牡蛎,喜欢至极,搛夹较多,当晚住院,叫苦不迭。因为它太“鲜”,营养价值太高,含有很多钙、铁、磷、镁、锰、钠、锌、硒、铜、维生素B_2……任何东西都有另一面,伤肠胃是牡蛎的负一面。早先只有醋,没有芥末,有了芥末,东海的水质又差了,牡蛎对水质的要求是很高的。谢灵运“守永嘉”,在《游名山志》中写道,“新溪蛎,味偏甘”,鲜美以致甘甜，可见当年东海水质是极好的。

但牡蛎实在是太鲜美了。很少人因为拉肚子长仇恨，戒吃牡蛎。他们只是学得谨慎些而已。

牡蛎色泽越黄，越是细小，越是好吃。生吃，蘸着芥末吃当然是最好的，这个不用说。为免拉肚子，退而求其次，牡蛎烧汤，味道也不错。还有牡蛎煎蛋，也可参考。我在一地吃炒牡蛎，牡蛎、木耳、笋片……杂七杂八，“山海共和”，牡蛎味道却找不到了。

2001年，那时当记者，采访“西部大开发”，伊犁遇到一位王震老兵，湖南邵阳人。拱嘴，黄牙，皱脸，胡乱装束，七十来岁。1953年，新闻处女作发表——《团员加弥丁带动农民进行副业生产》，后调报社，发稿量极大，伊犁山坳或草原角落都留下他的足迹。懂维吾尔语和哈萨克语，接待过朱德和陈毅。但他的婚姻是大问题，先是没“相”到支疆女青年，很迟了才娶了一个俄罗斯寡妇，但后来跟人跑了。后才娶定一个塌鼻的哈萨克族寡妇。几日下来，他和我混熟，问我生命之根可好，我说好。“太重要了。”他拍拍我的肩膀。分别时居然递给我一张方子，“马志正老夫子金枪不倒方”，写着：“鹿茸十五克，人参十五克，山药三十克，杜仲十五克，牡蛎三十克……”

我指着“牡蛎”两字，问：“您在伊犁，怎么吃到牡蛎呢？”

“牡蛎干啊。”他说。

我想可惜了，他一辈子吃不到鲜牡蛎，鲜牡蛎可是世上超级美食啊。

牡蛎药用功效是大的。医书上说牡蛎重镇安神，潜阳补阴，软坚散结，收敛固涩。用于惊悸失眠，眩晕耳鸣，瘰疬痰核，徵瘕痞块，自汗盗汗，遗精崩带云云。对于补肾壮阳，《本草纲目》记载：牡蛎肉“补肾壮阳，并能治虚，解丹毒”。日本称其为“根之源”。西方说是“神赐魔食”。在欧洲，也有男女青年约会之前吃牡蛎的风俗，他们把牡蛎称为催情剂。

牡蛎如同神话，但壮阳是肯定的。

赞曰：日月披大洋，鱼虾生焉；山水合大海，而成龟蟹。海鲜珍馐，天地精华。惜疾风骤雨,多灾多难;沧桑一世,白驹弹指;洋海难枯,鱼鲜要竭。供养口福,鬼神亦然,山珍供朋友,美味养家人,是非天理乎?

(原载《十月》2017年第3期)

在塘河上

◎马　叙

让黑夜降临让钟声吟诵
时光消逝了我没有移动

——[法]阿波里奈尔《蜜腊波桥》

“我们大家都坐在船上没动。”这是一个在诗坛消失已久的诗人牛波的一句诗。这一句下面是副标题——古老的波涛。我想,牛波的启示是来自19世纪末20世纪初的法国象征派诗人阿波里奈尔的《蜜腊波桥》。

我们大家都坐在船上没动。——我读到这句诗是在20世纪80年代中期,1986年,内蒙古出版的《诗选刊》杂志。当时选登了牛波一组有关河的诗,我唯一记住了这一句。30年了,时光如水流过,每当我置身水上,就会想起这句诗。这是一句符咒般的语言,每当我置身水上,我,包括身边同船的人,都验证了这句话的存在。仿佛每人身上一直都携带着这句话,无论你在哪里,做过什么事,有过什么样的经历,只要有一天你置身于水上,它就会符咒般地呈现。

当我10年前与10年后置身于同一条河流的塘河上，完全被这句诗的语境所笼罩——我们大家都坐在船上没动。也同时被更深处的阿波里奈尔所笼罩——让黑夜降临让钟声吟诵,时光消逝了我没有移动。10年前,一个深冬的下午,走水路从温州去瑞安,从南塘码头上船。船上已坐满了人,我跳上船的瞬间,船左右摇晃了一下,待平稳下来,看到一船脸色平静的乘船人。船离码头,船头切开平静的水面。众人坐着,开始都没话。——我们大家都坐在船上没动。

塘河,在这之前,一直是一个名词,温州人发这个词的音时,我会听成"荡无"的音。这条河,自温州至瑞安安阳,三十三公里。温州人发河的音,先重后轻,后音是绵长的,与绵绵不绝的流水相似。同船的人中,大部分是塘河两岸的村民,他们中有一部分到仙岩镇,有一部分到丽岙镇与塘下镇,他们坐船是为了方便运输大宗货物。这些货物若乘汽车携带则极为不便,带货物乘船就方便得多了,同时也省心许多。这些坐船人与朱自清写梅雨潭的《绿》毫无关系,他们是生活的民众,他们也许是无意中避开了"绿"这一文人意象,他们从未想到过文学史中"绿"这个意象与篇章。也不会想到"我们大家都坐在水上没动"这么一个关于船与水与人的诗的表述句。但是,此时,一船的人都沉默,只有机器在响,只有船在移动。船上有孩子,时间一长,孩子坐不住。有两个孩子站起,先是摇摇晃晃地在船舱里走动。继而想跑而没能够跑起来,船对孩子来说太狭小!与在陆上相比,孩子在船上的走动也简直是没动。当他们长大成人,就同他们的父辈一样,真正地坐在船上不动,耐心地等着到达目的码头。

关于塘河白象塔的传说中,有一段民间口述记录文字:"冬天,一高僧急速上船赶往瑞安,小船到南湖,天已黑。划船人把船泊到榕树下,打算在这过夜。高僧问:船不走吗?划船人说:夜里河道不通,若走会出事(有两精怪常常于夜里在河中打斗)。高僧听了说:我有办法,你放心走就是。划船人好半天才解下缆绳,小心地划着船又开始朝前行。"塘河的这一古老传说,与古老的波涛相呼应。传说是久远的,这是时间中的一条绵长的河流,流经民间,汲取沿途的民间生活经验,及内心的愿望,自古至今,一直流下去。那些民间叙述者,仿佛坐在船上,一动不动,任故事这条船向前行,或往回溯。这些坐着不动的民间叙述者,往往会不断杜撰出高僧、方士、术士及人妖同体等人物。而叙述者口齿冷静,俯视故事中每一个人物,若不喜欢其中的某一人物,在下次,下下次,再下下次,逐渐地在叙述中用讲述改变着这一人物的命运。这些民间叙述者是真正的在时间的船只上坐着不动的人,他们任由时间的河流流过,不动声色地改变着故事中的某些细节、情节乃至某一故事中的人物。在20世纪80年代中期,我曾经在白溪一带搜集过民间故事与歌谣,往往同一个故事或同一首歌谣,会有多种讲述方式,主人公在不同的叙述中会有不同的命运,同一个人物或一直活在故事中,或是在最后被害而死,或死而复生。因此,我相信塘河白象塔的传说,也肯定会有多种讲述,我所读到的仅仅是其中的一种。

塘河的每一段河流,都有自己的各种民间传说,若干年后,我确实又读到了关于塘河沿岸的多种传说。对于这些有关河流的久远传说,我仅仅是一个倾听者,更近乎一个时间的过客,但是,我仍是在船上坐着不动的人们中的一个。一切盛大的事物包括河流的民间传说,组成了一条经久不息的绵长的时间的河流。当船继续向前,我又重回到了"我们都坐在船上没动"这个语境上来。

塘河继续向南,流经丽岙、河口塘、塘下、莘塍、九里,再向西至瑞安市城关安阳东门白岩桥。因我对两岸村庄的陌生,使得我这次有一种虚构般的旅行;因受到诗歌表述语境的影响。我像一个想象分配器,向时间分配河流、榕树、拱桥、河埠,同时也向河流分配时间、语言、诗意。而这种想象的虚构旅行,很快被几个即将下船的人打断。他们挑起满满的货物,站在船头等着船只靠岸。他们上岸后,船又再次向前行进。剩下的人重又进入"我们大家都坐在船上没动"这个诗句的表述之中。重又进入流水如此平静、时间如此深邃的近似于虚构的水上旅行之中。河流、榕树、拱桥、河埠,塘河的特有意象再次依次进入视野继而向后退去。

时隔10年,2015年11月,再一次来到塘河上。这一次来的有各地的作家、诗人。仍然是从南塘河码头上船。这一天几乎是小阳春。而阳光明媚的日子使得乘船更像是一次水上虚构旅程。在这样的时刻,人一上船就显得恍惚如梦。因为这时刻,我想起了阿波里奈尔的《蜜腊波桥》。这是一首写水上时间的不朽之作。河水有着困倦的波澜。阿波里奈尔写下了诗句:

我们就这样手拉着手脸对着脸
在我们胳膊的桥梁
底下永恒的视线
追随着困倦的波澜

让黑夜降临让钟声吟诵
时光消逝了我没有移动

有些时候,有时在午后,有时在深夜,我总是反复朗读这一首诗,以及这一首诗中的固执的两行诗句——"让黑夜降临让钟声吟诵, 时光消逝了我没有移动"。同样的,在这一次塘河之行中,每当我们的船穿过一座河上的石桥,我的内心就会想起这两行诗句。塘河两岸的榕树没有冬天,仍然那样翠绿,仍然那样茂盛,坐在船上的人,是诗人、小说家、散文家。有郑愁予先生、颜艾琳女士,以及柯平、但及、赵柏田、陆春祥、江子、习习、赵瑜、郑骁锋、黑陶、庞培、陈原、池凌云、指尖、周吉敏、郑亚洪、施立松、南宪伟、诺山。在船上的时间一长,语言少了许多。这一次的船上,缺少了当地乘船的塘河村民。于我们而言,散落在塘河两旁的村庄与它的村民,是这条河流的组成部分,是时间、历史、土地、河流的所在。每一个河埠都通向一座或两座或更多的村庄,每棵大榕树后面,都有着一个丰富绵延的村庄史,每一座拱桥都联结着塘河两岸的人际、伦理。而船上的我们是过客。我们大家都在船上坐着没动,而在这一瞬间,时间已然流逝,河水有如爱情消逝:

爱情消逝了像一江流逝的春水
爱情消逝了
生命多么迂回
希望又是多么雄伟

让黑夜降临让钟声吟诵
时光消逝了我没有移动

船在河上缓行,切开水面,船两旁水面的水痕呈楔形,无限向前。这一天阳光是如此之好,照耀着河流两岸的村庄、行人,照耀着我们脚下的这条静谧的河流,照耀着时间塑造出来的一切细节。越是这样的日子,越是这么明媚的阳光,越是有一种忧伤,它是关于时间,关于时间中的事物,关于时间中的人际情感,尤其关于消逝了的爱情。我看到我们中间有突然沉默的人,这是太明亮的事物深处的一道影子,这是一道忧伤的影子,有关爱情或亲人,或有关更遥远时间里的那些已然消失的事物。沉默的人,他与她,一切往事都早已被阿波里奈尔以及更早的诗人吟诵过。塘河流经数千年,当我们到来时,它已被现代文明所改造,在南塘街一带,上古往事早已无迹可寻,现代旅游与消费成了南塘河的当下事实。这些明亮的事实,缺少阴影与深度,它们多像塘河上的漂浮物,永远浮在时间的表层上,使得原有的忧伤变成了沮丧。

过去一天又过去一周
不论是时间是爱情
过去了就不再回头
塞纳河在蜜腊波桥下奔流

一个世纪前的诗句,读来如昨日才写下,关于时间,关于爱情,如此切题与新鲜,时间这条河流在永恒地流逝,这是阿波里奈尔,这才是不朽的写作。是塘河居民也是塘河文化人的八爪说,塘河沿岸至今还有民间戏班,偶尔会在河边村庄搭台唱戏,他曾数度跟随戏班作田野调查。这是至今与河边大榕树同在的存于塘河时间深处的旧痕迹,但是随着现代化进程,这旧痕迹也将荡然无存。如今,我们都坐在船上没动,古老的波涛永远如新,而人口迁徙,村庄变迁,沿途居民一代代更替,离第一次塘河之行已整整十年,而下一个10年也将很快地过去,我们坐着的船正渐渐在时间中风化、朽坏,如果不抓紧回忆远逝的爱情,不抓紧回忆那风中的唱戏声,即使我们仍然坐着不动,很快将会连回忆的能力消失殆尽……

(原载《散文》杂志2016年第9期)

加里波利的墓地

◎ 吴树乔

飞抵伊斯坦布尔的当天就来到了达达尼尔海峡，这里是土耳其的西北部。加里波利是土耳其爱琴海畔属欧洲部分的半岛，对面是亚洲部分，中间只隔着不是很宽的达达尼亚海峡。车子往渡口去的路上，能说一口字正腔圆汉语，名叫琳达的土耳其导游，指着远处山顶上的一座建筑说："那是恰纳卡莱之战纪念碑，那里埋葬着在1915年4月那场战争中阵亡的土耳其士兵以及入侵者澳新军团战死者的遗骨。"这处战争遗址并不在我们的游程之内，所以我没有看见那块由土耳其之父凯末尔题词的著名纪念碑。

从土耳其回来后，我没有写看过的其他一些著名的景点或是遗址，比如特洛伊、以佛所、圣索菲亚大教堂、蓝色清真寺，尽管这些都是极富历史沉淀的所在，而是一直牵挂着加里波利墓地。这可能是那里共同埋葬着交战双方阵亡将士的遗骨，这让我觉得有些匪夷所思。月黑风高之时，这些亡灵不会争吵打斗吗？他们难道不是互为敌人吗？它打乱了包括我在内的许多人对事物的习惯性思维。这到底是为什么呢？

回国后马上查阅有关这场战争的资料，又额外获取了一些信息。加里波利之战是英文的说法,土耳其人称之为“恰纳卡莱之战”。1915年4月25日,正值第一次世界大战,作为协约国的英法联盟策划了这次海军行动。他们闯入达达尼亚海峡,企图打通博斯普鲁斯海峡,然后占领奥斯曼帝国的首都君士坦丁堡(现称伊斯坦布尔)。这场海战的始作俑者就是后来的英国首相丘吉尔。令他没想到的是,登陆时遇到了奥斯曼陆军上校凯末尔率领部队的拼死抵抗。战役持续了9个月,总共造成50万人的伤亡,凯末尔的部队几近全部战死,但他们最终守住了阵地。

还有一个故事值得我们去回味:交火中一位名叫穆罕默德的土耳其士兵,将一位名叫约翰的协约国伤兵背回协约国阵营,以便敌军的救护队能够及时地抢救约翰的生命。这则拯救敌军士兵的故事,后来被制成雕塑,矗立在昔日的战场上,成为永久的纪念。我说不是要宣扬这场战争,只是赞誉战争中的人道主义情怀。

是的,这让我联想起了美国的南北战争。受限于篇幅,就只说战争的结尾吧。战争后期,南军败局已定,南方联军司令罗伯特·李将军已经在考虑投降的事。但此时军队和民间出现了一种呼声:把军队化整为零融入民间,采用持久的游击战形式继续和北军对抗。李将军断然拒绝了这种将战争导入民间,变成人民战争的做法。他认为那是对人民生命不负责任的举动。

李将军给北军司令格兰特将军送去一封信,要求会面商谈投降的条件。几个小时后,当格兰特将军见到令他尊敬的敌军司令李将军,生怕伤害这位老军人的自尊心,一直在叙旧,始终不愿提起投降的事。最后还是李将军开口:“格兰特将军,我想,我们这次会晤的目的是非常清楚的,我要求你提出接受我们投降的条件。”格兰特只要求,军官和士兵放下武器。当他看到李将军身上的佩剑时,认为没有必要解除老将军的佩剑,于是又说:“不包括军官的马匹和私人物品。”当李将军读完那份《投降协议》后,沉默了一会儿,说:“有一件事,我们的骑兵所使用的马匹都是他们自己的,能否保留,以便回到家乡继续用于耕作。”格兰特非常大度地说:“我将告诉我的军官们,允许所有声称拥有马匹和骡的人把他们的牲畜带回家,为他们的小农场效力。”李将军告诉格兰特:“我那边大约有1000名北方军战俘，已经好几天没吃东西了,因为我的士兵也同样没有食物。”格兰特找来他的军需官,命令他向南军提供所需的食物。

李将军和格兰特将军共同签署了投降协议,然后握手言和。格兰特目送李将军走出屋子,这位不再是南军司令的老军人,穿着整齐的灰色军服,腰上系着鲜红的腰带,步履有些蹒跚。北方军鸣响大炮庆祝胜利,但立刻被格兰特将军制止:“他们曾经是叛军,但现在又是我们的同胞了,不羞辱他们的失败,就是对我们胜利的最好表达。”

但是,众所周知,南方联军所代表的是奴隶主的利益,难道他们不是“反动派”“反革命集团”吗？令我不解的是,反动集团何以能够与林肯总统为代表的北方革命派一笑泯恩仇？美国南北战争结束后,没有一名俘虏,也没有一个人因战败而被关押。今天的美国,在葛底斯堡国家烈士公墓以及其他城市,都可以看到李将军的雕像。美国人视他为最伟大的将军。

现在,让我们再来看看那块著名的、最具人道主义意义的恰纳卡莱之战纪念碑吧,上面镌刻的是土耳其之父凯末尔于1934年发表的一段著名讲话:

献给那些流血牺牲的英雄们,你们现在躺在友邦的国土上,在和平中得以安息。在我们的国家,在我们的脚下,肩并肩沉睡着的无论是约翰们还是穆罕默德们,都无任何区别。

你们,送子远离故土参战的母亲们,擦干你们的泪水吧！你们的孩子们如今沉睡在我们的家庭里,非常平静。他们在这片土地上献出了生命,成为我们的孩子。

凯末尔把死去的敌人都看成是自己的孩子,这需要多大的气度。只有如此胸怀,方能化干戈为玉帛。

美国著名的歌手,71岁的音乐创作人，同时也是诗人的鲍勃·迪伦说过一句极其经典的话,我未能完全记住他的原话,但大意是:一个政权的好坏,不在于它如何对待那些有功之人,而在于它如何对待那些有罪之人!

(原载《美文》2016年第8期)

从富义仓到香积寺

◎ 瞿　炜

一

“停下，停下！”

一只大黄狗不知啥时挣脱了女主人手中的绳子，匆匆跑过富义仓的大门，惊慌的女子一边追赶一边呵斥着。夕阳在富义仓的门上投下一片金光，一会儿就暗淡了。低低的门厅幽静了下来。狗与女主人的身影只是刹那的幻景，一闪而过。

即便是这百年的光阴，怕也莫过于此吧。

富义仓始建于清光绪六年(1880)，原是京杭运河边的重要粮仓，历时4年建成的仓廒，占地10余亩，仓房4排，共五六十间库房，据说可储粮四五万石。当时杭州在经过太平天国占领后，许多仓储颗粒全无，粮食告急，浙江巡抚谭钟麟遂令杭州士绅购粮10万石，并在此建仓，取“以仁致富，和则义达”之意命名。它位于霞湾路8号，上塘河与古运河的交汇处，其南面对岸是著名的御码头，据说是康熙乾隆南下巡视时，在杭州上岸的地方；北面则是香积寺,灶侍菩萨也保佑着这处宽阔的粮仓。

这百年间,正是中国经历“三千年未有之变化”,国运于激荡往复中,人民历尽沧桑。而富义仓却在纷纭袭扰中得以保存,如今看来倒是一件值得庆幸的事了。当我漫步运河边新建的游步道,看两岸高楼拔地而起,鸡犬相闻的巷陌众生,大多成了隔河不相识的现代人。行色匆匆的互联网时代,虽说世界如同村庄,信息通达而人情淡漠。由是想起,若是这百年前的码头,人们只有眼下的生活,不知山外有山河外有河,世界之大,何其迢遥。一丁点的信息,瞬间即可化为谣言,或一年半载方才飞入耳中。但那样的生活亦是生活。因而,我倒更乐意去回味倒流时光中的景象,正如这富义仓门前的涟漪,在冬日的寒风里闪耀着银色的波光。

走进富义仓,如今的仓房都经过了修葺,排屋东西相向,四列三进。青石铺就的地面,恍若尚能听得见当年垄场碓房的工人纷至沓来的脚步声,似有隔世之感。院子里一片清静,忽见门边的大树下,跳出几个游戏的孩子。他们睁大了眼睛打量着我这闯入他们清幽世界的陌生客,颇为好奇。若是数十年前,当这里被划为军区家属与杭州造船厂职工宿舍时,院子里大概也是到处都充满了孩子们的欢声笑语吧?

京杭大运河沿线,作为粮食仓储的集散重地,可能只剩下杭州的富义仓和北京的南新仓了。它俩并称为南北“天下粮仓”,曾经是清朝的民生所系,如同一条人体经脉上的两大穴位,关乎天下命运。而富义仓的创建,却是与太平天国有密切的关系。据记载,作为鱼米之乡的杭州,在咸丰十年至十一年(1860—1861)太平军入杭前,每年入城之米多至数百万斛。太平军撤离后,仓廒多空,有的仓库甚至颗粒无存。这个号称带领人们走进“天国”的政权,燃起的却是来自地狱般的业火。虽然清政权也是如同虎狼一般,但毕竟还有为民生而焦虑的儒家弟子维系着它奄奄一息的仁慈。光绪六年冬,湖南茶陵人谭钟麟出任杭州巡抚,十分关注粮食储备,从而增建了这座富义仓。他也许没有想到,也正是这座仓廒,在百年后作为一个旧王朝唯一的粮仓孑遗,成为了新时代的一处时尚开发区,成为了人们休闲与创业的文化产业园地，也成为了人们凭吊先贤、发思古之幽情的最后的去处之一。

运河的水轻拍堤岸，码头的喧嚣早已退去了下来。古代的漕运也早已成了历史学家在故纸堆里的一个话题。如今搬入富义仓的是赵氏工坊、韵和书院，是露天电影院和咖啡屋。富义仓已成为一座“精神粮仓”，且更具象征意义。我穿过长长的走廊，走到院子的尽头，在开向另一条街的后门边上，粮仓咖啡飘出浓浓的焦糖香，而穿着长衫、旗袍的服务员仿佛是穿越了时光隧道的使者，带来旧时的问候，那么暖，那么近，如这冬日的夕阳。

“快点，快点，要迟到了！”

两个穿着校服的中学生骑着自行车，从富义仓的后门口一掠而过，留下一句无关紧要的催促，随风而逝。

暮色正四合，街上华灯初上，富义仓渐渐没入市廛殷阜，在幢幢楼影间成为一个隐去身影的长者。一块刻着“富义仓”三个大字的石碑，镶嵌在围墙上，看起来倒真像这位长者灰色长袍上的牌子，标示着他的价值与档次——哦，他可不是一位过时而迂腐的“遗老”，他是一位向来关注时事的“潮哥”呢。

二

其实，沿着京杭大运河这片被称为湖墅的区域，错落分布着众多的仓库，尤其是清末与民国时期的仓廒倒是颇有些规模，直到20世纪80年代许多还在使用，比如丝绸仓库、畜牧仓库等。如今这些被废弃的厂房、库房，都被重新改造，成为文物利用的典范。从富义仓北门出来，走进大兜路，便可见到一排排大型库房的身影。还有许多民房交错其间，其中一家的屋顶，亮着写有“花驿”两字的红灯笼，照亮了这片青瓦的屋顶。这是一家由民房改造而成的民宿，在香积寺的重檐后面，显得尤其静雅舒适。

这是我在杭州住过的一家最有情怀的旅舍了。走进大厅，迎面就是香馥馥的花丛，一张长桌上铺着印染的蓝花布，后面是一排大书架。女主人当然符合你想象中的样子,米黄的长裳,袅娜的身姿,轻盈的脚步,引领着你观赏屋里的陈设与屋后的露台。每一个房间里都有一个似古董的旧衣柜,铜闩已经被温婉的手指磨得发亮,绿袖拂过的琴几,似有许多陈年往事的掌故,要在掌灯时节细细地说给你听。

这故事,许是你听过的,也许是你未曾耳闻的,都是千篇一律的开头:一个16岁的少女,爱上了一个即将上战场的英俊青年,他们匆匆办过婚礼,日寇的铁蹄便伴随着呼啸的子弹而来。青年扛起长枪,加入军队,赶上抗日的队伍。那一天,正是杭州的初冬,一场大雪覆盖了运河两岸,拱宸桥在皑皑的白雪里如同一个甜蜜的蛋挞。很快所有的温馨回忆都被血腥的战争摧毁了。女人守着一间名为“花驿”的客栈,等待着新婚丈夫的归来。八年抗战,青年成了中国远征军的汽车队连长,在浴血奋战中如一只坚强的甲壳虫生存了下来。战后,他回到客栈,隐姓埋名,与妻子厮守一生。

故事可以有好多版本。这大约是其中之一吧。

女主人说,那便是她的爷爷与奶奶。

好吧,如今,花驿盛开在运河边的大兜路上,如一朵盛开的百合。

我下榻的那个房间,正好有一个天窗,开在我的床上方。夜里听完女主人的叙述,我躺在床上看着屋顶上的星空,时光仿佛凝固,时针停滞不前,一切静默。我能听到的,唯有心跳声。

清晨醒来,阳光正好从天窗的玻璃外照进来。那一束金光,让我想起波斯诗人奥玛·哈亚姆《鲁拜集》里的第一首诗:

醒醒吧!星光早已逃遁,
因为太阳将它们从夜幕驱走,
随同黑夜驰离天庭,一束光
金箭一般击中了苏丹的塔楼。
对我来说,那将是一束爱情的光芒吗?

三

隔壁的香积寺里，晨钟敲响。尘世的恩怨与哀愁，都化为一缕缕青烟了。

这座以青铜与巨木建成的大寺，供奉的是被民间尤其是温州民间称为镬灶佛的大圣紧那罗王菩萨，他也就是杭州人口中的灶侍菩萨。这是国内唯一供奉监斋菩萨的寺庙。

同时，紧那罗王菩萨又是音乐之神。紧那罗，在梵语里意为“音乐天”“歌神”，是佛教的“天龙八部”之一。因其头上长角又被称为“人非人”。此外，紧那罗还有男女之分，女性相貌端庄，声音绝美。在中国佛教传说里，紧那罗还曾化为少林寺香积厨火头老和尚，持三尺拨火棍打退围寺的红巾军。据说监斋菩萨像有三尊，分别为持法法身、护法法身、妙法法身。香积寺里，正面的他手握烧火棍，袒胸赤脚，金刚怒目，完全一副武林人物模样；而背面的她，则手挥琵琶，轻歌妙舞。

神奇的菩萨和着钟鼓的齐鸣翩翩起舞，仁慈的祝福由此降临尘世。

杭州向来被称为“东南佛国”。明人田汝成在其《西湖游览志》中亦谓：“杭州内外及湖心之间，唐以前为三百六十寺；及钱氏立国，宋室南渡，增为四百八十，海内都会，未有加于此者也。”故是时杭州佛刹林立，梵呗相闻，高僧云集，释学昌盛，寺观之盛独甲于海内，使之从一个地方小城跃升为全国的佛教文化中心之一。运河边的香积寺，便是湖墅区著名的寺院之一。据清代魏标《湖墅杂诗》卷上记载，湖墅地理范围“上至武林门，下至北新关，以及西则钱塘门而抵观音关止，东则艮山门而抵东新关止”，因“无长江大河以为环保，也无崇山峻岭以为拱卫”，地势平缓，“村圃田塍在其中”，虽“长亘不过十里，居民不满万家”，但“水陆互市，商贾骈集”，“吴楚燕齐，泊于湖墅……行旅市廛摩肩接踵者，咸趋北郭”。可见当年之繁华。

香积寺始建于北宋太平兴国三年(978)，旧名兴福寺。宋真宗大中祥符年间(1008—1016)赐额“香积”，香积寺遂改今名。“香”，即宣散芬芳，乃指佛理中的“五尘以香为最微相”。“积”,系聚集之义,即积聚诸功德。《维摩经·香积佛品》卷十中言“盖质之可积者,莫精微净妙乎香者”,故“言香积者,极言其积聚之精妙”。

而这香积寺在元末曾毁于战火,又重建于清康熙五十二年(1713),寺前原有东、西两塔,现仅存西塔,石质八面九层仿木构楼阁式,塔体逐层收分,除二层以上的栏杆用青石外,余皆为湖石构筑,塔基须弥式,其上每层依次由平座、塔身、塔檐相叠而成,塔身每面中央雕门,两侧为浮雕。塔第三层东面塔檐下题有“慈云”两字,其上款为“大清康熙癸巳季春吉旦,弘法沙门实澄新建”。东塔被毁于20世纪60年代,如今又根据西塔仿建了一座。

香积佛居住在上方四十二恒河沙佛土之外的众香国。《维摩经·香积佛品》卷十有此相关记载:“上方界分过四十二恒河沙佛土,有国名众香,佛号香积……”众香国“其国香气,比于十方诸佛世界人天之香,最为第一”,“而香乃地之最微者,故香积佛之众香国,为净佛国之至”。在此佛土中,“一切皆以香作楼阁,经行香地,苑园皆香”,及步道、庭园等一切建筑物,甚至连食物也是以香所成。香积佛手持“众香钵”,以“众香”感化众生。《维摩诘经》云:“于是香积如来,以众香钵盛满香饭,与化菩萨……维摩诘问众香菩萨:‘香积如来以何说法?’彼菩萨曰:‘我土如来无文字说,但以众香令诸天人得入律行。菩萨各各坐香树下,闻斯妙香,即获一切德藏三昧。得是三昧者,菩萨所有功德皆悉具足。’”

香,便是智慧的结晶;香之所积,乃是智慧的累累硕果。香积寺,独立于繁华的码头商埠之间,而独善其身,为人世祈福,香满人间,所谓功德,大约也莫过于此吧。正如明嘉靖《仁和县志》卷二所载,自香积寺东往北,便有杜公桥、跌马桥、翔龙桥等75座桥。古桥细水,两岸轻舟,自是江南水乡之景象。香积寺虽“帆樯往来者日百千计,秉烛犹喧”,日夜川流不息,但“一径蜿蜒,茂林荫密,隐然城市异薮”。据《西湖游览志》和《武林梵志》记载,当年寺门前的大运河,每天千余船只往来交通,晚上灯烛通明,不知是否胜过今日大兜路历史街区的新模样?另据清高鹏年辑《湖墅小志》卷四载,香积寺附近“河面极为开阔，入夜蟹火渔灯如天上繁星辉映岸上”，有时更暮雨潇潇，颇有诗意。历代文人留下了无数诗篇吟诵之，比如诗人沈荃就有《古寺鸣钟》：

香台不染世间尘，钟响空山暮复晨。
误尽浮生是名利，可怜深省有何人。

通过这些文献记载，可以想见当年香积寺周围环境，大约也是桑种农耕、古寺鸣钟、夏木垂荫、疏雨梧桐、秋深红叶、远山雪霁，自得一派惬意。

如今香积寺，应该是第三次重建了。

据寺院的僧人介绍，重建时请了中国美院的专家设计建造了一座青铜建筑，铜墙铜瓦，雄伟壮观，瑰丽庄重，连屋檐下的椽头钉上都包了铜。夕阳的余晖照耀在铜殿之上，散发出柔和的光芒，于檐角处的闪耀，直射进隔壁的花驿民宿，似在诉说它曾经的辉煌。

香积寺的隔壁，就是充满市井风情的繁华之地，从前是这样，如今依然。

后 记

诗人柯平约了谢鲁渤、马叙、赵柏田、邹汉明、商略等诗人，吾叨陪末座，雅集于花驿民宿谈古论今。在灯火通明的那夜，于酒酣耳热之际，谈兴更浓。从窗台望出去，正是弦月高挂，红灯笼在夜风里摇晃，不禁让人想起元末诗人萨都剌（约1272—1355）的《宿张外史马塍新居》，诗云：

竹树忽闻乾鹊噪，明朝归去候新晴。
小楼无处着秋意，暗雨空山如海声。
叶落窗虚闻鹤步，峰回路转断人行。
谁知昨夜玄洲客，剪烛谈诗到二更。

这不正是眼下的情景吗?

(原载《浙江散文》2016年第4期)

读点信札

◎ 陈革新

近日，有两件毫无关联的小事触动了我。一件是中央电视台推出一档“汉字听写大会”节目。听写是多么“低级”的“学问”，只要你“接受”了义务教育，在小学教室里，必定经历过。但恰恰是如此简单的“手艺活”，经受邀的“点评嘉宾”现场测试，连博士竟也举笔忘字，以无奈的苦笑来掩饰内心的尴尬。

科技进步，如今多在键盘上练字。过去的文房四宝，不再是“实用器”而是把玩的器具。短信、微信声形并茂，以快制胜，手指在手机上不停地按，按出了“桡骨茎突狭窄性腱鞘炎”，其强度跟古人把水池变成墨池的练字法大有一拼。

另一件是某拍卖公司要举办“钱锺书书信手稿专场”拍卖会，被102岁的杨绛先生“抗议声明”叫停，中止了将是场面热闹的“抡锤砸价”。要拍卖几封小小信件竟引起了法学界、文学界和拍卖收藏界的大讨论，且涉及法律和道德问题，这是人们始料不及的。

看来，通常被人称作“两地书”的信件，未经主人同意，第三人的眼球受好奇心驱使试图窥探，就有可能造成“侵权”。但是，信件虽然绝对是私人的，又不能排除它有“社会属性”。

点击亚马逊网站，分类目录中书信日记类，有中外编著1181种。已公开出版的，即便是家书、情书，也任由读者翻开赏读，不算“偷看”。那好，大热天，不妨寻找些名人之间的手札瞧瞧，太远的没有亲切感，选些苍南本土的更佳。

华东师范大学出版社出版的《苏渊雷全集》(五卷)，收入王蘧常、马一浮、赵朴初、夏承焘、王季思等人信札、诗札图版20多幅。放大镜下，有苏先生元白、李杜、渔洋选集编辑往来，有索求册页题签，有七十大寿庆赠送《水仙竹石图》以表颂祈之忱和为当地文史资料撰写人物传被“索催颇急”。最有意思的一封信是周谷城写给苏先生的：“渊雷先生左右，今日得阅贺卓君等同志赠我之扇，上有大作诗画，始知自己对老教授及新青年，怠慢多矣！此件珍品，到家已半年多，今才见到，足证我之疏懒及家人之不懂事，幸老友勿以为罪也。兹特补此申谢，并祝教安。”

安徽美术出版社出版的《谢云书画艺术》，收入刘海粟、沈鹏、濑田保二、渡边寒鸥等人信札、诗札图版10多幅。内容涉及温州书画院题院签、温州国际刻字会和谢老在京都、大阪书法展等文事。渡边寒鸥给谢老的手稿有《温州展时次谢云先生瑶韵》云：“燕京惜别逅温州，恰似鸥盟翔且浮……”谢老在《悼渡边寒鸥先生》中说：“余知日本著名书法家、汉诗诗人渡边寒鸥先生辞世已过半年，感忆旧事，十载唱酬，挂剑虽迟，或胜于无，赋挽之。”温州的中日文化交流，可见一斑。

高手在民间。萧耘春与钱锺书书信往来近半个世纪，但他珍藏的几十封来信从来是秘不示人，更未拿这些信件来显耀，吃钱锺书的饭。不像香港某杂志主编，钱锺书一家人信赖的“朋友”，为更好地“研究钱锺书”，把钱锺书给他的书信手稿“委托”拍卖市场拍卖。萧先生说他们是“尘埃与高山”的关系，他敬仰钱先生，因此选出一张诗笺，装裱上镜框，挂在自己书桌座位后。我有幸可以经常在壁上看看钱大师手书真迹，默默作心灵对话。

近又读浙江摄影出版社出版的《黄绍箕往来函札》和《宋恕师友手札》（上下册），又有了新的收获。

陈锡琛，字筱垞，苍南宜山人，光绪二十八年（1902）创办平阳县学堂时，出任堂长，于宣统二年（1910）创办江南高等小学堂。黄庆澄，字源初，苍南黄车堡人，早年师事孙诒让、金晦。光绪十五年（1889）任上海梅溪书院教习，次年中举人，创办《算学报》，为我国首创。100多年前，这两位前辈分别给平阳宿儒宋恕先生去信。信件得以保存，至今尚能一睹手迹，真是奇迹。品读这些手札，先不说是文史知识的进补，直观的震撼，也禁不住直叹前辈的字，写得真漂亮。

都说现代人不会电脑等于文盲，这话一点没错。当然，能手写又会操键盘是两全俱美，但会书写而不会操键盘或者会操键盘而几乎丧失书写能力，就很难分出高下。

联想起余秋雨说过的一件最令他遗憾的事——在伊拉克的断垣残壁前，他跟随凤凰卫视前来寻找“两河文明”。他拿出小礼物赠送给当地小孩子，小孩子竟不知这小礼物是什么东西。余秋雨惊愕、感叹，说：小孩，这是笔，你们的祖先最早发明了文字！

无语。

大暑天，品品诗笺可以降温、安神。烦躁时，读读信札可以清热、祛火。

（原载《散文选刊》2013第12期下半月刊）

太公祭:饥饿的印记

◎见　忘

一

我的老家梧溪,离南田约有十五里的步行路程。这样的空间距离,哪怕是人情冷暖,许多纠葛都是难以割舍的。在我还是“小屁孩”的时候,记忆中对于食物的饥渴总是如影随形。当我听说南田刘基庙祭太公时,因为刘基的母亲是梧溪富姓人家女儿,故有一桌必须是留给梧溪富氏“舅爷”的,就不免产生这样的念想:有一天,我就坐在这一桌上,吃着大鱼大肉,甚至还可以像大人一样喝一壶老酒,那下酒的菜肴中,最好是有一盘剁得细碎的羊肉,与同样细碎的橘皮炒好,一筷子下去,稍稍稳住后,须迅速夹进嘴里,否则,就会零落地撒于盘里盘外。

关于这样的念想,大概是来源于村里的祠堂祭祀。几乎是每年的正月初一,族里人就会聚在富相国祠里,以一种固有的传统方式热闹地祭祀祖宗。各种牲口,各种干货,各种水果,各种鞭炮各种声音,以及各种人和各种表情,呈现于祠堂里以静与动交错的仪式中,演绎着村子里开年来的第一个族群集体节目。在这样的节目中,藏于心中最难捉摸的念想,就会在烟雾缭绕中,令我恍惚:彼时彼刻,南田那边的刘基庙里,又是怎样的场景呢?

许多年后,我站在南田刘基庙里,那些祭祀的场景一段段地在我眼前闪过,关于它的烦琐盛典,由于刘基本身的历史高度,及刘姓家族的相对庞大,和政府一定程度的介入,已经被规范成教科书式样的文本。这样的文本似乎更适合公众媒体如电视、视频播出,或者对外文化旅游推广。虽然固有的乡土气息还在参与者原乡的身份中流淌,但对于那些沉湎本土者而言,更为期盼的,似乎永远是被时间侵蚀的陈旧质感,而这样的质感,只在回忆里偶然触及。

照例是在祭祀后,会有一顿丰盛的午餐。某种意义上说,这样的午餐,也是祭祀的内容之一。列祖列宗品尝过的佳肴美食,在不同的时空里,会以完整的形式乃至更为丰富的能量馈赠给现世的后辈。在食物匮乏的年代,他们一边品尝着特殊节日里的美味,一边在祈祷后相信祖宗会以某种神秘的力量保佑自己丰衣足食。这样的欢乐其实是整个祭祀活动中的高潮,在人们酒足饭饱之后可以回味受祖宗护佑得到的生理真实。缺乏了这样的仪式段落,反而会让他们怀疑祖先的神力是否会回馈及自身。不过,远离了饥饿的年代,即使有短时间的饥饿感,坐在热热闹闹的桌子前,我也已失去了强烈的念想,那只是一顿丰盛的午餐,其中关于祭祀的内涵及延伸,都已与我无关。

在相当长的时间里,我习惯于这种局外人的身份认同,并以为那是成熟的标志。直到许多年后我才知道,许多感觉会随着情境改变而改变的。年少时饥饿翻江倒海的真实,是我种种念想的源头,甚至我最早知道有关刘基的故事,就是从那一桌开始的。而在我走过了饥饿的年代,对于与刘基有关的情感,却反而疏远了。尽管成长拉近了时间的距离,但在距离的缩短中,人与人之间反倒走开了。我走到你的身边,走进你的心里,却是远离的开始。

而这样的感觉,也是我生命的尺度滑过中点向终端逐渐靠近时才被发现,那可能也是错误的。对于饥饿的感觉,其实一直没有淡忘,只是当我走出食物匮乏的年代后,自以为是地以为淡忘了。此时此刻,我忽然发现,对于时间的饥渴,竟是如此浓烈:原来一场祭祀,只有在饥饿的时候,才显得如此重要。

二

太公祭,其实就是祭太公。南田刘氏后裔称刘基为太公,所谓祭太公,也就是其后裔对刘基的祭祀。当然,从广义上来说,每一个宗族对自己祖先的祭祀,都可以称为太公祭。可以这么说,在历史的大空间里,姜太公估计是太公里最有知名度的;不过在文成,太公特指刘基,文成就是刘太公的地盘了。

关于太公祭,据说始于明正德皇帝的赐封。1514年,也就是正德九年,在刘基诞辰之日(农历六月十五日),由官方主持开始了第一次公祭。可以想象,对于这场祭祀,刘基后裔是如何激动、如何荣耀。对于如此荣耀,刘基后裔已经等了100多年。在等待的饥饿中,不知有几代人红颜白发,朝去暮还。在家庭式的祭祀里,在香火烛影的缭绕中,随着一代代人岁月的流逝,他们对于如此荣耀的期盼,几乎丧失了信心。没有想到,荣耀来得如此突然。而这突然的惊喜,会让饥饿感更加强烈,于是,固定每年大年初一、六月十五日举行春秋二祭,成了刘氏家族绵延数百年的不变传统。虽然,偶有中断,但毕竟还坚持了下来。譬如在"文化大革命"期间,所有祭祀一度停止,直至20世纪80年代后,才恢复了。

历史总是充满着奇趣怪诞,包括刘基后裔,没有人想到,在刘基死后的100多年后,正德皇帝会忽然怀念起这位被冷落已久的开国功臣,不仅追赠太师,谥号文成,还给予了"学为帝师,才称王佐""开国文臣第一,渡江策士无双"这样他生前从未获得的高度评价。不知道这位以奇趣怪诞著称的明王朝第十位皇帝,怎么会想起这位百年前的开国功臣,但有一点可以肯定,正德皇帝一定是"饿"了。

对于锦衣玉食的皇帝而言,他肯定不是肚子饿了。明史记载,正德皇帝即位后,大大小小麻烦不断。譬如说,蒙古入侵啊,匪患骚扰啊,亲王造反啊,还有地震啊,等等。正德九年(1514)五月六日,云南大理发生了地震。在讲究天人感应的年代,地震肯定会让皇帝心理产生震动的。是不是可以这样联想,在皇帝心理震动后,他产生了这样的“饥饿感”:上天啊,请赐我一尊大神,来镇一镇大地,稳一稳人心吧。

当然,对于一个王朝正统而言,大神有大神的标准,不是随便什么江湖术士就能混充的,最好是从开国功臣里选择,于是按照此标准,能掐会算且有深厚民众基础的刘基无疑是最佳人选之一。或许会有人说,开国功臣里,论功行赏,李善长等地位也不差啊。不过,在朱元璋对开国功臣的大清洗中,李善长等早已被抹黑了,实在是难以再拿上台面。是不是可以这样猜想,当时的某个大臣,恰好是刘基的崇拜者或者同情者,恰好也想到这片骚动的大地上需要一尊大神来稳定人心,于是,他上疏表达了这个意思。于是,皇帝看到了。于是,有一个声音说:就是你了。想当年,大神如刘基都弃元出山,辅佐洪武大帝打下大明江山,不正说明是天命所归嘛。

是的,皇帝说你是大神就是大神了。于是,我们还可以继续想象,当正德皇帝选定大神时,一定是胃口大开。在他让太监宫女们备好食物的同时,一定想着给这位大神也分享一点。在这个意义上说,第一个祭祀太公的,就是正德皇帝。

换而言之,太公祭的开始,来自于正德皇帝的心理饥饿。这样的饥饿,用“高大上”的话来说,就是一种政治考量。当然,这里所谓的政治考量,就是皇帝的个人想法。事实上,在皇权社会里,皇帝的个人想法就是最大的政治。有时候,政治就是一桌菜肴,桌上缺的,就是皇帝想的。刘基,无论是生前还是死后,都是那道不可或缺的菜。不把刘基摆上,总会有那么点遗憾。

有些人,不仅生前建功立业,死后还能继续发挥余热。这样的人是非常适合被列入祭祀的。对于刘基这种充满神秘色彩的人物而言,一旦作为祭祀的对象,他身上的能量就会最大程度得以发挥。在礼制社会里,这样的祭祀对象,不仅是其后裔繁衍生息最丰盛的精神食粮,还是整个民族在饥饿时期得以充饥的能量源泉。

有时候,对于一个处于惶惶状态中的群体,精神的饥饿,更需要具体的寄托。在这样的情境下,刘基以祭祀对象出现,并非只是偶然。

三

关于一个民族的饥饿,暂先抛开食物层面不讲,在精神层面上,探究以往的历史,我们大多处于一种憋屈的状态。即使是对于刘基这样看似饱满,还被列入祭祀的人物。

就拿刘基来说,在刘基的一生中,我们可以想象,饥饿的感觉总是伴随左右的。作为宦族世家,生理饥饿或许不会被强烈印记,但从孩提时期起,对于知识的饥饿,刘基应该是有强烈记忆的。这种印记,一开始可能有前辈的强加,但很快的,就融入了本能,成为了一种习惯。正是这样的习惯,让刘基有了饱食知识的动力,有了智慧的基础。

不过有意思的是,在传统的中国社会,这样的知识饱食,往往又会引发更强烈的饥饿感——对功名的追求。学成文武艺,货与帝王家。核心不是知识的本身,而是通过学习知识,最终达到实现功名的目的。说白了,就是要当官。没有当官,那就是白学了。

于是,在刘基作为饱学之士考上进士后相当长的时间里,仕途求进几乎贯穿了他的人生轨迹。对于知识而言,这无疑是一个悲剧。但对于当时的知识分子来说,这是一种常态,更是一种必然。当一个时代最聪明的人都热衷于仕途求进时,那除了在官僚体制内部相互倾轧争斗外,并无助于推动时代进步。而我们历史的进程也基本证明了这一点。

事实上,刘基的仕途求进并没有给他带来应有的满足感。由于自身的期望,或者说是抱负,刘基的饥饿感一直存在,难以打消。几起几落后,刘基对于仕途求进的饥饿感日渐麻木,最后甚至回归对知识本身的饥渴。在近知天命之年,他终于又回到南田武阳老家,做起了著书立说的圣贤事。

但历史还是跟刘基开了个玩笑,在50岁那年,他又被朱元璋请出山,充当类似军师的谋士角色。运筹帷幄，定策军帐，知天命的刘基又跟着朱元璋干起了打江山的大事。在这位农民出身的主公一声声“先生”的称呼中，刘基殚精竭虑，几乎付出了所有。甚至是家里老母亲去世，他也无法脱身赶回去见最后一面。当然，刘基的努力，也得到了相应的回报。在朱元璋打下大明江山后，论功行赏，刘基被封为诚意伯。虽然排名并不靠前，但无疑是进入了统治阶级高层。

有心栽花花不开，无心插柳柳成荫。刘基没有想到，曾经的理想抱负，竟会以这样一种形式得以实现。当然，更让刘基没有想到的是，功成名就后，自己并没有从此过上心满意足的生活，而是在种种政治纷争中，诚惶诚恐地过完了余生。

或许，还可以这么说，最让刘基没有想到的是，在去世100多年后，自己竟会走上神坛，接受后世如此隆重的祭祀。一个始终处于饥饿之中的人，就以这样一种形式，把自己献给了另一群饥饿的人，包括他的精神，他的神迹。

而在传统认识中，有两种人可以被祭祀。一种是死去的祖先，但祭祀者仅仅是宗族后人。当然还有一种是被神化的人，他可能是某个宗族的祖先，也可能只是一个传说人物，那祭祀者，往往会泛化成一个区域的人民，乃至一个民族。譬如我们的炎黄大帝，譬如我们的孔、孟圣人，也譬如刘基。

我们从来就是一个饥饿的民族，祭祀的广泛存在，就是这种饥饿存在的最好证明。在生理饥饿时，我们想到通过祭祀来获得食物；在精神饥饿时，我们更需要一尊神，抚慰心灵。尽管现在，我们只是把祭祀当成一种视觉传统文化，但在我们内心的深处，关于饥饿的印记，一直都在。

良宵不再

◎ 陈小萍

2009年深秋我在杭州，突然接到爱人小远的电话，问当年瑞安广播站的晚间节目结束曲《良宵》，是否由夏亦成演奏。回问：干吗打听这事？他迟疑一下说，亦成老师去世了。

放下电话，掐指一算，这都是30年前的事了。现如今，这曲、这人于我犹如烟水两隔，已是两个世界！蓦然间，挂在路灯杆子上的、屋檐下与鸟巢为伍的、被蜘蛛网缠绕起来的，台风来临时家家户户都等着它播报气象的木匣子，还有像报时的钟声那样准时的朝起《东方红》、晚来《良宵》曲，都清晰地闪回我的记忆中。

认识夏亦成，是从录制《良宵》开始的。之前的十年间，广播站的晚间节目结束曲是一成不变的《大海航行靠舵手》。当这首极具标志性意义的曲子随着时代的前进行将告退时，著名音乐家陈天华的二胡曲《良宵》成了首选曲目。但哪里去找唱片呢？广播站的资料库里是不会有的，大城市的电台资料库也找不到这些被烙上"封、资、修"印记的东西。于是经人推荐，复员军人、县机床厂工人夏亦成，就成了录制这首曲子的不二人选。

我早早地进录音室调试录音设备,一边查看磁头磁带,一边带着疑问寻思,不就一位钳工师傅,能完成这次录制任务?

坐在录音室的夏亦成言语不多,用一双大眼睛跟我们交流。当他端起二胡扯动琴弓,月光下美仑美奂的夜景立马铺展开来,那种惬意,那种抒缓,和他灵活而随意的手指糅合一起如胶似漆。平时录制音乐节目,总有操琴者对着录音机紧张发怵。而眼前的这人却全然不同,他的身心与音乐已融为一体。

录完音,文艺编辑詹姐指着他的背影道:“可惜了,这人。”

原来夏亦成确是二胡高手,小时侯就对二胡情有独钟,没钱买琴就用一双筷子搭成弓弦权作二胡,一拉就是半天。就这么拉着弹着,坐到了东海舰队首席二胡的位置上。原本可以高升至总政歌舞团当专业演奏家,却偏要报考上海音乐学院,也不知怎么的没有上榜,一恼之下回乡当了工人。

曾有上海民乐团首席二胡肖白庸到小县城找他, 听琴后感叹说:“你即使考取了上海音乐学院,又能学到什么东西呢? ”夏亦成却对上海音乐学院情有独钟,花了几年时间培养了一位女弟子,让她考进上海音乐学院。可偏偏就是这个女弟子,在学校组织的郊游中,为救同学溺亡在黄浦江口。老天就是这样的不公平!

再后来就是经济社会,好多老式工厂倒闭了,夏亦成也理所当然地成了下岗工人。妻子无业,女儿尚幼,为生活所迫以至于全家上街卖汽球,却依然爱拉二胡,每天坚持五六个小时,从不间断。依然好为人师,免费教人拉二胡,为让一个有潜质的孩子继续学琴,还买了本地鸡送上门恳求她父母不要中断她的学习。接下去就是病了,先是糖尿病,再是高血压、尿毒症、肾衰竭。临死了还想着练琴,怕别人讨厌他、嘲笑他,便在琴筒上装了消声器,后来干脆捡回少年时发明的“专利”,用一双筷子搭成弓弦练琴。再后来便是撒手人寰,静静地躺在殡仪馆,听着公认的二胡名家刻录的二胡光碟。而他自己录制的《良宵》磁带,却在广播站乔迁新楼时丢失了。

他一生拉琴,为他录音的竟然仅我一人。临了大家才想起,为什么不为他留下一丝音响。自然有遗憾、有唏嘘,但为时已晚。也会找原因,从经济条件上,从人才体制上,说的都对,都到以卖气球为生了,怎么去录制音乐?又不是“庙堂中人”,并非中国音乐家协会会员,亦非国家某级演奏员,更非音乐学院教授音乐研究所研究员,谁会为“草根”录制音乐?这就是他的宿命!远离体制的光芒,又无缘被市场接受。一向冷眼看世相的小远在电话里说:“人都死了,让他风光一回总可以吧,追悼会上可称他‘天才的民间二胡演奏家’。”当晚,手机里出现小远发过来的短信,是为夏亦成写的一副挽联:

病中吟空山鸟语子其难觅;广陵散二泉映月良宵绝音。

敬挽者:乡人胡小远、陈小萍。

追悼会上,昔日的学生们为悼念他,演奏起二胡名曲《良宵》。有做买卖、办企业的,也有在剧团当演奏员的,都不可能像他们的师傅那样,每天练上好几个小时的琴。既然他们这样,也就怨不得胡琴欺负人了,与他们生分,跟他们拗口,磕磕绊绊地走不到一块,拉不出像他们师傅那样流畅的声音。听不到该有的欢畅与自如,却多了几分生涩哀怨与无奈。

这个追悼会没有一丝官方色彩,很民间、很隆重、很“草根”、很哀伤……

小远敬佩夏亦成,为他的丧事出了力,他的亲属与学生盛宴答谢。席间,小远提议,明年搞一个纪念会如何,到时请些庙“堂内的”二胡名家过来,一来表示对民间音乐的敬意,二来肯定夏亦成的艺术天分。在场的人齐声应和,亲属中、学生中、有做房地产生意的,也有办厂开店搞外贸的,都拍胸脯说钱没问题,到时候请人过来就是。

现如今,夏亦成走了将近两年,却从没有人提起为夏亦成办纪念会的事。曾经有的热情与许诺,早已在忙忙碌碌的庸常日子中烟消云散。也罢,世事繁多,在一切崇高都可被消解、被庸俗的今天,证明一个民间音乐天才又有什么意义呢?

偌大的世界里，不会再有温厚似水柔情如月的乐声，从挂在路灯杆子上的、屋檐下与鸟巢为伍的、被蜘蛛网缠绕起来的木匣子中流淌出来了。斯人已去，良宵不再……

菖蒲与萱草

◎ 苏康宝

南方的山涧溪流和田间地头，若是缺少了这两种草，不知会是怎样的一种单调和寂寥。

这两种草就是菖蒲和萱草。

我之所以对菖蒲记忆深刻，源自少年时代。那时，家境贫寒，养一头猪作为年底的收入，用于添置年货十分重要。当然如果是自家屠宰，肉销售出去后，剩余的猪下水还是过年时不花钱的食材。猪头拿来炖，猪肠拿来灌肠，对于贫困的家庭来说，更是一种难得的美味珍馐。要养猪必须得有人打猪草，我是家中唯一的男孩，这活自然就落到了我的头上。那些年月里，从春天到初冬，空余时节，我重复着这项工作，从来不曾感到过疲惫。当然我也不该疲惫，协助父母，分担生活的重量，对我来说就是一种责任。尽管这份责任与大人的相比，微不足道，或不值一提，可我还是全身心地投入，穿行在田间地头，跋涉在山涧溪流，丝毫不敢懈怠。

这时候，我与菖蒲常常在溪流边相遇。

一指宽的叶子，墨绿色，任何时候都显得挺拔，这就是菖蒲。它们簇拥在溪流两旁的岩石缝隙里，终日听着潺潺水声，欢快生长。每次与它们相遇，我的心境也愉悦起来。居水而生的菖蒲，内心并不寂寞，它们的生长与水声同步，迎着风，淋着雨，一条寂寞山涧，因为它们的存在，而充满生气。

我时常要踩过泥泞的田埂，在割手的茅草和扎人的刺蓬中，挑选那些开着紫花的猪草。在这个过程里，我时常不忘用目光远远地抚摸那些菖蒲，我知道它们一定也有感应，所以才那么翠绿，那么滋润，那么毫不媚俗地生长着，把我寻找猪草时的艰难、孤单和寂寞全都扫到了九霄云外。

与菖蒲们相遇，令我无比愉悦。徜徉在山野间，我经常把自己当作一株菖蒲。每当完成采猪草的任务，我把装满猪草的竹篓丢在一旁，揪一把杂草垫在屁股下，身体倚靠在田埂上，就那样默默地对视着山涧溪边一步之遥的菖蒲。那一刻，菖蒲也会说话，那些在风中轻轻舞动的墨绿的叶子就是它的语言。

多年之后，菖蒲之所以还能让我铭记，主要来自家乡沿袭多年，且极为隆重的习俗——端午、中秋、重阳。

端午里的菖蒲不再和我做伴，而是成为家家户户门前的挂件，与艾草一起成为辟邪的宝物。它被红线拴着，高悬于或奢华或简陋的门楣之上，看它时必须仰视。每逢此时，母亲则会叮嘱我去采些菖蒲，悬挂于门上。母亲说一根就是一根，我从不多采。穿梭于山野，我与那些菖蒲熟识，不忍心过分地去伤害它们。端午过后，看着菖蒲蜷缩在门上，失去光泽的身躯，散发着一种痛苦气息，我的内心都会隐约有几分感伤。

居住在乡村的那些日子里，菖蒲们生长在山野，与我们的生活息息相关。无论是端午、中秋、重阳，还是春节，九层糕一直是少不了的时令食物。每到这个时候，到乡村里转转，就会发现，很多人家都在转动门前的石磨。石磨边是桶装的经过昼夜浸泡的粳米，发白的米水中夹带着一些绿色的叶片。那叶片就是菖蒲。

母亲说，菖蒲是药，和在九层糕里，可以让九层糕多存放些时日。不仅如此，菖蒲还具有开窍、祛痰、散风的功效。每次磨米之前，母亲都会嘱咐我去溪边采摘菖蒲叶。炊九层糕用到的菖蒲叶并不多,一两片就够了。米和着菖蒲缓缓进入石磨孔,顺着石槽流到桶里时,已经变成浅绿色的米浆。这时候你还闻不到菖蒲的清香。之后,在黎明前夕,母亲会早早起来,在灶膛里生火,再将头天晚上准备好的蒸笼架于锅上,待锅里的水开始翻滚,炊九层糕的工作就开始了。先在蒸笼里垫布,浇一层米浆在上面,蒸熟了,再浇一层……随着火势的增大和时间的推移,菖蒲的清香夹杂着米香开始随着热气在灶间弥漫,而后透出窗棂,飘进乡村清晨的雾霭里,与家家户户炊九层糕的气息无声融合。于是,气息开始包围村庄,整个村子散发着菖蒲的味道,淡绿清香,温暖温馨。

在田间地头,我遇到的不仅有菖蒲还有萱草。

与菖蒲相比,萱草也是那么具有野性。

夏天的时候,山野里的草木就旺盛起来了。那种绿覆盖了田间地头,浓得难以化开。而就在这无边的绿色里,一些花朵开始跳入我的眼帘。它们如同邻家的孩子,在草丛里和我捉迷藏。短短几日的工夫,便"嗖"地从绿草丛中,闪出两三朵花蕾,次日再看,都绽开了笑颜。五瓣黄色花朵,模样如同今天花店里出售的香水百合,但是比香水百合更为朴素和娇媚。一朵、两朵……萱草花越开越旺盛,我的心全然沉浸在了花带来的喜悦中,忘记了拔猪草的无聊。

那些日子,每天清晨,天刚放亮,我就挎上竹篓上路,到熟悉的田间地头,寻找那些萱草,采摘含苞待放的长形花蕾。我猜想,那些沾着露珠的花蕾,一定不知道我的到来。它们还在睡梦之中,能够唤醒它们的阳光还没有升起,此时的田野,山岚起伏,清风徐徐,有一种轻气在轻轻弥漫,那一定是萱草散发的气息。

母亲把我采摘回来的萱草花蕾挑选过后,先在翻滚的开水里焯一下,直到花蕾颜色不再鲜艳,用箭篱捞出,控干水,动手逐条细心地排在竹匾上,端到屋外,放在太阳下晒。南方夏天,雨水较少,短短两天的工夫,这些还未开放便已经失去生命的花朵,很快就被晒干了。母亲再将它们收集起来,统一送到乡里的收购站，换回一张或者几张票子。而那天晚上的餐桌，伙食必定会有所改善，或是一碗红烧肉，或是一碗梅鱼。

那天晚上，我梦见了萱草花。

成年之后，我离开家乡外出谋生，但时常回味菖蒲和萱草的清香。尽管少有回家，可我经常会想起菖蒲和萱草，每次想到它们，眼睛都会无端湿润。特别是看到，微信朋友圈里晒出那些置于案头的菖蒲或栽种于盆中的萱草，我总觉得怎么也比不上家乡。那些生长在山涧田头的菖蒲、萱草更让人倍感亲切。我暗想，或许世间万物都有它生长的根基，一旦离开了，就再也找不到曾经的美好了。

生长在故乡的菖蒲和萱草真幸运，我离故乡渐行渐远，它们却依然扎根于故乡，吮吸阳光雨露，在山涧溪流，在田间地头，自由自在地生长。

后来，我偶然得知，菖蒲不仅属于家乡那些节气习俗，同样在古时，还有人用它酿酒，朋友相聚，举杯畅饮，说是能解乡愁。萱草其实还有好多名字，我们可以叫它“金针花”，可以叫它“黄花菜”，还可以叫它“忘忧草”。

其实，为了生活，远离故乡，独守寂寞的日子里，谁又能舍却内心的那片乡愁呢？

（原载《辽河》2017年第9期）

外婆家的春节

◎ 应华盛

就这样，没来由的，突然想起儿时外婆家的春节来了。

那时外公外婆还住在非常宽敞的老宅子里。宅子的构造很特别，好像是一个大院落房子重新分配后，路边的一角。宅子分为前后两进，但两进之间的道坦是有屋檐的，左右两边又是封墙的，而且屋檐与前房靠得很近，所以也像是一个小房间。只在下雨的时候，才发现，屋檐下的水滴会掉下来，落在前房后门口的沟上。我小时候老觉得这个房间十分特别，怎么会有水沟，还有雨滴落下来？后来才知它不是房间而是道坦。在那时，道坦上置了块长长的青石条供洗衣洗菜用。洗过的水直接倒沟里，非常方便，只是地上总是有点湿漉漉的。这个道坦把前后两进紧密地连在一起，使宅子变成一个长龙样的房子。前房有两间，居中出后门，就是有檐的道坦，再迈门槛下一格台阶，就是非常大的后房。这个后房只在左边用木屏隔了半墙放杂物，其余都无遮无拦，是一个很大的客厅、餐厅兼厨房。大圆桌放置在厅中，尽头是老式的灶台。灶台一边是厨房的后门，从后门出去，还有一个长勺状的后院。我觉得这个后门也开得怪，要去后院得绕过烧火的人，放柴火时得把后门关上才行。

而且这个老宅子也没有前院或前道坦缓冲一下马路上的嘈杂。冬天晒太阳时，大家只好开着前房的门，坐在门里边的一点地方。这么长的宅子左右两边却都没有窗户，所以后房的光线不太好。

然而这个长长的幽深的大房子里的春节却是我小时候最盼望的。

除夕，我们一般都待在家里，父母忙着"拜菩萨"、置年货，晚上每个人都好好洗个澡，清清爽爽入被窝，床头已准备好了妈妈从镇上或别的地方买来的新衣服。大年初一一早，穿上新衣新鞋，妈妈准备好姜茶叫我去给爷爷奶奶拜年。爷爷奶奶喝好茶便给我"压岁红包"。大年初二，我们就上外婆家拜年，一般会住上几天再回家。

我10岁前，舅舅还未娶亲，小姨也还没有嫁人，大姨嫁在本地，生了三个儿子，最小的阿三跟我同年，只比我小几个月。二姨嫁得相对远一些，有一儿一女。我妈是老三，我妹当时算是小辈中最小的。

外婆是这个大家庭的主心骨，所有的人都听从她的安排。她大部分的时间都是在灶台边上。大姨总在帮着洗洗涮涮，二姨经常坐在灶膛旁一个小板凳上负责烧火，我妈会坐在灶旁小桌子上剥豆壳、花生壳或者别的什么。我妈不太喜欢动弹，小姨则风风火火，帮外婆拿这个搬那个，或者管我们这群小孩子。一般情况下，大姨、二姨和外婆是最忙碌辛苦的，其余的都只打打下手。我对外公没什么印象，他有点像隐形人，内向安静，偶尔跟我们搭句话，或者被外婆叫去做些小事，或者一个人在房间里看书。我记得那时外公的毛笔字写得好，常帮人写对联。爸跟两位姨夫和舅舅，四人正好凑成一桌打牌，那时流行打"上游"。他们的春节基本就是在打"上游"，只在吃饭的时候暂停一会儿。我们小孩子也常会玩些游戏，打打牌，有时人手不足时，外公也会来陪我们一会儿，教我们打牌。更多的时候，是大表哥、二表哥教我们打牌。大人的一桌放在前房的外间，小孩的一桌就在后房餐桌上或者灶台边矮桌上。

外婆几乎从早到晚都在灶台边上。她炒香瓜子，用粗盐炒，瓜子味道比小卖部的多味瓜子淡，但脆香脆香的。有时我们还在桌上玩，小姨就把还热乎乎的瓜子直接倒在桌角，我们便一边玩一边嗑。

外婆炒完了瓜子,就炒豆子,黄豆、豌豆或蚕豆,用专门炒豆的盐石炒。前两种炒到酥脆为止,蚕豆还有种家常做法叫咸菜汁卤豆。就是将炒酥了的蚕豆滤去盐石后,趁烫倒入咸菜汁。这样豆子就浸入了咸菜汁的味儿,有种咸香又有韧劲的口感,当然黄豆、豌豆也可以这样做。没有咸菜汁,直接用盐水也可以做出盐水豆来。炒豆当零食吃,咸水豆一般做下酒菜。

当然,外婆还炒花生,炒南瓜子等,再不行就炒米。她总能做出许许多多的零食给我们吃。吃是正月里的重头戏,而她也以丰盛的吃来表达她的爱。以至于现在我的味蕾比记忆先行一步,味蕾不忘的,记忆也不敢忘记。

各种炒货是一种技术活和力气活,不仅铲子翻动要轻快,匀速炒,还要持续炒并掌握好火候。当外婆炒到手酸时,大姨就接上来炒两下,有时小姨也上来炒两下。除了炒各种坚果,外婆还做冻米糖。有时是用炒米做,有时用爆米花做。外婆家的屏风的墙上挂有许多做糕点面点的工具,经常有邻居来借用。外婆做铜盘面是一绝。番薯粉汤在热铜盘面上一转,就起出一块圆面来,外婆用筷子一拨,夹起成形的面皮往竹竿上一晾,过一会就可以卷起来切成一丝一丝煮面吃了。外婆也做番薯干,把番薯煮熟捣烂,和上炒熟的芝麻,拿个饼干盒子过来,把和好的番薯泥在饼干盒的凹处填进去,刮平,再一翻盒子,倒出来一个饼干盖状的番薯饼,在竹筛上晒干之后再炒酥了吃,非常香,比直接将熟番薯切片晒半干的还要好吃。

外婆还烤土豆、烤芋头、烤番薯。“烤”是宁波菜的一种蛮特殊的方法。取其音近,并不是直接放在火上烧烤。一般都是把大块东西放入锅里水煮。大火煮沸,中火继续十来分钟,小火再继续十来分钟,一直煮到水干食物软为止。宁波有烤菜、烤笋、烤茄子等,都是用这种方法制作的。土豆、芋头一定要烤到水干,盐花都白乎乎地趴在锅边和土豆皮芋头皮上为止。土豆一咬粉软,芋头一吃滑糯。烤好的番薯,用一个形象的说法,就像剥出来的蛋黄那种软香。

那时用土灶烧柴火,二姨一边烧柴火,一边把年糕埋进灰炭中煨。不一会儿,她用火钳夹出年糕,拍拍表层的焦炭说:“谁要吃煨年糕,煨年糕熟了。”有一次我伤风咳嗽，外婆叫外公到山上挖了几株野百合的根，在炭火里煨熟了给我吃。现在我们吃新鲜的百合，煮起来喝，味道蛮清苦的，以前用煨的方式，会减少苦味，还有一股番薯的味道，只是没有番薯甜。

我们时常吃零食吃到连正餐都不要吃了，什么鱼啊肉啊都不香了。当时过年前，许多人家里都做甜酒酿，宁波话叫“搭浆板”。外婆搭的浆板特别醇香。妈也学着做，大抵是糯米浸水泡一夜，上锅蒸熟，加酒曲，我们那边叫“甜白药”，包上一锅捂几天。一般都放在被柜里用大被子包起来，捂发酵的。第一次，我妈的浆板搭得又酸又生，那时也没有电话、手机，只好等到过年回娘家再向外婆请教。外婆就说糯米要蒸得一粒粒的，“甜白药”要放得不能让糯米成稀饭了……到第三年，我妈也终于搭出非常美味的浆板来了。正月里我们吃浆板汤果当饭后甜品。小时候我并不是很爱吃，到现在吃了超市买的甜酒酿，才觉得当时没有任何添加的浆板味道有多地道了。可惜我外婆去世已将近20年了。

当年舅舅结婚时，外婆把这个老宅子腾出来装修一下给舅舅当婚房，外公外婆先是住在后院的两个小平房里，后来住到大姨家的新房子里去了，我记得小姨就是在那里出嫁的。再后来，外公外婆又住到我大叔为他们安排的花木场里以及种子公司的单位宿舍里，也是居无定所。一直到很迟才回村住在大姨家的老房子里。

七枫巷

◎ 陈慧娟

在这数十年的光阴里，我以各种姿态走过温州的大街小巷，然而唯有七枫巷，那些留在嗅觉、视觉、听觉里的记忆从不曾淡忘，反而随着岁月的流逝日渐清晰，就像一部时光简史，时刻叩问着我的心扉。

早年的七枫巷汇聚文武全行。小书店隔街而望，深紫色的隶书对联悬于门楣之上，长日寥寥，书香落寞。由西而东，渐次嘈杂，米面馆、理发店、冷饮店、裁缝铺、钟表修理店……临街而立，自见秩序，如旧时韵脚平平仄仄，一路行来，朗朗上口。小巷好就好在宽容，推车的叫卖声、担担子的吆喝声不绝于耳。印象颇深的是有时遇见小贩挑着一担细青甘蔗路过，问我们要不要比劈一下。于是大伙挑出一根瘦长的，姑且扶立在地上。说时迟，那时快，削刀狠命地朝下一劈，半根甘蔗便砉然中分，能劈到多长就吃多长。这一招对男孩子最有诱惑，若有女孩围观，当然就更来劲了。

20世纪80年代中期，摩托车尚未成为主流，自行车是更为常见的出行方式。无论冬夏，小巷里人影绰绰。男女老少济济一堂，棉衣单衫，提篮担担，谈笑间口沫横飞，脚下腾起一片尘埃。忽而摩托车不合时宜地开进小巷，占去半边路面。悠然自若的行人并不惊慌，侧身之际微觑一眼，照旧走路行事。摩托车行在砖石路面上，嗒嗒马达声清晰可闻。记忆中的骑摩托者，黑衫，牛仔裤，脸庞年轻俊朗，手扶车把，目不旁视，壮士般当街睥睨，那架势甚是拉风。

春末夏初，小巷湿湿润润。巷边人家窗台上的花争艳吐蕊，散发出怡人的香。总有年轻的女子爱飘散着一头黝黑的长发，牵系人目光；也总有汉子们爱赤着水淋淋的上身，作一种黑红健美的炫耀。在小巷的尽头，有一扇圆拱双和门，一副系着红绸绢的小巧门环；有一个背影正向那门环走去。娉娉婷婷，这时，你似有触动，喃喃道："这巷真深……"待你回头看来路时，暮色倏忽间变浓了。其时，暮风清拂，某户老屋檐角上的风铃正响得欢，声声紧、声声慢，你不由得停止脚步，不敢再向前挪动。你担心，哪怕是轻轻一动，整个小巷就会飞走，不知去向……

年复一年，在这住久了，你会磨丢了棱角，流入到小巷恬静的小民生涯中去。而唯到此时，小巷生活的逸趣才油然而生，泉涌一般地纷至沓来。行慢几步，细数长长的青砖石，忽就生出莫名的欣喜；执着一点，背着人流走去，往往在巷底不起眼的小馆中得到最丰盛的款待，不但能品着地地道道的温州美食，还能听历经沧桑的老板娓娓讲述一段尘封的历史。更有趣味的是，街头巷尾每一张面孔都似曾相识，你还没想起他来，他已对你笑得灿若桃花。初时还不免仓皇，暗怪自己的健忘。久而久之，亦能坦然地回眸一笑。相逢何必曾相识，都市中阅尽世态炎凉，此时的温情委实弥足珍贵。

记忆犹新的是，每每入夜时分，总有一阵宛若流泉的笛音淙淙地飘然入耳。那荡气回肠的旋律，丝丝入扣，撩起你的思绪，敲打着内心深处的款款柔情。笛声是从小院外面的民居楼上传来的，但不能确定它的具体方位。那么多扇窗，哪一扇才是吹笛者的呢？如泣如诉的笛声，使迷离躁动的夜晚平添了几分矜持和悠然的意味。美妙的乐音总能征服那些挑剔的耳朵，并非如枭暴的强人以刀兵胁迫无拳无勇的过客，使之顺从。或许有人也如我这般闭眼聆听，肆意遐想，并感激着那位吹笛者。

母亲住在部队宿舍，墙的那头是一幢欧式建筑的皇皇大宅。关于此大宅,过去是身在庐山,知之甚少。后来才知它的主人叫胡炘,于20世纪30年代毕业于美国参谋学院,曾任国民党陆军第46师师长、陆军装甲兵司令、“总统府”侍卫长等职。胡炘一生如同浮萍漂移,磨难离合,最终客死宝岛。

该宅子坐北朝南,高约10米,为三间两层楼房。大宅里有两棵大树,罕见的高大,密密的卵形翠叶庇荫着大半个宅子,把宅子遮掩得凉凉爽爽。

宅子里原先住着几户人家。有一位年迈的老人,每到夏日,总喜欢坐在藤椅上,手里摇着一把老旧的蒲扇,听着屋里留声机传出的不绝如缕的音乐,然后在断续的音乐中沉沉睡去。有时,她突然醒来,急切地问一句“穆桂英挂帅了没有”或者“秦香莲哭完了吗”。见没人回答,她就静静地听上几句,一旦接上了,脸上漾着笑意,轻拍扶手,一派慵懒与松懈的模样。

面对老人,有时想,一张老唱片的意义足以抵上一场轰轰烈烈的革命和爱情。这一张听了数百遍的塑料纸很轻易就吃尽了一个人一生的时光。她们的青春、爱情、红晕、羞涩和娇柔都变成缓慢的声音藏到老唱片里去了,及至老年,再一点一点地释放出来,把这些记忆一层一层地揭开。

如今,那位耄耋老人早已仙逝。几户人家也都相继搬出。围墙的罅缝里满是茸茸的绿苔,地上杂草丛生。偌大的宅子只有两棵大树默默地坚守着。大宅里,昔日的喧闹在时间的河床里沉寂了,就像流水淹没了礁石。在这空落的院子里徘徊,但见绿黄斑驳的大树在风中摇曳,夕阳的余晖映着一角青苔暗长的高墙,又把它的影子投射于庭前。有时我会忽发奇想,80余年前,谁曾经走过这条长长的走廊,又曾经有怎样的邂逅,有怎样的悲欢离合?一切都留在了昨天,而昨天已经老去。

其实,母亲居住的大院与胡氏宅子只是由几间简陋低矮的平房隔着而已。这几间平房原先专供大院里的十几户人家作车棚用。后来,随着城市化进程的加快,人们腰包渐鼓,赖以代步的自行车、摩托车被自驾车所替代,车棚就无用武之地了。某天,平房上出现了数只野猫,它们或停栖于屋顶,卿卿我我,无所顾忌地谈情说爱;或神情从容、悠然自得地在瓦顶上踱着步。如你故意向瓦顶扔上一块小石子,它们毫不畏惧,那一双双眼睛直盯着你看,一旦觉得你并不对它们构成威胁,便又会顾自撒欢起来。野猫们的吃食几乎都是邻居们时常丢下的一些肉骨头。这些野猫个个长得肥硕健壮。在居于此地的野猫们看来,即使一声霹雷震酥了大宅子,也撼不动它们对这屋子的爱。

前些年,温州掀起了一股保护古巷古街之风,不管是官方或是民间,好像都不约而同将触角伸向了那些似乎被遗忘的角落。或许是源于物质上的改观,也或许是精神的向往。七枫巷自然被列入重点保护对象。而后,小巷被修复,粉饰。这不是一件简单的事情,那蒙蔽墙壁之风貌的白漆,刷下的或许就是灵魂;那横在屋中央的一根顶梁柱,拆下的或许就是历史。我们听之,闻之,思之……但更多时候,我们是失语的。面对过往的失语让我们显得那么无奈。

时至今日,小巷里更多的住户迁移到了住宅新区。在巷子里开店的几家米面店、杂货店、冷饮店,终因门庭冷落,顾客稀少而大都关门大吉。昔日青春逼人的邻居都已跨入中年的门槛。偶尔齐聚的别致之处,不似一般的同学聚会,张口闭口不是金钱、女人,就是权力房子,我们在饭桌上谈论的全是小巷的点滴记忆,谁家的天井里水最清澈,谁家的盆景最好看,没有飞长流短,只有风花雪月,真正意义上的风花雪月。

小巷里有一户人家院里种着枇杷树。某日,天空低垂,雨丝斜飘,乌云奔突,像在赶集。但这并不妨碍小巷深处紫燕起落,树木滴翠。最令人惊讶的是几日不见,那老屋的一株枇杷树,疏密有致的绿叶上竟迅疾地结满了熟透的枇杷。面对竭尽你想象的空间,你可想象它在阳光、细雨中的酝酿,亦可想象微风夜露中幽远的枇杷果香……也许它是积蓄了一个春天的精气,在这短短的几天中轰轰烈烈迸发出来?

这株枇杷树偏居老屋一隅已有十余年。十余年来它安之若素,不苟且,不俯就,只遵循自己的果期、自己的规律,甘愿被人忽视其令人心醉的美。叹服深藏于巷弄之中的枇杷树卓尔不群之姿,品味其被世人漠视的美!

多少闲逸时光,恬淡故事,从一条巷子开始。任浮世繁弦急管,均可以过滤掉所有的风尘。每次行经此处,我都要放慢步履,怕自己的闯入惊扰了巷子的宁静。

旧宅深院,烟雨往事,从未离开我的心里。小巷里的风物和故人,永远只是旧时模样。久远的故事,就这样从小巷里缓缓地流淌出来,散于风中,无处可寻。

人生的标点符号

◎相　国

我读中学时，凡作文，总能得到老师的表扬，也引来同学羡慕。但有遗憾，遗憾在于我对顿号、逗号、省略号之类的“小蝌蚪”不大敏感，所以我的作文本上总会有些个标点符号被老师用红笔画出重新更正。有一次班主任说，现代汉字的有趣，不仅是每个字都有自己单独的意义，而且还要拉上整队的标点符号参与进去，也只有这样，文章才能完整地体现作者的情感与观点。我也由此对标点符号有了一番新的认知，并在以后的作文里刻意追求标点符号与文字的关系。事实似乎也恰如老师所言，这些看似单一、无含义的标点符号，一旦如蚂蚁一般爬入字里行间，语句的意思便起了变化。

再后来，当我进入这个纷杂的社会后，对于标点符号又有了一层另类的认识。这种认识并不是指标点符号与文字单纯的关系，因为词语一旦由人为的因素产生变故或发生了歧义，就需要标点符号挺身而出做些庇护或掩饰工作了。比如某些“专家”，比如某些“公仆”，比如差不多由郭美人代言的某会，倘若不给它们装上一对引号，民众是不大情愿的。也就是说，标点符号在某种时候、某个特定的范围内，也确能具备独立的表意功能。而以此类推，我们便可以做些有意义的牵强附会。

人生可说是由各类标点符号组成的,虽说结局均归句号,但仔细地看,句号有大有小,有圆满也有残缺,有黑白更有彩色。大的句号可以容纳千军万马,能绕着历史走上一圈。小的仅肉眼可见,甚至将它放大几倍,所看到也仅是一个模糊的小孔,甚至周边不规则的坑坑洼洼状。这到底是命运坎坷,还是品格瑕疵,不得而知。倘若认真起来,倒也能跳出许多感叹号来。有些人不是没有感叹号,只可惜在优胜劣汰的社会,感叹的只是自己失败的人生,那是一种无奈,或自责,或后悔。有些人的一生除了死亡一个句号之外,整个儿就是括号。括号是用来让人家填空的。括号里可以是庸俗,也可以是平庸,反正"庸"字是省不掉的。有些人的一生看似有许多的破折号,经常在熟人场合口出狂言,仿佛破折号一拉,后头就会跟着有惊天动地之大事。其实只是拉扯一下虎皮而已。你若找个机会拿橡皮擦擦拭一下,便发实非破折号,只虚线一条罢了。更有些官员,白天在台上大谈廉洁奉公的感叹号,台下的听众倒是一肚子的问号,因为天黑之后他有着太多的省略号。这些省略号如同"此处删去1500字",让人只可意会不可言传。而一旦变成可以言传,那么等待他的便是风光人生的句号。当然,也有像张志新这样的人,其肉体虽早已被迫句号,但精神则如一道醒目的破折号划破了历史的长空,那是春雷中的闪电,如同重磅的惊叹号,惊醒了昏睡的民众。世界史上,这类人并不在少数。他们站在社会的各个领域,并在某个特定历史时期置个人生死而不顾,或振臂高呼以身殉道,或给芸芸众生带来一笔思想上的财富,像伽利略,像甘地,像路德金……也包括鲁迅等一大批中国的有识之士。他们句号了吗?是的,他们的肉身句号了,但思想永远不会句号。

就在前不久,我与两位年轻的硕士生喝咖啡,顺便也聊起这个话题。我说你们是顿号,风华正茂,思维活跃,后头随时跟着别的什么,或你意想不到的创新,或叛逆传统的时尚,前景看好。他们反问我是什么,我说我是分号,人到中年,棱角已被生活磨耗,问号已从心中消失,因为看透了,所以凡事都求个均衡,以中庸来度余生。当然,后边也可能有别些标点符号出现,但数量肯定不多。手搭遮棚略微一望,老远处就有个符号在向你招手,虽说有些模糊,但你明白,那肯定就是句号。不过,我也不谦虚,我说我这句号,比起有些个口是心非带引号的公仆,显然要清爽些。那些人就因为平日里说得多做得少,所以他们的外衣上挂满了冒号,而且,人虽活着,老百姓却早已经给他们画上了灰色的句号。

一里路，一座城

◎麦　浪

灯光浮在河面，像颜料溶进水中，红绿蓝黄，相互衔接，却又各自分明，在微风荡漾下，带上一点凡·高的笔触。南塘街的夜色看上去有点迷彩。街边的酒吧传出赵雷演唱的《成都》，这是一首最近“火上天”的民谣歌曲。他们都说，每座城都应该有一首属于自己的歌曲。那么这座城呢？

我从白鹿洲公园绕了一圈出来，登上与南塘街相连的一座大拱桥。这座桥由两个半圆形相连，中间下凹，半圆与水中倒影刚好拼成一个圆。南塘河在温瑞塘河主干段，塘河是这座城的母亲河，联通着每一块土地，流经瑞安，最终汇入东海。过去的人们，出行往来，商贸货运都靠塘河来完成，这是温州的大动脉。我认识一位船老大，名叫阿亮。他开着货船在这条河流上航行了30年。我曾坐着他的货船，黎明五点，从市区小南门一直到瑞安东门；也曾坐着他的船，穿行在塘河水域支流，在旷野间，在水泥丛林间，航行在一座座新桥与老桥之间。

如今陆路交通发达，河流的航运使命渐被消解。在过去的30年间，河流备受污染，疼痛难忍。今天，终于醒悟花极大的代价治理水污染，还河流一个清白之身。我为这份“疼痛”拍下过一组名为《河流的新装》专题摄影作品，在当年的微博上被大量转发后，曾接到当地有关部门的一个电话，希望我把图片撤下。后来，这组“疼痛”在一个国际摄影节展出，也在中国摄影家网和浙江摄影家网展出。

他们终于明白，一条河可以流多久，一座城才能走多远。

我站在第一个桥拱最高处，望见北边那座高达300多米的世贸大厦孤立在朦胧夜色之中，像一枚钢针，扎在这座城的最中央。顶端避雷针上的红灯在黑色夜空中一闪一闪，成了许多容易迷路男女的灯塔，至少我刚来这座城市时，在路上搞不清方向了就看看这座“灯塔”，这也是它唯一的作用了吧。我是搞不清楚为什么花费了如此财力物力和公共资源的一座摩天大楼，建成十来年却至今未开放使用。这也许就叫作任性吧。西南边也有一座类似高度的大楼，刚刚落成没多久，楼体上还有大大的广告标语，写着什么“空中别墅”的字样。这么高的楼，我是不敢住的，我喜欢脚底板踏着土地的感觉。这栋大楼的顶端像花瓣状绽开。有人说，它与世贸大厦一南一北、一雌一雄。

拱桥中间的凹地摆着一个摊儿，是一个捏糖人的摊。糖人师傅在熟练地捏着一朵“玫瑰”，动作娴熟，转瞬间就做好一朵惟妙惟肖的糖花，引得一对青年男女感叹不已。我想起年少时，也曾在杭州清河坊街的糖人摊，买了一朵糖玫瑰送给一位姑娘。那朵花与眼前这一朵一模一样，师傅的手法也一样，气味也一样。那位姑娘拿回去后没几天就融化了，就像爱情，化为泡影。

这座城在外地人眼里是一座充满铜臭味的城市。温州人在异地的太多了，而在异地的温州人基本上都在经商，这难免不给外地人一种温州只有商人的错误感觉。其实，这片土地出过不少大贤，远有谢灵运、叶适、王十朋、陈傅良、“永嘉四灵”等，近有朱自清、孙诒让、陈振铎、南怀瑾等大家。就在这座公园的河边，还有一座数学家谷超豪纪念馆，有几座美术馆和工艺馆。温州也是百工之乡——黄杨木雕、细纹刻纸、活字印刷、彩石镶嵌、蓝夹缬、米塑、瓯塑、瓯绣、发绣等民间工艺早已闻名于世。看吧，在这座城的街头路角，随处可见此般工艺小摊。我又看见，一群男女，从公园边的美术馆里出来，他们刚刚完成一场以艺术的名义举行的“雅集”。嗯,他们管这些活动叫“雅集”。

大俗与大雅是同等次的,而媚雅却比媚俗更可恶。媚俗一目了然,还有点真小人风采。而媚雅就是伪君子了。文艺伪君子,这是危害极大的,他们带出了一大帮媚上审美观的人,而这些人往往都占据话语权的高地,他们引领着民众一起媚雅。

我只是散个步,不应该想这么多。糖人摊的对面,有个中年汉子在钓鱼。对,他正在钓着鱼,我看见他手中的渔竿弯成南塘桥一样的圆。这是一条大鱼。中年汉子的脸也圆圆,肚子也圆圆。我在他旁边探出身子,瞧见河面下正有一条鱼拉着鱼线东转西转,带着中年汉子和我的眼神一起跟着转。他们在比耐心,在比谁的力气大,当然,这个问题毋庸置疑,而上钩的鱼是不这么想的,它认为自己经过不懈努力,终是可以战胜人类的。

上了钩的肥鱼是逃不了,它完全不知道这个人是个钓鱼“惯犯”。它从水面飞跃而出,等在空中的不是龙门,而是一个黑色的网兜。这是一条鲤鱼,比我手掌还宽厚许多,鱼肚在南塘街的路灯下,泛着淡淡的金色。我没有想过要俯身亲吻它,让它最终变回人鱼公主——从此快乐地生活在人类社会。我只是想到,这塘河的水真的变清了啊,养出这么肥美的鲤鱼来了。

河里的水是清了许多。河边公园里的人们,积极愉快地绕圈,这是一个群体的游戏——刷步数。我自认为,这是手机里唯一一个让现代人类变健康的软件。有了这个软件之后,爱走路的人以N个次方的速度增长,就连我那位平时到500米外都要开车的大嫂,也开始每天数步数了。多么了不起的一个程序啊。很多年前,曾有个科学家预言,未来的人类将变“大头儿子”的模样。他绝想不到,这个预言会被一个手机小程序给打破了。

我站在桥中央的低凹处,看着这些玩着刷步数游戏的人们,从左边桥顶冒出头,接着身体出现,脚也出现。下行到我站立的低凹处,再走上右边的桥拱顶端,然后脚不见了,身体、头也消失在视线。一个接一个,看见,又看不见了。我想起过去的一些朋友,有些也如此般又上又下,最终成了生命中被遗忘的过客;而有些朋友,因为一直同行,转头可见。

我该回家了,家离此地一里路。实际上我不是来刷步数的,而是在南塘街一家酒店与几位“看得见”的友人喝了酒后来公园散散酒气。

南塘街上,行人渐稀,我沿着河水流淌的方向往南行走。此时夜空飘起细雨。四月,浙南的天气就是“孩儿脸”,说变就变。之前站在桥上时,还依稀能看见几颗星辰,这一会就飘起了毛毛雨。路边的榕树叶子泛起油光,在树丛里打出的造型灯下,像挂了一串绿珠子。河面在细雨的轻抚下披了一层磨砂效果,灯光隐退,似融化的油画颜料流淌在磨砂玻璃上。我的头发上也结起了一层细水珠,但我并没有去躲雨的意思。

行走在细雨中,又过一座南北朝向的桥。桥头是一座塔碑,上刻“印象南塘”几个大字。自“印象西湖”之后,全国各地都热衷开发“印象”了。最终只给我们留下一个相同模子的印象。你看这一排屋子,不中不西,曾听他们说过这是中西合璧式建筑。他们办事的方法很简单,所谓中西合璧就真的像中西混血儿那么简单地拼一个了结。王澍先生说:造房子,就是造一个小世界。小世界他们肯定是没有的。其实,不要提什么合璧多好,就是造排楼,一排商用楼。你看那些老桥、河埠头和大榕树,多么江南,多么中国。老桥是没了,造了许多大理石拱桥。其中一座大拱桥刻着“南塘”两字。桥在南塘河上。南塘河上有许多桥,也不知哪个妄为者却把此桥命名为“南塘桥”。两侧又刻了“永嘉四灵”之一翁卷的诗。不对,是将翁卷的诗拆成对联用了。

瞧,多么文化,商人造作的文化。

美盲·文盲·思及

◎ 王微微

提及美盲，或是会想到吴冠中先生，而我，却想到麦浪先生。

与他不是很熟悉，但同是协会中人，不免偶有交集。不知道是什么时候加的微信，似乎从来没有私聊过。因为他首先是一位画家，而我并不懂画。直到有一天，看到他个人公共平台上一些热乎乎的游记。说是热乎，是因为游记是在旅途中写的，边走边写，全部是个人在路上的所见所闻所想，有思想有见地。于是，对他文字的关注胜过他的画。

那一天，木木约聚，醉说：今晚麦浪有个讲座。然后，大伙异口同声道：那就约在讲座地点BOBO咖啡隔壁，提前吃，吃完了一起听讲座。

这期讲座主题是雕塑与美。两个小时，内容涉及古今中外，演讲者侃侃而谈，听者意犹未尽。“美盲”一词，更是深刻入心。

美盲，平常听到不多。倒是文盲，从小就耳濡目染。因为妈妈就是文盲。农村“扫盲”的时候，妈妈便是其中的一位“大”学生。可是，她连小学一年级都没有上过，一开始几天，怎么握笔都不会。晚饭后，煤油灯前，她费力地握着笔，像拿着一把炒菜的大铲子，左比右画，总是腼腆地问我：“哎，这个，怎么写？”于是，小小的我便一本正经，像位老师一样，扶着她的手，一笔一画地教她。继而，又摆出一副严肃的师尊脸，装腔作势训：“哎，你怎么这么笨嘛！”她不好意思瞧瞧我，然后，伸来温厚的手掌，用力摸摸我的头，两人相视大笑。

关于“盲”，当时农村还有一句骂人的话——眼盲！当然不是真正的眼盲。田头边，屋角落，偶见为了争得那一点点利益——一截墙头，一块砖瓦，甚至一根小树苗，大骂出口。“你眼盲了！你没看见这树是我栽的吗！”“你眼盲了！你没看见这墙砌到老娘屋子里了吗！”“你眼盲了……”泼悍老娘客，个个脸色铁青，双手叉腰，吐沫横飞，你来我往，能骂一早上。那时候我还小，听邻里们如此赤口白舌、污言秽语，已觉得甚是难堪。父亲是不会让我去围观这些的。我也不需要父亲把我从人群中拎出来，而是自觉地躲进屋里，权当眼盲。但耳朵还是会好奇地竖起来偷听。

文盲是不识字，眼盲是不识“人”，美盲一定是不识美。不识字的妈妈，依然把农村的家，擦洗得干干净净，把自己和家里人打扮得整整齐齐。不识“人”的人，当然是欠骂欠揍的——这么顶天立地的女汉子，你竟敢视而未见！不识美的人，估计就更惨了，没有爱、没有温暖，不懂得欣赏，生活在丑陋当中，会不会是生不如死呀？

不知道在哪一本书中看到，说，梅雨潭为何干涸了？就是因为美盲的破坏。我没有去过梅雨潭——虽然离我家很近——不敢妄作发言，但作者这样子写，一定是有原因的。暂不去查证。且说这世上有许许多多、各种各样的“梅雨潭”，干涸、失色、被糟蹋、被破坏，甚至被摧毁埋葬，有什么法子呢？难过、伤心、哀痛，“梅雨潭”遍体鳞伤，独自饮泣。面对“美盲”与时俱进的智商，大刀阔斧的改革，大自然欲哭无泪。百年千年甚至上万年的古物灵魂，在现代化的建筑群上空哀号。你可听见？

面对空无一物的千年石窟、万年洞穴，面对被夷为平地的帝王陵墓、圣祠园林，我们怒从心起，开口大骂。而那些被侵略、被偷窃、被供在博物馆里保存完好无缺的壁画、雕件、古董……都在异国他乡含笑感激——没有“它们”(因为是盗窃者,在正义者的眼里,一定是“它们”),吾等或许早已灰飞烟灭,尸骨无存。你们这些美盲呀!赶紧闭嘴!感谢“它们”吧!

那些残缺不全的肢体五官,那些七零八落的石碑画像,泪不知从何流起。那一把把邪恶的大火,那一锤锤冰冷的镢头,那些年轻的、年老的、有资历的、无资质的各种“兵”,那些鸡鸭牛羊之鬼、狐狗兔蛇之神,如蚊蝇般在眼前飞舞。它们一定还笼罩在噩梦的阴影中,尚未消除恐惧。

有没有发现,有一种很奇怪的现象,文盲大多不会是美盲。因为他们生活在大自然当中,扎根在祖先留下来的土地里,很纯粹。他们汲天地雨露精华,沐百年人情世故的温润,他们懂得敬畏,绝对不会随意破坏、摧毁古老的物件与建筑。而许多识字的先生,往往审美缺陷。他们有知识、有金钱、有力量,他们挥舞着手中的权力之柄,呼风唤雨,能破三旧四旧五旧六旧甚至七八旧,说拆就拆,说砸就砸,他们能把千年古建筑瞬间推成一座废墟,能让“时光”灰飞烟灭,让后人找不着南北痕迹。

有这么一种说法:“文盲不会摧毁中国,美盲会消亡中国。……扫除美盲比扫除文盲更重要。”心与物相通,物与灵相通。做一个有肉有灵的人,美,估计就不会缺失了。

读文章,我喜欢读“美”文,有内容、有嚼劲,行云流水,又处处日月山川,精神显现。交朋友,我喜欢交“美”人,有思想、有情怀,心有容,情有趣。做事情,我喜欢做“美”事,可以蠢一点、傻一点,但一定要暖一点。

好吧,扯远了。咱是女人,说说烟火点的事吧。

有一个笑话,说是一位貌如天仙的女子,生下了一个奇丑无比的小子,英俊老公怀疑孩子不是自己的。女子委屈地申辩:我没整容前就是这样的嘛……孩子他爸当场气晕过去。

前天,在一商场,听到了两美男子温柔的对话——“咦,你今天怎么看起来有点憔悴呀?”“哎,今天起迟了,还没来得及化妆。”“那也要修下眉毛、涂点口红么……”我听得瞠目结舌。

哪位女子不爱美，哪位男子不钟情？但这种审美，似乎有一点点恶俗，是不是让你觉得蛮尴尬的？我生活在尘埃烟火里，接触普通的市井人生，那些高高在上的阳春白雪，不知道是不是也这样？

不识“美”的人，或歪曲“美”的人，估计是没多少情商的，还处在懵懂状态，未开化，一定是蛮可怜的。不识美的民族，估计也好不到哪里去吧？

又扯远了。本打算只说爱美之心，怎么又扯到如此高大上的话题上了！看来，这美盲，不一般清浅。要使尽“洪荒之力”，往深里说。要不，怎么说也说不清楚。我这么清浅地说，您，听懂了吗？

（原载《温州日报》2017年3月15日）

残酷的鱼缸

◎ 徐贤林

一只鱼缸两个截然不同的情景使我感悟到，鱼缸也是一个世界，有平等、和谐的假象，有假象背后的残酷杀戮。

到朋友家，发现他新置了一只长方体巨型玻璃鱼缸。鱼缸设计精致，增氧器“嘟嘟嘟”微鸣着，吐出一串串气泡，以绿为主色调的灯光将鱼缸映照得很是温馨……朋友有事，我便独自观赏着鱼缸。鱼缸里放养着数百尾红色小金鱼、一尾奇形怪状的黑鱼，最显目的是那尾足有40厘米长的金龙鱼。金龙鱼是鱼们的核心。它在威严而优雅地游着，倏地一个转身，依然威严而优雅地游着，有趣的翘嘴一张一合，红色“龙须”微颤，金龙鱼的每一次转身，都导致小金鱼群的分散和重组，那快速但却有序的布阵令我惊讶。金鱼群烘云托月般不离金龙鱼周身。金龙鱼是它们的“龙王”吧？黑色怪鱼依附在垂直的玻璃壁上，大多时候一动不动，动的时候也总远离大金龙鱼和小金鱼群，仿佛是一位独行侠。

这是多么和谐有趣的动物组合。金龙鱼是鱼缸霸主，像是一位统治有方、仁慈善良的首领。这个小小的鱼世界里，凸显着平静和和睦的氛围。投食时，金鱼群争食饵料，金龙鱼对这些小饵料却不屑一顾，威严而优雅地游着，当然也时不时倏的一个转身。黑色怪鱼是一个清醒的旁观者。我对所谓“大鱼吃小鱼”这个命题产生了极大的怀疑。我认为，在有的环境里和有的时候大鱼是不吃小鱼的，例如这只鱼缸。鱼缸成为大鱼小鱼们的大同世界，当它们远离自然界后，弱肉强食的丛林规则也就随之改写了。不过令我有点困惑不解的是，朋友怎么养着数量如此庞大的小金鱼，这无疑将大大增加投饵量和增氧量，却无法增加鱼缸鱼群的美感。

时隔月余，我再次到朋友家，鱼缸自然还是原先那只鱼缸，但缸内情景大变。大金龙鱼依旧优雅而威严地平游着，只是它的“子民”七零八落仅剩不足十尾小金鱼和那条黑怪鱼。增氧器上挂着一尾死金鱼，从形态上看已死去多日，小金鱼无法组团，在偌大的鱼缸里散游，令人联想到游兵散勇的悲怆和凄凉。那尾黑怪鱼附在垂直玻璃壁上一动不动，它是鱼缸变故的见证者。我推断，在这月余时间里，生命力较为脆弱的小金鱼因缺氧或者主人料理不周而相继死去，最终形成目前的景象。

我问朋友金鱼几乎死绝是怎回事？朋友的回答令我震惊。他说，这些小金鱼是大金龙鱼的饵料，它每天能吞食5—10尾小金鱼，我们投食喂小金鱼，小金鱼喂大金龙鱼，黑怪鱼清理鱼缸垃圾，这便是鱼缸的生态链……

我的眼睛还是欺骗了我，第一次见到的鱼缸和谐景象是彻头彻尾的假象，“大鱼吃小鱼”这条丛林规则是亘古不变的。白天，金龙鱼游姿威严而优雅，以绅士的姿态示人；夜深人静，它便暴露掠食本性，残酷的杀戮在黑夜中进行，无助的小金鱼们四处逃生，无奈竖立的玻璃缸壁无情阻挡了它们的逃生之路……白天，金龙鱼依旧威严而优雅地游动，偶然倏的一个转身，金鱼群也组团在金龙鱼周身游动，十分和谐，仿佛杀戮从未发生。

弱肉强食的丛林规则是无法改变的，自然界充斥血腥的残酷杀戮，小规模战争在世界各地频发。朋友鱼缸里发生的故事还算是比较平和的。

这便是残酷，也是理性的动物世界。

（原载《散文选刊》2014年第5期下）

春　花

◎ 傅建国

春花是我老婆的半个老板。我这样说,听起来有点别扭。什么叫半个老板呢?

我老婆没有工作,在家又不肯闲着,每天大捆小捆的鞋包拿回家进行加工。早晚经常有个女人在楼下喊我老婆的名字,接着便问:"你好了没有啊?厂家催得要命啊。"时间长了,我便知道楼下叫喊的女人名叫春花。春花从鞋厂将缝包的业务接过来,转手承包给像我老婆这样"三无"人士缝合,从中赚取差价。"三无"是我从老婆身上得出的结论,指的是一无青春美貌,二无文化技术,三无稳定的工作。说春花不是老板,却干着跟老板一样辛苦的活。说她是老板,却没有一个自己能够掌控的员工。所以我就打趣说,她是我老婆的半个老板。

我对春花的了解,基本上都是从老婆嘴巴里得知的。春花一家是文成人,来温州有些年头了,一直租住在站前小区做鞋包批发生意。小区里好多外来工的妻子,像我老婆一样的"三无"妇女,不肯闲着,就从春花手里将鞋包拿来缝,赚几个零用钱。而春花就不一样,她从鞋厂将业务接过来,厂家是有要求的，比如时间的限制，质量的保证。这两点对春花来说，弄不好都是致命伤。先说时间吧，你春花着急，可是那些“三无”妇女不着急，她们本来就不是家中赚钱的主力，赚多赚少不在乎，人不舒服可以休息，有要紧的事情可以把活扔在一边。眼看交货期到了，春花只好上门一个个求情。

再说质量吧。这些“三无”妇女流动性很大，也就是说春花手下的员工队伍不稳定，经常有新手上阵。新手只会缝简单的鞋款，复杂一点的，针脚很容易出毛病，动不动就需要返工。新手们听说返工头都大了，宁愿这几块钱不要，返工就是不干！春花能怎么样？只好亲手将那些次品鞋包一双双返工。有几回实在忙不过来，就倒贴工钱，赔上笑脸请别人返工。

有一天，家中卫生间的开关坏了。我对电工知识一窍不通，就想看看大门外的“牛皮癣”广告，找个人修一下。老婆说，春花的老公懂电工，就请他来帮忙修理下吧。当天傍晚，一个40多岁，身材矮小、偏瘦，嘴上叼着根香烟的男人来到我家。他问我哪里坏了。我指了指卫生间。他确实很懂行，只见他撬开开关盒盖子，拉出线头，换上一截新线头。在我是一筹莫展的事情，他几分钟就搞定。走时，老婆递上两包利群。他推了几下，推不过，就将香烟装进了口袋。

男人出了门，我问老婆，春花老公是做什么的，看上去怎么像个游手好闲的男人呢？老婆说，他跟游手好闲的人差不了多少，人很聪明，会电工，还会修理鞋子，可惜太懒，天天在家里睡懒觉。酒就是他的命根子，中午喝，晚上喝，有菜喝，没菜也喝。春花再忙，他也是不闻不问，还经常无故地发脾气。听老婆这么一说，我心里莫名其妙地同情起春花来。我又好奇地问，春花有几个孩子？老婆说，三个，老大老二是女孩，老大在鞋厂打工，很少回家，老二念初三，老三是个男孩，在念初一。我说，那春花肩上的担子不轻啊。老婆说，是啊，春花一年到头忙得团团转，还不都是为了孩子……

春花还是那样的忙忙碌碌。我每次见她骑着自行车，车屁股上堆着大袋、小袋的鞋包，有些是往家拿的半成品，马上要批发给手下那些“三无”妇女；有的是缝合好的成品，往鞋厂去交货。每次见我，她依然是那淡淡的却能让人感受到热情的微笑,只是那脸上的皱纹像一道道沟坎,与实际年龄很不相称。

前年秋天有一段时间,我上下班看不到春花的影子,可是老婆的鞋包还是照样往家拎。我便好奇地问老婆,你的鞋包从哪儿来的,怎么好久不见春花人影了呢? 老婆长长地叹了口气,说,春花的老公住院了,听说患的是食道癌……我心里“咯噔”了一下。我说,那她老公其实不是懒人,是病人。老婆说,春花老公住院了,她和大女儿轮流去医院照顾,二女儿刚好中学毕业了,在家看门做家务。鞋包的生意春花一点也没放手,也不能放手,她老公的病还不知要花多少钱医治,两头都要顾及,每天不得不在医院和鞋厂之间来回跑。听老婆这么一说,瘦弱的春花在我心中变得无比高大起来!

冬天悄然来临时,春花的老公如残灯油尽,含泪离世。这期间,我听老婆说,春花为了治好老公的病,将老公转了三次医院。每次医院检查完病情都表示不肯接收,春花恨不得给医生磕头。医生安慰她说,你老公的病已进入晚期,他们也无能为力,早点弄回家,他要吃什么就尽量满足吧……春花老公最后半个多月的日子里,春花天天变戏法给他弄好吃的,可怜她老公哪能咽得下去呢? 春花整日以泪洗面,但鞋包的生意她还是毫不放松。

一年后,也就是去年腊月的一天,我上班途中折回家取东西,可是门锁着,我以为老婆在春花家。老婆有时候嫌一个人在家无聊,就拿着鞋包到春花家缝。经常有妇女聚在她家,一边干活一边拉家常。这回我老婆是去菜场了。我到了春花家没有看见我老婆,却看见春花一个人静静地坐在小凳子上。她手上拿着一只鞋包在缝合,是那么的专注,根本没有发现我远远地在注视着她。她的背有点驼,从侧面看像一尊雕像!她身后的墙壁上挂着老公生前的照片。不知她是过于疲惫,或是在思念老公,我见她一边缝鞋包,一边不时地抹一抹眼角。虽然我看不清她的眼泪,但我分明感受到她的眼眶中浸润着泪液……

(摘自《从皖南到温州》,中国文联出版社2013年版)

梦回老屋，乡愁缱绻

◎ 夏海霜

蒙太奇般的画面，一幅幅切换：绵延的青山缓缓展开新颜，杜鹃花开遍漫山遍野，错落有致的油菜花梯田从山坡上倾覆而下，青翠竹林随风摇曳，林中露出一角农家飞檐，路边有泉水叮咚，屋前院后桃李盛开。院子里一个扎着小辫子，戴着红蝴蝶结的小女孩，放牧着一群比她还要高的大白鹅。

“鹅，鹅，鹅，曲项向天歌……”小女孩拿着竹枝摇头晃脑随口吟诵着诗歌，头上的蝴蝶结像只红蝴蝶，在春风里飞舞。一只调皮的大白鹅，蹒跚着前行，摇晃着肥肥的身体，“嘎嘎嘎”伸长了脖子，扑扇着翅膀，想啄着女孩头上的红蝴蝶……

“鹅，鹅，鹅……”我呢喃着从梦中醒来。

微含着酸涩的眼皮，思绪还处在刚才的梦中，有点恍惚。

那是童年的我和梦魂深处的老屋。

多美好的梦境啊，又一次梦回老屋。但此刻，除却窗外有些聒噪的鸟鸣声，还留有梦境的痕迹，我的红蝴蝶结早就丢失在时光的风里，再也找不回来了。轻轻一声叹息，往事纷纷扰扰，凌乱成心头挥之不去的故园情结。

故乡,老屋,童年。随便哪个词语拎出来,都是沉甸甸的。她们就这么任性地一次次不请自来,沉甸甸地盘踞在我的心头,午夜梦回之时,不能自已。

说故乡,说乡愁,实在觉得自己有点儿矫情。我一直没长时间离开过家乡,充其量就是从老屋搬到新房,从乡下来到城市。咫尺的距离,生长不出乡愁来。但,人总归是需要乡愁的,不然灵魂会无处皈依。我也是,我那小小的乡愁,来自对自家老屋的怀念和回忆。

时光倏忽,一晃如昨。30年,仿佛一个转身的距离,世事却已翻天覆地。当年不谙世事的小女孩,现在已是人到中年,时间剔去很多的旁枝侧叶,但总有一根主干,会在记忆深处越发茁壮葱茏。当梦回老屋的次数越来越多的时候,我想,是时候该见上一面了。

只是,相别这么久,再次相遇的时候,物非人也非了。乡音不改,鬓毛已衰。我是,老屋亦然。

这还是我梦中的老屋吗?房屋早已拆除,只剩残垣断壁。前后院子里杂草丛生,竹林凌乱,唯一熟悉的,是那棵陪伴我整个童年的柚子树,还站在原地,憔悴着等我。小山村也更加寂静了,有能力搬出去的人家,都搬离了,只剩下几位耄耋老人,靠在门边打着盹,在太阳下消磨着他们最后的生命,陪伴着故园。

回忆,是一张旧时的地图,缓缓打开,便是满纸往事。旧时的风,旧时的雨,旧时的明月,旧时的欢声笑语,还有旧时的苦痛,都从光阴深处,一一呈现。

我家老屋坐落在一座叫马鞍山的山脚下。这是一个叫“后山降”的小山村,只有十几户人家,隶属于相隔甚远的一个大村庄,但她却像一个不讨父母欢喜的孩子,独处一隅。听父亲说,1962年发大水,祖屋被淹至屋顶,祖父才将家从原来村中心的大宅子里搬到这个山脚下,从此高高在上,不惧水患。

一代人有一代人的想法和需求。当初祖父费尽心思把家搬到这个小山脚下,后来我父母又千辛万苦地把家重新搬回村子里去。这来来回回,中间相差了几十年，但目的都是一样的，为了安居乐业。

我的童年是在老屋度过的，直到13岁那年，我们家才从老屋搬离，而后，极少回来。13年的相伴，她融入我的血液，流经生命的每一个朝夕。不管时光如何流逝，不管心境如何变迁，也不管现在的老屋早已颓败不堪，她始终成为心中最柔软的牵念，一次次梦回，永远画境般唯美。

我家老屋很“高大上”。

心悸于那一场百年不遇的大洪灾，祖父想一次到位，故而把房子建在山脚下最高的地方。于是老屋便像居高临下的君王，坐北朝南，俯视着前方开阔的田野和山脚下的邻居。老屋占地面积挺大，风景优美，前后道坦宽阔，左右竹林茂盛，菜园子、池塘、猪圈鸡舍，农家该有的设施一应俱全。小时候，在我眼里，老屋真的很大。五间正房，一间轩间，父母带着我住在东首，祖父母住在西首，清爽得很。后来有了弟弟，总算热闹一点了，但祖母在弟弟出生后两个月便因病去世，常年云游的祖父，也几乎不见踪影。因此，偌大的老屋，常常会让人觉得阴沉沉的。高高在上的距离，更是有出世的意味，倍添孤寂感。

我时常会想，老屋的这份遗世独立是否直接影响了我的性格，不然，为何在尘世纷繁中，我总是怀揣着一份清冷孤寂，独自行走？

院前的小路，久无人迹，早已被野草湮没，拨开几近没膝的乱草，和纵横杂乱的水竹，我寻觅着小时候的足迹。梦中的诗画田园，此刻被岁月风化成发黄的旧纸张，仿佛风一吹就没了，满心戚戚。

还有一个捣臼，静默在时光里，不动声色。我如被催眠般走向它，指尖抚过它的沧桑。坐下。这个捣臼曾经承载了生活的最大欢乐，我们家用它捣过年糕，捣过清明饼，搓过土豆……如今，它一定很寂寞吧？就这么一个人安静地坐着，不知怎么竟有了浓浓的睡意。迷糊间，居然看到祖母来了。她对我说：孩子啊，你怎么一个人坐在这里，会着凉的，回去吧。我说：奶奶，我想你了，来看看你，看看老屋。她说：我很好，别惦记我，记住，人要往前走往前看，回去吧。我一个激灵，突然间就醒了。有那么一会儿的怅然若失和惊慌，却又倍感温暖。谁说不是呢?我们都要往前走,往前看,往事再留恋,回忆都只能浅尝辄止。

起身,环顾四周,眼前面目全非的景象啊,这里留下过我多少的悲欢?

每个人童年的欢乐大抵都是相同的,不同的只是苦痛。

记得小时候,那个物资匮乏的年代,父母得为了生计而奔忙,空荡荡的一座老屋,经常只剩下我和弟弟在家。白天还好,小孩子贪玩,时间容易打发,但只要是天色暗下来,恐惧便随之而来。四周黑黢黢的树影随风摆动,后山上各种小动物发出惊悚的叫声,整座老屋处在黑暗之中,尤其阴森可怕。此时,父母若还不回来,我和弟弟是万万不敢待在家里的。最常见的是,十来岁的我领着四五岁的弟弟,站在村口的路上,眼巴巴地望着等着父母回家。那时弟弟还小,不是饿得哭了,就是想睡觉吵闹得哭了。小时候,我个子长得特别小,一边抱着胖乎乎的弟弟,一边自己也一把鼻涕一把泪地哭。每次母亲见到我们姐弟俩这副样子,总是哭得比我们还伤心。

在我的记忆里挥之不去的,还有一件事,虽然也是并不愉快的经历,但留给我的却是温暖。

记得小学时,老师要求我们晚上组织自学,自学的地点在村口的另一位同学家里。晚上自学结束后回家的那一段路,简直就是我的噩梦。我家房子独自高高在上,别的同学都已经到家了,我还要穿过一条浓荫蔽月的上坡小道,才能到家。女孩天生胆小,夜幕下的山村,树木茂盛,一点风吹草动,都能幻化出惊天动地的恐惧来吓自己。那一段十来分钟的夜路,我每次都走得心惊胆战。还好,有我童年最好的伙伴一直陪着我。他家住在我家下面一点,我们是手拉手一起长大的伙伴。每次他先到家,不进屋,站在路口,用手电筒照着我,一边高声大叫:“别怕,别怕,有我呢,我在看着你!”而我则像兔子般,撒开腿飞快地跑回家,待到了家门口,便高声遥应一声,“我到啦”。他便收起手电筒,也如兔子般奔进门。后来,他说其实他也一样害怕,但是他是男孩子,得保护我。

这个男孩手中的电筒,成为照进我单薄童年的一束温暖光芒。即便如今我们一年难得见一面，但相见之时，只需一抹微笑，一个眼神，便一切温暖如初。我对老屋的情结和乡愁，有一部分来自于他曾给予我的光亮。他说，我的心里有一个角落永远属于你。我也是。这和单薄的情爱无关。

昔我往矣，杨柳依依；今我来思，雨雪霏霏。数十年的时光，匆匆而过。有一句话叫时过境迁，但不管曾有多少悲欣交集，梦中的老屋，都仿佛在诗经里走了一个来回，依旧明月清雅，清风暖人。

曾跟父亲提起，我一次次梦回老屋。父亲说，他也是，只不过他梦回的老屋，是他小时候住的大宅子，不是我的老屋。父亲的乡愁和童年，在他小时候住的那座深宅大院里。

我家祖上是大户人家，祖父年轻时候过的是大少爷的日子。曾祖父有四个兄弟，也是四条“烟枪”，在新中国成立之前，把家产败了个精光。也算是败得正是时候，到解放，我父亲算是根正苗红的贫农。二祖父是国民党将领，当年的二祖母过的是前呼后拥的官太太生活，据说老太太能双手使枪，经常坐着轿子，由勤卫兵抬着过天长岭，威风八面。新中国成立后，二祖父辗转逃去了法国，后终老他乡。

这一段历史，是从父亲一次次的追忆中被复原。特殊的家庭背景，对于父亲来说，乡愁更是刻骨。故而，父亲虽然一辈子没离开过家乡，但是他的乡愁比我要浓烈得多。

虽然，从古至今，无数游子写下无数乡愁诗篇，但不管是否远离故土，其实每个人的心中，都会有一份故园情。有时候，乡愁只是一段关于老屋的记忆，有时候是被搁置的一抹情怀，但某个特定时刻，会出其不意地泛滥，成为你心中最柔软的温暖。

我依然常常梦回老屋，当年岁越长，这种牵念就越深。每每从老屋的梦境中走出，便会嗟叹光阴过于无情。

潜入岁月，翻开曾经的一切过往。乡愁不就是一本枕边书吗？正面印着辗转反侧、夙夜忧叹，反面烙着咿呀童话、光阴缱绻。

其实，回不去的，只有自己。

海　记

◎ 钟沛康

我本山中人。读书看到描写大海的文章，心便向往之。

总想着，站在山顶上，望峰峦起伏，心生这是否就是海浪？葱郁的森林，颜色也像大海吗？风掠过树叶，一片“沙啦啦”的声响，那和如波浪的呓语一样吗？林中鸟兽动，海里鱼虾跳，都是一个好环境吧？大海的蔚蓝，大海的宽阔，终究只是想象。

5岁时跟爸妈去天台外婆家，坐渡轮。我老是要靠船舷看水，印象中，水是黄黄的，以为是海，被风吹得着凉，肚子疼，连糯香粽子也吃不下。后来才知那只是飞云江渡口而已。儿子同样也是5岁，我带他坐渡轮去江心屿，看到的也是黄黄的水，不知道他长大后的印象是什么。

1998年出差大连，从飞机上看到海。那是蓝色的一大块玉，几朵白云在海上浮着，宛如面纱，缓缓地飘动。这样的海，很静、很美。去旅顺港口，远远地眺望大海，但是没机会亲近。

2000年夏，去温州苍南渔寮，沙滩是黄的，近海的水显混浊。与想象中的有差别啊，觉得本该澄净的海水，怎么是脏的，但是大家都高兴地去海里游泳，我也没有时间感慨了，虽是“旱鸭子”，也来几下狗爬式。儿时曾偷偷去水塘里戏水，虽是“牛泡澡”款，但也很凉快、很开心，但父母是严令禁止的，因为叔叔20多岁时下水，不幸脚抽筋淹在池塘，家里很是顾忌。每次外出回来被抓住小手，手臂上刮一下，若有划痕，就少不了一顿打，所以也就没学会游泳。海水的浮力大，能折腾十几米。海水咸得很。上岸洗澡，吃海鲜，喝啤酒，吹海风，还在沙滩上骑马，很惬意。后来又去南麂列岛（贝藻类自然保护区），那是真正出海了。那水又清又蓝，不会游泳也要泡几下。晚上赏明月，沐清风，埋金沙，尝鲜贝，感觉极好，于是喃喃几句：“大海很有味道，她让人们更有味道，并且无边无际。谁能征服海浪，船吗？人吗？只有海浪自己，和蓝蓝的天，软软的云。”

与海的初见，浪漫，深感相见恨晚。

到温州工作后，与海的距离就近了。现实近，心里也近。

苍南和洞头的海边，沙滩的黄泥多，海水由里向外呈从浊到清。舟山千步沙、广西北海银滩、南戴河的水都很清，可惜去北海时下雨，去南戴河时是五月，天太冷，只在水里走走。游泳时，有时顺着保护绳摸出去，到了踩不着沙的地方，就再也不敢往外了。不着地的三角是危险的，会被海浪淹没。有时扎进海水，耳朵里咕隆咕隆地进水，屏不住了，猛地钻出来，满嘴咸味。站在沙滩上，潮水打过来，溅起浪花朵朵，脚下的沙子则慢慢地漏走，脚底微微的痒，像按摩，这是流沙啊，所以沙滩也不牢固，是危险的。

儿子4岁时带他去海边，他不敢在水里玩，我便抱着强迫他游泳。他大哭，只好任他在沙滩上跑，找贝壳、抓寄居蟹。他接触大海比我早多了。是晚，同事围坐在沙滩篝火旁，歌伴舞，潮不平，我则陪儿子在海浪声中入梦。本来想早点起来看海上日出，但是醒迟了。

换种生活方式，找些不一样的感觉，寻些平时没有的刺激，这是现代人的喜好。所以，前些年休闲出海捕鱼应运而生。

最早去过乐清捕鱼。之前有次因为有事去不了，看别人回来时带了网获的小螃蟹、枫叶鱼等，一脸兴高采烈，惹得我们这些没去的心痒痒。其实乐清湾的海捕并不算真正出海,只是在港湾里逡巡。黄色的水,平静的潮面,没有风浪。我们在船里打牌,船夫撒网、收网,捕上来的以小螃蟹、虾蛄居多,只有一条比较大的鱼。中午就在船上,新捕的海味入清水煮熟即可,品着啤酒和着微腥的海风入胃。这样的“假渔夫”日子真舒服啊。吃了中饭,再下一网,下午满载虾蟹而归。

后来有次相约去洞头出海捕鱼。去之前,已经去过的人都说你们会晕船的。我嘴上说“是吗”,心里却想前年那次出海一点感觉也没,怕什么?

到了海边,心想又可以轻松一天了。出海了,真正出海了。靠湾的水有点黄,但是船没开多少时间,水就蓝得像夜狼之眼,越来越深。陆地远了,海上只有一些岛,孤零零地漂着,被海水天天亲着。没有海鸥,云远远地悬挂。同行的说能游泳就好了,我看着近处被船划开的浪花,和远处没有被船触动的不断涌动的浪,心说可不敢下去,万一有鲨鱼呢。

刚开始大家还说说笑笑,玩着牌,但是撒网后,除了船夫和从小在当地长大的,就没有人再说话了,个个沉默着,控制着自己的头晕,控制着自己的胃,强压着要泛上来的酸水。我在船上走来走去,才拍了几张照片,由于昨天晚上喝酒睡得迟,忍不住吐了,不过只吐了些清水,不是很厉害。

大部分人都青了脸,纷纷叫船夫调头,只捕一网,不然我们也被“一网扫光”,晕船是真不好受。

海竟然如此不平静。今天预报还只是4—5级的风,而船夫说这算没有刮风呢,而我们已经受不了。

人毕竟是陆生动物,要适应大海,需要锻炼。人会晕海,也会晕山吗?不是说有高处不胜寒嘛。

一位朋友是海军出身,他说有次在大海里遭遇台风,12级,在十几米的浪尖上驾舰,必须尽量跟着台风中心走,只有在风暴的中心才是安全的。很多事情往往也这样,中心没有风暴。周旋了几个小时,舰艇都快散架了,台风也终于离去。所以他一辈子忘不了,海的深蓝是可怕的蓝。现在见到海就不再想靠近。一朝被蛇咬,十年怕井绳呀。

小时的一个邻居就是在玉环当渔民,出海捕鱼时,掉入大海没了踪影。那邻居大嫂泣不成声、夜不成寐,如浪如潮拍沙拍崖痛入心扉。

另一位洞头朋友说,有次下海游泳,恰逢落潮,身体是一次次地被拽向深海,他拼命向岩岸游去,想抓住粗糙扎人的石头,却一次次吃不着力,被海水一次次向后拖。手指破了全是血,他心里绝望极了。好在意志坚强,后来瞅准一块尖石,迅速抱死,待到潮彻底退去,人终得救。他说从此怕海,不再下海。

海有两面,人也有两面。

收网了。大家紧张地期待着。

哇,船夫也高兴地叫起来了,真正野生的纯种黄鱼!不是从网箱里逃出来的。一斤左右。他说一年来都没有捕到过。鱼是活的,身上泛着金光,在阳光照耀下金光四射,映得一船的人都绽开了笑脸。一条黄鱼就够了。野生的黄鱼,平时在酒店里已是鲜见。

上岸,送给船夫几瓶酒。刚才的头晕劲过了,大家高兴地吃着海鲜,喝着酒,就在望海的酒楼上。一位同事连吃三大盘水潺。是啊,自己捕的,又那么鲜,没有抹保鲜的药水,谁能忍得住?待黄鱼清蒸端上桌,三桌人齐拥,每人一筷子,吃了咂咂嘴直赞叹:野生的就是不一样,特别柔嫩,特别鲜甜。

想起有次也是在洞头海边,夜幕降临,在码头买了刚从渔船上卸下的虾、带鱼、鲳鱼等,沐着习习的凉风,赏着如珠嵌天的星月,吃着超鲜的海味,喝着冰爽的啤酒,此时此刻,可谓神仙般的生活。

山里娃儿喜欢踏浪歌,海边孩子喜欢品山珍。世间万物都是相辅相成的。没有经历冲浪撒网海捕,又怎知黄鱼美?没有经历炎夏梳藤耘田,又怎知薯米艰?于是我叫小儿一起念:

锄禾日当午,汗滴禾下土。
谁知盘中餐,粒粒皆辛苦。

又念:

江上往来人,但爱鲈鱼美。
君看一叶舟,出没风波里。

(原载《温州日报》2017年10月9日)

百合的哲理

◎ 林娇蓉

在外学习第一夜,分外思念温馨的小家,特别是家里的那束白百合。无论有多忙,我都会抽出时间侍弄它,让它呈现最美的一面。

百合的美并不张扬,但也不含蓄。当花瓣微微张开的时候是很谦虚的,毫不起眼;当花瓣全开的时候,决不含糊,厚实的花瓣,像从心尖伸出来的手,肉肉的,握住它,温暖又踏实。

爱养百合,源于一个认识多年的朋友,她是一家品牌女装专卖店的老板。十多年来,我对这个品牌服饰情有独钟,于是渐渐与她混熟了。每次去她店里,干净素洁的小店总是弥漫着淡淡的百合香。她总是喜盈盈地侍弄那束百合,有时是白百合,有时是粉百合,精心地修剪,让人看了欢喜。那时我不认为自己也可以像她那样经年养花,无论在经济上还是在时间上,都是一种奢侈。就这样我默默地欣赏着她的百合,感动于她对百合的那份专情。我想她对百合应该有着一种特别的情愫吧!

我终于忍不住问她与百合的故事,她的回答却令我吃惊。她说只因百合便宜,一束百合60元,可以养半个月。哪里可以买到那么便宜的百合?她见我不信,告诉我有对夫妻批发百合,就这么便宜。

我按她提供的地址找去,果然在一个僻静处找到了这家花店。那是一对中年夫妻。妻子长得好看,脸色红润,像她手中的粉百合;男人润白,像她手中的白百合。我说:买10支多头白百合。女人拉长了声音让男人去拿,男人很勤快地把花包好,递给我。那百合果然高大,株株多头,含苞待放,暗香盈袖。我喜出望外,问价格,真的才60元。我不知道他们是否有钱可赚,很是担心他们的营生。

自从拥有人生中的第一束百合,我便细心地养护它,小心地伺候它,看它在我手中慢慢嬗变,一天一个惊喜。当半个月后那束百合完美谢幕时,对下一束花开始了新的期待。再去买百合,便渐渐与老板夫妻熟稔了起来。这对夫妇来自云南,他们店里的花卉大多从云南空运过来。因为薄利多销,买卖做得还不错。

第三次时,百合涨价了,一下子涨到了100元。我刚张嘴问原因,发现老板其实连100元也不愿意卖。老板娘的脸上也没了红润。我有次去服装店谈到百合的价格,老板笑笑说:过几天又会跌下来的,你过几天去买呗!再去,价格果然跌回60元。我看见花店老板娘又像一只美丽的蝴蝶一样穿梭在百合丛中!一次,我去选百合,这回涨到了120元一束。随即看到老板娘气急败坏地从楼上下来,边走边骂说:“日子过不下去了,回老家了!”而老板呢,扯开嗓子对她吼:“滚!”巨大的声音似乎要震碎玻璃花瓶。

如果花店老板娘一直与老板冷战,是不是我都享受不到便宜的百合了?好一阵子没买百合了,有些不习惯。花香是罂粟,闻多了也会上瘾。我再去花店打听时,百合还是坚挺在100元以上的价格,说明老板娘还是没回来。

按理说,当日子过不下去了的时候,应该是低价处理货品才对;而花店夫妇恰恰相反,即使在最狼狈的时候,都没贱卖百合,反而把百合的价格飙升到一个高度。这是否不想让人有机可乘,让那束百合在顾客的心里永远留有一个位置?抑或是对于自己的婚姻,有着十足的把握?我不得不佩服花店老板的智慧，更佩服服装店老板的淡定。她似乎是掌握了大局，在暗处偷笑的那个人。

再去服装店，再次闻到浓郁的百合花香。环顾四周，却没有百合的芳容，只有在装百合的花瓶里插着一束干花。没有了百合，服装店的老板依旧春风满面，她捕捉到我愕然的表情，于是神秘兮兮地说："我与百合已合二为一了。"心中有百合，自然有花香。

（原载《温州日报》2017年10月9日）

蝴蝶何时翩然起飞

◎ 董伟斌

无数个雨后的清晨，期待一只蝴蝶能够翩然飞来，叩问我沉寂如水的心扉。我对蝴蝶的偏爱并不源自喜爱它逢花起舞、见色心欣的习性，而是爱它作为一种美丽的昆虫，自由飞舞、洒脱生活的境界。

自然界里这种不怎么招人喜爱的毛毛虫，竟会作茧自缚，在蛹壳中经过修炼一番，破茧而出成为在空中振翅而飞、五彩斑斓的蝴蝶。蝴蝶之美，人尽皆知。古人从蝴蝶等昆虫的嬗变过程中得到启示，成为道家学说这门玄学形成的思想源头之一，认为人经过修炼之后是可以成仙的。古人之所以有这样的想法，是因为当时物质文明尚不发达。当然，这现在已被科学证实为无稽之谈。但是道家学说中一些朴素的思想，至今仍然对我们的人生具有启迪性意义。

如果我们把“修炼”替换成“学习”，一个人从无知的孩童通过学习最后成为某一行业里的专家，整个人的言行举止、精神境界有天壤之别，难道算不上是一种“脱胎换骨”吗？由此可以推导出万涓成河，聚沙成塔，小小的积累成就大事业这样一些结论。当然，这已是常识性的问题，即便不说，大家都明白。其实,真正的问题就在于,在毛毛虫蜕变成蝴蝶的过程中,变成虫蛹还没破茧而出的阶段,却是常人难以想象的艰辛。故而,站在巨人肩膀上眺望大海,欲与天公试比高的气概,并不是任何人想有就有的。一个人想通过写作成为作家绝非不可能的事情,但真正能把写作坚持到最后的人,恐怕少之又少。商海仕途,声色犬马,大千世界诱惑种种,乱花渐欲迷人眼,故心猿意马也是难免的事情。何以大多数心高气傲的少年,往往成就不了大事业,而黄昏暮年的老者却下笔千万言、运思如有神,究其原因,是迷途忘返。难成正果的根本所在是对既定目标少了一份执着,少了一份痴情。

事实上,人生的境界是与一个人生活的理念息息相关。大多数人不是为了生活,而仅仅是为了生存,重在参与而不力攀高峰,小有成就即其乐融融。守株待兔以逸待劳,望梅却步、点到为止是常人的通病。事实上,即使做一个艺人,也要讲究“台上一分钟,台下十年功”。所以无论是何种事业,何种追求,没有一种锲而不舍的韧劲,没有一种勇而无畏的牺牲精神,是必定鸿图难展、一事无成的。

因此,写这篇小文,旨在告诉那些有梦想、有抱负的人们,切莫害怕自己尚是毛毛虫时会被人耻笑,也不要稍遇挫折即偃旗息鼓、铩羽而归。一个人,只要具备了屡败屡战的骁勇,又耐得住寂寞,在惊涛骇浪面前也能风雨无阻地勇往直前,终究会滴水穿石、铁杵成针,迎来人生中一个又一个春光明媚的艳阳天。

人作为灵长类动物,渴望生物界的丰富多样性是一个永恒不变的主题。人也是多样的。我始终认为,别人的成功能进一步激发自己的潜力,坚定自己的信念。蝴蝶的蜕变过程亦然。因此,我从不嫉妒,我只想在蝴蝶实现飞舞的过程中学会欣赏,学会自强,期待蝴蝶能够早日翩然而飞。千万只蝴蝶,必然会极大地丰富我视觉的田野,点缀我心灵的世界。

III

诗歌篇

我喜欢(外一首)

◎叶　坪

我喜欢品茗,味浓而渐渐变淡的
时候,会让我进入一种境界而悠然自得
我喜欢偶尔抽上一支烟
缓解一时的困惑

我喜欢去旧书店旧书摊淘宝。好书是宝
不是装饰品,虽然也放上书架

我喜欢秋来赏菊,不在
陶渊明的南山之侧

我喜欢吹箫,不去
七贤的竹林之中

我喜欢饮酒,与两三知己
一醉方休,醉了还要指点江山
我喜欢写诗,也喜欢书画
画达摩坐禅图,特别得心应手

我喜欢游山玩水拥抱大自然
寻师访友,会一次就少一次啦

我喜欢从老妻的眼睛里
看自己渐渐地老去

我喜欢我的孙儿和外孙女
天真的脸上,绽放着我的希望

我喜欢自己活了70年,好好活下去
永远有一个“老顽童”的雅号

我喜欢看报,关心国家大事,把我的梦
做得更加完美。我
喜欢的事儿很多很多,不知道这个世界
喜欢不喜欢我?

（原载《人民文学》2015年第12期）

隆冬时节

朔风如期而至
隆冬时节，点燃一支烟，沏上一壶碧螺春
静静坐在蜗居斋里
打开电脑屏幕
用手指与世界对话

惊奇地发现
有一只蚂蚁在屏幕上跋涉
它走来走去，到处留下
一个个的惊叹号

我开始欣赏雪白柔和的灯光
想象原野上的月色

我用蚂蚁作为野心，爬遍
整个世界

（组诗选一，原载《创作与评论》2015年11期上半月刊）

寻找一间打铁铺(外一首)

◎ 池凌云

无数次,我在夜色中匆匆上路
寻找一间打铁铺。
我走遍一条条大街小巷
寻找那被熔化的铁,那奋力
高高举起的大铁锤——

无数次,我从变旧的日子中出来
四处寻找一间打铁铺
我猜想,总有一些铁匠守在炉边
吭哧吭哧地拉动风箱
把通红的炉火烧得更旺
让火光冲破沉闷的黑夜
像一种爱抚,穿破黑暗。

我一开始很兴奋，披上一件单衣上路
我在路上疾行，脸上泛起红晕
后背出汗，两眼捕捉楼宇和旷野中的光
我每天出门，都在寻找那间打铁铺
直到一个又一个寒冬来临。

我最终没有找到它。我的两眼
因漫上泪水而看不清道路
但我知道，就在某一处
一定有一间打铁铺隐藏在那里
铁匠们在用大铁锤狠命敲打烧红的铁器
那火红的解冻层
原先是铁浆，后来露出锋刃——
一把刀慢慢成形。

（选自《在夜晚的高原上——当代诗人十二家》，广西师范大学出版社2017年版）

从一座房子到另一座房子

从一座房子到另一座房子
再也找不到一个熟悉的人
这是一个什么游戏啊——

我们曾轮番躲在衣柜里
不出声，不让别人找到我们
一切爱所需的训练：看谁的孤独更持久

后来,我们忘记了要去找到对方
习惯了默默无闻地生活
宛如躲在一个大箱子里

然而,这一次是最后一次
我知道,你再也不会来找我
我们早已是没有名字的失踪者

（选自《中国新诗百年大典》,长江文艺出版社2013年版）

兰溪送马叙至乐清(外一首)

◎慕　白

"从一个晴朗的地方到一个下雨的地方,
实际上只需要一次短暂的睡眠。"

兰在雾里,芭蕉在雨中
兄弟,上午十点一刻的这场雨
再次令人失望,脚下的流水
不会再次让我们回到里秧田
回到我们失去的彼岸,钱塘江的源头

你低头坐进车子的身影
让我想起了古代友人江边送别
无言探向水面的沉默

水到兰溪,三江汇流,悄然合一

有如人的中年,低缓,宽阔,内心宁静
月夜漫步,中流击水,西门的桃花正好
今天第一班的汽车,或者最早的轮渡
也赶不上昨晚江边灯火中的盛宴

风很轻,日子会越来越平淡
一滴水不能和一条鱼,在同一个地方再次相遇
江的对岸,有人故意用古琴弹奏流水
小城故事,一次又一次重复那相同的别离
孤独的水流过一条兰溪,你又为何行色匆忙
于是寂寞滚滚流淌……

兄弟,兰溪,钱塘江的中游水系
各种各样的人行走在地上,没有人叫得出名字
命运如水,谁能准确预测自己未来的流向
这是一条别人的江,有人在上游点灯
以心为界,明天是谷雨,我也将启程
回到包山底。只是,我不知道今夜的江水
会在何时把我喊醒

(原载《诗刊》2014年第10期)

安魂曲

雨下了一夜
已淋不湿他

某某，某某某
墓碑上
有些名字开始模糊

他曾经在我们中间
他应该是个好人
不知道活得好不好

在生前
他可能胆小
他或许晕血
他甚至恐高

现在他不怕人评说
活着的功过
只是踩死一只蚂蚁
他肯定也有过爱情

和亲人们一起
埋骨青山
他没有恨
眼睛闭上的时候
他宽恕了这个世界

（原载《诗刊》2016第11期）

低声的

◎马　叙

低声的述说……
……是的……低声的。

在身旁，在稍远处，低声。
在远处，更远处，更低声。

低……低声的。

在无风的、有人缓慢走动的、流水仿佛静止的时刻。
那个讲述的声音，几乎听不明白也弄不清楚……

有一个词，然后，若干个词，碰到地平线。
而飞禽，更像消声器
浑身柔软，吞吃大地上的油彩、声音

这些飞禽,渐渐地慢下来了
黄昏到来时,它们沉闷,克制。

……对于上述的一切,我在一动不动地倾听,并观察。
低声地述说的,事物只有一种

我看到,远远地,从地平线飞来一群飞禽
一只栖在树上,一只栖在屋顶。
事物只有一种,描述飞禽之后
还是描述飞禽——
自远而近,又自近而远,用低而又低的声音
……直至再也无力描述。

(原载《诗刊》2014年第7期)

台风近了(外一首)

◎ 王孝稽

台风近了,太阳依然艳丽
广照太平洋
我尊敬的海浪,像一股腥味的涌流
一浪泼上一浪

我不明白,甩着水花的气旋
率领着无数水滴,中央却是
异常的宽阔和平静
像一顶极大的帐篷
旋转中,寻找扎根之地

被凸透镜放大的树木、房屋、汽车
和惊吓的表情
似乎跟它没有任何关系

继续盘旋前行

太阳终究销声匿迹
给地球短暂的停息
停息在台风之前少有的一片寂静
和心灵的空旷

地面上的人，把心挂在墙上
在焦虑的安歇中等待
一阵慌乱的脚步声
一场尖叫声中的洗礼

（原载《青年文学》2014年第10期）

风 事

风后是什么？
是暖，暗流涌动
是蚂蚁爬上身，关节酸痛
是沙堆，从这头移到那头
是地理学，穿透或抵达事物内部
是修辞，文笔生风，还是……

我说风马牛不相及，不可信
风有轻风、柔风，耳边风、床头风，杀风、飓风
风是一张老脸。吹皱风俗，挂在老妪脸上
风是兄弟。让爱疯过后，互相残杀

风是风事。75米每秒风速,像一列动车驶过
子弹头,残骸,掩埋故乡芦苇荡里
佛说,这不是风的罪过

风休憩,藏在哪里
风追赶,如何越峰
菲律宾海燕,只是一对温柔的翅膀
一直向西北,直至穿透我的胸膛
风后,万事慢了下来
风说,这不是佛的智慧

(原载《扬子江诗刊》2014年第6期)

房产开发商

◎简　人

他的钱袋几乎与这座青春期的城市共同
发育。15年前,他和弟弟
像一对哑铃蹲在工地上
铁路线以西,几个工人代替蜘蛛编织郊区
纵横的电网,环城河仿佛一条皮带
勒紧城市规划松弛的腰身
那时,蟋蟀的叫声尚未注册
拆迁的微风只在文件上低低吹送
四周荒凉得如同他的胃部

"给我一枚镍币,就能种出整亩黄金"
沿着梦想的康庄大道,他开始了泥泞的
跳槽史:泥瓦匠、包工头、项目经理……
他曾经发誓

要把打夯机搬上月亮的环形山!

下午两点
他被一只公文包准时劫持进市政厅
“抒情指标到了,贷款还会远吗?”
觞光杯影中,那酸菜味的普通话一不小心
就露出方言的裤脚,但并不妨碍他将体制
拉扯成橡皮筋,让海市蜃楼在宴席上闪光!
夜晚来临,一旦政策的牙齿松动
女秘书的媚眼就会在人际关系中曲径通幽……

他的体内张贴着一张土地体温表
“这里将修建卫星城,大型飞机场让它的发展速度
插上翅膀,躺满比基尼的沙滩适合
白领们补充某种激情……”
他计划把旧祠堂改成热舞吧,带给市民
一场小布尔乔亚的流行感冒
“让暴风雨来得更猛烈些吧!”
作为见风使舵的海燕
他抚摸自己的心跳,却听到时代的杂音!

当油焖大虾成为餐桌上的三部曲,然而
他的灵魂却向往小菜一碟
当他朝大厦的骨骼内注入了面条
他的灵魂曾
大声说“不”。当他
用美元买断某位官员的前程

或者给北风深处的教室，戴上一顶温暖的帽子
是否有一张试纸可以检测他灵魂的pH值？

有时，他是另一名土地勘探员
当雷电接通女人的身体
阳痿却使他成为纯洁的人！
——尽管公众的想象力拐弯抹角，
他的私生活始终密不透风

多年来，他一直坚持
对纸币的信仰，把欲望加工成理想
但快乐从来都是一道减法运算
时代的火车头亢奋前行，
等到读懂“缓慢”的艺术，他已经老了！

如今，他热衷在地图上散步
虚构后现代的园林、隐喻的池塘……
多少次，当他侥幸绕过命运的死胡同
眺望夕光下积木般的楼群，恍惚那是
童年遥远的回声！

（原载《浙江诗人》公众号2016年6月21日）

时光:远去的院落(外一首)

◎ 林新荣

多想成为你手中的线,陪你坐在纺车前
被你温柔地牵出
一筐洁白的棉,一锭锭纱
——只要笑,就露出洁白的牙

树荫下
小院落:黄狗,鸡,两个少女
屋檐下晃着腊肉
它们都是听着沙沙的纺纱声
长大的……哦
天边的雷声已经响起
但是现在她们是如此的恬静!

(原载《诗刊》2013年第11期上半月刊)

冬　天

孤独像天上的雨
一阵一阵泼下来

打在时间的遗址上,溅在生命的外壳里
岁月:空空落落

我奋力想跑在它的前面
在呼呼的寒风中

（原载《诗刊》2013年第11期上半月刊）

四月，一个被忽略的夜晚（外一首）

◎ 翁美玲

有往昔的树木，伸出崭新的枝干
和过路的风一起
可以叫醒一些沉睡的事物

一面湖水，诚恳而绵长
端坐在夜晚，
有美好的光亮闪过，被风忽略

这从地心涌出来的泪
它能含住一切悲欢

（原载《诗刊》2015第11期上半月刊）

途经可汗山

喧嚣声中，我们下车
只在可汗山脚下留下几张影
八月草原上的烈焰，像一座王朝那么刺眼

可汗的军队还在，他们戒备森严
却对几百年后的来者毫无防范
他们整装待发，为一个永无日期的征程

有人点兵，可草原上的草已漫过膝盖
风吹草动，谁能说得清
可汗呵，就这短短的工夫
你的整座江山
已被路过的后人看尽

（原载《诗刊》2017年第2期上半月刊）

清　明

◎小　路

仿佛，只有清明
父亲才从一个我不可知的遥远地方
回到他的墓地。父亲，我知道
墓地里埋的，只是你往日的病痛
和那一把养育了我们六个兄弟姐妹的
辛劳骨头。我一直相信，你是在高处
照看着我们的生活，注视着我们做人

父亲，是三炷清香
沟通生者与你的消息吗？
我总以为，你是乘着我们点燃的
袅袅上升的烟雾，飞临墓地
父亲，你那边很黑暗吗？
为什么我们得点燃两根流泪的蜡烛

才能照亮你回来的路程

我们接引你回来，让你品尝这年年相似的
简单祭品：鱼、肉、水饭、棉菜饼儿
还要给你烧那么多冥国银行的纸钱

父亲，你在生时
总为我们一家人的温饱发愁、为钱发愁
节俭得恨不能把一分钱掰成两半来使用
现在，我要让你过上奢侈的生活
我可以给你烧上纸做的别墅、宝马汽车
年年为你更换纸做的家用电器（包括电脑）
——你学会使用电脑了吗，父亲？现在
你可以闲下来，玩玩电脑游戏
只是，我不知道——
把这些烧给你，是否真的有用
生者对死者的世界，知之甚少啊，父亲！

父亲，请原谅我——
在整个清明祭拜中我总是咬紧牙关，沉默不语
你走后三十多年了，“爸爸”两个字
一直是我泪泉喷涌的闸门。我要咬住这个闸门
我不能在女儿和侄儿们眼前泪流满面
在今后的生活中，我不能让晚辈们看出来
我是一个多么软弱的人

（原载《诗刊》2013年第11期上半月刊）

坐在对面的清洁工

◎ 陈鱼观

他的脸色始终和泛黄的工作服保持一致
关于明天,他已无力思考
他必须回到每顿午餐,用一盘白菜和一碗米饭的时间
收拾一摊等在午后的温度

与他相比,我的眼睛不必关心肚子
而他的眼睛,却在我一尺外的距离游移

我现在死死盯住他的眼睛
想在匍匐的世界找到一座城市最矮的身体
他似乎也感觉到我的注视,将惊慌的眼睛收到胸前

在吃完一碗饭之后,他又买了一碗
他已经习惯对时间的复述

盘里的白菜是唯一的话语，更多的孤单
让他靠近，他要和粮食相爱相亲

在一段沉默之后，我突然有一种
请他一起吃饭的冲动，于是将一碗红烧肉随同我自己
推到他的面前

他终于读懂我的尊重
给我一个微笑的馈赠
那一刻，我的悲悯被一份信任养大

（原载《星星诗刊》2012年第12期）

我一直不同意闪电躲在乌云里

◎ 熊国太

我一直不同意闪电躲在乌云里
不同意浓黑的乌云
就那么轻易地将闪电裹挟在无边的黑暗中
且被遮蔽着一道道光芒

我不同意闪电浑浑噩噩
不同意她优柔寡断,患得患失,缄默无声
不同意她忽略天空弥漫着窒息的气息
不同意她无视狂风与夜幕在天庭之下的媾和
我一直坚决地认为
闪电一旦和恶腐的事物沆瀣一气
她的锋芒还不及一棵稻草

我不同意闪电与流星这类过客为伍

不同意她默认雷声要过三秒之后才爆出喊声
我不同意闪电劈不开乌云
不同意她劈不开横在大地与天空之间的樊篱
和一根根朽木
我还不同意她要看避雷针的脸色行事

即使她劈开了高筑在我心中的块垒
即使她劈开了我胸腔里巨大的阴影
和眼中的一团团阴霾

我也不同意闪电一直躲在乌云里
恰如不同意鲜花插在牛粪上
不同意白纸被强行摁进盛满墨汁的砚台里

（原载《扬子江诗刊》2016年第2期）

荒野旧事

◎何　乜

一棵树，突然，从屋后倒下
向溪流投降，向所有躺下的投降

你爬上后山的灌木丛，望见
一座山流泪的模样，石头被鞭打

风撕扯那些不情愿的事物
要把它们带走，又不说出带往何处
树木不想走，树木在摇头

这之后，当你想起一些事时
你就忍不住像那些摇头的树木一样摇头

（原载《青年文学》2017年第2期）

在鳌江之尽头

◎ 任泽健

在鳌江之尽头
我走在你的身旁
听风撩起岸边的树枝
星星点点的绿
在你的碎步里绽放
古老又年轻的竹子
有着阳光一样的肤色
我们交谈，相互凝视
相互大笑
无所顾忌

我远道而来
只想在江南的怀抱
在来来去去的潮水间

在你光滑的石板上

小坐

听老人闽南语调里的故事

看沧桑爬满脸庞

（原载《散文诗》2016年第11期）

火车知道

◎ 刘秀丽

午夜。我接近城市的边缘站着
看一列火车缓慢从桥上经过
人们已疲倦,像练习簿上的线条
整齐而麻木地排列

火车在移动,如记忆
它看见了我的疑虑吗
该捡起多少谎言
才寻得一封信的开头?

我被不可置疑地安排在一个城市
一条街道的背面
夜,无名的存在包围
黑暗而嶙峋

火车在匀速运动,仿佛广场上的时钟
引领着人们向前
不久后,他们提着巧言的行李箱下车
而我,空无一物

午夜,看一列火车经过
仿佛经历了漫长而短暂的人生
我喜爱的人或物,没有一样会停下
火车知道

(原载《诗歌月刊》2017年第6期)

白雪公主的红苹果

◎ 翁德汉

白雪公主和红苹果
一起做游戏
观者很多
只是缺少主角
演绎了一代又一代

白雪公主的红苹果
一直在窥视
等待机会下手
那双眼睛的光
一闪一闪
倒数着什么

这个苹果让人窒息

还没碰到

已经泪流满面

梦里

王子总是在最后出现

（原载《文学港》2015年第9期）

钟声之间

◎ 余燕双

悬在头上的铁钟
每到上下课,值日老师就会前去敲几下
钟声之间仿佛有连绵的山峦
让我去攀登,路上
时而出现一片山谷让我自由驰骋
时而怪石林立压在心上
让我喘不过气来
起伏的钟声

(原载《星星诗刊》2017年第7期上旬刊)

厌　倦

◎ 施世潮

总有疲倦的时候
如秋天的树荫降临到车玻璃上
傍晚我在车内睡眠
不断结伴而行的人群从身边走过

更早以前,他在沙发睡眠
老鼠跳上餐桌偷吃剩菜
打翻的瓷碗发出沉闷的声响
柜子沉默地靠着墙壁

每天清晨孩子用第三人称写下日记——
他在6点半醒来,做饭,她准备好开水……
单调严谨得如同平常的日子

这是九月,是秋天
树叶逐渐隐没,从车内起身
离开或回家仅一墙之隔
他厌倦了黄昏
厌倦了开口说话

经过教堂

◎ 沙之塔

异教徒坐在布道圈外。
感受到烛光中的祷词
如一剂镇定。也许
触动了前生的虚无,
穹顶有一口永生的甘泉倾下。

陆续有人进来,把自我
交给绝对。而我想自我
应该有更多的丛林,有时是
一册古籍,有时一趟山水就够了。

教堂外,四周年轻的商业街
渐渐真实起来。眼前一些
从来不去教堂的人,他们

也照样在个人史里赶路。
同样，他们也是永生的一环。

（原载《青年文学》2016年第9期）

移　监(外一首)

◎ 郑仁光

从另一个城市移到一个城市
从另一个身体移到一个身体

我喜欢的物件:
关节、韧带、通道、锁孔
那个召唤河水从身上流过的人

我因鄙弃的事物与你们相识
我在长久的苦窑中,忘记了名字

我的花园

冬天用白色给大地施洗

把上帝翻译成雪、泥浆、冷
放出阴郁奔腾的森林
哦上帝，或许可能似乎
我无法在世界中开垦出我的花园

（原载《青年文学》2017年第2期）

致一百年后的你

◎ 卓铁锋

我在这里等你。瓯江北岸
一个按地域特征被命名为瓯北的小镇
每天穿街过巷，我便记下它们
保存它们的气息和尘土
包括常态的人们及其命运

我在这里等你。你就一定能
找到我。犹如千年前谢公灵运
和陶公弘景，他们
一边种菜浇花，一边炼五石散
款待素昧平生的来客

我必须在这里等你。不只是因为家
或别的什么。我有一种预感

此时我只是这个小镇的一部分
而你来之时,这小镇必定已成为
我的一部分,它将因我的名,而名

彼时,无论你一个人来
还是一群人来,无论你涉万水过千山来
还是腾云驾雾从空中来
一定有我在这里等你所留下的
气息,和尘土

（原载《青年文学》2017年第2期）

阴天与雾霾没有界线

◎ 叶楠叶

一些文字在一张白纸堆集，工整排列
谈不上漂亮，有些高冷。
构成我家的石头，散落下来，
毫无秩序，杂草很喜欢它的空隙，
一些喧嚣甚至诅咒都阻挡不了。

女学生坐博物馆太师椅遭举报
反贪局长琢磨举报信敲诈
北京迎来新春第一场雪
今天的新闻跟我去一趟厕所。

许多话题在一杯茶里成渣
儿子说给我点钱，不要这么多问候。
远方的朋友与我聊着气候与健康，

阴天与雾霾没有界线。
乱石杂草中,群鸟惊起
无从选择该去的地方。

残　桥

◎ 郑亚洪

没有路，桥板早已被没收，
来来回回我在桥上踯躅，
我往对岸时空里跳，
想摆脱过去对山水的一次虚伪唠叨！

而宽广的风吹走了野荞麦，
星宿在暗淡不清的鸡鸣里穿行，
群山缅怀着漫步，像失散的子女互相倾吐，
更多的光线等待被取走，分割，安放。

以流水的方式，它带走了我身体的要害，
将风景纳入远方的地平线。
那么，就这样吧，逢山开道，遇水搭桥。
把学习交给流水，把流水交给时间，这万物的保管员。

仿佛它是真的，在旷野上，
在低的音部，它发出了呐喊——
一座完好无损的桥梁，戴着面具，乘月夜的方向
越跑越远。

（原载《星星》2017年第6期）

穿过七月的灵魂(外一首)

◎泥　人

雷声告诉我笼子是不安全的
我希望有人在阳光下向我捅来刀子
鲜艳的花朵总在刀子出来之后
天空的重建总在骨头拆散之后
我因热爱废墟中的那一片绿叶而热爱整个腐朽

（原载《青年文学》2017年第2期）

夜色之下

我们都有一副值得怜惜的皮囊
我们都有一把打开镣铐的钥匙
并且明白最终的神与信仰是自己
我们都会破旧并都是最好的裁缝

拿出针线　挑出轻浮与悲伤的
填满重要与快乐的　重新构成彼此
重新开始相互叫卖　但并不出售

（原载《青年文学》2017年第2期）

蚂蚁搬走了他大部分欢乐的时光

◎ 卢小宇

70年代尾巴尖上一棵笨拙的狗尾巴草
他所有的日子都是毛茸茸的春天
蚂蚁搬走了他大部分欢乐的时光
蚂蚁蚂蚁，累得气喘吁吁的蚂蚁
嘴里总叫着减肥——减肥

成长的过程就是减肥的全疗程
有一天，一只蚂蚁忍不住叫出声
“天哪，他居然越来越重”
另外的回答道：“他被我们搬走的
时光开始拥有骨骼和金属的质地”

（原载《诗选刊》2016年第4期）

杂交犬考证

◎余　退

你辨认着它的类属:棕黄的毛色
让它看上去像中华土狗
但你也可以说它是贵宾犬
因为它有着洋气的嗓音和卷毛

你又觉得它可以叫狼狗
抬起头,它的眼神很像一名旧警察
现在它在公园里四处走动,听见车鸣
就竖起耳朵。它贴着你摇尾巴
追逐骨头时,它变得很癫狂
有时又垂下头。那样子就是流浪犬

面对这混血儿,你追溯五岁时
你家的土狗被一条青绳

吊到了树上,那几乎是所有土狗的命数

而这只远离了乡愁的新犬类
有着更不明的来世
饿了,就拉扯路旁的塑料袋
饱的时候,它悠闲得仿佛是自己的主人

(原载《青年文学》2017年第2期)

一个人在山顶上

◎郑　阳

一个人在山顶上,心难免有点苍茫
左边是悬崖,右边是峭壁
天无绝人之路,学古人来几声长啸
也无妨

陡壁上有一朵野花,正向着苍穹怒放
我微笑地看着它,顺带想起了自己一生中的
那些坚强

云雾不断涌上来,把尘世的烟火彻底隔断
我眯上眼,端坐在云端
想趁机修剪一下内心纷杂的枝叶
午后偶入的万福寺,木鱼声声檀香袅绕

但我终归还是俗人,挨不到一炷香的光景,
心底突然有一阵莫名的恐慌
还是采一朵祥云就离开吧,我想继续去
人世间晃荡

(原载《绿风诗刊》2017年第1期)

一条高速公路将从村子穿过

◎ 黄选坚

将让一条羊肠小道变成荒芜
将让一个猪圈搬迁
将有大片杨梅树被砍伐
将有一片田地永远不再耕耘
一个村庄将失去宁静

运土车卷起的泥尘弥漫了我家门口
离此不远的田地里,打桩机已经一字排开
我看到它们的嘶叫一声
村庄就痛楚地抽搐一下
颤抖着,像是生病的母亲

图纸上的高速公路
猝不及防,搬到了我的村庄里

在一个从来忽略不计的地图空白处
一个微粒一个微粒放大
放大成山丘,放大成山丘上的房子
放大成门前小溪,放大成溪流旁的榕树
放大成村里的稻田
和稻田里好奇并忐忑张望的人们

那将要永远失去田地的兄弟
开始努力学习典当田产,挖掘商机
他们憧憬着这条公路像箭似地穿过村庄
载上他在心中种植的稻田

(原载《江南诗》2015年第5期)

秋风经过的天空宁静空阔

◎沙　漠

秋风必定到来。在意外的豁口
带走时光的润滑剂。那么美的山花。

波澜业已平静。沙滩上
孑然的鸥鸟,飞溅的白沫,晴朗散漫的帆影
并不能使探秘者抵达另一个远方

路两边的桃树,洁白的云,炙热的石头
曾构成暧昧的聚会。一个孤独者
终将回到孤独

秋风经过的天空宁静空阔。他爱着
眼前的空茫。就连心

都已成了身外之物

（原载《诗选刊》2017年第5期）

福德湾

◎ 张耀辉

恒温的矿业遗址
却处处是鲜活的人群
村口的伏茶喝起来比酒来劲

我找不到那片苦竹
垵，也一定躲在石头后面
那些石屋里的哭笑、鼾声、呢喃
踩着石板就能听见

夜色凉静，明月半窗
我在一处品茶
即便黑暗，犹见炉塔
矾烟渐灭，如同沉睡

可以在此写些诗句
石头是擦不掉的
可以在此宿醉一回
清风会叫醒你的

多好啊,这么多熟悉的旧址
容易找到故乡,找到眼泪里的星星
烙在古道上的脚印
和心跳一样,铿锵

(原载《温州日报》2017年6月30日)

炸药包的制作过程

◎伊　夫

在规定的地点、规定的时间
我们必须要完成炸药包的制作

我们屏蔽一切与战争有关的场景
诸如:叛变、俘虏、投降
以及血染成河
我们在和平中
享受炸药包制作的乐趣

我们准备了炸药、雷管、导火线
以及绳索和麻布
这些在我们看来和小时候玩过家家
准备的道具没什么两样

一个炸药包如同一个十恶不赦的犯人
被我们五花大绑
最终将它交给组织者的审判

（原载《解放军文艺》2016年第5期）

秋风一吹再吹

◎ 缪立士

秋风一吹再吹，树叶纷纷飘落下来
一只只鸟巢裸出枝丫，鸟雀已不知去向
万里河山仍是那么忙乱、嘈杂
我想起病后的杜甫在秋风中吟诗、登高
眺望着艰难的人世。夕阳彤红，白发纷飞
小小的酒壶倾倒出战乱和离苦

秋风一吹再吹，暮色从高空扑落下来
人们匆匆载走谷物牵走牛羊
大地渐渐趋于平静。我想起万里漂泊的诗人
茅屋为秋风所破，却置身于天地的空旷中
梦想着千万广厦庇护天下的悲苦

秋风一吹再吹，吹走落叶

也吹走暮色,我的心日渐荒凉
也日渐富有。重新洗刷一清的大地
秋阳高照,青山默立
城市牵手着村庄,小河在静静地流淌

(原载《诗探索·作品卷》2015年第4期)

空难的三种方式

◎手　格

一

机翼下沉。大海在万米高空掀起
暴烈的浪花，大声地嘲笑。雷电
带来异时空的问候——蛇的诱惑和灾难。
苹果藏匿在黑暗的深底，散发出
诱人的气味，永无休止——像一个定位仪
牵引远航的飞机坠落光明的深渊。

二

一个抛向天空的铁球——它的决心
是空的，里面装满了人——
像一只木鱼，更像我。起飞时

大地铺开,万里锦绣像旧衣服上的针脚
——祖母在世时,所有飞翔的事物
都是回家的孩子。每一颗跌落沙漠的
尘埃,都在等待。黑风起时,继续出发。

三

真正的灾难,是没有消息。
静默是一堵骄傲的墙,叫哭墙
所有的哭声和怜悯——
石缝里,生者紧紧地揪住自己的
头发,反复地练习抛甩的动作——
每一次起飞都像死亡的预谋——

(原载《诗歌月刊》2017年第6期)

浮生记

◎ 雁呢喃

失眠的夜
是灵魂拒绝睡去
还是在贪恋一个肩膀的温暖
一只手拂过额头的问候
你突然说
一生能见的面已经有限
决堤的泪
瞬间将自己淹没
你看,那一刻多好
夜将我们一起揽入怀中
如一朵昙花的盛开

（原载《星河》2015年冬季卷）

母　亲

◎ 孔戈碧

深夜两点,没有人敲门
镜子凝视镜子,寂静守护寂静

沉重或轻柔,空气变得不安
她在病床上,呼吸同夜幕一样黑

岁月在她体内爆发,剧烈咳嗽
我凝视她,像是漫长的中场休息

那么多的面孔,时间将彼此变得相似
我们穿上的衣服,却再也脱不下来

(原载《诗潮》2016年第4期)

石头开不出花

◎ 黄海燕

我想离开，如同不曾来过
万籁即将俱寂
我要你倾听
今夜开阖的秘密

你一定懂我，月光流过指尖
我用额头抵住迷雾
它加重道路的延伸
你在另一个地方找到我

我痴迷历史，正在古代爱你
柴扉紧扣书墨，绣鞋和罗裙
捏在你手中
左边软，右边叹

光阴的刺绣,让一部分想象充满旧红
分漫吟幽蓝的悲歌

我代替生命之河迁徙
获取的自由比梦境虚无
一半爱它,一半爱你
最陈旧的故事,搬动最巨大的痛
一生都不能,让石头开出花来

(原载《中国诗歌》2013年第12期)

添　绿

◎壬　阁

我来之前，白水、永昌或镇中
必有一小片土地让时间停止生长，
种子或根须深入黑暗部分
一直冬眠，四季也躲了起来。

用巾帼林把四季扒出地面，我的心
从此陪枝叶共肥瘦。只因
每一根枝条都像一只合十的手，
每一片叶必是年轮写下的情笺。

寻机，我再为春天添片绿
将巾帼林种进妇幼心中的荒地。
比如“五老护苗”，为50位困难儿童
“送春风”“浇足水”，提高成“活”率。

效仿大地的气度和巧夺天工
深挖一条关爱的沟渠,长年
灌溉留守儿童、民工子弟的盆地
以喜人的长势,弥补低洼的出身。

(原载《浙江工人日报》2016年11月12日)

光阴里的故事

◎ 李统繁

让沉默在沉默里死亡
让霓虹在黑夜绽放
把情丝剪断,把回忆拧干
一阵阵风疲倦地舔着伤口
我看见
一支笔在泛黄的纸上
渗出了血

（原载《诗歌月刊》2017年第6期）

出去走走

◎牧　远

打开房门
几只啄食之鸟扑扑飞散
翅膀竟飞成锋利的剪刀
我的观望骤然断裂
风景支离破碎
如花凋零

这时候
我一如既往地思考人生
阳光穿过我的脚板和泥土联系
脚边的小草变成时间的意义
顷刻间我已经离开房屋很远了

回头的小路已弯曲变形

我才明白别的日子已破门而入
远远地
只看到时间的皱纹
布满屋子及其他
我真的没想到出来走走
也是离乡背井
汗淌过僵硬的脊背

我要回去
屋里的爱人啊,你在做无米之炊
从此我们只好赤手空拳地热爱一切了

（原载《中国作家》2014年第6期）

孤　狼

◎晨　晖

在我的体内有只草原的狼
傲慢又孤独。
在绿野退到枯寂
苍茫的背后，
月光打开
灰暗的天穹，往日的王者收敛
犀利的绿光。没有热度的眼神啊！
飞掠冬天。

草原开始转绿，伏在体内的孤狼
放牧一冬的饥饿，
倾听破冰的声音，突然跃起守望的身姿奔向旷野

（原载《诗刊》2010年第11期上半月刊）

电视塔

◎ 星落河

从白房子伸出的电缆纠缠着铁塔
信号不是来自满山开扩大会议的树木
秘密电台早已被闲置于
俯瞰下蜿蜒的江河
一个男人浸泡在阳光里像一块海绵
一声招呼才把他从阳台上撬起来
“我的日子就是那一箱箱方便面”
他说,“还得提防老鹰来叼走小鸡”
一个电视塔困窘的职工
在夜晚一定会变成幽灵
游荡一定会闪烁着星光
没有人告诉他:该加件衣服或喝点酒
本地已失去它的色相
经济越糟糕,锻炼身体的人越多

谁都想用两条腿测量精神的长度
谁都想以优势笑话落于后面者
铁塔禁止攀爬,但让风有了用武之地
打扰乱石和杂草的梦
吃剩的面包滚进“红牛”和矿泉瓶之间
我的朋友
这就是为什么如此高海拔
还如此“富有”的原因
你可以看得挺远,如果没有霾
你甚至可以看到未来
那高楼波浪起伏的不确定之处

心灵史之盲

◎叶　晔

凌晨四点钟，一个临产的盲女人惨遭杀害，而孩子竟奇迹般生了出来！

更多的真相
在黑暗中才看得清！

她索性闭上眼睛，太阳在眼睑上
和泪水一样动荡、变色
炙热的手指按动了一架钢琴：幸福感和莫名的紧张，黑键换成白键
像这凌晨四点钟——潮水的母性躯体！
太阳什么样？母亲说过。
“和一个八斤重的孩子没什么两样！”
此际，奶水澎湃
她感觉一个村的嘴唇

全朝她蠕动,在这凌晨四点钟
微小的睡觉
像酿一缸美酒
即使患有重感冒、鼻炎和打呼噜的毛病
也该嗅到一个母亲的芳香!

她已经在家谱里
等到了姓氏和辈分
并按上帝的模样塑造:孩子的脸容、目光以及八九点钟的太阳
"叫什么都太俗,
所以叫孩子!"
——而非一团血水

她一直都是
一只小船:晕眩、呕吐,但怀抱指南针
如同永不陨落的星球。

她暗暗准备,一个孕期
学会母亲的姿势
母亲的语气
一颗母亲的心!

是的,孩子会喜爱各种乐器、鸟鸣——像一个大缸的碎片
全溅到了天上
春天要来,枝条里全装上了弹簧

他要么蒲公英一样跪在春天里,送上世间

一帖最好的药，看着母亲
从那个最大的碗里溢出来
要么心平气和
从木头里抽出骨骼，树叶的抖动
止不住
这称得上辽阔，他穿过胞衣棉衣睡衣
这一次穿上母亲的房子
浓阴成为背影，他在里面
都干了些什么
春天要来
他的鼾声有些潮湿
又可以栽上树苗、嘱咐
生活像劈柴，总是对准纹路
用劲，并大喊一声

这让一只甲壳虫担惊受怕
一小块血迹就是母亲的极限
无数婴房时刻诞生
“我拭擦着一个村的胎记！”
在一张世界地图里
尖叫！下雨了
一只甲壳虫出生入死生孩子
一片绿荫护住小小心脏，另一只
照样日行万里去约会
此时，正从世界的边沿满足返回

一个摸索的过程！

她感觉一只空袋子正装上日常的大米和憧憬
母亲的四点钟空无一人
但动荡不安！她象征性点起火柴
活着也无非是一根火柴
未烧完。烧完了还是一根火柴
的姿态。如此而已

一根火柴有什么样的姿态？

它伸胳膊，踢腿——无非是一个孩子、一棵树
在风中打太极拳
感觉美妙极了
它冒出了一个人的青烟
死去活来

死去活来也是一种姿态啊

她仿佛瞧见了微曦，而真相是一个贼
翻箱倒柜。她恨这孤单
即使她有一个人以上的力量
也只能抓住被单和这冰冷的凌晨四点钟！
对“积攒”这个词
她曾经感激万分，贴身的五千块
相当于一个剖腹产手术
一个哺乳期
一个修复身体的全部费用！
这个空袋子

连空气也装不下,而春天的内脏立刻有了
一道刀疤!
真的,她真的瞧见了
血在心口上(而非子宫里)
一个人竟有这么多的血可以喷射?
现在她是干瘪的血袋??囊空如洗

她舍得去死
问题是太阳要升起来
她动用了近三十年的力气:孩子
竟然奇迹般生了出来
连着脐带。他同意母亲这样生他
生来就要靠自己
而贼已经从杀人现场和凌晨四点钟一起
仓皇逃离——
一个村弥漫在血腥味里:母亲的血腥、孩子的血腥、贼身上的血腥……
他的问题——谁把我的脐带剪断?
谁为我的哺乳期认知期发育期恋爱婚姻衰老埋单?
围拢过来:亲人的猜测、疲惫的呵欠和飘忽的灯光
没有人给他命名。
他恨不得亲手把母亲救活!

事后,他成了本市日报的头条,某卫视法制栏目的嘉宾
现在,由他负责把一个村唤醒!

(原载《诗刊》2011年第2期)

后　记

前些天，我接到一个微信，温州要建立“温州人博物馆”，文学领域入馆的是：琦君和林斤澜。问我同不同意，我说不是很同意。如果只是两个人的话，那只能是林斤澜和唐湜。我把意见发到“温州作家主席团”，并和作协前领导刘文起、王手等商量此事。大家的意见完全一致：林斤澜、唐湜。

唐湜生于1920年，比林斤澜大三岁，在温州中学读初中时比林斤澜高一年级（林斤澜在小学、初中各跳一个年级）。唐湜在浙江大学时就发表诗作和诗评（他是评论汪曾祺的第一人）。他写作非常勤奋。1958年，他被划为“右派”，即使在黑龙江兴凯湖“劳改”，仍心系艺术。即使在“文化大革命”中，他还偷偷创作，写出了代表作叙事长诗《划手周鹿的爱与死》《海陵王》《幻美之旅》，以及大量的诗论。他的儿子唐绚中说：“他不是一个精明的人，和世俗格格不入。他是天才。他从小最喜欢的事就是躺在树荫下读书。他很爱惜时间，很努力。他的一生没有白过。”

唐湜和汪曾祺的作品是很好读的，林斤澜的作品却很难读。许多人读林斤澜不能尽篇，更不要说尽卷了。这和林斤澜凝练和跳跃的叙述有关，和他追求“以小见大”的构思有关，更和他对世界的认识有关。唐湜和汪曾祺对世界的认识是“凝视”，而林斤澜是“困惑”。唐湜和汪曾祺表现的是“审美”，林斤澜表现较多的是“审丑”。许多人不能领略林斤澜作品的妙处。林斤澜的代表作《十年十癔》，更多的是把溅血的天幕撕裂开来给人看，以警示世人、后人。

“读万卷书”或者“走万里路”，或者“读万卷书”兼“走万里路”，都会在自己的作品里留下印记。那印记就是作家自己,那印记就是作家的风格。每个人的文学观不同,对作品的看法、对作家的看法也不同。但好的作品、好的作家总会被人发现,总会被人颂扬。

温州的一批作家如林斤澜、唐湜、琦君默默写作,低调为人,道德文章都好,我极为敬仰。他们是我们的前辈,也是我们写作的标杆。温州的文脉是壮实可喜的。但时代毕竟不同,互联网的发展为我们的读书和写作带来了很多便利。

纵观本书,小说、散文、诗歌共79篇(首),均是五年来的选目,杂花生树,蔚为大观。小说由哲贵负责征集和编选,散文由我和吴树乔负责,诗歌部分由马叙牵头,各有侧重,诸家争鸣,目的只有一个:尽量选出能够代表温州水准的文学作品。五年来,温州文学稳步向前,引起文学界和学术界的广泛关注。2016年由中国作协副主席王安忆和复旦大学教授陈思和发起,在复旦大学为温州九位作家举办了"永嘉文脉与当代小说学术研讨会"便是一例。本书里面已有不少龙虎作家,相信还有很快成为龙虎作家者,他们能超越前人,而且应当超越前人。

温州市作家协会主席　程绍国

2018年4月